洞天

淮上 著

中信出版集团 | 北京

目录

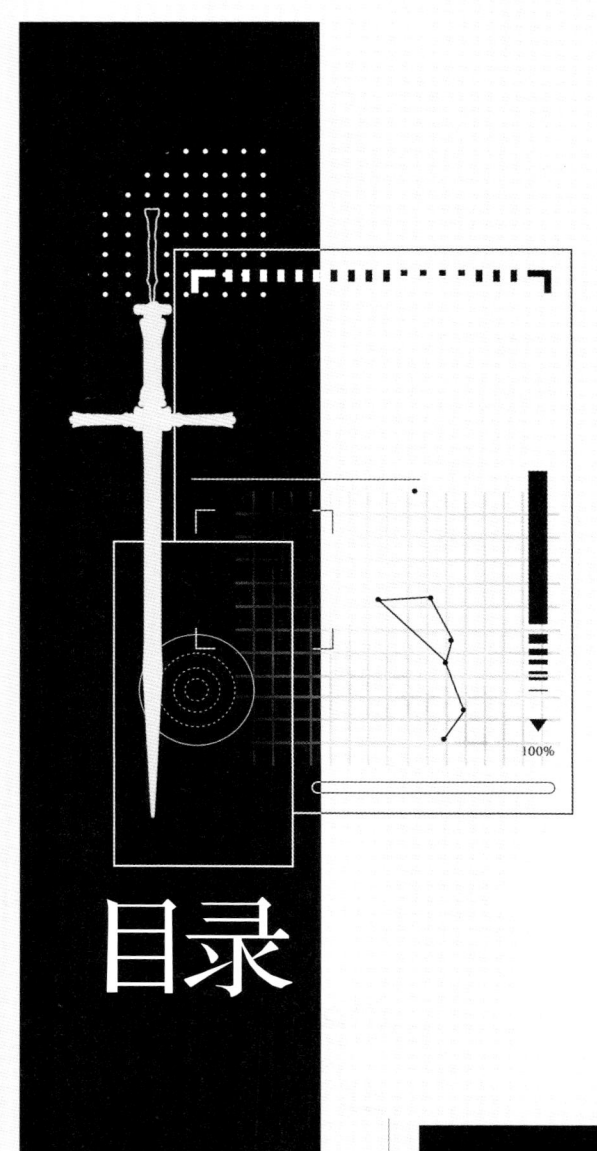

001 | CHAPTER 01 劫机

052 | CHAPTER 02 私刑

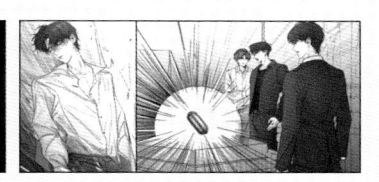

084	CHAPTER 03 回溯	
112	CHAPTER 04 因果律	
134	CHAPTER 05 蝼蚁	
172	CHAPTER 06 幼狼	
220	CHAPTER 07 杀意	
262	CHAPTER 08 白日梦	
330	SIDE STORY 礼物	

CONTENTS

白晟
Bai Sheng

沈酌
Shen Zhuo

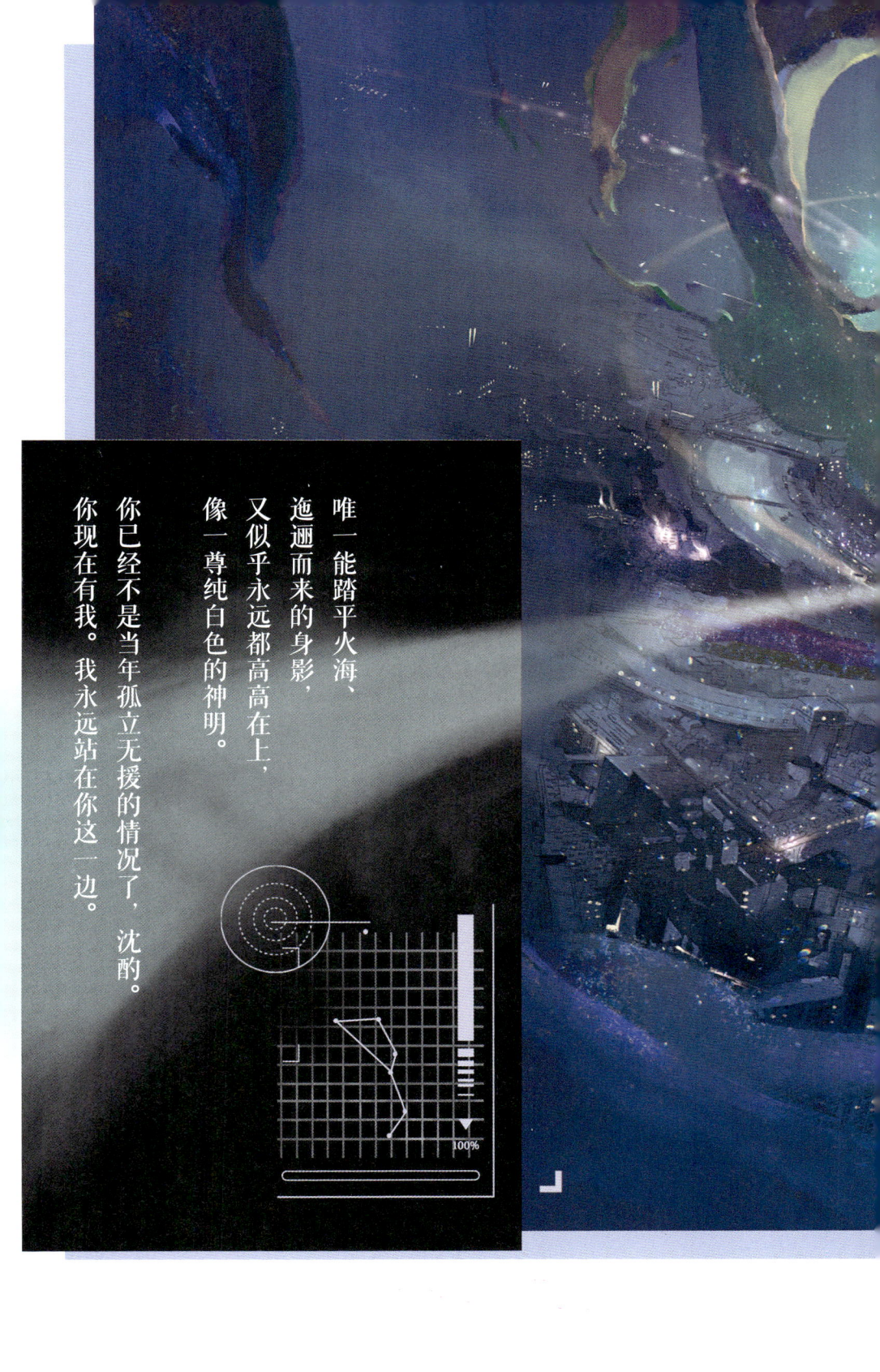

唯一能踏平火海、迤逦而来的身影，又似乎永远都高高在上，像一尊纯白色的神明。

你已经不是当年孤立无援的情况了，沈酌。

你现在有我。我永远站在你这一边。

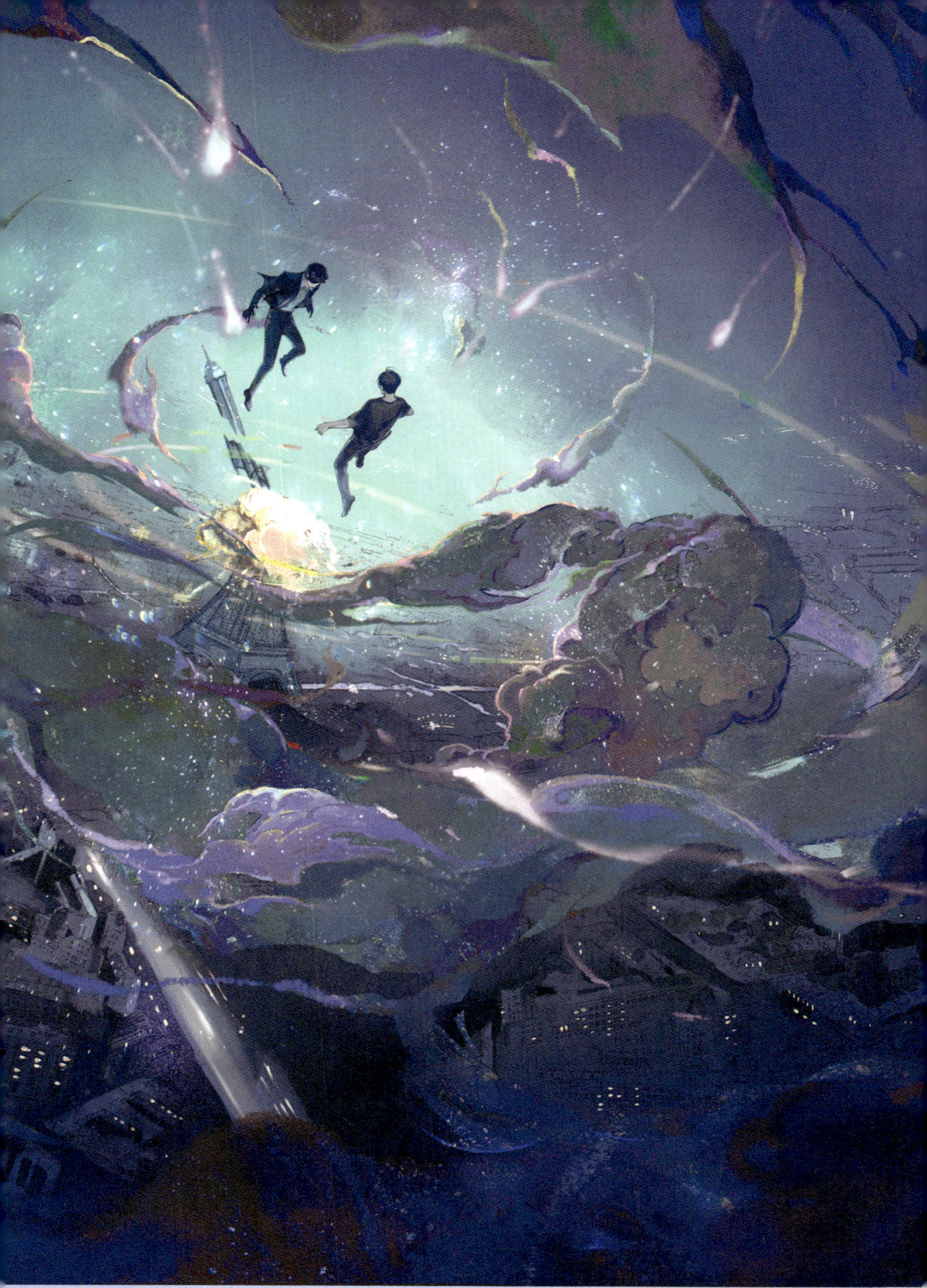

井吾不兔
即不存在

EVOLUTIONARY PEOPLE
DATA SYSTEM

▶ **进化者** 数据系统

CHAPTER 01 >>>
劫机

| NAME | 白晟 |

↘ 查询结果
SEARCH RESULT　S级进化者

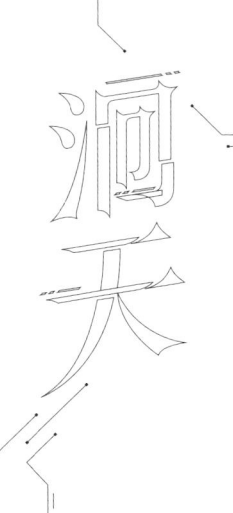

"轰隆——"

爆炸声在电视新闻上响起，随即是现场行人惊慌的呼救声，尖锐的警笛声由远而近，浓浓黑烟遮蔽了天空。

"据我台记者报道，今天上午10点30分，申海市银行发生一起抢劫案，现场爆炸并造成多人受伤。目前四名劫匪已有一人落网，其余三人依然在逃……"

电视画面定格，屏幕上女主持人的播报戛然而止。

审讯室恢复了令人不安的死寂，紧接着啪的一声响，一本厚厚的档案被拍在了桌面上。

"张昭，男，三十二岁，两年前登记备案的B级进化者。"

审讯员念出档案第一页的基本信息，随即抬起头，望向对面被铐在电椅上的男子："五天前，你与你的同伙抢劫银行引发爆炸。现场17名行人受伤，所幸无人死亡。"

四面墙壁都镶嵌了防爆钢板，针孔摄像头无处不在，实心钢门上镶嵌着一块不起眼的金属牌——申海市辐射进化监察处，第三审讯室。

审讯室正中间，一把随时能通百万伏特高压电的巨大铁椅上，双手被铐的张昭冲着审讯员挑起眉，带着毫不掩饰的轻蔑道："这就是你身为普通人对我这个进化者说话的态度吗，审讯员先生？"

审讯员深吸一口气，强行按捺住了情绪。

"回答我的问题，张昭。你的社会工作是咨询公司合伙人，收入很高，为什么还要冒着被我们监察处抓捕的风险去抢银行？"

张昭似乎听到了什么有意思的笑话："为什么？当然是因为无聊啊。"

审讯员以为自己听错了："无聊？"

"看着普通人像蝼蚁一样惊恐尖叫、满地乱爬，难道不是很有趣吗？"张昭换了个更舒服的坐姿，直视着审讯员铁青的脸色，微笑道，"监察处成立的目的据说是管理我们这些进化者，但实际上申海市监察处内部大多数是无能的普通人，只有少数低等的 D 级和 C 级——你们能拿我这个珍贵的 B 级怎么办，嗯？"

"……"

"处死我吗？"张昭的眉挑得更高了，尾音带着夸张的嘲讽。

审讯室里一片沉默。良久才听审讯员啪一声合上档案，冷冷道："你到底想怎么样，张昭？"

张昭脸上浮现出胜利的表情，向后靠在了椅背上。

"你们不就是想知道我那三个同伙的下落吗？"他懒洋洋道，"来，做个交易吧。"

监控内外众多警惕的视线同时落在了这个狂妄的劫匪身上。

"银行爆炸那天，我看到一个穿黑衣服的年轻人坐在车里打电话，我被抓时他甚至没向车窗外施舍一个眼神——我知道他是你们的头儿，是统治申海市所有进化者的大监察官。"张昭抬头望向高处的监控镜头，说，"我的条件就是，让他亲自来见我。"

空气仿佛静止了一瞬。审讯员脸色微变："为什么？"

张昭脸上那嚣张的笑容更深了："因为我想看他来求我……我想看到他那张冷漠的脸上出现乞求的表情。"

与此同时，楼下。

一辆黑色轿车无声无息地停在了台阶前，四名荷枪实弹的进化者同时敬礼，上前打开车门："监察官，您回来了。"

一道裹在黑色西装里的瘦削身影跨出了车门。

他看上去还很年轻，面容光洁苍白。日头在监察处灰色建筑的玻璃窗上反射出一道亮光，映出了他清晰坚冷的下颌线。

"沈监察。"

"监察官！"

从一楼大厅到电梯门口，沿途所有工作人员都像是被按下了暂停键，迅速站定，问好，侧身避让，谨慎地低头目送着年轻人锃亮的皮鞋从面前的地上走过，紧接着电梯叮的一声。

申海市监察处的最高长官沈酌站定脚步，戴着黑色皮质手套的双手交叠在身前，面容上不见丝毫情绪，消失在了合拢的电梯门后。

"疯了吧？"审讯室外的监控屏幕前，所有人望着电椅上的张昭，简直一片哗然，"他刚才说什么？"

"他到底想干什么？"

"想死也别拖上我们啊！"

"不行，线报说那三名逃逸的进化者可能会采取过激行动，产生极大的社会威胁，必须尽快从张昭嘴里挖出他们的下落。"一名工作人员眉头紧锁，起身道，"我这就去向上级请示一下，如果情况紧急的话，很可能需要沈监察出面设法——"

他打开办公室门，话音戛然而止。

四名进化者正站在门外，统一身着白色制服并配备武器。

监察处所有进化者的脖颈上都束缚着一道金属项圈，项圈上铭刻不同编号。眼前这四人的编号两个B开头，两个C开头——那代表着各自的异能进化等级。

而被这四名警卫围在中间的，正是那道瘦削挺拔、无比熟悉的身影，黑西装白衬衣，终年手套不离身，一双眼睛深如寒潭。

沈酌。

办公室里所有人唰地起身，门口那个工作人员下意识地退后了半步："监……监察官！"

沈酌的目光穿过众人，恰好落在了监控屏幕上。

"除非你们那个姓沈的头儿亲自来求我，否则我一个字都不会再多说。"张昭惬意地跷腿坐在电椅里，含笑对着面色难看的审讯员，"现在，你可以出去了。你没资格同我说话。"

监控屏前一片死寂，人人都屏住了呼吸。

就在那窒息般的气氛里，沈酌回头望向走廊另一侧的审讯室，平静地吐出两个字："开门。"

没人敢抬头看他的脸色，一名警卫迅速上前，哔地刷了一下通行卡。

重达半吨的防爆钢门轰然打开，电椅上的张昭一抬头，只见审讯员应声起立："监察官！您——"

沈酌走进审讯室，一只手插在长裤的口袋里，一只手按在张昭面前的铁桌上，两根修长的手指在桌面上敲了敲，没有一个字废话："三名同伙在哪儿？"

张昭必须仰起头，才能对上申海市大监察官自上而下的视线。

沈酌的脸乍看之下令人心惊，因为漂亮得太凌厉了，面容冷白而眉眼沉黑，五官颌面利落清晰，几乎没有任何缓冲的线条。

这种接近完美的骨相是有视觉冲击力的，他凌驾于众人之上的权势和地位，更将这种锐利感推到了极致，甚至有种摄人心魄的感觉。

张昭慢慢地笑了起来，拖长语调饶有兴味地说："沈——酌。"

没有人回答他。

"我曾听人说过，沈监察有两点特别出名。第一是他身为全球十大监察官，以雷霆手段统治着申海市两万名进化者，自己本身却是个彻彻底底的、无法进化的普通人。第二，"张昭不乏恶意地顿了顿，说，"他还生了一张很让人动心的脸。"

审讯室里落针可闻，张昭从电椅里抬起上半身，直直盯着沈酌的眼睛："来打个商量吧，你松开这玩意儿，我就告诉你那三名进化者的去向，怎么样？"

沈酌盯着他，一言不发。

墙上的时钟发出轻微的嘀嗒声，张昭被铐住的手向上指了指，微笑道："你的时间已经不多了。三个危险的进化者逃离在外，你猜他们会做出什么事来？"

如果说刚才众人只是不敢呼吸，那么现在就好像有一只无形的手，把每个人肺里的空气都活生生挤了出来。

仿佛过了漫长的一个世纪，又仿佛只是一瞬间，沈酌终于开了口，说："把他的手铐解开。"

审讯员的膝盖在制服裤下发颤，强装镇定地走上前，用钥匙解开了电椅左右两侧的手铐。

众目睽睽但无人敢言，张昭满意地坐起身，活动了一下左右手："这才像话嘛。"然后就伸手探向沈酌一丝不苟的白衬衣领口，笑道，"沈监察官，你这个人……"

啪！张昭感觉自己的手被铁箍钳住了，但实际上那只是沈酌戴着黑手套的细长五指而已。

下一秒，难以想象的巨力当头而来，他甚至来不及相信自己的眼睛，就被沈酌从电椅上活生生提起来，轰隆一声当头砸到了墙上，墙壁的外壳瞬间龟裂！

张昭完全没有任何还手之力，他一个年轻力壮的进化者被沈酌单手拎着后领，毫不留情地重砸上墙——那简直是要把他头骨活活撞碎的力道，一下比一下快，一下比一下狠！龟裂的砖石撒了满地。

轰！审讯室的墙面脱落，露出了防爆钢板。

满面是血的张昭被迫一头撞上钢板，鲜血迸溅满墙！

"你妈的——"张昭简直难以相信一个普通人类会有这样压倒性的力量，在濒死之际发了狂，掌心蓦然闪现出火球。

B级以上进化者拥有操纵水、火的异能，审讯员失声："监察官小心！"

就在那瞬息之间,沈酌一脚将张昭重踹在地,不知从何处抽出特制项圈,闪电般往张昭脖颈上一卡。啪的一声,金属扣自动锁死,显示出数字编号——B002465。

紧接着,他从西装裤袋里摸出控制器,一按按钮。

"啊啊啊啊——"

惨叫响彻审讯室,二十万伏高压电让张昭整个人噼啪炸响,足足十多秒后他才彻底倒地,剧烈抽搐着冒出焦烟。

那四个戴着同样项圈的进化者警卫站在门外,投来冷漠的目光。

沈酌提起裤脚,半蹲下身,将那个小小的银色控制器在张昭目光涣散的眼前晃了晃:"进化者专用,能瞬间释放出百万伏高压电,A级以下一击即死。"

张昭剧烈喘息着,不可一世的傲慢表情已经完全消失了,瞳孔中折射出本能的恐惧。

"你持械纵火,社会危害严重,将在申海市监察处终身服刑。从今往后你只剩两条路,像狗一样服从我,或者像蝼蚁一样被抹杀。现在,"沈酌拎起张昭浸透鲜血的头发,迫使他抬头与自己对视,最后一次心平气和地问,"你的三个同伙在哪里?"

半小时后,无数辆警车的鸣笛声响彻全城,风驰电掣驶向机场。

"监察官,"一名B级进化者回过头,双手将平板电脑递向车后座,"这是航管局刚发来的MN538号航班信息,另外三名劫机者的背景调查也在这里了。"

疾速行驶的车厢里,沈酌接过平板,屏幕荧光映在他冰冷的镜片上。

根据张昭断断续续的交代,其余三名同伙将在今天劫持一架从M国飞往申海机场的民航客机,以机上乘客为筹码与政府谈判,并要求释放张昭。

而这架被劫持的MN538已经迫近申海机场,离降落只剩一个半小时了。

"海关正在紧急调取机上乘客的个人资料,一旦完成就会立刻发给我们。那个,监察官……"B级进化者咽了口唾沫,望着沈酌手上的三名劫机者资料,声音微微不稳,"那两个异能C级的从犯不足为虑,可……可是这个主谋……"

平板上正显示出劫机主谋阴沉的脸。

张文勇,三十五岁,无业,张昭的堂兄。一个逃逸备案的A级进化者。

明明情势紧迫，车内这方寸之地的空气却仿佛凝固了。几个全副武装的 B 级进化者小心翼翼地闭紧了嘴巴，不敢抬头看沈酌的表情。

人类的突发进化始于五年前。

那是一场百年难遇的盛大流星雨。事后统计，它为地球带来了超过 4000 颗陨石，其中相当一部分被发现是一种非常特殊的外太空物质——进化辐射源。

那场流星雨过后不久，世界各地开始陆续出现突发进化的人类。他们因为各种原因接触过进化源陨石后，一夜之间身体素质急剧强化，甚至出现了强度不等的异能。

此后，辐射源被各国政府迅速搜集起来。全球十万名进化者也被一一登记备案，根据异能强弱被分成了 A、B、C、D 四个等级。

C、D 级进化者共统计八万多名，异能强度在可控范围内，大多是透视、转移物体和极强的五感。社会影响相当有限，基本被各国的监察处或特种部队吸纳了。

数量不到两万名的 B 级进化者，身体素质强悍，难以被普通子弹杀死，且拥有控制水、火等物质的较强的异能，是各国重点监视、保护的对象，具有很高的研究价值。

而生物链最顶端的，是全球两千多名 A 级进化者。

那真正是站在了人类进化的金字塔尖上。

他们拥有极高的个体战斗素质，对自然元素、电流、磁体等物质具有独特的控制力，甚至有人能在一定范围内影响气候，促成洪涝、冰雹等自然灾害。这两千多个 A 级进化者，就跟潜藏在人类社会里的两千多枚定时炸弹没什么两样。

一个 B 级的张昭只是让监察处倍感棘手而已，但一个血腥残暴的 A 级张文勇，却能让整个申海市都付出代价。

与此同时，机场。

"你们必须撤离！所有非进化者全部撤离！"一名身穿监察处制服、戴着 B 级进化者项圈的青年大怒咆哮，一手指天一手攥着特警队长的衣领，"飞机上那个是 A 级变异，非常危险！你们留下来也是送死！"

机场已经陷入混乱，红、蓝色的警灯交错闪烁。被拽着衣领的特警队长怒道："我们还没收到上级命令！机场旅客还没疏散完！！我们——"

哔哔！汽车喇叭声由远而近，人群纷纷惊慌散开。

只见四辆装甲防爆车风驰电掣而至，在尖锐的刹车声中停在停机坪入口。几十名训练有素、荷枪实弹的进化者跳下车，脖颈统一佩戴项圈。每

个人制服上都有"申海市监察处"的字样。

"进……进化者？"

"是进化者吗？"

人群惊恐耸动，突然有人发现了什么："你们看！那辆车是……"

一辆车牌号六个1的国产黑色轿车稳稳停在了飞机跑道前，紧接着车门打开，沈酉俯身钻出车门，一手压住了随风扬起的黑色外套。

青年一把推开特警队长，拔脚狂奔上前："监察官！"

沿途的监察处进化者们见状纷纷道："情况怎么样了，陈组长？"

"陈组长！"

然而这名青年——监察处二组长陈淼，此刻根本无暇回答其他同事，一路狂奔到沈酉面前敬了个礼："监察官，情况非常不好。劫机主谋张文勇的异能刚得到确认，他能控制小范围内的气候，跟当年几起渔船劫持案都有点儿联系……"

沈酉一言不发，顶着狂风大步向停机坪走去。

"学长，你听我说。"陈淼极快地向周围扫视一眼，压低声音换了个称呼，焦急道，"你的身体真不能再这样频繁打药了，我们还是申请外援吧。岳哥回中心区之前跟我说过，不论你遇到什么情况，都可以找他帮忙，岳哥毕竟是国内第一个被定级为A的进化者……"

陈淼一眼瞥见沈酉的脸色，登时悚然住了口。

"不过是傅琛死后留下的一条狗而已。"沈酉冷淡道。陈淼不敢言语，只见沈酉眼底浮现出一丝讥诮："再说，A级罢了。"

这……这说的是那个劫机的张文勇，还是中心区的岳哥？陈淼嗫嚅着不敢吭声。这时沈酉一脚跨过警戒线，恰好特警队长回过了头。他并没有认出申海市大监察官，视线落在沈酉什么标识都没有的脖颈上，登时大惊："旅客是怎么进来的？这里非常危险，快来人把他带走！"

话音未落，特警队长只觉手里一空，微型冲锋枪被一股难以想象的巨大力量夺走了。

沈酉脚步不停，走向塔台，单手持冲锋枪向天——砰砰砰砰砰！

子弹横飞，尖叫四起，所有人都被骇住了，无法控制的混乱场面登时一静。

"我是申海市监察处监察官，此地现在由我接管，非战斗人员即刻撤离！"沈酉容色冰冷，把打空了的微型冲锋枪随手一扔，从后腰拔出一把银色特制手枪，边走边上膛，"通知塔台呼叫MN538，我要亲自与劫机者对话。"

苍穹之下，铅云密布。一架巨大的民航客机呼啸着划过长空。

暴乱与尖叫从机舱后方传来的时候，白晟正躺在头等舱放平了的座椅上，两条长腿懒洋洋地跷着。全包式耳机里隐隐传来震耳欲聋的音乐声，他聚精会神地看一本封面尺度大到可疑的书。

"把手举起来！别乱动！"

"啊啊啊——"

空姐从走道狂奔而过，白晟毫无觉察，目不转睛地把书翻过一页。

"所有人把手抱在头上！低下头！不然开枪了！"一名C级进化的劫匪怒吼着冲进来，冲锋枪口环绕一圈，突然难以置信地停下了脚步，"喂！你在这儿干吗呢？！"

枪口之下，座位号1A，白晟慢悠悠从书后抬起头。

劫匪："……"

所有人："……"

"你把手给老子举起来！"劫匪简直气疯了。

白晟莫名其妙地看了看枪口，又探身回头看了看其他瑟瑟发抖的乘客，这才意识到发生了什么，伸手摘下了那个一看就价格昂贵的全包式耳机。

下一刻，令人头皮发麻的音乐声倾泻而出："Super Idol（超级偶像）的笑容，都没你的甜——"

"劫机啊？"白晟合上书，一头雾水地蹦出三个字。霎时，周围所有人的第一反应都是这帅哥脑子多少有点儿问题。

白晟的打扮有点儿像归国留学生，白色T恤配牛仔裤运动鞋，手腕上戴着一只黑色的智能表。满头支棱的黑发中还挑染了一小撮银白——看着有点儿潮。

用剑眉星目、俊朗逼人来形容他的长相完全不为过，然而他的颜值有多能打双商就有多坑洼，光看脸完全看不出他脑子的问题有多大，两者简直形成了鲜明的对比。

劫匪差点儿脱口骂娘，紧接着一眼瞟见他手里那本书。封面上妩媚的兔女郎送来飞吻，标题是《论先天综合判断与二元对立思想在男性自愿结扎行为中的推动作用》。腰封推荐语激情四射：

深度好文！首次出版！世界顶级学府！哲学博士毕业选题！

白晟著。

劫匪端着冲锋枪，心想这是哪个脑子搭错线的人写的，这种论文交上

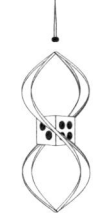

去真毕得了业？

白晟观察他的脸色，觉得自己可能找到了潜在的知音，诚恳地把书递上前："买一本？作者思想很犀利的哦。"

"滚！"劫匪满腔火气终于找到了发泄口，一把将书远远掀飞，"把手举起来！给老子趴下！"

地面，塔台。控制室的门砰地打开，监控台前的工作人员纷纷紧张回头，只见沈酌疾步而入，面如霜雪。

在他身后，几名进化者警卫押着一道跟跟跄跄的身影，正是张昭。

"沈监察！"谈判专家快步迎上前，脸色很不好看，"我们刚与劫匪张文勇取得联系，对方要求立刻释放他的同伙张昭，态度非常强硬，难以说服。我们尝试了各种办法都无济于事……"

"找来他的家人了吗？"

谈判专家艰难地道："张文勇的母亲是他十三岁那年亲手捅死的，父亲不知所终。"

所有人的表情都难以形容。

沈酌一摆手示意自己知道了，来到监控台前接过耳麦，问航空管制："燃油还够航行多久？"

老领导眉头紧皱成一个川字。"后备燃油仍够周旋三十分钟，现在的关键是怕劫机者恶意迫降，故意撞向闹市或居民区……"

沈酌点了下头，戴上耳麦。

数道显示器屏幕发出的光映亮了他坚冷的侧脸，他的声音平稳清晰："我是申海市监察处沈酌。你有什么要求？"

通信器那头，电流声沙沙作响，少顷响起了张文勇阴冷的声音："沈监察官，久仰大名。"

飞机驾驶舱的舱门大开，老机长人事不省地倒在地上。年轻的副驾驶双手发抖，咬牙强迫自己专注于仪表盘，尽管汨汨而下的鲜血已经蒙住了他的左眼。

张文勇站在驾驶座后，一只手貌似随意地按在了副驾驶的头顶——他的身材魁梧得吓人，连手部的肌肉都异乎寻常地发达，只要轻轻一拧，就能把人头从喉骨处完全拧断。

"我有三个条件，你听好了。"张文勇冷冷道，"第一，立刻释放张昭。"

沈酌向后一瞥，张昭正被几个监察处的进化者用枪指着头，四肢痉挛地瘫在墙角。

"第二，准备一辆车和一个亿现金旧钞，我会带走几个女乘客。"耳麦里，张文勇的语调异常凶狠，"不要妄想在车里或者钞票上做手脚，否则明天你们会收到所有人质的项上人头，明白了？"

沈酌不动声色："第三呢？"

张文勇冷笑了一声。

"第三，我要你对申海市监察处的所有进化者解除监管，解下他们的项圈，销毁他们的备案，把进化者放归社会。我要你彻底还他们自由。"

四周安静了一瞬。连身穿制服的监察员们都神情微变，随即眼神复杂，不由自主地看向监控台前的沈酌。

然而众目睽睽之下，那道挺拔的背影纹丝不动，连语调都不带任何情绪："投降吧，三个条件我都拒绝。"

周围众人的脸唰地变色。

其实这时候换谁来都只能拒绝，因为只要放张文勇落地，就绝无可能在机场里实施抓捕，到时候只能眼睁睁看他挟持人质溜之大吉——这五年来发生的各种进化者犯罪事件，已经为全球警方留下了很多惨重的教训。

但谁也没想到沈酌这样毫不犹豫，连稍微示弱、找人商量的意思都没有，直接就做出了决定。

"你知道你在说什么吗，沈监察官？"张文勇从牙缝里挤出一句。

"你知道你在跟什么人打交道吗，张文勇？"

"……"

沈酌说："我是申海市监察官，是唯一有权限以牺牲少部分人的性命为代价，来保住整座城市安全的人。"

驾驶舱内，张文勇死死瞪着对讲机，嘴唇微微发抖。

"如果你现在投降，我能保证你们所有人终身服刑而无性命之虞。但如果你大开杀戒，我会确保你亲耳听见张昭受刑的全过程。我不会给你驾驶客机撞向市区的机会，干扰机已经起飞了，还有一枚定向导弹准备就绪，我随时可以让你同整架客机一起灰飞烟灭。"

"张文勇，"塔台控制室内回荡着沈酌冷静到极点的声音，"你是个嗜杀成性的A级进化者，今天让你逃离申海，明天就会有无数人因你而死。我要在申海解决你。"

无线电两头，除了电流嘈杂声外没有一丝声响，仿佛连风声都凝固了。

"他妈的——"恐慌和暴怒同时冲上脑顶，张文勇简直疯了，一把摔了对讲机，慌不择路地左右转了一圈，随即冲出驾驶舱。

舱门外就是头等舱。第一排座位上，一个挑染银白头发的帅哥正头顶着冲锋枪口，缓慢地举起双手。

洞天

张文勇大骂一声，想都没想，顺手拽着那帅哥的领子，把他硬生生拖进了驾驶舱。

遭遇飞来横祸的白晟："……"

张文勇一手抄起冲锋枪一手抓起无线对讲机，唾沫四溅地破口大骂："姓沈的，你别以为我被你吓住了，我现在手里就有人质！那三个条件你不乖乖照做，我就杀了他！你看我敢不敢？"

对讲机那头安静片刻，传来了沈酌冷漠的回答："我从不对犯罪者妥协。"

砰砰砰砰砰！冲锋枪吐出火舌，一梭子子弹瞬间将人质打成了筛子。白晟满身鲜血，缓缓后仰，倒在了驾驶舱的地面上。

"啊啊啊——"舱门外爆发出乘客们恐惧到极点的惊叫。两名C级从犯闻声奔来，一眼看到血泊中的尸体，也愣住了："大……大哥？"

张文勇粗重地喘息着，死死攥着对讲机："你听见了吗，姓沈的？我还可以再杀几个，我还可以——"

通信器那头传来砰的一声巨响！

沈酌回头举枪对准张昭，干净利落一个点射，撕心裂肺的惨叫声清清楚楚地传进了张文勇的耳朵。

"你堂弟还剩一条腿，定向导弹随时发射。"沈酌平静地道。

驾驶舱仿佛被冰冻住了。对讲机从张文勇僵硬的手里掉下来，啪嗒一声摔在操作台上。

"怎……怎么办……"一名从犯颤抖着，几乎连枪都抓不稳了，"那姓沈的是个疯子，他……他说到做到……"

挟持勒索的本质是一场博弈，但A级异能犯罪者与普通人类根本就不在同一个层面上，张文勇拥有绝对的心理优势。

直到沈酌一把掀翻了棋盘。

"还来得及，还来得及。"另一名从犯神经质地念叨着，"我们先听他的，迫降到机场。在机场里他总不敢用导弹轰我们吧？这机舱里这么多人都能劫持，到时候随便抓几个……"

他的话音戛然而止。只见地上的血泊中，那帅哥的尸体突然睁开眼，伸手撑地缓缓坐起身，脱下了被血浸透的白T恤。

不仅三个劫匪，连可怜的副驾驶都以为自己是惊吓过度，产生了幻觉。

"我要教你一件事……"白晟低哑地道。他上半身的肌肉强悍鲜明，肩膀宽而结实，六块腹肌刀刻一般清晰完美，人鱼线往下收束在牛仔裤里。

冲锋枪的子弹从他体内一颗颗倒退出来，叮当几声落在地上，血肉模糊的伤口疾速愈合。

"即便是同一等级的进化者，也可能存在极大的个体战斗力差距，何况是……"

最后一颗子弹从他的心脏处退出，皮肤恢复如初，终于显出了左侧锁骨下那个血红色的等级标识，清清楚楚映在劫匪战栗的眼底——S。

白晟站起身，沾满鲜血的五指把头发向后捋，伸手对最近的那个劫匪隔空一握。后者连惨叫都来不及发出，就在四肢骨骼的断裂声中被活生生拧成了麻花，紧接着飞出去，撞上机舱壁。

巨大的客机在惊呼中重重一震！

"何况是登月碰瓷。"白晟冰冷地道。

"准备第三次市区防空警报！"

"目标区域内人群完成疏散！"

"干扰机已经就位，定向导弹随时发射！"

……

一道道指令以塔台控制室为中心，通过无线电迅速向四面八方传播，如同一把徐徐张开的无形保护伞，笼罩在了申海市上空。

"监察官，"陈淼放下卫星电话，冷汗已经浸透了鬓角，"地面还是联系不上 MN538 航班，一切情况未明，怎么办？"

沈酌静立在控制台前，从周围人的视线看去，他的侧面轮廓俊秀森冷，眸光幽深不可见底。

"打电话给军区。"他缓缓道，"不到最后一刻，没有我的同意，不能发射导弹。"

砰——咣！

已经不成人形的劫匪飞出驾驶舱门，凌空越过整架飞机的客舱，中途撞碎两道挡板，一头摔在了机尾的空姐的脚跟前。

三秒钟后，整排乘客连同空姐一起喊道："啊啊啊啊——"

"不……不可能……"张文勇抖如筛糠，死死盯着白晟胸膛上那个特殊的 S 标识，"假的，一定是假的……"

其实民间一直流传着关于 S 级进化者的说法，但相关的文献实在是太少了。一些解密资料显示，全球仅有二十个人产生了 S 级的进化。然而他们具体变成了什么模样，拥有什么异能，甚至是否还算人类，都无从探知。

"我不相信！"张文勇怒吼一声，在绝境中爆发出疯狂的暴怒，猛一挥手——机舱窗外，铅云狂卷，千钧雷电劈下，机舱的风挡应声爆出无数裂纹。

"啊，气候控制吗？"白晟摩挲着下巴。

"谁都别想抓住我，"雷暴中，张文勇的表情扭曲狰狞，"你们都跟那见鬼的监察处去死吧！"

飞机剧烈一震，随即遽然失重，急剧坠向地面。副驾驶一头撞碎仪表盘，客舱中的人们集体爆发出了恐惧的惊喊！

白晟一只手紧捂着副驾驶血流如注的额头，另一只手平举紧握："哥们儿，你太急躁了，放轻松一点儿，好吗？"

他的五指唰地张开。

张文勇还没反应过来发生了什么，耳边只听见四声清脆的爆响：啪！啪！啪！啪！

他的四肢同时爆出血花，身体被反折，以恐怖的角度向后弯曲成了不可思议的球形，整个人被吊成了一盏血淋淋的灯笼。

"啊——"张文勇爆发出凄厉的惨叫，但随即一切戛然而止——只见白晟做了个噤声的手势，气流瞬间堵住了他的声带。

轰的一声，飞机重归平稳，所有乘客全部落回了座位。

"你跟我之间的差距，大概就跟从草履虫进化成人的距离差不多。"白晟淡淡道。

啪！冲锋枪掉在了驾驶舱地上。

刚才用枪口指着白晟的最后一名劫匪全身颤抖，手脚并用地向后爬去，仿佛看见了活生生的恶魔："对……对不起……饶命，饶命……"

这时他的手突然碰到了身后的什么东西，他回头一看，是刚才掉在地上的书。

书名简直长得可怕，且充满了胡说八道的气息，唯独送飞吻的兔女郎和"白晟著"几个字十分显眼。

刹那间劫匪福至心灵。

"好……好书！"他手忙脚乱地把书翻开举在眼前，恐惧地仰视着白晟，颤抖着道，"作……作者思想超犀利的！我这就买……买一百本！"

白晟侧过脸来，居高临下望着他，倏而嘴角一勾。

"晚了。"他微笑道，"迟来的深情比草贱。"

他掌心斜着向上一挥。鲜血迸溅四射，骨骼爆裂声与惨叫声同时响起，响彻了整座机舱。

地面，塔台控制室。

"喂？喂？"断联已久的通信器突然开始沙沙作响，紧接着响起了一道慵懒的声音，"这里是 MN538 航班，能听见吗？"

忙碌的控制室里，所有来去匆匆的脚步都像是被按下了暂停键。所有人的表情都凝固了，回头望着操作台，难以相信自己的耳朵。

沈酌的瞳孔微微收缩，停顿数秒后才挂了军区的卫星电话，伸手接起对讲机："你是谁？"

"我是一名无辜遭受池鱼之殃并准备把这家航空公司告到破产的乘客。"白晟坐在机长位上，一边拿对讲机一边用口型安抚奄奄一息的副驾驶，无声地道："我开玩笑的——"

副驾驶："……"

"三名劫机者已经被制服，然而机长受伤严重，副驾驶看样子也快厥过去了。油量现在还有……"白晟皱眉观察飞行仪表，数秒后终于道，"看不清，副驾驶刚用头把仪表盘捶烂了。"

忍无可忍的副驾驶垂死挣扎起来，但张开嘴，只徒劳地咕的一声吐出一口老血。

"目前需要紧急降落，但我对这种型号的民航客机的操作不熟，请地面塔台协助迫降。可以提供着陆许可吗？"

控制室里轰的一声，无数人惊慌失措，无数人在大声叫嚷。数不清的喧杂声音通过无线电传进驾驶舱，白晟耐心地等待着。

片刻后，他终于听见一道清晰稳定的声音从对讲机那头传来。

"我是塔台。"沈酌站在落地窗边，抬头望向无尽苍穹，"允许迫降，请接收操作指示。"

十分钟后，巨大的民航飞机发出轰鸣，徐徐地降落在了停机坪上。一百多名监察处的进化者严阵以待，手中的枪口闪烁着银白色寒光。

沈酌戴着喉麦战术耳机，食指已经压在了扳机上，幽深的眼底映着紧闭的飞机舱门。

每分每秒都变得无比漫长，半晌舱门终于呼地被重重拉开。众人表情同时一紧。

一道精悍的身影出现在了舱门后，是白晟。

这人身高怕有近一米九，单肩挎着一个挂着拳击套和篮球吊饰的旅行背包，上半身换了件衬衣，但只系了最下面的两颗纽扣，隐约露出腹部结实的肌肉线条。

左侧锁骨下，血红的 S 跃入了所有人眼中。

周遭完全陷入了一片死寂。

白晟的眼睛形状天生十分锋利，眉角被溅上的鲜血尚未干透。他居高临下望过来时，眼底分明闪烁着一丝冰冷的审视。

"S级……"人群中传来吸着气的喃喃声。

下一刻，白晟奇迹般变了脸，友好一笑，如春风拂面，对着众多枪口挥了挥手："哈喽，大家好啊！"

他一跃而下，从舱门到地面高三米多，他落地时没发出任何声音，两只手拖着的重物却砰砰两声重砸在地。

那是两根登山绳，分别捆着一团肢体纠结、看不清形状的人体麻花。左边是两个全身骨骼稀碎、手脚缠在一起的劫机从犯，右边是躯干活生生被拧成了螺旋状的主犯张文勇。

刹那间所有人心头剧跳，连见多识广的监察员们都差点儿吐出来。陈淼连忙掩面不再细看，示意手下跟自己一同去押解罪犯。

然而几个人举着枪，还没上前，白晟就阻止了他们："等等，先回答我一个疑问。"

陈淼艰难地用眼神求他快点儿问。

"劫匪对我开枪前，我听见对讲机里有个人说他从不跟罪犯做交易。那个高高在上的混账是……"

"我。"白晟对上了沈酌的目光。

申海市监察官永远都是相同的装束，修身得体的黑西装、白衬衣。面容素净冷白，优美的薄唇习惯性微抿着。黑色皮质手套薄而紧，能看出修长的指关节。扣住扳机的食指纹丝不动。

连风声都仿佛凝固了，周遭没人敢动，甚至没人敢发出声音，许多枪口都明显不太稳。

众目睽睽之下，白晟的脸色发生了非常复杂的变化，似乎有点儿悻悻又有点儿释然。半响他终于叹了一口气，喃喃道："美貌当真是这世上最有说服力的武器……现在我信了。"

"我原谅你了，监察官。"白晟提高声音，向沈酌一扬下巴，"来跟我做笔交易吧！"

沈酌黑沉的眼底看不出丝毫波澜。

白晟示意他看自己两只手上拎着的登山绳："我空不出手，你过来帮我把扣子系上。这三名劫匪就交给申海市监察处了，同时咱俩之间的账也一笔勾销，如何？"

就这么简单？

如果只看脸的话，白晟甚至给人一种俊俏可亲的错觉，但所有人都知道，S级进化者的近战素质堪比人形武器，就算是随便笑吟吟地站在那儿不动，都有种引而不发的压迫感。

　　沈酌偏头对陈淼使了个眼色，示意他过去。

　　"我说的是你，监察官。"白晟加重语气，然后他一挑眉微笑道，"我就喜欢被人服务。"

　　那一刻，后面的所有人都在下意识地偷觑沈酌的背影，猜测他此刻是什么表情，不过注定得不到答案。只见沈酌原地不动足足数秒，终于呼了一口气，把自己的枪交给陈淼，平稳从容地走过去，站在了白晟面前。

　　沈酌的身高已经算高了，但面对面时他的视线只到白晟的下巴。沈酌垂着眼帘一言不发，从下往上把他的衬衣纽扣一颗颗系好。

　　"有一件事我十分好奇。"白晟略偏过头，在沈酌耳边轻声问，"如果今天我不在这趟航班上，这次事件你打算如何善了？"

　　"在人类与进化者共存的过程中，没有任何一次冲突是得以善了的。"少顷沈酌才回答，"针对人类绑匪的一切处理方式和谈判技巧都被证明了不适用于进化者，因此每次进化者犯罪案件中都有大量平民丧命，而我必须严格按照工作手册的第一条第一款来进行处理。"

　　风吹过空旷的停机坪，高处飞机舷窗上，透出乘客们惊恐而茫然的脸。

　　"所以，"沈酌抬起眼睛，"突发进化的代价落到每个平民头上，都是灭顶之灾。"

　　两人四目相对，这么近的距离，白晟甚至能从他的瞳孔里看见自己的影子。

　　"这就是你作为一个强硬的反对派，对进化者的态度不友善到全球知名的理由吗，"白晟嘴角一勾，"沈酌监察官？"

　　沈酌没有回答，扣上白晟锁骨下的最后一颗纽扣，退后半步，抬头平静地对着他道："遵纪守法，不要犯罪。监察官工作手册第一条第十款规定我必须对你非常友善。"

　　白晟："……"

　　陈淼屏着呼吸，硬着头皮带人上前，小心翼翼地从白晟两手上接过登山绳，把那三个完全看不出死活的劫匪拖上了防暴车。

　　另一组搜救队迅速进入客机，准备清查机舱，救援伤者。

　　"我谨代表申海市监察处感谢白先生为城市安全所做出的贡献。"沈酌礼貌地一俯首，道，"欢迎回国，你的行李已经提取完毕，监察处将派车护送你离开机场。"

一辆防弹轿车缓缓驶来，停在两人身侧。沈酌打开车门，做了个"请"的手势。

很好，很友善。白晟摩挲着下巴坐进车里，沈酌刚要关门，突然被他伸手抵住了。

"等等，你们那个监察官工作手册……能不能借我看看？"两人隔着车窗对视，白晟满脸带着快爆炸了的好奇。

"每本工作手册都会因为监察官的性格不同而内容迥异。"沈酌冷淡地回答，"我的那本冗长且无趣，我希望只有我自己知道内容。"

砰！车门合拢，随即缓缓向前驶去。看着后视镜里沈酌的身影越去越远，白晟终于没忍住，打开手机网银问司机："兄弟。"

"白先生请说。"

"有个一百万现金日结的私活儿，接吗？"

司机难以置信地回过头望着他，感动地道："白哥，钱不钱的不重要，主要是我敬佩你的人品——上刀山下火海，干什么都行，说吧！"

白晟鼓励地拍一拍他的肩膀："把沈监察的工作手册偷出来借我看看，什么时候能搞定？"

车内陷入了一片沉默。司机缓缓道："哥，这种全家灭门的活儿是另外的价钱。"

日头渐渐西斜，停机坪上人来人往。乘客们被监察组的工作人员一一检查后送下飞机，很多人连站都站不稳，颤颤巍巍地互相搀扶着。

"呜哇——哇——"一个四五岁大的小女孩儿在忙乱中走丢了，哭得满脸通红，转身一头撞上了沈酌的腿。

沈酌沉默着，俯身摸了摸她的头，把她抱了起来。

"对不起，对不起，实在对不起……"一名年轻女性在工作人员的指引下狂奔而至，连连道歉，诚惶诚恐地从沈酌怀里把小女孩儿抱走了。

"监察官。"陈森快步走来，低声道，"中心监察处刚打来电话，要求您对这次劫机事件做出陈述，专车已经等在外面了。"

中心监察处对申海市的刁难由来已久，从沈酌上任第一天开始就没变过。

沈酌点了一下头，却没有立刻动身，静静望着不远处围成一圈喜极而泣的旅客们，突然问："伤者情况怎么样？"

"只有正、副两位机长受伤较重，大量失血但伤情稳定，奇迹般都没有生命危险。"

"那个姓白的应该有点儿医疗异能。"沈酌轻声道。医疗异能属于罕见的异能种类，在地球上存在的概率堪称千里挑一，不过白晟作为更加罕见的Ｓ级，他会点什么乱七八糟的都不奇怪。

陈淼若有所思地摸着下巴，道："没想到我们申海市会突然来一个Ｓ级，傅哥死后我还是第一次见到活的Ｓ级呢……"紧接着他瞥见沈酉的眼神，一个寒战，反应过来，"对不起学长！我不是故意的！"

沈酉无机质般冰冷的黑眼睛盯着他，一言不发。

陈淼心惊胆战地跟他对视，半晌终于还是没忍住，小声问："学……学长，如果咱们监察处有个Ｓ级坐镇的话，中心监察处那些人以后肯定不敢再为难咱们了。您会想办法把他招进来吗？"

沈酉收回目光，转身穿过停机坪，向远处那辆黑色专车走去。

"不会。"他冷冷地回答，"我每年的生日愿望，都是进化者离我的生活远一点儿。"

"欸？！"陈淼傻眼了，"包……包括我吗？学长！学长——"

暮色四合，远方华灯初起。巨大的都市渐渐被夜幕笼罩，深蓝天穹的尽头，两三颗星星正闪烁着细微的光。

晚9点，新闻频道。

"今天我市机场发生一起劫机未遂的恶性事件。经确认，三名劫机者均为日前抢劫申海市银行的劫匪，此次已全部抓捕归案……"

废弃的病房里，老式电视机的屏幕闪烁着幽幽荧光。画面变换不停，镜头前是抱头痛哭的乘客和家属。记者们的"长枪短炮"中，一辆牌号六个1的黑色防弹专车缓缓驶离机场。

车后座上的人黑西装白衬衣，侧脸沉静毫无表情，只一刹那，车窗便升了上去。

电视机前，一名身材修长而年轻的男子坐在轮椅上，眼底带着笑意，一手撑着下巴，喃喃道："沈酉……"

房间低矮破旧，仿佛被大火烧过，焦黑的墙壁和地砖上残留着二十世纪八十年代的污渍。然而这名男子的装束却十分斯文，衬衣、长裤剪裁考究。面容白皙俊朗，一双眼睛如黑曜石般深邃而温柔。

他身上有种不动声色的贵气，与周遭的一切格格不入。

荧幕上，镜头一转，开始播报下一则国际新闻。年轻男子不在意地收回视线，道："走吧。"

门口守着两个人，其中一名染着绿色短发的女子立刻上前转动轮椅，推着他出了简陋的房门。

屋外豁然开朗，山林莽莽，不远处是一座大山腹地深处的村庄。

空地上成排的越野车等候良久。几十盏车灯照亮了二人身后的建筑，竟然是一座早已在大火中化为焦黑废墟的卫生院。

几十名荷枪实弹的进化者肃立在车前，而一个男人跪在地上，灰头土脸，狼狈不堪，半只左耳已经被活生生撕掉了，鲜血顺着脸颊流淌下来。

见到轮椅上的年轻人被推出来，那男人眼前一亮，连滚带爬地冲上来就要去抱他的腿："荣先生！荣先生我错了！我只是一时贪心，求求您我不想死……"

唰的一声响，绿色短发女子双手突然变成藤蔓，闪电般当空而至，把那男人抽得翻滚在地。

轮椅上被称作"荣先生"的年轻人一摆手，阻止了藤蔓女。

"东西呢？"他温和地问。

一名手下立刻上前，拽断了男人挂在脖颈上的吊坠，低头双手奉上。只见那是一个透明的隔离管。管子里有一颗指甲盖儿大的黑色石头，表面粗糙嶙峋，却泛着莹莹的蓝光，如纱如雾般轻薄神秘，像夜空中闪烁的星星。

是一颗陨石。

五年前，四千余颗这样的陨石坠落到地球，引发了全球十万人的突发进化，人类社会一度大乱。此后这些陨石被各国政府搜索、严查，全部封存在绝密研究中心里，民间再也不见踪影。

有潜力的普通人只要接触到这些陨石就会进化，因此它们被称作进化源，在黑市上价值连城。

"我……我不是想偷去卖，我的异能太弱了，只是想得到更多力量……"男人剧烈发抖，涕泪俱下，"我下次再也不敢了，求求您，求求您别杀我！"

"你想得到力量？"荣先生略微向前倾身，打断了他语无伦次的求饶。

男人捂着流血的左耳："是……是！"

荣先生笑起来，漫不经心地靠在椅背上。他把隔离管向上一抛又轻轻接住，仿佛在沉思什么似的。如此重复四五次后，才随手把隔离管向前一扔，丢在了那男人面前的沙地上。

"半个月内，把申海市监察官沈酌带到我面前，它就是你的了。"

男子瞪大眼睛，简直不敢相信自己的耳朵。

"半个月之内完成交易，你将永远获得进化的力量，成为我们当中实力强大的一员，否则……"荣先生轻柔地顿了顿，俯视着他，"你和你的异能一起，都将连本带利地被我回收，明白了吗？"

男人剧烈喘息着，手掌死死握住进化源陨石，眼底迸射出孤注一掷的光，半晌咬牙挤出几个沙哑的字："我……我明白了。"

荣先生鼓励地拍了拍他的肩膀。轮椅与他擦肩而过，被推向越野车。

"荣先生！"男人突然想起什么，膝行几步追上前，跪在地上急迫地问，"那个申海监察官，那个沈酌，我把他的尸体带给您也行吗？"

荣先生似乎没想到这个问题，停顿了一下。随即他失笑起来，回头打量那男子片刻，说："如果你能杀死他，我就赐予你最高的奖赏……我将令你永生。"

男人的眼睛瞪大了。

荣先生微笑着转身而去。

广袤夜空之下，几十辆越野车排成一行，沿着崎岖山路飞驰而去，渐渐隐没在了死寂的大山深处。

数日后，申海市。

劲爆的鼓点震耳欲聋，光射灯在舞池里扫来扫去，陶醉的人群随 DJ（唱片骑师）发出纵情的呼喊。

喷泉一样的 A 牌香槟顺着香槟塔层层满溢下去，闪烁着纸醉金迷的光辉。成群香槟女孩儿爆发出尖叫，几乎掀翻了整家夜店。

"哥哥好棒！"

"赵哥牛！"

咚一声响，赵竣把空了的酒瓶随手用力一掼，顺手搂住身边一个样貌清秀的陪酒男孩儿，跷着腿笑道："我听说自从姓沈的从 B 市来了申海，你们申海所有进化者都被他管成了笼子里的鸟，有这么憋屈吗？"

一帮衣着光鲜的狐朋狗友聚在卡座里，其中一人苦笑起来："不是我说，赵哥，你家在 B 市当然是想怎么样就怎么样，但在申海的地界上还是当心点儿吧。那沈酌的手段你是没见过……"

旁边人都心有戚戚焉地附和。赵竣见状"嗐"了一声："你们这帮没出息的，那姓沈的当年在 B 市可没那么狂，怎么一来申海就把你们治住了？！"

这帮人你看我，我看你，先前说话的那个好奇起来："怎么赵哥，你知道他的底细？"

这是一个个的真的都喝高了，换作平常，这帮人绝不敢背地里嚼沈酌的舌根。赵竣哈哈大笑着一摆手："这有什么不知道的？姓沈的早年做学术出身，在中心研究院当主任，专门拿进化者来做人体试验，没有哪个进化者不恨他。要不是有傅琛罩着，他早就被人弄死一万次了……"

"傅琛？"有人醉醺醺地反应过来，"这人不是当时中心监察处的老大

吗，罩着姓沈的干吗？"

赵竣"扑哧"笑了一声，向前探身压低了声音道："你说呢，为什么？"

这帮人闻言安静两秒，然后一个个心照不宣地大笑起来。

赵竣怀里那小男孩儿不安地动了动，抬起一手托住腮，想要貌似不经意地捂住那个耳钉式监听麦，却被一个陪酒女暗中按住了。

两人借着倒酒对视一眼，彼此脸色都明显发青。

"赵哥。"女孩子明显更精干些，勉强挤出妩媚的笑容，"说那些败兴的干什么呀！来嘛，帮妹妹扔个骰子……"

"不对呀，"这时卡座的另一边有人好奇地凑过来，"傅琛不是早死了吗，我隐约听人说就是被沈酌亲手弄死的？"

"陪酒女"一个激灵，险些把美甲硬生生掰断。

赵竣跷着二郎腿，摇晃着威士忌酒杯，说："别逗了，真当姓沈的是个正常人哪？他痛恨进化者，他就是个喜欢把人驯成狗的心理变态，驯不成的都会被他想法子治死，再掏心掏肺地去舔都没用！"说着，他自己都笑了起来，"我就奇了怪了，姓沈的到底有什么本事，能让傅琛心甘情愿地护着他？"

周围一片哄然笑声。沈酌极度低调，很少抛头露面，在座没人亲眼见过他，但上流社会圈子里对他那张漂亮的脸有耳闻，一来二去大家都将信将疑的。

"说不定姓沈的手上有傅琛什么把柄呢？"

"那肯定的呀！"

"谁知道私底下怎么回事，哈哈哈……"

陪酒的小男孩儿脸色煞白，仔细看的话会发现他的瞳孔都在战栗，他用一只手死死捂着耳钉，但完全没用。污言秽语正通过监听麦，清清楚楚传到夜店门外不远处停车场角落的一辆指挥车里。

沈酌坐在监听器前，屏幕的荧光映在他坚冷的侧脸上，不见任何喜怒。车厢里所有的工作人员屏声静气，只恨自己不是透明的。

"按他的年龄算，当年是怎么爬到中心研究院第一主任的位置上的？这里头没点儿脏事儿谁信……"

沈酌终于按下麦，声音冷静清晰，没有一丝波动："停止没有意义的讨论，把话题转到进化源交易上。"

夜店卡座里，小男孩儿艰难地咽了口唾沫。

赵竣毫无觉察，还跷着二郎腿："就是因为傅琛死了，中心监察处人人都恨不得把沈酌杀了泄愤，他被贬职赶出了研究院……"

"啊！"一声惊叫，小男孩儿失手打翻酒杯，香槟泼在了赵竣衣服上，"赵哥对不起，赵哥对不起，我这就给您擦！"

赵竣显然口味特殊，对年轻貌美的"酒吧少爷"更有耐心，不仅一点儿不生气，还哈哈笑着去拉小男孩儿的手。

正当这时那个"陪酒女"配合默契地依偎过来，手疾眼快从赵竣脖子上挑出一物："咦，赵哥这是什么？"

赵竣脖子上戴着一根皮绳，吊着怀表模样的金属壳，但打开里面却不是表盘，是一块泛着幽幽蓝光的、瓶盖大小的石头。

赵竣的脸色立马变了，他一把夺过石头，劈手推开"陪酒女"："乱摸什么？下去！"

哐当一声，"陪酒女"摔在地上，当场吓得花容失色。周围几个人纷纷起身，个个脸色都变了："干什么干什么？把她拉下去！"

"老板怎么教人的，懂不懂点儿规矩？！"

有人慌忙劝道："没事的赵哥，能进化的基因万里挑一，她就算摸到这石头也没事……"

人声鼎沸，环境混乱，"陪酒女"紧紧盯着那块石头，但它转瞬间就被赵竣塞进衣领里不见了。

与此同时，影像通过她那片透明美瞳，同步传输到了指挥车里的监控屏上。啪的一声，沈酌按下了暂停键，盯着屏幕上蓝光莹莹的石头。

"能否辨认是真的进化源？"半晌他皱着眉问陈淼。

陈淼凑上去仔细端详屏幕，半晌为难地摇了摇头："学长，您是专门研究这个的，连您都无法辨认，我岂不是更……"

私自持有进化源是重罪，但因为黑市上的巨额利润，进化源造假已经成了一条新兴产业链。早年一些人用劣质的荧光铁石假冒进化源，真正的进化者一眼就能认出是山寨货。但后来制假技术发展到放射性物质和生物碳源提纯，就连沈酌这样的顶尖级别专家也无法用肉眼分辨真假了。

"赵家有权、有势、有钱，我倾向于他不会拿造假的进化源来牟取利润，不过最好还是带回监察处用仪器检测。"陈淼锁紧了眉头，"但我们还没摸清他的买家是谁，还是等赵竣跟买家接头之后一网打尽比较稳妥。"

谁料这时监听麦里传来卡座里喧杂的人声，听着像是劝阻声："赵哥，赵哥您别走哇！"

"这才不到 10 点呢！"

但赵竣明显已经被败坏了兴致："跟人约了事，先走了，你们玩吧。"

"怎么要走了？情报上说赵竣跟买家约的交易时间是 11 点哪！"陈

森低头一看表，登时急了，"不行，负责追踪的探组还没到位呢！"

谁也没想到赵竣会因为败兴而提前离场，变故来得猝不及防，指挥车里所有人都紧张起来。沈酌低声吩咐："联系探组，计划有变，即刻安排人手准备跟踪。"然后按下连接现场的耳麦，"1002，设法把目标留在现场或者跟他一起行动，立刻！"

行动编号 1002 的"陪酒少爷"是个刚进监察处的应届毕业生，化装成 money boy（金钱男孩儿）已经让他很想哭了，但比起当 money boy 他更恐惧沈监察，只得强忍不适做小白花状，楚楚可怜地伸手去拉赵竣衣角。

"赵哥，怎么这就要走了？多陪陪我嘛，我今晚除了赵哥谁都不……"

换作平常，赵竣是抵挡不了这样娇滴滴的年轻男孩儿的，但此刻他兴致全无，心里只想着接下来的交易，敷衍地一挥手推开了男孩儿："下次啊，下次再来找你，乖。"

没下次了！今天不拦住你，明天沈监察就会当真把我阉了送来当 money boy！

男孩儿扑上去就抱住了赵竣大腿，连牙关都在打战："赵哥，赵哥你别走，赵哥你带我一起去！我舍不得你！"

周围一片"这小孩儿好黏人"的哄笑和借机挽留声。

赵竣看了一眼表，离约定的交易时间还有一个多小时——但此时他确实已经被那个小插曲败坏了胃口，兴味索然地摆了摆手："听话，今晚有正事，明晚再带你出去玩儿，啊。"

赵竣拔腿就往外走，男孩儿简直急疯了："带我一起去嘛，赵哥！人家什么都不要，只想跟着你！别走，别走哪！"

"哎呀，你纠缠什么呢？"赵竣也急了，顺脚就把小男孩儿一踹，"放手！"

与此同时，指挥车里。

"不行组长，来不及！"一名监察处的工作人员拿着电话焦灼地抬起头，"辖区公安准备加派增援，但还要半个小时才能到位！"

陈森的脏话差点儿出口，又被他硬生生咽了下去，"学长，现在该怎么——学长？！"

只见沈酌一手摘下指挥麦，迅速脱下西装外套。他里面穿的是一件白衬衫，剪裁得体，勾勒出挺拔的肩背。腰线薄而劲瘦，收束在黑色西装裤里。

"所有人原地待命，技术组准备对我定位。"

车内众人不明所以。

沈酉丁起身拉开车门，一手扯松领带，疾步走向不远处人声鼎沸的夜店。身后的所有工作人员目瞪口呆："监……监察官！"

夜店门一开，劲爆的声浪扑面而来，几乎瞬间把人吞没。

男男女女纵情蹦迪，一张张年轻的脸在彩灯下闪烁着迷醉的光泽。沈酉丁面沉如水，大步穿过舞池，路过无人的残桌时顺手捎走了还剩个底儿的威士忌，仰头对瓶闷了一口，剩下那点儿全浇在了自己身上。

烈酒顺着敞开的衣领流进去，浸透了白色制式衬衣，贴在他胸前、腰背上，甚至勾勒出了薄薄的腹肌线条。

"帅哥交朋友吗？"

"帅哥喝不喝酒？"

狂欢的氛围从四面八方蜂拥而至，沈酉丁推开几个醉醺醺的年轻人，转进一条走廊，迎面正是面带不豫、正准备离开的赵竣。

砰！两人迎面相撞，赵竣措手不及，趔趄了一下，心情更是大坏："长没长眼睛，你——"

沈酉丁头也不抬，好似醉得都摇晃了，仓促中一握他的手才勉强站稳。

沈酉丁的半侧上身湿淋淋的，微垂的眼睫形成一道纤长的阴影。夜店乱七八糟的灯光打在他的侧颊上，那瞬间有种惊心动魄的张力，猝不及防地撞进赵竣视线。

赵竣只觉心脏停跳了半拍。但那只是一眨眼间的事，沈酉丁毫不留恋地放开他的手，跟跄擦肩而过。

赵竣情不自禁地跟着转身："你是……"

就在这时，那"陪酒少爷"奋不顾身地追来，一句"赵哥"没来得及出口，迎面就撞见了这个场景，登时如遭雷击："监——"

有勇有谋的"陪酒女"不要命般扑上去，一把死死捂住了男孩儿的嘴，用力之大险些把自己的同事当场勒至晕厥。

赵竣眼睛发直，完全看不到其他任何人，也听不到其他声音。

他只能眼睁睁地看着沈酉丁推开洗手间的门，男人可能是醉得恍惚了，回头对他莞尔一笑，被烈酒浸润过的唇角勾起一道弧度。

然后他走了进去。

"陪酒少爷"："……"

"陪酒女"："……"

惊雷轰隆当头劈下，两名探员僵在原地。

半晌那年轻男孩儿颤抖着手，往死里狠狠掐了自己一把。

如果说赵竣刚才是心脏停跳的话，那么现在就是怦怦狂跳了。他甚至

025

还没反应过来，身体就已经开始动作，紧追不舍地进了洗手间。

沈酌在哗哗的冷水下冲着脸，黑色大理石洗手台衬得他手指惊人地白，沾了水的侧颊仿佛有种难以言喻的光晕，让人移不开视线。

赵竣条件反射地整了整衣领，顺手扯了几张纸，不由自主调整出最温柔有磁性的声调，尽管连他自己都能听出因为激动而尾音不稳："你……你好哇，跟朋友一起来的？我帮你擦擦？"

沈酌一手扶着洗手台，看上去神志很不清楚。

赵竣结结巴巴地说："加个联系方式？我的车就停在外面，不如我带你出去兜兜风……"

哗啦一声响，沈酌似乎想直起身，但站不稳往下倒，被赵竣一把扶住了。

酒香刹那间扑面而来，让赵竣立刻就醉了。他因为激动过度而呼吸急促，只听见那人一手按在他肩头上，含着醉意在他耳边轻声问："你要带我去哪里，嗯？"

洗手间的门开了，两个探员同时一悚。只见赵竣极度殷勤地扶着沈酌走出来，后者看上去人事不省，已经完全失去了意识。

刹那间两人内心电闪雷鸣，小男孩儿差点儿左脚绊右脚摔个跟头，连滚带爬地冲上去："哎呀，这不是我们领班吗？快让我来让我来——"

赵竣立刻呵斥道："干什么干什么，走开！"

"赵哥，赵哥我们领班他不能出去的，"陪酒女急中生智，作势要打电话，"我这就叫我们老板过来给您道歉……"

赵竣怒道："我跟你们老板多少年的'铁子'了，要你在这儿多事？来人把她拉走！"

女探员被他一搡，手机啪嗒一声掉在地上。这番动静引起了不远处的注意，几个夜店保安都向这边望来。

混乱中两人根本没有任何办法，只能眼睁睁看着赵竣搀扶着昏睡不醒的沈监察，穿过舞池扬长而去，径直出了夜店的门。

舞曲旋律劲爆，然而这方寸之地却被可怕的死寂笼罩了。

两人都在对方战栗的瞳孔里看见了自己极度惊恐的脸，半晌小男孩儿哆嗦着按下耳麦，开口一股哭腔："陈……陈组长不好了……"

指挥车里众人精神一振，陈淼急忙道："立刻汇报现场情况！目标现在何处？！"

"目标，目标，"小男孩儿如丧考妣，"目标把喝醉的监察官带出去开房了！"

"噗！"陈淼一口水喷了满屏幕。所有人脑中一片空白，望着远处的

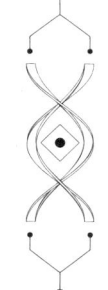

夜店。死亡般的窒息笼罩了整个车厢。

"赵总,赵总怎么提前出来了?"夜店外一辆黑色添越车门边,司机忙不迭下车来给赵竣开门,见他殷勤搀扶着一个深醉不醒的人,还忍不住多看了两眼,口中识趣地问,"咱们是直接去交易的地方,还是……"

司机是赵竣为了这次交易特地带来申海的心腹,他也不隐瞒,一边扶着沈酌上车一边吩咐:"直接去交易地,反正买家也是约在酒店里,趁这时间你帮我开间房。"

"嗳!"

赵竣满心高兴,司机也赔着笑,一边发动汽车一边在 GPS(全球定位系统)里设置了行车路线——无人注意的昏暗后座上,沈酌睁眼向导航一瞥。

白府锦江大酒店。一家新开业的超五星酒店,离这里开车不到二十分钟。

沈酌闭上眼睛,突然心里微微一动,莫名其妙地感觉这酒店的名字有点儿熟悉,似乎在最近的某个工作报告上一眼掠过。

白府锦江?沈酌蹙起眉,他裤袋里的手机定位系统正无声运行着,向监察处的指挥车发出信号。

豪华汽车汇入了申海市灯红酒绿的繁华夜景。

"交警!联防!辖区派出所!能调出来的人手统统帮我调出来!"繁华的商业街上,一辆监察处的便装吉普车横冲直撞,激起车流中一片喇叭。驾驶座上的陈淼对着手机疯狂咆哮:"不管你们多少人,多少车,待会儿但凡迟到了,明天监察处就上门踏平你们全家——"

手机对面的王局蒙了:"迟迟迟……迟到什么?迟到会发生什么?"

迟到会发生申海市监察处史上第一"偷家"惨剧,明早你我会跟那姓赵的一起被沈酌片成北京烤鸭!

"组长,组长!"这时后面的技术组组员狂喜起身,"我们找到定位了,在白府锦江酒店大门口!"

"酒店,什么酒店?"王局一头雾水,"沈监察让你们去扫黄打非啊?"

全车人员无言哽咽,陈淼扬起一抹含泪的微笑:"王局,实不相瞒,有人偷袭我方水晶,十分钟内不把那酒店抄了咱俩都得死,明儿全申海的进化者都要跟着一起陪葬。你看着办吧。"

王局:"啥?!"

陈淼挂断电话,一脚踩下油门。引擎轰然闷响,数辆监察处的便装车

027

同时掉头加速，在一片愤怒的喇叭声中风驰电掣而去。

前方不远处，都市江景边，"白府锦江"四个大字在天幕下流光溢彩，闪闪发亮。

"这位就是白大公子吧，幸会幸会！"

"一转眼都这么大啦，可总算是回国为你舅舅分担重任了！"

"一表人才啊，一表人才……"

酒店顶层的宴会厅，一场盛大的酒会，气氛正酣。白晟难得一身黑色正装，在他舅舅的引导下，游刃有余地穿行在衣香鬓影中。

有生意对手拽住他的舅舅，笑里藏刀地打趣道："白董可是把亲外甥盼回来了，以后总算能稍微喘口气啦，羡慕哇！"

白河集团的现任董事长其实也才五十岁出头，矮矮胖胖，圆乎乎的，长得颇为喜庆，只是闻言笑起来有点儿苦涩："那是，那是，早想着退下来颐养天年，可不快成真了吗？哈哈哈——"

"不至于吧？"纸醉金迷的角落里有人窃窃私语，"老头自己又不是没孩子，能眼睁睁看着江山被他外甥拿走？"

旁边有熟知内情的人小声笑道："你知道什么呀？江山本来就是这白晟他爹娘打下来的，夫妻俩临走前给独生子留了实实在在的绝对控股权。就因为他当时没成年，才给了他舅舅当董事长的机会……"

"那老头也不至于乖乖让位吧，他还能斗不过他外甥？"

不远处，白晟辗转在酒会中，俊美无俦，身高腿长，但一脸虚情假意的风度和嘴角敷衍的笑容，还是能令人看出他内心的无聊和不耐烦。

"谁知道呢，金玉其外败絮其中的富二代还少了？"先前说话那人微妙地撇了撇嘴，"以后白家的江山可热闹喽……"

"哎哟，这不是张总吗？认识认识！"

白晟一只手紧紧握住专程赶来看热闹的白家的生意对头的手，另一只手在对方肩上用力拍打，亲热得仿佛看见了自己八百年没见的亲叔叔："幼儿园那会儿我跟您家公子那可是比亲兄弟还亲，一放学咱们就拉帮结伙去捞您家的金龙鱼。那条二十万的过背金龙还是我手把手教您家公子烤熟的呢，味道还记得吗，张总？哈哈哈哈——"

倒霉的张总笑容已经扭曲了："犬子已经长大成人，如今成熟了很多，早已不像当年那样胡闹……"

"知道知道。"白晟一脸热络地打断，"我就知道贵公子幼儿园毕业那个暑假在家练习徒手摸电门，被暴打到住院两个月之后懂事成熟了很多。吃一堑长一智嘛，哈哈哈哈——"

什么叫吃一堑长一智？！带头玩插座的就是你这个小王八蛋！

白董事长一把拽走他的好大外甥，终于解救了濒临爆发的生意对手，挤出满面假笑："张总别跟他计较，他不懂事，他还是个孩子，回头我一定教训他。"

谁家能有这样二十七岁的孩子！

竞争对手七窍生烟地走了，白董事长心累无比，还没来得及找面镜子看看自己所剩无几的珍贵头发又掉了几根，就只听白晟叹了一口气，拍了拍他的肩膀，道："舅舅，这些世交我都差不多打过招呼了，你先忙吧，我走了。"

"你上哪儿去？"

白晟把杯子里最后那口酒一饮而尽，漫不经心地说："去'烂尾楼'看看。"

一听"烂尾楼"三个字，白董事长的脸色瞬变，其他话都忘了，疾步追上去紧张地压低了声音："你还去那儿？你不回家睡觉，成天跑去跟一帮进化者混什么？"

白晟那两条逆天大长腿，走一步能顶他舅舅两步。他径直穿过纸醉金迷的酒会，中途还没忘记对几位目送秋波的美女回以轻佻的微笑。

"没事，舅舅，我只是给那些无法适应社会的进化者一个容身之地而已，又不是养了一帮预备犯。"

"可是……"

"再说你不也是进化者吗，舅舅？"

白董事长闻言，一股委屈直上心头，他还真是。

当年他姐姐、姐夫去世时，小白晟才八岁——家产庞大，幼子稚嫩，要说白董事长一点儿算盘也没打那是不可能的。但偏偏白晟天生就是个比鬼还精、比油还滑的主，还是海外家族信托的唯一受益人，谁也动不了他。

白董事长只能歇了其他心思，老老实实当他的"摄政王"，等好大外甥毕业后就退居二线。谁料五年前，一场陨石雨突降地球，白董事长一觉醒来发现自己竟然进化了——虽然只是力量低微、没有异能的 D 级，但他的智商水平和身体素质都得到了脱胎换骨的变化。

更重要的是，当时为了维护社会稳定，有关部门对进化者是有诸多政策倾斜的！

白董事长顿时踌躇满志，感觉崭新的人生正在眼前徐徐铺开，正准备自立为王，一展宏图，突然这时噩耗传来。他的好大外甥也进化了，竟然是 S 级。全球仅有二十个的、人类巅峰的 S 级，捏死他这个 D 级就跟玩

儿一样!

白董事长躲在办公桌底下差点儿哭晕，懂事的白晟蹲在桌子边，是这么安慰他的："没事，舅舅，我捏死你干吗？放宽心，好好干活儿，朕的江山还指望你赚钱呢。"

那个风和日丽的午后，白家太子的冤种舅舅·隆科多·白董事长的号啕声回荡在集团顶层，半栋楼的人都听得见。

"舅哇，"白晟站在宴会厅外的电梯前，一手搂着他舅舅的肩膀，就跟搂着个矮胖土豆似的，叹了口气说，"有句话我考虑了很久，还是想推心置腹地告诉你。"

白董事长无语地道："什么？"

"那些煽风点火的话，你还是少听吧。"白晟顺手给他舅整了整领带，语重心长地道，"这么多年下来舅舅还不知道我吗？我这人两袖清风，品德高尚，对钱没什么兴趣，完全没想过要当一个资本家。"

白董事长看着外甥身上十八万的定制西装和手上四百多万的 J 牌腕表，陷入了沉思。

白晟说："我毕生的梦想和追求，就是为人类与进化者之间和平共处而奋斗，为保护地球而奉献终生！"

白董事长一时不知该作何言语，半晌郑重地为外甥鼓了鼓掌。

"所以，今后公司的管理权不会有任何改变，以前是舅舅当家，以后还是舅舅当家。"白晟谦逊地接受了掌声，和蔼地说，"您是我至亲娘舅，以后再有人挑拨离间你就打电话给我，我负责羞辱对方的祖宗十八代。"

白董事长万万没想到外甥竟然不赶他下台，惊喜来得太过突然以至于大脑一片空白，随即强烈炙热的亲情涌上心头："小晟……"

叮的一声，电梯到了，白晟挥了挥手，走了进去。

白董事长急急忙忙跟进电梯，搓着胖手不知该说什么，半晌感动地蹦出来一句："小晟，今年过生日想要什么？那辆一千四百万的 P 牌跑车喜欢吗，舅舅给你买好不好？"

白晟怜爱地看着他，微微一笑："别破费了舅舅，你这么多年努力工作，我作为第一持股人，分红买个跑车生产线都行，要不我送你一辆？"

白董事的感动全都拿去喂了狗。

透明的景观电梯从顶层一路往下，足以俯瞰整个酒店金碧辉煌的内部景象。

"我这次回来准备待在申海不走了，我要实现自己的追求和理想。"白晟伸了个长长的懒腰，郑重其事地表示，"我要当一个对社会有所贡献

的人。"

白董事长这下清醒了,冷冷地道:"贡献跑车行业的收益?"

"不,我要去考公务员。"

公务员?公务员好哇,稳定,受尊敬,最重要的是不会出去乱跑惹事!白董事长升起一丝期待:"那你想考什么单位?最好清闲点儿,别离家太远。同龄的女孩子多一点儿……"

"放心舅舅,就在家门口。"白晟顿了顿,掷地有声地宣布,"我要去考申海市监察处!"

"噗——"白董事长的血压瞬间飙到一百八,心、肝、肾、肺一齐在抖。他张口结舌地瞪着外甥:"你说什么?你知道申海现在的监察官是什么人吗?沈酌!是沈酌呀!你在国外没听说过他?"

"哦,听过。"白晟满怀仰慕地道,"我听说沈监察是个非常温柔、非常nice(友好)的人,热情友善,深受爱戴,在全球进化者群体中享有盛名……"

白董事长差点儿当场心肌梗死:"胡说八道!沈酌是个——"他条件反射地左右看看,心惊胆战地压低了声音,"有传言说他偷偷拿进化者做人体试验,弄死了好多进化者!他还喜欢没事电人玩儿!"

白晟淡定地哈哈两声:"那都是传言,眼见为实耳听为虚,不亲自去查探一番怎能定罪呢?我相信沈监察一定是个心地善——"

他突然瞟见酒店大堂一角,声音和表情同时冻住。白董事长茫然地回头。

酒店大堂角落,客房电梯门前,赵竣低声吩咐司机:"买家开的房间跟我们一样在十六层,你先去跟他们说一声,我安顿好了再去找他们交易……"

"是!"

赵竣搀扶着"人事不省"的沈酌,满脸掩饰不住的垂涎急色,拿着刚开好的房卡在客房电梯边一刷。

高处的观光电梯里,白晟带着梦游般不真实的表情,用力掐了白董事长一把。冤种舅舅差点儿"嗷"的一声跳起来:"你怎么了?"

白晟震惊道:"有人跑咱们家酒店来自杀。"

"啥?"

只见远处的电梯门缓缓合拢,赵竣和沈酌的身影消失在了门后。白晟等不了观光电梯落地了,哗啦一声捣碎整面玻璃,从四五层的高度一跃而下!

洞天

无数玻璃碎片落进酒店喷泉，大堂里的所有人发出惊呼。

白晟置若罔闻，落地的瞬间仿佛原地消失，下一刻直接出现在前台前面，用两根指关节敲了敲前台："刚才那人开的是几号房？"

大堂经理一脸惊恐地对着少东家道："啥？"

嗡嗡——客房电梯里，沈酌口袋里的手机无声振动了两下。这是陈淼的暗号，意思是后援已经包围目标地，随时可以接应或出击。

赵竣一无所知，还哼着歌儿，踌躇满志准备迎接一个美妙的夜晚。正当这时，叮的一声，电梯门打开了。

心花怒放的赵竣正准备出去，突然电梯门被人伸手一卡——只见堵门的是个年轻帅哥，高挑挺拔，眉目锐利，满头黑发中挑染了一撮银白。正是在短短十几秒内从消防通道一路狂奔上十六楼的白晟！

白晟露出一丝狞笑："兄弟，干吗呢，捡尸呀？"

一发惊雷瞬间劈下。

沈酌："……"

赵竣莫名其妙地问道："你……你干吗？你是谁？这是我朋友！"

"朋友。"白晟嗤之以鼻，一把拽过沈酌的胳膊，把他夺过来护到自己身后。赵竣愕然："你干什么？！"

白晟用一只手挡着难掩心虚又气急败坏的赵竣，一边迅速上下检查沈酌全身，只觉酒气浓重得不正常，但分辨不出有没有被下药，心内不由疑窦丛生。

"监察官？"他伸手拍了拍沈酌的脸颊，用只有他们两人能听见的声音问。

沈酌没有丝毫反应。

申海市监察官一向是西装衬衣、冷淡严谨，但此刻他的皮肤仿佛浸透了烈酒的芬芳，浓墨般的眼睫扑下阴影。衬衣松开了最上面的两个纽扣，甚至可以隐约看到锁骨。

白晟掩饰般咳了一声，移开视线，轻声问："你这是怎么搞的，监察官？"

沈酌："……"

一动不动的沈酌还没想好如何处理这天雷劈过一般的场面，只听赵竣大怒道："你到底是谁，关你什么事？！我说了这是我朋友！"

白晟顺口嘲讽道："你朋友？我还说这是我朋友呢。数到三你再不滚，哥们就把你吊在这酒店楼外点个天灯当 logo（标志），试试？"

叮！身后另一道电梯门打开，露出白董事长目瞪口呆的脸。

"你……你说什么？"白董事长匆匆带人赶来救场，没想到迎面一发

天雷劈得他差点儿当场中风，哆哆嗦嗦地道，"咱家可是做正经生意的。"

挤满一电梯的酒店保安们："……"

众目睽睽，空气凝固，白大公子一脸无奈，分出神来澄清道："不是这么回事，舅舅你别瞎掺和，等我先处理完这个'捡尸'的……"

这时白董事长一眼认出了"朋友"的脸。进化后他的视力足以媲美战斗机飞行员，但此刻白董事长倒宁愿自己瞎了，只恨不能当场脑溢血晕过去，脱口而出："沈……沈……沈……"

白晟立刻想阻止，但已经来不及了。

"沈沈沈沈沈监察！"

这个称呼的威力简直就跟炸弹爆炸没两样。现场万籁俱寂，人人魂飞魄散，齐刷刷地看向了闭着眼睛、一手扶额的沈酌。

万籁俱寂都不足以形容这死神降临般的场景，一瞬间很多人都恍惚觉得自己看到了一生的走马灯。

沈酌一睁眼睛，出手如电，揉开白晟，一把按住如梦初醒的赵竣。后者还没来得及撒腿逃跑，就哐当一声重重被沈酌狠压在地，双手反拧到背后，一头将地砖砸得粉碎。

"我——"赵竣血流满面，怒骂一声挣扎想逃，但沈酌比他想象的更冷酷果断，毫不犹豫地拔枪抵在他耳边！

砰砰砰砰砰！子弹横飞，枪管迸火，枪口对着赵竣眼前的地面，将那块地砖打得齑粉迸溅！

枪声一停，赵竣已经被彻底吓软了，发着抖，连爬都爬不起来，被沈酌拽着头发强行提起脸。沈酌问道："黑市买家房间号是多少？"

"一……一……"

"房间号是多少！"

"1625……"

砰！沈酌一枪托把赵竣打得口鼻喷血，晕了过去。

众酒店保安目瞪口呆，白晟的嘴角微微抽动："监察官？"

这时走廊尽头的一扇门开了，几道身影匆忙冲出，逃向消防通道，正是藏在1625号房里的进化源买家！

情急之下来不及解释，沈酌起身就去追，风驰电掣之际，他身后紧紧跟上了一个人，正是白晟。他边跑边大声问："请问你刚才是在钓鱼执法吗，监察官？！"

沈酌表现出了惊人的涵养——但凡换个人来，此时一定先调转枪口把这个便宜"朋友"给解决了。

前方那几个买家一脚踹开消防通道的门，慌不择路冲了进去。两个有点儿脑子的知道往楼上跑，还有三个蠢货却一窝蜂地向楼下逃。恰好这时陈淼带人冲上楼，迎面堵住那三个蠢货。如狼似虎的监察处工作人员扑上去就把他们给制伏了。

"站住！"

"站住，不准动！"

"押下去，押下去！"

"监察官！"众人如释重负，差点儿当场号啕起来。

陈淼定睛一看，只见沈酌在上一层楼梯上俯视着众人，领口敞着，大半身被酒打湿，薄薄的布料还贴在身上。

可怜的陈淼登时如觉一道高压电从尾椎骨打进天灵盖，差点儿扑通一声跪下："学……学长……"

沈酌不想理会这帮人："嫌疑人在十六楼电梯口被制伏，去实施逮捕！"

陈淼撕心裂肺地喊道："学长你没事吧！学长我有罪！学长对不起我们来迟了……"

沈酌掉头冲向楼上，但刚才那两个顺着楼道往上跑的是进化者，速度比普通人快了太多。他们飓风般冲到酒店顶层八十八楼，踹开门逃进了走廊。

酒店顶层正举行着一场酒会。

沈酌脚步一停，只见不远处衣香鬓影，各种身着高定晚礼服的上流社会男女正拿着香槟杯优雅谈笑。两个进化者走投无路之下冲进了宴会厅，顿时一片人仰马翻。

"啊——"

"什么人？"

"怎么回事？"

"别过来！"其中一个进化者顺手抓住侍应生，如抓住救命稻草般挡在自己身前，疯狂怒吼，"都走开，不准过来！让我离开这里！"

哗啦一声托盘翻倒，侍应生瞬间吓蒙了："救……救命——"

人群惊呼一片，纷纷四下退散，周围顿时空出了一片地。就在这混乱中，沈酌森寒的面容没有一丝变化，他疾步上前抬枪就射，砰！

子弹擦过侍应生的侧颈，正中进化者肩膀，鲜血雾时飞溅半空！

"啊啊啊——"

惊恐尖叫四下响起。那个中弹的进化者摔倒在地，因为电击子弹而全身剧烈抽搐，再也爬不起来了。

沈酽沉声道："申海市监察处，所有人待在原地不许动！"

"沈……沈酽……"有人颤抖着认出了他，"申海市监察官沈酽……"

——申海市两万名进化者的顶头上司，大监察官沈酽。

这个名字带来的震慑效果简直是立竿见影的，在场的社会名流们人人变色。无数惊诧和畏惧的目光从四面八方投来，场面随之一静。

紧接着，只见人群后一道背影趁乱奔向大厅出口。

正是最后那条漏网之鱼！

沈酽扣下扳机，谁料那人同时顺地一滚，与子弹擦身而过，随即扑向宴会大厅的落地玻璃窗，挥手打出一道冰箭！

他是个水系的进化者！

哗啦——巨大的落地玻璃整面粉碎，无数碎片迸溅开来。人群尖叫着退后，进化者直接从酒店的八十八楼上跳了下去！

沈酽在玻璃爆溅那一瞬间挡住头脸，正欲快步上前，身后却有人一拍他的肩膀，语气竟然还很轻松："别急呀，监察官。"

是白晟。

沈酽蹙眉："你……"

白晟微笑着竖起一指做噤声状，另一手啪地打了个响指，顷刻间耀眼的闪电从他指尖蹿上半空。周围众宾客顿时惊惶退后。

"那……那是什么？"

"进化者？"

"是进化者！"

人类对进化者永远带着本能的恐惧和一丝敬畏，霎时大厅内人人互相推搡。紧接着，闪电噼啪绞成绳索，如毒蛇般穿过人群，爆出一道恐怖的雪亮强光！

电索冲出落地窗，在那足以令人短暂失明的半秒间，沈酽感觉到双眼被一只手温柔地盖住了。与此同时，跳楼的进化者被从天而降的电索捆住，凌空抓回酒店顶层大厅，哐当一声，重重砸在了地上。

刺啦一声响，电流消失得无影无踪。

强光终于消失，空气中弥漫着一股烧焦的味道。那个进化者被电得冒烟，趴在地上不断抽搐。

"在那儿！"

"不准动！"

陈淼带人冲进顶楼大厅，时机卡得分秒不差。监察处的人员冲上去就控制了那两个半死不活的进化者买家，迅速将他们绑了起来。

035

洞天

"走！"

"押下去带走！"

覆盖在沈酌双眼上的手掌这才移开了，白晟揶揄地瞅着他："你方才是打算跳下去跟他殉情吗，监察官？"

沈酌："……"

半小时后，因为强光而短暂失明的来宾们的视力终于陆续恢复。众人与充满歉意的白董事长握手道别，惊魂未定地散去了。

监察处在清理现场，沈酌站在人群外不远处，戴着黑色皮质手套的双手插在裤袋里，沉默地听着手下的汇报。

"那真的是沈酌？"

"真的是他吗？"

监察官这个位置太微妙了。在申海市的地界上，沈酌几乎有无限权力，因此也极其低调，就算是有头有脸的名流大佬们也很难接触到他。这时便有人跃跃欲试，想抓住这个难得的机遇凑上去打声招呼。

"不行，您不能进来，此处已被临时接管，出口在那边。"所幸监察处人员对这种情况已经驾轻就熟，不留情面地拒绝客套，"我们监察官不与外人交流，按规定您只能等他传唤问话。"

"对，陈组长也没空，有事我们可以帮忙转达。"

"谢谢，谢谢合作，请立刻从那边出口离开……"

白董事长扭捏再三，终于鼓起勇气凑上去："沈……沈监察。"

汇报情况的手下停住了，沈酌回头瞥来。

那短短的几秒对白董事长来说突然无限漫长，所有阿谀拍马的话都卡在喉咙里憋不出来，仿佛连大脑都在那居高临下的视线中被强行清空了。

半晌他咕咚一声咽了口唾沫，鬼使神差地脱下自己的外套，颤抖着手捧上前："您穿……穿吗？"

空气凝固了。

沈酌回过头，从陈淼手里取过自己的西装外套，一言不发地穿在身上，整了整衣襟与袖口。

"不了，谢谢。"然后他礼貌回答。

沈酌抬脚走向现场，连头都没回。白董事长整个人仿佛咔嚓一声裂开了。

陈淼心怀恻隐地道："您没事吧？"

白董事长一把抓住他，发自内心地颤声问道："我一生依法纳税，行善积德。如果我有错请让税务局惩罚我，为什么要让我一个风烛残年的无辜老头遭遇这些？"

陈淼震惊道："您到底干了什么？"

白董事长骤然沉默，眼前再次浮现出自己好大外甥一手把监察官搂在怀里的画面。半晌，他充满悲伤地说："当时没来得及把自己戳瞎。"

陈淼："哈？"

"买家连掮客共五人，连同卖家赵竣一起全部抓获，1625号房里的联系工具和涉案现金也全部封存了。"监察处人员肃容汇报，"赵竣携带的那颗进化源陨石已经被送往鉴定科，八个小时内出结果。"

沈酌说："回监察处。"

"是！"

大厅里所有工作人员迅速收拾好准备离开。沈酌走向门口，刚要跨出门槛时，身前却横过来一只手，轻轻松松地把他拦住了。

"你是不是忘了什么，监察官？"白晟斜靠在门框边微笑道。

大监察官的衣领扣到咽喉，一身黑衣而面容素白，眉眼弧度修长。当他垂下眼睫凝视着什么的时候，有种寒潭般静默的气韵，就仿佛那个动人心魄的、全身浸透了酒香的男人从未存在过一样。

"感谢您的协助，白先生。"沈酌停了停，说，"但希望下次不要在案发现场见到您了。"

白晟说："太见外了，监察官，我这个人向来施恩不图报，不是来问你要感谢的。"

沈酌上下打量他，意思是那你是来唱戏的吗？

白晟向周围扫了一眼，一手插在裤袋里，略凑前俯过身，薄唇几乎贴在了沈酌耳边，含笑的尾音里仿佛带着惑人的钩子："监察官，我三天前就提交了希望被申海市监察处征召的申请书，您不打算拥有我吗？"

陈淼一边听取汇报一边大步走来，蓦然抬头见此情状，一群人脚步同时停住了。

沈酌向后退了半步，拉开些许距离，礼貌但不带任何情绪地望着白晟。

"B市中心监察处拥有对本国进化者的优先征召权，据我所知他们已经对您发了邀请书。承蒙盛情，白先生，中心监察处比我更应当拥有你。"

白晟锲而不舍："可我只想追随你呀，不行吗？当年我在报纸上第一次见到你的时候就这么想了。"

"……"

"追随你一直是我平生的梦想啊，沈监察。"

沈酌凝视着面前白晟年轻而真诚的面孔，略眯起眼睛，一言不发。

洞天

可能是酒店金碧辉煌的灯光太过耀眼，没人能看清申海市监察官眼底难以形容的微妙之色。

"您就是沈主任，对吗？"

那年盛夏的一个午后，风从天际掠过研究院大楼走廊，中心监察处年轻的处长靠在楼梯扶手边，迷彩服衣襟中残留着训练弹的气息，抬手拦住了他的去路，眼中笑意熠熠生辉。

"我叫傅琛，是中心监察处的进化者，有幸了解到您的课题后非常感兴趣，想申请加入您的研究小组。"

走廊尽头，一群研究员经过，见状纷纷站住了脚步。风中飘来窃窃私语。

"那是不是傅琛？"

"就是他吧！"

"听说院里最近在拼命争取他……"

"这人为什么来找沈主任？"

沈酌刚从实验室出来，一手插在白大褂口袋里，站在高层台阶上打量了傅琛片刻，才冷淡地道："你们进化者不是天天在联合国抗议我做人体试验迫害你们吗，现在你又想来做什么？"

傅琛诚恳而温和地道："我已经从院长那里知道了您研究的真正内容。"

沈酌眯起眼睛，没有吭声。

"我想追随您，亲眼见证这条无视伦理的研究之路，看它最终会将进化的车轮带向何方……"傅琛仰头注视着高处那双锐利而冷秀的眼睛，伸出手来，掌心向上，"或者说，如果您不反感的话，请让我追随您。"

两人一高一低，隔着几级水泥台阶，远处的蝉鸣与人声都化作了远去的背景。

沈酌的眼神似有一丝微妙，不知在斟酌什么，良久终于走下一级台阶，略微俯身，靠近傅琛耳边。

这个姿态居高临下而饶有兴味，他没有直接回答对方刚才的问题："我听说，你是个罕见的Ｓ级。"

"……"

酒店璀璨的灯光下，沈酌终于无声地呼了口气，说："我不需要，白先生。"

白晟刚想说什么，沈酌一抬手，那是个不容置疑的、打断的手势，然后才略微靠近，用只有他俩能听见的音量一个字一个字低声警告："不要再窥探我的私事了。"

"……"

沈酌直起身，神情冷淡正常，不再看任何人一眼，与白晟擦肩而过，走出了大厅。

浴室的水声一停，白晟擦着湿漉漉的头发走了出来。

透过落地窗，可以俯瞰整座城市繁华的夜景，白晟光裸着结实的上半身，宽肩窄腰，肌肉流畅，每一寸线条都蕴藏着不动声色的压迫感。精悍的腹肌往下，人鱼线隐没在了腰间的浴巾里。

他站在窗前伸了个懒腰，转身望向桌上打开的手提电脑。显示屏上是一张新闻截图，时间是三年前，加粗的黑体标题十分清楚——"国际监察总署直接任命，新任大监察官来历成谜"。

配图是一张照片。

有着世界花园美称的S国B市，国际监察总署大楼的门前，一个全身裹在黑色大衣里的年轻人站在伞下，与总署长握手告别。

天空下着霏霏细雨，黑伞遮住了他的面容，镜头只捕捉到下半张侧脸。肤色冷白而轮廓俊秀，薄唇微抿成一道毫无情绪的直线。

白晟微微眯起了锐利的眼睛。

"进化者拥有极高的身体素质和各种异能，因此一向被视作威胁。但实际上对我们进化者来说，人类才是真正强大、充满了危险的存在……"

那是三年前的一个傍晚，夕阳透过教堂印花玻璃的天窗，映出一张白绿相间、堪称宏伟的大理石圆桌。肤色各异的年轻进化者们在圆桌边分散而坐，注视着首座上一名白发苍苍的E国老人。

"因为群体数量相差悬殊吗，教授？"白晟斜倚在座位上，两条长腿放松地交叠着，举起手来问。

老人抬眼向他一瞥："不，因为相对于一盘散沙似的进化者而言，普通人类群体拥有更加一致的目标。"

年轻的学生们的脸上都现出了疑惑的神情。

"生存的目标是繁衍，繁衍的尽头是进化。当进化的捷径摆在眼前时，任何反人道、反普世价值的基因研究都有可能在暗中发生……"

老人伸手切换投影，一则新闻出现在了显示屏上。

"国际监察总署昨天刚下达任命，将此人列为联合国十大常任监察官之一，"老人指向屏幕，"沈酌。"

白晟的瞳孔略微放大了。那是他第一次从照片中看到沈酌，这位后来以罕见的美貌和铁腕作风而闻名的强硬派监察官。

新闻法规定媒体在刊登监察官照片时必须进行模糊处理，因此照片不甚清晰，但那秀美的下颔和修长的脖颈，仍然能从黑伞下看出端倪。

圆桌边响起嗡嗡的交头接耳声。少顷，有个白人学生举起手，提问道："这个沈酌也是进化者吗？"

老人摇了摇头。

"不，他是个确定无法进化的普通人类，而从另一个角度来说，他也许代表了人类仅凭自身所能达到的基因巅峰。仅从我们掌握的情况来看，他至少拿过两个博士学位，在基因工程领域内极具权威，很早就被任命为Ｃ国中心研究院的首席主任。虽然他的研究项目是绝密，但一直有传言说，他在进化者身上做了很多非人道的迫害性试验。

"两个月前，Ｃ国青海发现一颗能量值极大的进化源陨石。一支三人小组被派去执行回收任务，其中包括一名Ｓ级，一名Ａ级，以及沈酌。任务中，进化源却因'操作意外'而剧烈爆炸，从而导致那名Ａ级进化者重伤，Ｓ级进化者傅琛当场死亡。"

全球也就二十个Ｓ级，圆桌边所有人登时大哗。

"亚洲那个傅琛死了？"

"意外？什么意外？"

"不可能！区区爆炸而已，Ｓ级哪儿有那么容易死？！"

"圆桌会用尽了所有办法，都无法调查出爆炸的真正原因，以及沈酌的绝密研究项目到底是什么，但有一点是肯定的。"老人吸了口气，加重声调缓缓道，"爆炸发生后，沈酌突然拥有了一部分类似进化者的力量。

"或者说，他拥有了一部分原本属于傅琛的力量。"

这句话的意义是如此森寒险恶，仿佛寒流席卷上空，让圆桌边所有人毛骨悚然。

"傅琛死后，沈酌被一贬到底，逐出了研究院。但蹊跷的是，国际监察总署突然一反常态，不顾全球各个进化保护组织的反对声浪，强行任命沈酌为联合国十大常任监察官，很快就要派他前往申海辖区上任。

"容我提醒各位，申海市生活着上万名进化者——上万名我们的同胞，兄弟姐妹。"

老人目光凝重，环顾圆桌边每一张年轻的脸。

"在座的你们都是高阶进化者，很多是Ａ级，甚至有Ｓ级。不管你们是什么肤色、什么人种，请你们牢牢记住一点——进化者是这个地球上的少数群体，一旦冲突爆发，我们必然是被消灭的一方。

"你们有责任保护弱小的同类，就像头狼保护自己的同胞手足。"

"沈——监——察。"白晟一手撑着下巴，自上而下地俯视着那张新闻

照片，含着笑喃喃道。

他的声音天生低而轻，听起来颇为华丽，但笑着说话时不免有种为人轻佻甚至阴阳怪气的错觉。尤其这三个字还一字一顿，每个字都带着意犹未尽的尾调。

"你到底想从我们身上得到什么呢？"

翌日，申海市监察处，审讯室。

"我什么都不知道……进化源？路边捡来的。"

赵竣被两名警卫押在铁桌后，这个在夜店挥金如土的纨绔子弟仿佛一夜之间就换了个人，眼底布满血丝，脸色苍白地嘲讽道："你们申海监察不是很厉害吗？很厉害就自己去查呀，怎么，还想私刑逼供不成？！"

审讯室的单向玻璃后，沈酌一手插在制服裤袋里，略微蹙眉。

"从昨晚把人弄醒后审到现在，什么都不肯说，被逼急了就摆烂，什么污言秽语都往外喷。"一名审讯员低头汇报情况，犹豫了一下，还是没敢把"污言秽语"具体转述出来，"不过您放心，从今天中午开始我们加大了审讯力度，一定尽快从他嘴里掏出进化源的来历！"

"他不会说的。"

审讯员："啊？"

沈酌淡淡地道："因为他的护身符还没到。"

"护身符？"

审讯员不明所以，这时只听单向玻璃后传来赵竣的冷笑："有本事就上刑啊，我倒要看看你们敢不敢给我留伤。知道中心监察处的老大岳飏吧，他可是傅琛生前的铁哥们，他身后的岳家还是我们家多少年的世交……"

审讯员大为讶异，道："姓赵的还有这种人脉？"

沈酌说："他家在B市经营多年，确实关系匪浅。"

"那……那他的护身符……"

"你们觉得岳处长会对我坐视不管？"赵竣挑衅地提高了声调，"三年前傅琛怎么死的大家还没忘呢。你们猜岳飏是想搞死我，还是更想借这个机会搞死沈酌？！"

审讯室内外的空气一瞬间冻结了。

傅琛三年前牺牲，公开的死因是爆炸事故，但所有人都心知肚明，傅琛的死跟沈酌脱不开关系。不出意外的话，他甚至可能就是沈酌故意弄死的。

这三年以来，中心监察处恨沈酌恨得咬牙切齿，傅琛生前那帮手下恨不得把沈酌生撕活吃了。而现在中心监察处的老大岳飚，是傅琛生前的同学、战友、最铁杆的兄弟，当年亲自主持了傅琛的葬礼。

哪怕这世上就剩最后一个想替傅琛报仇的人，那个人一定是岳飚。岳处长会怎么借赵竣的事来整申海监察处，简直都不用想。

"监察官！"这时一个工作人员匆匆走进旁听室，"陈组长让我向您汇报，岳处长今早乘专机从 B 市飞申海，已经快到咱们监察处了！"

竟然是本人亲至！

几人神色紧绷，却见沈酌眼底掠过一丝微妙，转身推开审讯室的门，径直走了进去。

"监……监察官？"

单向玻璃后，被押着的赵竣猛然抬头，猝不及防地看见沈酌，瞳孔蓦然紧缩。

夜店里那个浪荡而又高高在上的人似乎从未出现过，清醒状态下的大监察官眉目秀丽肃静，肤色像坚冰一般冷白。咽喉以下甚至连双手都不露丝毫皮肤。

一刹那间赵竣心底涌出狼狈的恨意："原来真的是你……"

"住口！"警卫呵斥。

沈酌站定脚步，自上而下地盯着他。

赵竣牙根咬得发酸，突然尖锐地冷笑了一声，压低声音一字字道："早知道我就不该等到酒店……"

"胡说什么！"

"住口！"

所有人大惊失色，霍然起身。警卫们扑上来就把他按倒在地："闭嘴，想死不成？！"

咚的一声，赵竣的头撞到地上，脖颈被警卫铁钳般的手卡着，整张脸涨红，拼命挣扎却一声都发不出。

沈酌摆了一下手。警卫们余悸未消，这才略微散开，只见赵竣狼狈不堪地趴在地上，随即被沈酌用鞋尖略微抬起了脸。

"贩卖进化源最高可判无期，你是不是觉得现在只有岳飚救得了你？"

赵竣没有回答，但他的表情说明了一切。

沈酌俯视着他："那我们就看看吧。"

咚咚两下，陈森敲门而入，快步走到沈酌身后一敬礼，道："监察官，岳处长到了。"

审讯室门口出现了一道修长冷峻的身影。

来人一身黑色制服，面孔棱角分明，鼻梁十分挺拔，不说话时有种干练沉稳、喜怒不显的气质，正是中心监察处的老大岳飚。

赵竣眼底登时迸发出希望，张口正欲求救，但下一刻侧脸被沈酌一脚踩下，整个头颅被死死踩在了地上。

"我要告诉你一件事。"沈酌居高临下道。赵竣满面发紫，连颧骨都在皮鞋底下发出了瘆人的挤压声。

在他们身后，岳飚摆手示意周围工作人员不必行礼，平静且习惯地看着这一幕。

沈酌随手把一个密封袋丢在地上，赵竣瞳孔蓦然睁大，只见密封袋中赫然是一块泛着幽幽蓝光的石头。

"这是你试图以一千六百万美金非法出售的'进化源'的样本，经仪器鉴定，是伪造品。"

赵竣整个人一愣，紧接着心头涌起绝处逢生的狂喜。这个进化源是他花重金从上家手里买的，如果是赝品的话说明他被上家骗了，但非法售卖进化源的罪名也不能成立，他不用坐一辈子牢了！

"而这个，"沈酌反手从陈淼手上接过一只金属隔离管，里面赫然是另一颗光芒莹莹的真陨石，"这是从申海监察处库房里调出的真品。"

赵竣惊疑地睁大眼睛，视线在两颗蓝莹莹的石头之间来回，心想沈酌是什么意思，总不至于要当面教他分辨真假吧？

"我认为像你这样的人，即便倒卖进化源，也不会随便挑选上家而导致轻易被骗。那么，你的上家手里应该是有真东西的，所以对我们来说你不是重点，你的上家才是。可惜从昨晚到现在你都拒绝配合，对假进化源的来历闭口不谈，好像打定了主意只要不开口，我就拿你没办法。

"你对我显然有一个非常大的误解。"沈酌停了停，说，"你似乎觉得，我是个追求证据和真相的人。"

赵竣僵住了。紧接着他意识到什么，脱口而出道："难道你想——不，你是监察官，你不能——"

"我能。"沈酌轻柔地回答，语调甚至有点儿残忍，"我说你非法出售的进化源是哪一个，它就是哪一个。我想让你在监狱里关到老死，你就会被关到老死。我想让你连尸骨都腐烂成泥，你就连下辈子都别想再见天日。监察官的世界里只崇尚强权，强权体系之下，不必遵从法律。"

"不，不……不，"赵竣终于意识到可怕，不由自主地哆嗦起来，在沈酌的皮鞋底下拼命扭脸环视审讯室内所有人，"这么多人都在看着，你封不住这么多张嘴！你——"

咆哮声戛然而止。

众人都沉默着，审讯室内外一片安静。赵竣难以置信地用力挪动头颅，望向审讯室门口肃立的岳飑。

从进门开始岳飑就没有说一句话，直到这时才开了口，声音里听不出一丝波澜："我尊重沈监察的管辖权，没有任何异议。"

赵竣终于如坠冰窟，嘴唇剧烈颤抖，连一个字音都发不出来。

沈酌收回踩着他侧脸的脚，半蹲下身，嘲讽的声音只有他俩才听得见："你该不会以为这人真是为你而来的吧？"

名为绝望的东西彻底吞噬了赵竣，他脸上最后一丝血色都消失了，瞳孔剧烈放大。

空气安静到窒息，半晌他像是噩梦惊醒般剧烈一抽。

众人登时警铃大作，箭步而上，却只见赵竣呜咽出声，随即发展成号啕大哭，挣扎着伸手去抱沈酌的裤脚。

"我知道了，我知道错了……我愿意配合，我什么都配合！进化源是我半个月前从掮客手里收的！那掮客外号'十三幺'……"

沈酌一退半步，避开了赵竣来抱他裤腿的手："'十三幺'的真名叫什么？"

"我不知道，我不知道，我只知道十三幺的货不是他自己的，是从上家手里偷来的。"赵竣一把鼻涕一把泪地道，"那个上家才是真货主，好像是个残疾人。他们叫他'荣先生'……"

"荣先生"。明明从未听说过这个称呼，不知为何沈酌眉头却跳了一下，一丝危险的直觉转瞬即逝。

赵竣语无伦次地道："我记得'十三幺'长什么样，我可以帮你们画像，求求你们让我配合，我愿意全力配合……"

"半小时内从他嘴里掏出所有东西，包括交易地点、身份资料、资金流向。"沈酌站起身来吩咐，"然后把他关进囚室，捆电椅上，未来三天内一滴水都不必给。"

陈淼几乎不敢看岳飑的表情，小声提醒："学……学长，姓赵的毕竟是中心区的人。那个，岳处长……"

沈酌没看任何人："通知中心监察处，来申海下跪都不管用，这案子已经不关他们的事了。"

他还不如转身一耳光打在岳飑脸上来得更痛快点儿，陈淼结结巴巴地道："是……是！"

所有人都忍不住偷觑中心区老大的表情。众目睽睽之下，岳飑脸上没

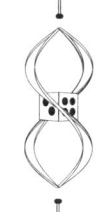

露出丝毫不悦，在沈酌转身出门时大步流星地跟了出去。

"沈酌！"岳飑紧追下台阶，提声喝道。

监察处大楼外的门卫还以为自己看错了，慌忙抬手敬礼，远处的工作人员们小声议论着。

"那是岳处长吗？"

"他怎么会跑来申海？"

"出了什么事？"

沈酌终于站定脚步，转过身来吸了口气："有何贵干，岳处长？"

岳飑仿佛完全没听出他话里的不耐烦，冷静地直视着他："我听说了昨晚发生的事，你的做法太危险了。"

"……"

"你是全球十大常任监察官之一，但昨晚你的做法甚至超过了一般监察官的安全范围，万一后援没有及时就位怎么办？万一对方将计就计，趁机把你绑走怎么办？这世上想要你命的人很多，你必须时刻记住安全才是第一位的。"

两人相距不过咫尺，沈酌双手抱臂，略微蹙眉盯着他，片刻后冷淡道："这世上最想要我命的是你们中心监察处。"

岳飑想说什么，被沈酌打断了："省省吧，你我不是能互相表演关心的关系。"

岳飑沉默片刻，说："傅琛不会希望你出事。我有责任在他走后为他确保这一点。"

"抱歉我不能理解你们进化者之间忠诚的兄弟情。"沈酌话里带着一丝毫不掩饰的嘲讽，"怎么，你来申海是为了亲自为赵竣哭丧？"

岳飑明显在数年如一日的折磨中被锻炼出了绝佳的涵养，停顿数秒才深深地吸了口气。

"中心监察处给那个叫白晟的 S 级发了邀请函，但他拒绝了，说只想留在申海。我约了他待会儿见面，想亲自劝说他重新考虑接受中心区的征召。"

沈酌说："那你去找他呀。"

岳飑略微加重语气："白晟告诉我，他已经向申海市监察处递交了申请，只是在等你的批准。"

监察处大楼前空无一人，连巡逻的警卫队都远远绕开了，只有他二人一高一低地站在台阶上。

"他确实递交了申请，但我已经拒绝了。"片刻后沈酌公事公办地平静

回答。

"大部分进化者会出现社会行为学上的退化,具体表现为清晰的内部阶级制度,以及低等级者对高等级者的本能服从。这跟狼群的生态模式非常相似,因此一个高等级进化者就像一个种群的头狼,会撼动整个地区的秩序和平衡。当年傅琛统治了整个中心区,而傅琛死后,头狼换成了你。"

"……"

"申海是全球最大的进化者聚集区,平衡与秩序至高无上。我绝不允许这座城市出现一位无冕之王。"沈酌说,"如果你不把白晟带走,我会设法驱逐他。"

岳飑沉默良久,终于低沉地回答:"我知道了。感谢你再一次提醒了我你对进化者有多么歧视。"

沈酌颔首表示赞同,然后转身向台阶上走去。

他的右手插进西装裤口袋里,左手垂在身侧,黑色皮质手套包裹着修长的五指,连指关节都清晰可见。两人错身刹那间,岳飑的视线落在他左手上,忍不住提声:"沈酌!"

沈酌眼角向他一瞥。

岳飑默然一瞬,话到嘴边变成了:"傅琛的三周年忌日要到了,你来参加悼念仪式吗?"

大街上的车声与人声隐约传来,但这方寸之地却极度安静,仿佛连空气都凝固了。

沈酌站住脚步,自上而下地注视着岳飑,少顷失笑起来:"你对你兄弟的身后事可真是太关心了,岳处长。"

岳飑顿了一下,道:"我只是……"

沈酌俯下身,唇角勾起一道毫不掩饰的弧度,在他耳边轻声道:"你再这样下去,我就不得不怀疑,你到底是在关心九泉之下的兄弟,还是有什么别的想法……"

轰!油门的轰鸣声瞬间炸响。

一辆超级跑车漂移过弯,闪电即至,引擎轰鸣震撼全街。下一秒,车胎在尖锐的摩擦声中戛然而止,稳稳停在了监察处大楼门前。

马路两边无数惊羡的目光中,行走的几千万人民币旋起剪刀门。驾驶座上的帅哥一摘墨镜,正是白晟。

"哟!"他热情地朗声招呼,"说什么悄悄话呢,带我一个?"

岳飑:"……"

沈酌:"……"

白晟长腿一跨，轻轻松松跨过了闸杆，顺带还向值班室里下巴砸地的门卫挥了挥手。这人指定有某种社交开放症，双手揣兜走路带风，短短十几米被他走得像国际男模时装大秀。走到楼下他一抬头，正对上了挤在一排排窗户后的众多呆滞面孔。

　　白晟春风拂面："各位好哇！都辛苦了！"

　　楼上的陈淼急忙道："看什么呢你们？！都挤在窗户前看什么！回去干活儿！"

　　众人如梦初醒，立马抱头作鸟兽散。

　　"这位就是岳处长了吧，久仰久仰。"白晟强行跟面无表情的岳飏握了握手，又转向沈酌，先是上下仔细打量了沈酌全身，目光毫不掩饰地从头发丝逡巡到皮鞋底，这才笑起来问，"昨晚睡得好吗，监察官？"

　　沈酌语气里有一丝微妙："你来监察处做什么，白先生？"

　　这年头某些人真是全靠同行衬托。某位白先生在第一次见面时，一边狂秀肌肉一边强行让沈监察帮他系衣扣，第二次见面时搂着沈监察还差点儿吓疯了自己的亲舅舅。但到了第三次见面，这位白先生和中心区的岳处长肩并肩站一起，在后者的衬托下突然就顺眼了很多，连那天生带点儿不正经的语调听起来都毫不烦人了。

　　"岳处长说他今天从中心区飞过来约我吃饭，我就顺路来看看沈监察有时间没，有时间的话接上你一起……没想到正巧撞见你俩。"白晟戏谑地冲沈酌眨眨眼睛，"走哇，吃烤全羊，来吗？"

　　岳飏干咳一声，低声道："沈监察从不外食，总署对他有安全规定……"

　　"你开了一辆两座车，我坐你车顶上？"沈酌冷冷道。

　　岳飏一怔。

　　沈酌不再看他们，转身走上台阶，径直走进了大楼。

　　"哟，生气了。"白晟不可思议地目送他消失，"我刚要说车给他开，我扛着车跑呢。"

　　岳飏终于没能忍住："你们很熟？"

　　白晟动作一顿，像听到了什么不可思议的问题："熟？"

　　"……"

　　"人与人之间的关系怎能用简单的熟或不熟来定义呢！我跟沈监察两个人，那就是一见如故相逢恨晚，高山流水如遇知交，一日不见如隔三秋的关系呀！"

　　岳飏望着白晟严肃的表情，一时不知该作何反应，突然觉得刚才那句"我会设法驱逐他"也许是自己幻听了。

"啧，我跟你说。"白晟强行哥俩好地搂着岳飑，揽着他的肩走向路边的跑车，一边津津有味地道，"我跟沈监察早在第一次见面时就认定彼此是自己的知交了，你知道吗？那天是在机场，沈监察专程带了好多人主动在机舱门口迎接我，还帮我拿行李，还让我坐他的专车回家。他说他一定会对我非常亲切友善，还主动向我透露了一部分监察官工作手册的内容……"

岳飑脚步顿了一下，道："他主动向你透露了他手册里的内容？"

"是呀，"白晟面不改色心不跳，说，"第一条第一款和第一条第十款哪。"

每本工作手册都是根据监察官的个人情况特殊制定的——从岳飑的表情来看，他显然并不知道沈酌那本手册的内容是什么。

"多年流落异乡后，当我终于回归故土，沈监察是第一个张开怀抱迎接我的人，是第一个为我披上衣服的人。他那沉默而无私的关怀，让我终于感受到了渴望已久的温暖、体贴和爱！"

白晟大方地帮坐在车头的小网红们挨个儿拍照，比剪刀手合了影，微笑挥手送别他们，然后转向岳飑动情地道："你说，岳处长，我怎么舍得离开申海去 B 市，我怎能离开这片生我养我的故土？！"

岳飑感觉自己应该说点儿什么，但张了张口，千言万语哽在喉咙里说不出来，恍惚间觉得自己见过的世面还是太少了。

"走，吃烤全羊去。"白晟帮岳飑抬起车门，满怀愉悦地拍了拍手，"吃完我亲自开车载您去机场，保证把您安全、迅速、一点儿不耽搁地送回 B 市！"

岳飑："……"

超跑在轰鸣中加速远去，只留下一道尾烟悠悠消散。

楼上办公室的窗前，沈酌收回目光，喃喃道："我这辈子要是能长命百岁一定得感谢这两人联手滚出了申海。"

办公桌后刚结束工作汇报的工作人员："啊？监察官您说什么？"

"没什么。"沈酌淡淡道，挥手示意他出去，走到桌前戴上眼镜，打开了电脑。

根据赵竣的交代，掮客"十三幺"从货主"荣先生"手里偷走了真进化源，然后用伪造品从赵竣手里骗了一大笔钱，最后直接失踪了，不知道是死了还是带着真进化源跑了。

掮客"十三幺"先不谈，"荣先生"是什么人？残疾、年轻、坐轮椅，全国的进化者数据系统里都没有符合描述的对象。

难道是普通人？不太可能。

根据全球各大辖区监察官的经验，主宰黑市进化源买卖的基本都是进化者，参与其中的少量普通人只能扮演掮客的角色——因为进化者内部是高度团结并极度排外的，普通人根本没有途径获得这种珍稀程度堪比军火的资源。

但重点在于，为什么一个进化者会坐轮椅？

进化的第一步就是对身体素质的绝对强化，断肢再生，百病皆消，连癌细胞都能瞬间清干净。毫不夸张地说，就算那位"荣先生"先天四肢不全，进化之后也能顷刻间长出两条腿——进化与残疾这两者本身就是不可兼容的悖论。

那么，难道残疾与这个人特殊的异能有关？

潜意识中一丝怪异的直觉在不断向他示警。在沈酌的人生中，这种对危险的直觉曾经很多次救过他的命，但此刻他却不知道危险是从何而来的。

沈酌无声地出了口气，向国际监察总署发了一封协查申请。

这种申请一般起码要好几个工作日才能收到回复，因此发完之后他没理会，开了个会又处理了积压的工作。窗外的天色由亮转暗，批完最后一份报告已经是晚上9点，监察处已经换了夜班执勤组。司机守在办公室外，见沈酌推门而出，立刻起身敬了个礼："监察官，您今晚回家休息吗？"

沈酌披衣走向楼梯："明早军区开安全研讨会，通知机场准备专机。"

一辆黑色防弹轿车在高速公路上行驶，成排的路灯在车窗外迅速后掠，沈酌靠在后座上闭目养神。

前方公路远处，军用机场在夜幕下灯火通明。

"监察官，"司机接了个电话，从车内后视镜看向后座，"陈组长说根据赵竣的描述画出了掮客'十三幺'的肖像，并根据肖像紧急排查出了他的身份，资料刚发送过来了。"

沈酌睁开眼睛，目光清明毫无困意，伸手接过了司机递来的平板电脑。

"十三幺"原名刘三吉，四十一岁，外来务工人员，有多次盗窃犯罪的前科。平板上显示着他的档案头像，是个细眼方脸、身材矮小的男子，有种社会上混惯了的、警惕性极强的凶狠气质。

出乎意料的是，他是个D级进化者。

D级进化者的异能非常低微，如果刘三吉在进化前就是个盗窃惯犯，出于想要得到力量的心理，铤而走险盗窃上家的进化源也不奇怪。赵竣的供词称他后来跟刘三吉失去了联系，这个掮客如果没有被"荣先生"抓住弄死的话，应该是携带着真进化源逃跑了。

沈酌按了按眉心："让陈淼给各大监察辖区发协查通告，这个人可能知道关于'荣先生'的重要情报，尽量实施抓捕，不要就地击毙。"

"是！"

沈酌随手把平板放在身侧，靠着椅背闭上眼睛。平板显示屏上，刘三吉穿着橘色囚服，细长的双眼瞪着车厢顶。

与此同时，车窗外，高速公路边起伏的山坡上，一名男子注视着飞驰而来的黑色防弹专车，眯起了细长凶狠的眼睛，胸前戴着一枚焕发出幽光的进化源陨石。

正是刘三吉。

"半个月内，把申海市监察官沈酌带到我面前，否则你将连本带利地被我回收，明白了吗？"

耳边再次响起荣先生温和含笑的声音，一丝寒意从骨髓深处蹿起，刘三吉咬紧了牙。

惨淡月光从乌云间隙中漏出几缕，照亮了他身后那一群苍白僵立的身影。刘三吉吸了一口气，望着渐渐驰近的专车，嘶哑地吐出两个字："动手。"

前方已是高架桥，下桥后就是军用机场了。司机熟练地打灯驶上空无一人的大桥，后座上手机铃声骤然响起。

沈酌睁眼一看，屏幕显示是未知号码："喂？"

下一刻手机对面传来白晟开朗热情的声音："喂，沈监察，晚上吃了吗？我跟岳处长刚吃完烤全羊，给你打包了两块羊腩、一条羊腿……"

沈酌一言不发地挂断通话。车内气氛凝重死寂。

半响，司机干涩地哈哈两声，很努力地缓解气氛，尽管听起来更像是喉咙肌肉抽搐了："白哥真是时时不忘关心我们申海市监察处哇，哈哈哈！"

沈酌平静道："回去查一查是谁把我的手机号给了白晟，查出来扣发半年奖金。"

司机："是！"

沈酌放下手机，这时车顶突然传来砰的一声巨响！

整个车身剧震，两人同时抬头，沈酌条件反射地将手探入外套内。司机脸色微变："有什么东西掉下来了，沈监察系紧安全带，我……"

话音未落，一张苍白巨大的人脸从车顶探下来，整张脸上挤着几十只眼睛，透过挡风玻璃齐刷刷盯住了他。

司机瞳孔剧缩，车轮瞬间打滑，轮胎和地面摩擦发出尖锐刺响。窗外景物天旋地转，前方桥柱疾速逼近——

轰！撞击与黑暗同时到来，五感仿佛刹那消失。

……

不知过了多久，意识逐渐回归，尖锐的疼痛从神经末梢一路吞噬了脑海。

沈酌睁开眼睛，视线因猛烈撞击而无法聚焦。少顷他用力闭眼，复又睁开，眼前的一切渐渐清晰。

周围充斥着橡胶摩擦和汽油的味道，车厢变形，座椅上下倒转，耳朵里震出的鲜血一路蜿蜒流向眼角。

车身翻了。

"咳咳咳，"沈酌呛出几口血沫来，喊了声司机的名字，"罗振？"

驾驶座上没有回音。沈酌用力解开安全带，伸手想去推歪斜的车门，然后动作突然顿住了。

车外传来一群人拖曳的脚步声，越来越近，越来越清晰，很快从四面八方包围了汽车。透过车窗，可以看到柏油路面上的一双双光脚。

那肯定不是活人的脚。

它们苍白浮肿，从脚背到小腿布满了一道道割痕。每道割痕的血肉里都挤着滴溜溜转的小眼睛，密密麻麻、热热闹闹，唰一下齐齐看向了车里的沈酌。

紧接着车窗砰的一声，防弹玻璃粉碎，几只挤满小眼睛的手争先恐后地伸了进来。

EVOLUTIONARY PEOPLE
DATA SYSTEM

▶ **进化者** 数据系统

CHAPTER 02 >>>
私刑

NAME | 沈酌

查询结果
SEARCH RESULT 无权查看，强制登出

泉山具卫生院

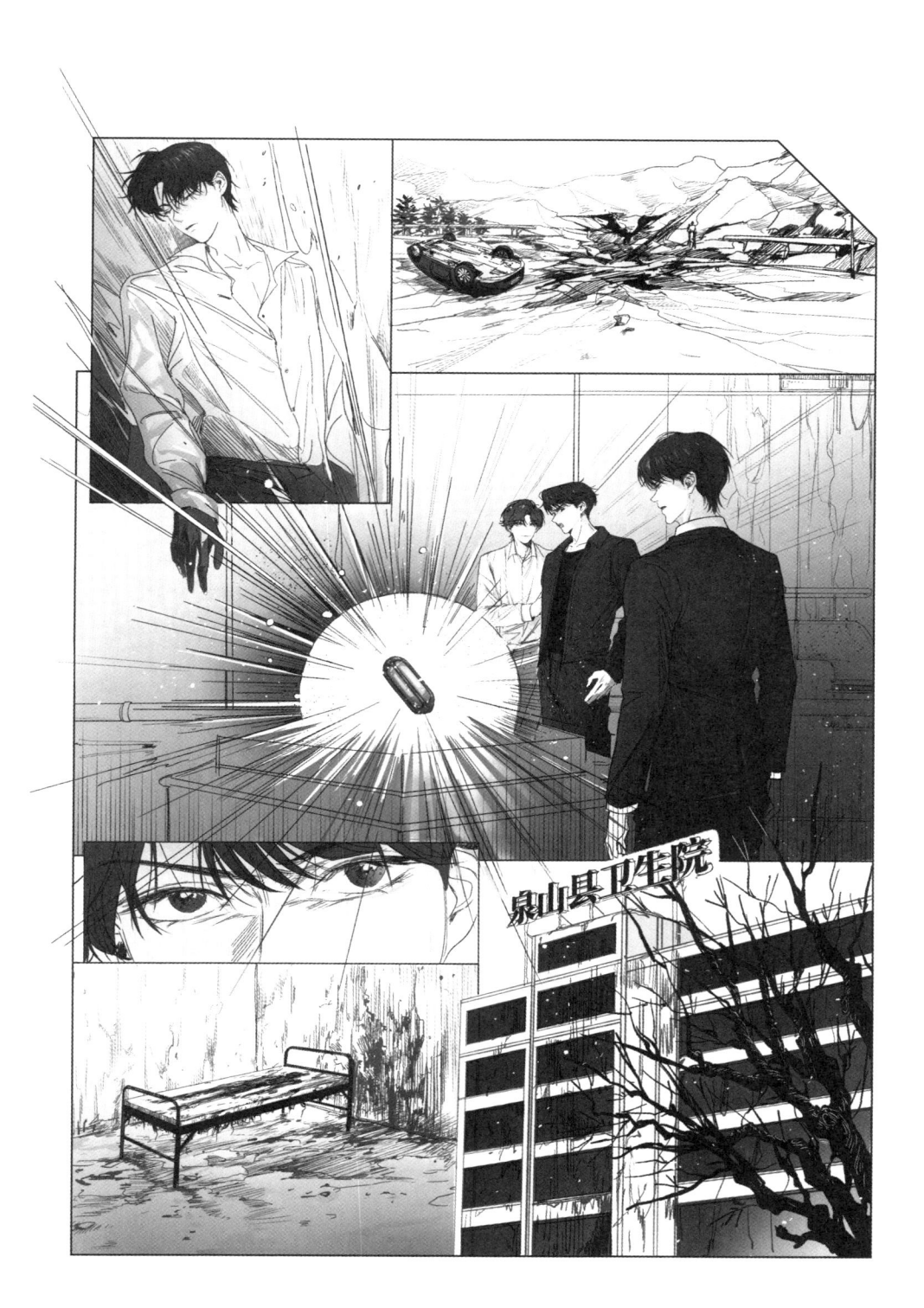

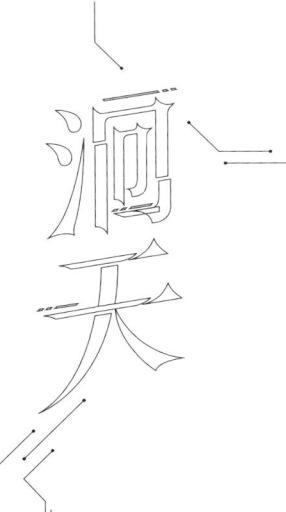

砰！砰！砰！

沈酌的反应简直能用闪电来形容，顷刻拔枪就射，几只手汁液迸溅。与此同时，他一脚踹开车门，就地一滚冲出车外。

那简直是噩梦般的场景。

空旷的桥面上，不知何时出现了几十个仿佛被水泡发了一样浮肿的活尸。它们全身上下破裂，裂口中挤着的无数小眼珠转来转去。面部皮肤甚至都被几十上百只眼球撑爆了，完全无法辨认五官。

生化实验还是某种异能？他来不及再做思索，活尸已经扑了上来！

这场景换任何人来，此刻都已经吓疯了，但沈酌的手极稳。砰！砰！一枪一个直到子弹打空。他反手一枪托重重砸爆了活尸的颅骨，侧身避过喷溅而出的黑血，再顺势一脚将身后的活尸飞踹下桥。

更多活尸拖着脚步纵身扑来，沈酌疾步退后，一手探入西装外套，摸到了内袋里一支冰凉的金属注射针管。

"人体的承受能力有极限，对进化之神的愚弄必然要付出代价……"他的耳边再次响起沉重的告诫，"这世上没有任何一种药剂是全然无副作用的，沈监察，代价只在早晚。"

沈酌眯起眼睛，松开掌心的注射针管，甩手从袖中滑出一柄折叠刀，扑哧一声捅穿了面前活尸的喉咙！

黑血迸溅而出，第二具活尸接踵而至，被沈酌错身背摔砸翻了第三具，二者抱成一团摔下了大桥。第四具活尸抓住沈酌的手就要咬，被他当胸重重踹出数米。同时，他反手闪电一刀，将身后偷袭的活尸哗啦开膛，腐烂的内脏流了满地。

冷酷、迅速、强硬、高效。没有一击是无效的，没有一个动作是多余的。

这时哗啦一声，玻璃碎响，一具活尸跪在翻倒的汽车边，把昏迷不醒的司机罗振拉了出来，低头向他张开大嘴——飞刀闪电打旋而来，捅穿了活尸后脑。

活尸脸上无数小眼球爆开，扑哧溅了罗振半身。

沈酎一刀脱手，成群的活尸顿时拥到了面前。他疾速退后数步，在混乱中迅速找到最薄弱的突破口，飞身上墙借力一蹬，凌空转身迅猛无比，屈膝迎面撞碎了活尸的脸。对方瞬间脑浆迸裂。

"嗝——嗝——"

沈酎落在翻倒的专车边，群尸纷纷掉头涌来。他一手挡在身前，恰被另一具活尸张口咬住，鲜血顿时洇透袖管，但他仿佛感觉不到痛一般，反手用指纹打开了专车的后备厢。

紧接着，他单手从后备厢中抽出一把冲锋枪，对准活尸脑门，毫不犹豫地扣下扳机。

嗒嗒嗒嗒嗒！

活尸整头爆开，火舌疯狂闪现，子弹横飞如狂风暴雨，将包围圈狠狠撕裂。成千上万颗小眼球爆上半空，浮肿断肢撒落满地，成群活尸顷刻间被一扫而光。

枪声一停，浓重的血腥味扑面而来。

大桥上只剩下满地残缺不全的腐尸，沈酎把打空了的冲锋枪随手一扔，转身走到汽车边，拍了拍司机的脸："罗振？"

罗振满头满脸是血，颅骨明显塌进去一块，要不是因为D级进化这时绝对已经死了。他被重重拍了好几下，才精神涣散地睁开眼，张口想喊一句"监察官"，但只有大股热血从嘴里溢出来。

这辆专车有特殊的安全设计，被撞击瞬间就会发出一级警报，监察处的后援此刻一定在飞驰而来的路上，但危机并没有解除。

沈酎扭头望向远处的军用机场，一发力把罗振搀扶起来，走向高架桥的对面。

"放……下……不要……"罗振发出极其微弱的挣扎，声音断断续续的，难以辨认，"我……控制不住了……快放……"

罗振剧烈挣扎起来，似乎想竭力表达某种绝望的示警，但鲜血已经堵住了他的喉咙，除了他自己没有任何人能听得清。

沈酎单手摸出手机拨了个号，几乎瞬间就接通了，对面传来接线员紧迫但冷静的声音："喂，监察官，安全系统已接收到撞击警报。紧急行动组已经在赶去的路上，距离您的位置尚有五分二十秒……"

"二级生化污染，怀疑有异变系进化者潜入，等级起码在B以上。"

沈酌皱眉打断他，"封锁军用机场附近路段，禁止平民车辆进入。"

"是！是否需要医疗资源？"

扑哧一声，血肉被刺穿，沈酌的话音戛然而止。

手机啪嗒掉在地上，但他没有去捡，只喘息着低下头，看见一段鲜血淋漓的刀尖从自己腹部透体而出。

"嗬嗬……"罗振的咽喉肌肉发出奇怪的蠕动声，全身浮肿，眼神涣散。他如同被控制的僵硬木偶，猛一发力抽回手。

鲜血如箭，迸射而起。

扑通！沈酌跟跄跪地，腹部已被前后贯穿，身下顿时积起了一摊血。

他咬牙抬头望去，只见罗振手臂的皮肤大块开裂，裂口中赫然有很多肿包争相浮起，是一只只转动的小眼珠——刚才从活尸眼睛里喷出的汁液溅到了他的手臂上。

他被同化了。

"监察官……快……走……"罗振用最后一点儿自我意识勉强挤出这几个字，紧接着手臂的感染部位扩大，将他最后一丝神志夺走。他像刚才那些活尸一样起身猛扑向沈酌！

说时迟那时快，沈酌一只手紧按住喷射血箭的伤口，用力到手背筋骨突起，另一只手向后迅速摸索，从活尸后脑一把拔出了之前他掷出的匕首。

下一瞬，罗振扑到他面前。

沈酌手起刀落，电光石火间，一刀斩断了罗振被感染的胳膊！

罗振的手臂划出一道抛物线，啪嗒一声，残肢摔在地上。黑血顿时狂喷而出！

随着感染肢体断开，控制罗振神志的那根线仿佛也被一刀斩断了。他整个人僵在原地，趔趄半步，呆滞的视线恢复清明。

他哇地喷出一大口血，滚倒在地抱着断臂惨叫起来。

沈酌急剧喘息，当啷一声把刀扔在地上，被血浸透的侧脸有种触目惊心的冷白。他把手伸进外套，握住了那支金属注射针管。

就在这时，二人身后的半空中，慢条斯理的鼓掌声响起，随即传来一个感叹的声音："不愧是申海市监察官，真是精彩呀。"

沈酌一回头，只见一道男子身影站在高高的路灯顶上。细眼方脸、眼神阴沉，嘲讽的神情与刚才平板电脑上的通缉头像脸上的如出一辙。

沈酌的瞳孔压紧，认出了这是谁——刘三吉。

但这一切根本就不合理，刘三吉只是个最低等的 D 级进化者，不可能有这么强大的生化异能去感染和控制活尸，到底发生了什么？

他二度进化了？

"别这么看我，沈监察。我跟您本来井水不犯河水，但有人想要您的性命，我也没办法。"刘三吉打量沈酌两眼，满怀恶意地微笑起来，咧着嘴说，"跟我来吧，大监察官。"

啪！他打了个响指。

窸窸窣窣的响动从身后传来，沈酌猝然回头，只见满地残缺的活尸竟然自发蠕动起来……

"喂？喂？"白晟难以置信地望向手机，"挂断了？"

超级跑车在夜色中飞驰，副驾驶座上的岳飓扶着额角，眼底全是难以言喻的神情。

白晟似乎不太相信这世上有人能忍心拒绝自己亲手烤的羊腿，思考片刻后终于想通了，主动给沈酌找了个台阶："沈监察什么都好，就是不愿意给别人添麻烦。其实我完全可以送完你之后再折返回去给他送羊腿，不费事的。"

岳飓说："其实你不用特意送我去机场。"

白晟特别体贴地道："没事，岳处长，都怪我拉着你聊到这么晚，我有把你按时送上专机的责任！"

岳飓说："其实你也不用特意去担这个责任。"

白晟真是有史以来开超跑上高速的第一人。但凡岳飓不是个A级进化者，这可怕的汽车悬挂系统在车斜着飞过第一道减速带时就足以让他把胃从喉咙里喷出来了。

"我待会儿还是把羊肉给沈监察送去吧。"白晟单手过弯打方向盘，愉快地说，"我是他未来的下属，关心上司的身体健康是我应该做的。怎么能因为一次拒绝就知难而退呢？"

岳飓心说你还是知难而退吧，你当不了他未来的下属，过两天他就要把你驱逐出申海了……

这时岳飓的手机响起，他一看是陈淼，接了起来："喂？"

"岳哥，你已经上飞机了吗？"

联合国十大常任监察官，级别凌驾于普通辖区监察官之上，岳飓和沈酌占据了亚洲的两个席位，两人理论上平级。但B市的行政级别比申海市高，因此岳飓实际上比沈酌高配半级。陈淼作为沈酌的贴身副手，能对中心监察处老大张口就叫哥，私下里肯定是有关系在的。

但白晟这人比鬼还精滑，只眼睛含笑一瞥，什么都没有问。

岳飓说："没有，我在去军用机场的路上。怎么了？"

057

陈淼的声音紧迫："学长出事了。"

岳飏脸色微变。

"学长今晚要飞军区，专车开到高架桥上却突然被撞翻了，之后学长与司机二人都呈失联状态，很可能是撞车后又遭遇了其他意外……"

岳飏冷声打断："我现在就过去，具体地点在哪里？"

从手机对面的喧杂声听来陈淼应该也在急速行驶的车上。只听他急忙喊道："来人把撞车地点经纬度发给我！立刻！"

刺啦一声急刹车，超跑打着双闪停在了公路边。白晟向前扬了扬下巴，笑道："那不就是高架桥吗？"

岳飏一手拿着电话，抬头向前望去，只见远方一座高架桥横贯在夜色中。公路边的提示牌上清清楚楚写着——军用机场，前方5km。

白晟从容地解开安全带，打开车门下车。

岳飏愕然："你上哪儿去？"

砰的一声，车门关上，白晟从窗外探进头，恳切地叮嘱道："这车落地两千六百万元，别给我开沟里去了。"

岳飏："……"

岳飏此刻的感想简直难以描述，他眼睁睁看着白晟倒退了半步，遽然飞身后掠——

唰！

高架桥上，残缺的活尸自发蠕动起来组成了一具新的人形怪物。怪物畸形怪异，近三米高，肋骨带着肉膜从背部翻出、展开，形成了一对血肉模糊的恐怖"翅膀"。

刘三吉微笑道："小心点儿，可别再把我们沈监察弄伤了。"

怪物张了张嘴，喉咙里发出无数颗小眼球挤压摩擦的声音，突然闪电般飞掠而来，腐烂的指爪一把抓住沈酌左手腕，紧接着霍然振翅，拖着沈酌飞出了高架桥！

夜风顿时呼啸而来。沈酌整个人完全悬空，腹部汩汩出血，洒向地面。急剧失血令他的身体迅速失温，但被抓住的左手却很难挣扎，那人形怪物还在不断扇动着瘆人的翅膀。

这到底是要去哪里？

眼下的情况，他显然不可能玩孤军深入那一套了，沈酌沙哑地喘了口气，终于从外套内侧取出了那支金属注射针管。金属盖上烙着一个小小的字母"A"。

他用牙关咬开金属盖，露出注射针头，反手对准自己左腕内侧，眼见要往下扎——

就在这时,一道身影从远方纵跃而来,因为速度太快,看上去就仿佛凭空闪现在了高架桥顶端。身形颀长居高临下,背对着头顶一轮圆月。

是白晟。

刘三吉脱口而出:"什么人?!"

白晟双手插在裤袋里,自上而下地俯视过来,正巧与半空中全身浴血的沈酉四目相对,他顿时诧异地挑起了眉,随即失笑起来。

"谁把你伤得这么惨,监察官?"

这人明明语气轻佻又不正经,但不知为何,就在他出现的那一瞬间,强大到恐怖的气压勃然扑面而来。刘三吉霎时瞳孔紧缩,本能的恐惧从骨髓直接冲上脑顶。

来不及再多想,刘三吉不顾一切地想要先发制人,却只见白晟的脚底在栏杆上斜着一滑,当空飞身而下——轰!

高速公路大片塌陷。碎石冲天而起,震撼久久不息。

沈酉喘息着睁开眼睛,首先看见的是白晟锋利的下颌线。

"……"

他扭头向下一瞥。

只见他整个人被白晟双手横抄在怀里,而那人形怪物被白晟踩在脚下,可怕的冲击力将它完完全全嵌进了柏油路面。环形龟裂向公路远处放射而去,大块碎石翻起,一直延伸到二十多米外。

尘烟弥漫,袅袅不绝。

四面八方的警笛声由远而近,监察处十几辆车飞驰而停。陈淼全副武装地带人冲下车:"学长!"

白晟低头与沈酉对视,眼底似乎闪动着一丝戏谑,声音却出乎意料地沉定温和:"睡吧,没事儿了。"

那几个字带着某种难以抗拒的力量。

沈酉张了张嘴,想最后再叮嘱他几句什么,但黑暗紧接着铺天盖地而来,沈酉的意识缓缓沉入了深渊。

高架桥下的空气一静,袅袅烟尘仿佛都固定住了。白晟垂目凝视沈酉片刻,抬头望向高架桥上的刘三吉,笑问:"你不知道我是谁吗?"

刘三吉全身紧绷,退了半步:"你——"

所有的路灯毫无预兆地全灭了,世界顿时陷入黑暗,只有公路两侧的高架电线啪一声炸出火花。电流从四面八方迅速汇聚在白晟身侧,越来越大,越来越耀眼,最终形成了一团庞大到恐怖的高压雷球,映出了白晟带着森寒笑意的眼睛。

"一个进化者，在申海的地界上谋杀申海市监察官？我是被你这蠢货踩中了雷区的人哪。"

下一刻，在刘三吉惊骇的视线中，电流如山呼海啸一般扑面而至，刹那间映亮了他惨白的脸——

暴烈的电流注定将一切血肉之躯撕碎！就在这千钧一发之际，刘三吉身后半空中陡然张开了一道幽深的黑洞。

陈淼失声："空间异能？"

只见一名绿色短发的女子身影闪现，她应该是个植物系进化者，双手变成藤蔓飞来，一把抓住刘三吉将他拽了过去。白晟刚要紧追上前，另一名男子从空间隧道中纵身而出，手握着一把雪亮武士刀，闪电般斩下来。

锵一声震耳亮响，白晟一只手扛着沈酌，另一只手硬接了那席卷飓风的刀刃。

掌心一丝血缓缓而下，森寒刀背上映出了那名空间进化者的眼睛——他是个二十岁出头的年轻男子，身形悍利得可怕，眉眼天生凶戾。男子的视线在沈酌脸上一瞟，然后瞥向白晟，咧嘴一笑，用日语道："等下次见面时……"

不待白晟回话，他已撤刀而走，一只手拽着那绿色短发女子和刘三吉，返回了空间隧道中。

白晟猝然一手挥出，暴烈的闪电直贯长空，但还是迟了半秒。

空间裂缝瞬间消失，电流瀑布扑了个空，轰然将半座高架桥打得粉碎！

哔——哔——

大地剧震，黑烟弥漫，几十辆车尖锐的警报声传遍旷野八方。待硝烟缓缓散去，对方的三个人都已经消失了，只剩下满地焦黑的钢筋水泥碎块。

"人……人呢？"

"刚才那是空间转移吗？"

"我还是第一次见到空间异能……"

众监察员急切四望，白晟站在原地，呼出一口炙热的气，看向怀里的沈酌，略微眯起了锋利的眼睛。

昏沉，摇晃，喧杂。

医院走廊的灯光惨白，沈酌感觉自己仿佛被放在急救床上风驰电掣地往前推。四周人声鼎沸，隔着水面一般模糊不清。

"内脏破裂倒没关系，但从血液中检测出异能病毒残留……"

"申海全市的医院都没有解毒条件，必须立刻送中心区，拿分析结果制取血清！"

"岳处长紧急调遣的直升机还要十五分钟才能到，怎么办？"

"血氧掉到极限值了！医生，医生！"……

整个世界仿佛笼罩在一片雪白的光晕中，声音渐渐远去，一片安静空茫。

不知过了多久，沈酌睁开眼睛，视线涣散无法聚焦，恍惚中看见一个颀长身影站在手术台边，穿着白大褂，口罩上露出深邃俊美的眉眼。

他的右手拿着采血针，左手的袖口卷起，正从自己结实的手臂上抽血。

"你看，沈监察。"白晟注视着自己殷红的鲜血流进血袋，含笑一眼瞥来，"不论他们叫多少声'岳哥'，到最后能救你的还是只有我，是不是？"

沈酌的意识仿佛沉浸在深海里，朦胧不清，载沉载浮。昏沉中，他认不出眼前这道身影是谁，但感受到了对方身上那种S级进化者特有的气息。

他一眨不眨地望着白晟，目光却像是穿过了虚空，每个喃喃的字音都含着血气："到底……是不是你……干的……傅……琛……"

白晟动作一顿。手术室里十分安静，只有仪器发出轻微的、有规律的嘀嘀声。

半晌，白晟哼笑了一声，道："这时候还记得喊他名字。"

储血袋渐渐鼓胀到满，白晟终于拔出采血针，随意活动了一下手臂，然后俯身扳过沈酌的下颏，让他近距离面对自己。

沈酌闭着眼睛，无影灯下他的侧脸冰冷到了几乎透明的地步，但眉眼却是一种水墨般的黑。平日里总是扣到咽喉的衣领被解开了，显出修长的脖颈和深陷的锁骨。单薄的白衬衣几乎被染成了血红。

白晟的视线落在他从不离身的黑色手套上，心中蓦然一动。

那么多新闻媒体从未拍到过沈酌的双手，这位以美貌和威势而闻名的大监察官，似乎从不愿让外界公众窥见自己咽喉以下一丝一毫的皮肤。

强迫症还是洁癖？总不会藏着什么残缺？

白晟向空旷的手术室一瞥，伸手把那双手套褪了下来，不动声色地一瞥，有些意外——右手正常、完整，但左手的手背上有两道狰狞旧伤，交错成了一个可怕的叉。

是有人拿刀刻下的。

白晟知道这代表什么，这是曾经流行过的一种羞辱方式。因为进化者的左手背、左心口通常是标记等级的地方，所以一些极端的社会达尔文主义者会把普通人类抓来，强行在他们的手上刻叉，表示此人基因低劣、不能进化，隐含了人类终将被进化者淘汰的意思。

位高权重、不可侵犯的人，以强硬铁腕而全球闻名的大监察官——谁敢拿刀在沈酌手上留下这种羞辱？

"你好像也受过不少委屈哇。"白晟站起身俯视着沈酌，若有所思地喃喃道。

"醒了！"

"醒了醒了，终于醒了……"

监测仪器嘀嘀作响，病房里响起一片脚步声，沈酌微微睁开眼睛。

长达半月的昏迷让他意识模糊，只看见病床边无数身影急促晃动着，似乎有很多人挣脱护士的拦阻，扑上来对他狂吼；还有人想把他从病床上拽起来，但又被冲上来的警卫拉住了。

过了不知多久，那些咆哮的人声才终于缓慢地传进了他的耳膜。

"为什么会爆炸，青海试验场为什么会爆炸？！"

"傅哥死了！傅哥他死了！都是为了保护你！"

"为什么死的不是你？！"

啊，傅琛死了，沈酌混乱的大脑意识到这句话。

傅琛死在那场爆炸里了。

"半个月前，由您与S级进化者傅琛、A级进化者苏寄桥三人组成的一支行动小队在青海试验场执行进化源回收任务时，发生意外爆炸，对此您有什么要解释的吗，沈主任？"

病房里亮着惨白的光，中心监察处的两排调查员坐在沈酌对面。一道道人影正襟危坐，空气中只有笔落纸端的沙沙记录声。

不知道多少监控镜头正对着病床上的沈酌，连平静苍白的面容、眼睫垂落的弧度，甚至每一丝细微的表情变化都不放过。

"我不知道。"沈酌沙哑地回答。

对面一片轻微耸动，人们在交头接耳，随即有调查员提高了声音："你怎么会不知道？你们这支三人小队，傅琛当场炸死，苏寄桥至今昏迷不醒，只有你一个普通人奇迹生还！你却告诉我们你不知道发生了什么？"

"傅琛是为了保护你才死的！"后排有人霍然起身，"他开绝对防御为你承担了所有伤害，不然他根本不会死！这么简单的任务，傅琛跟苏寄桥两人搭档执行过上百次，没有一次出过问题！操作失误导致爆炸的人是谁？你真以为我们猜不出是谁？！"

群情激奋中，沈酌的表情终于掠过一丝异样。

苏寄桥没死？为什么？

"苏寄桥怎么了？"沈酌沙哑的声音在嘈杂声中显得太微弱了，只有前排最中间一名面色凝重的老者回答了他："因脑重伤而深度昏迷，未来苏醒的可能性不超过5%。"

——尚有5%。

沈酌喃喃道："这样啊。"他闭上眼睛，良久后复又睁开，深吸了口气，平直望向对面两排调查员和无数的监控镜头。

事后这一画面在听证会上被人反复研究了无数遍，连最微不足道的细节都在显微镜下被无限放大，包括他深潭般平静的双眼，苍白俊秀的下颌，以及开口时冰冷而稳定的声调。

"事故发生时，负责操作进化源的人是傅琛，是他导致了那场爆炸。"

空气一瞬凝固。紧接着，就像炸弹被遽然引爆，所有人同时跳了起来，怒吼声几乎掀翻房顶。

"不可能！"

"诬陷，赤裸裸的诬陷！"

"沈酌你还有良心吗？！"

"你还剩哪怕最后一点儿人性吗？！"

口诛笔伐，沸反盈天。

然而沈酌苍白的面孔上连一丝表情都没有，他以一种堪称居高临下的姿态，冷冷注视着躁动的人群，仿佛已经透过他们，看到了前方更加险恶诡谲的未来。

5·11青海试验场爆炸事故后一个月，中心研究院首席主任沈酌被削职问责，一贬到底。他一手主导的秘密研究项目从此也被迫搁浅。

正当沈酌要被押上法庭的时候，另一个劲爆的消息传来。

国际监察总署一意孤行，不顾全球大批进化者的反对声浪，强行将身为普通人的沈酌任命为联合国常任大监察官，地位超然，比肩傅琛。

没人知道国际监察总署到底在想什么，但这张任命书点燃了所有人的怒火。

消息传来当天，傅琛生前最铁的那帮兄弟闯进医院，强行把沈酌从病房带走，随后便发生了那年不为公众所知的私刑丑闻——

"为什么死的是傅哥，不是你？！"

空气中弥漫着血和铁锈的气息，头顶的灯光昏暗，四周人影攒动。审问很快产生了群情激奋的浪潮。

"是你妄想进化才会操作失误，是你导致的爆炸！"

"你靠傅哥的保护才得以苟活,还竟敢把罪责推给他!"

沈酌被绑在椅子上,咽喉里全是血气,从牙关里吐出沙哑的字音:"操作失误的是傅琛,他自食其果而已。"

砰的一声重响,他被人一拳打得偏过脸去,口腔里弥漫出更浓郁的血腥气息。

"杀了他为傅哥偿命!"

"杀了他!"

人群的怒吼一声比一声大,然而并不清晰,因为沈酌的耳朵已经被鲜血蒙住了。他剧烈喘息着,从胸腔震出带着血沫的呛咳,就这么一边咳一边笑起来:"来呀,杀了我呀。"

他抬起头,满面鲜血且虚弱狼狈,但毫不掩饰地挑衅道:"傅琛死了,苏寄桥成了植物人。哪怕你们今天杀了我,也找不出能定我罪的证据。"

仿佛一滴冷水掉进油锅里,周围轰一下就炸了。

人人暴怒无比,人人都在咆哮。那一张张面孔悲痛而又义愤填膺,要不是有人强行拦着,怕是早就冲上来把他撕成了碎片。

"你们真的以为进化是没有代价的吗?所谓高人一等的进化者,不过是一群退化了人性的野兽而已。"沈酌断断续续地笑道,声音嘶哑轻蔑,"愚蠢、暴力、狂怒无能的声讨,一钱不值的义愤……"

五脏六腑都在剧痛,鲜血一滴滴掉进衣领。声浪汇聚成光怪陆离的碎片,在他的视线中剧烈闪动着,构成了荒唐颠倒的画面。

他看不清那一张张充斥恨意的脸,耳膜里只剩自己粗重的喘息,直到被刀锋冰冷的触感唤醒了神志——

他的左手被人按住了,传来彻骨巨痛。

"我们不杀你,但今天你不能就这么从这里走出去。"行刑者低沉的声音从上方传来,"记住,沈酌,这伤疤是你对我们进化者欠下血债的证明。"

四周喧杂光怪陆离,鲜血从鬓角浸透下颏,沈酌的眼底却浮现出毫不掩饰的讥诮的笑意。他抬头望着惨白灯光之下,行刑者的轮廓:"无所谓,岳飚。你们进化者只让我恶心。"

混乱的背景、怪异的怒吼、一张张充满戾气的面孔都迅速扭曲,如被水洇湿的荒诞色块,消失在梦境中。

大床上,沈酌睁开了眼睛。

阳光穿透落地窗帘。这是一间风格典雅、通透明亮的卧室,现代艺术风格的装修,挑高顶让视野宽敞得不可思议,身侧传来平缓放松的呼吸声。

沈酌扭头一看。只见白晟迷迷糊糊翻过身来,声音困意朦胧:"让我再睡会儿,这几天你真是太折腾了。"

沈酌瞳孔微缩,霍然起身就要下床,但随即耳边哗啦一响,只见他的左手腕被一副精钢手铐吊在了床头上。

沈酌维持着那个动作,半晌回头缓缓问:"能解释一下吗,白先生?"

白晟终于懒洋洋地睁开眼睛。

车祸、撞击、刘三吉、全身挤满眼珠的怪物……高速公路上发生的一幕幕蓦然闪现在脑海,沈酌低头一看,只见他自己身上的白衬衣敞开着,腹部被一刀贯穿的伤口竟然已经愈合了。皮肤表层只留下一道狰狞惨烈的伤疤。

白晟慢吞吞地坐起身,毛毯从胸膛滑落,毫无顾忌地在晨光中展示出自己修长精悍的身形。从肩臂、腰背到腹肌,每一寸线条都富有难以言喻的冲击力。面孔俊美,头发凌乱,那撮银毛嚣张地翘在头顶。

"你还想让申海市监察处那帮人把你带走不成?"白晟勾起一丝冷笑。

哗啦!铁链骤然被撞响。

沈酌毫无预兆地挣脱手铐,翻身而起,将白晟压在床上,以一个漂亮的擒拿姿势将他双手反绞至背后,闪电般咔嚓一声铐上。

顷刻之间形势逆转,沈酌用手肘死死压住白晟后颈,轻声道:"帅哥,出手相救十分感谢,但除此之外不论我说过什么都请忘了吧!"

白晟的脸被压在枕头里,异常安静温顺,没有一点儿挣扎。

沈酌还没来得及感到不对劲,呼的一声卧室门被推开了。陈淼端着一碗汤,道:"白哥你不是说这汤微波炉转两分钟就可以了吗?我——"

陈淼的话音戛然而止。

场面完全凝固了,沈监察的表情僵硬,与门外的陈淼以及陈淼身后几个同样表情僵硬的手下面面相觑。

半晌陈淼挤出一个笑容,谄媚中流露着极度的恐惧:"学……学长,我们……我们出去给您把风。"然后砰的一声迫不及待地关上了门。

卧室安静得落针可闻,只剩下他俩。

白晟的身体奇怪地颤抖着,终于再憋不住,"噗"一声大笑出来:"哈哈哈哈哈——"

"他说'不论我说过什么都请忘了吧'!"白晟笑得瘫在沙发上,全身都在发抖,"真是人不可貌相啊,沈监察,哈哈哈哈哈哈——"

沈酌坐在沙发的另一头,扶着额角一声不吭。

陈淼战战兢兢,恨不能扑上去抱着沈酌大腿号啕:"学长我刚才什么

都没看到,学长求求你留我一条狗命,我可是你只隔了七届的亲学弟!七届单传的一根独苗!当年在老院长的病榻前你答应过要照顾我的!"

白晟好奇地问:"你俩只差两岁,能隔七届?"

陈淼哽咽道:"拖到整整十八岁才参加高考是我的错喽?"

白晟:"……"

沈酌终于抬起头,沙哑地道:"你们为什么把我送到这里?"

白晟在申海市有七八个住处,这一处是精装大平层,从面积来看应该是整层打通了。众多监察员无声无息地缩在门外不敢吭声,只恨自己不是透明的。

"学长,您忘了。"陈淼声泪俱下,"监察官手册全球通用条款8.11,当辖区监察官确认失去行为能力时,整个辖区的安全等级自动下调一级。但如果辖区内存在S级进化者,其所处周边500米内,安全等级维持不变……"

沈酌陷入了沉默。

"所以,申海市的安全等级已经下调了,我们要么把您送给白哥,要么只能把您送到中心区。"陈淼动情地抽了一下鼻子,"虽然岳处长平时照顾我良多,但您可是我亲学长,哪条才是真大腿我还能不知道吗?当然是麻溜地把您送给白哥呀!"

不愧是七届单传好学弟,亲的。

沈酌无言半响,终于问:"一夜之间,他是怎么从白先生变成白哥的?"

陈淼立马来劲儿了,拿出手机点开相册。

"这事说来话长。那个刘三吉被同伙救走以后,我们连夜对高架桥上的尸体残肢做了化验分析。目前的猜测是刘三吉很可能完成了二次进化,但他怎么突破基因极限的还不得而知,只知道进化后他的等级可能达到了A。现在他能利用一种异能病毒来控制尸体……"

陈淼把手机一亮,屏幕上正播放着一段视频。

"哈喽大家好!"背景是晃动的救护车厢,白晟一脸春风拂面对着镜头挥手,如果忽略他全身上下触目惊心的大片血迹,那么这张自带光效的俊美面孔完全能直接拿去当时尚杂志的封面。

"我们刚才在医院里完成了对申海市沈监察的全身血液净化。清洗残余病毒的过程有一点儿刺激,导致沈监察现在十分激动……"

镜头一转,只见担架上的沈酌猛然起身,腰腹间的绷带被血染红,因为剧烈的痛苦而无意识地挣扎,五六个人同时扑上去按他。

白晟用结实的手肘抵住沈酌的咽喉,轻轻松松把他摁回了担架:"话

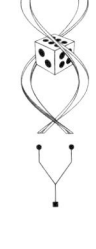

说回来，我发现沈监察每次看到我反应都很激动，虽然他嘴上不说，但我能感觉到他那颗雀跃的心……"

"白先生！白先生！白哥！"陈淼满头大汗地蹲在担架边，"我们真的不把监察官送回 ICU（Intensive Care Unit，重症加强护理病房）吗？！你确定不用再拿两根束缚带来？！"

白晟说："ICU 里多难受啊，床那么挤。再说咱们又不是外人，要什么束缚带，有我在还要束缚带？等回去我就夜以继日地亲自看着你们监察官……"

镜头再一转，灯火通明的卧室。

"小心小心小心……"

"轻点儿！再轻点儿！"

"哎——嘿！"

一伙人手忙脚乱地把沈酌安置在大床上，混乱中可能牵扯到了他正疾速愈合的伤口，沈酌猝然起身，被众人忙不迭按了回去。

"白哥，您是我亲哥，真的不能让我们留在您家吗？"陈淼回头欲哭无泪地道，"您看这里就您一个，万一待会儿对方杀个回马枪……"

"是呀，"白晟拿着手机和蔼地回答，"万一对方杀个回马枪，我就不用保护那整整一医院的人，只需要保护你们就行了。"

陈淼醍醐灌顶，一个字都说不出来。

"走吧，走吧！"白晟一边饶有兴致地从各个角度拍摄沈酌，一边挥手驱赶众监察员，"回案发地去封锁路段，消杀病毒，争取查出刘三吉同伙的线索。明天上午你们过来的时候我要知道三件事。第一，刘三吉为什么要绑架你们沈监察？第二，他是如何做到二次进化的？第三——"

众人手忙脚乱记在纸上，陈淼殷勤地问："第三呢，白哥？"

白晟若有所思，摩挲下巴。

"第三，你们沈监察这么瘦的体型怎么这么有劲儿？不科学呀……"

视频戛然而止，因为沈酌一把将手机屏幕摁灭了。周遭一片安静，人人视线游移。

"继续往下看嘛。"白晟忍俊不禁，"下面还有你是怎么每隔十分钟坐起来折腾我一次，我是怎么辛辛苦苦伺候了你三天，陈淼是怎么天天跑来我家楼下，像朵苦情小白花一样含泪仰望我家窗户的……"

陈淼小声纠正："没有含泪……"被沈酌一瞥，立马消音。

漫长的沉默后，沈酌终于无声地出了口气，把手一摆。陈淼如蒙大赦，立马带着众人跑了。

"那天晚上如果不是你施以援手，最终的情况可能会难以预料，而且我的司机可能会送命。"沈酌沉默片刻，终于道，"非常感谢你，白先生。"

白晟将两条长腿跷在茶几上，双手抱臂斜倚在沙发另一端，微笑道："真不容易呀，这好像是我第三次听你道谢了吧。虽然只有这一次听起来稍微有点儿像是真心的……"

沈酌说："但我还是希望你能离开申海市。"

白晟高高挑起眉毛，半晌才问："为什么？"

沈酌的脸因失血过多而格外素白，侧脸线条看上去肃静而雅致，但所有人都知道这副文秀的外表下是一颗铁石般冷硬的心。他戴着黑色手套的修长十指交叉，沉吟片刻才道："你知道傅琛吧？"

白晟的惊讶浑然不似作假："谁？"

然后他好像才反应过来，道："哦，傅琛哪，我在国外时听说过他。据说他意外过世了呀？"

沈酌瞟了白晟一眼，并没有拆穿他："傅琛生前曾经是我的朋友。"

白晟笑了一声。

"怎么？"

"没什么。"白晟忍了忍还是没忍住，调侃道，"就是没想到沈监察这样的人也会有朋友……"

沈酌淡淡地道："只要我愿意，这世上绝大多数人都会争先恐后地来成为我的朋友。很奇怪吗？"

白晟愣了一下，随即心悦诚服，无话可说，须臾后失笑道："不奇怪，如果是沈监察你的话，确实一点儿也不奇怪……所以你为何这么希望我离开申海？"

沈酌坐在沙发的另一头，与白晟相隔不过咫尺，定定地望着他："因为我了解你们。S级进化者在全球不超过二十名，数量过于稀少，即便在进化者群体中都相当神秘，因此我也许是这世上最了解你们的普通人。我知道你们S级拥有一些极其特殊的、无法解释的能力，其中一种让我至今十分费解——生物信息素。"

白晟眼底的笑意消失了。

"我从傅琛身上第一次分析出了这种S级独有的信息素，它传达着一种'来归顺我、来服从我'的生物信息，能够强烈地影响整个地区内的所有进化者，连A级都难以逃过，所以当年中心区的所有进化者都狂热地效忠于傅琛。每个S级进化者身边都依附着很多低阶同类，强者提供保护，弱者奉献忠诚，形成一种类似狼群的新型社会秩序。

"因为这种信息素的存在,这世上几乎没有两个S级能生活在同一座城市里,除非达成夫妻关系,否则他们注定会丧失理智、自相残杀,就像一座丛林里不能同时存在两个王。"沈酌停顿片刻,缓缓道,"更严重的是,我发现这种信息素甚至可以影响普通人的自我意志……通过某种行为。"

白晟一抬眼看向他,足足好几秒钟不说话也没动,少顷蓦然轻佻地笑了起来:"怎么,你被影响过?"

沈酌冷淡地道:"这世上没有人能影响我的意志。"

白晟微妙地挑了一下眉,心说明白了,原来傅琛是个食草动物。

"白先生。"沈酌探身而来,盯着白晟的眼睛,"申海市生活着两万一千名进化者,是全球最大的进化者聚居区,我的职责是确保它的和平稳定。你现在看上去很像一个乐于助人的热心市民,但我不能把赌注押在你的自我约束力上。如果哪天你一觉醒来心血来潮,突然想当申海的无冕之王,那么你我之间就注定要有一场血战了。"

他伸出手,按住了白晟的手臂。那是一个非常柔和的、让人不能拒绝的姿态,几乎没人能拒绝这样一双眼睛的注视。

"我不希望你成为我的敌人,白先生。离开申海吧,至少我们还可以成为朋友。"

白晟一动不动地凝视着沈酌,微微眯起了形状锐利的眼睛。

两人都没说话,也都没有动。偌大的空间里,除了他们彼此的呼吸之外一声不闻。

半晌白晟微微一笑,伸手握住沈酌的手背,眼底闪烁着少女般的羞涩。

"可是监察官,如果我留在申海,说不定就有机会跟你发展出超越朋友的关系了呢,叫我怎么舍得离开?"

"……"

两人对视五秒,沈酌面无表情,用力抽回了自己的手。

叩叩叩——就在两人坐回沙发两端的下一刻,门立刻被敲了几下,紧接着陈淼小心翼翼地探进头:"学……学长,白哥。"

时机卡得太准了,这人明显是吸取了刚才的教训,把耳朵贴在门上听了好一阵子,难为他还能装出一脸强自镇定的无辜。

"国际监察总署刚传来的简讯,您之前发出的那封协查申请有答复了,要看看吗?"

"哟嗬!"白晟立刻来了兴致,仿佛刚才那个被影帝附体的不是他一样,"协查什么,是关于偷袭事件的线索吗?"

S级信息素不可抗拒的作用显然在陈淼殷勤的态度上得到了证实。陈

淼忙不迭地道："对对，主要关于刘三吉那俩同伙，就是那个空间进化者跟那个绿头发藤蔓女……"

沈酌扶额道："拿来给我。"

谁知陈淼从公文包里拿出平板电脑，谨慎地道："呃，学长，总署长发来的不是传真，是一个虚拟会面的通信密钥。"

这么小的事还需要会面？

沈酌蹙了一下眉，但没说什么，只对白晟吩咐了一句："你别走。"然后接过平板点开新邮件。虹膜识别无声解锁了密钥，屏幕蓦然投射出无数道微光，在半空中纵横交错，构成了清晰的三维立体投影。

陈淼快步退出客厅。

下一刻，白晟发现自己已经不在自家沙发上了，眼前出现了一座欧式古典建筑的走廊。

这应该是某一栋国外的办公机构的大楼，非常宽阔宏伟。高高的玻璃窗顶端装饰着彩绘玻璃，走廊尽头是一扇紧闭的办公室门。

整个场景如动态建模一般逼真，除了他们两人是实体之外，周围的墙壁、地砖、天花板，一切景象都覆盖着虚拟现实传感技术投射出的幽幽荧光。

白晟左右打量："这里是……"

沈酌示意他噤声："国际监察总署，位于被称为世界花园的Ｓ国，BA市。"

他走上前去敲了敲那扇门，只叩叩两声，里面传来一句德语，声调非常沉稳："请进。"

厚重的黄铜大门悄无声息打开了。门后是一间极其宽敞的办公室，一道西装革履的高大身影站在百叶窗前，觅声回过头来。他是个三十多岁满头银发的男人，轮廓非常硬挺，冰蓝的眼底带着笑意。

"沈监察。"

沈酌站住脚步，简短地介绍："尼尔森总署长。"

——国际监察总署长，全球排名第一的监察官，"奥丁之狼"弗里奇·尼尔森。

"不用介绍。"尼尔森快步迎上前，带着风度翩翩且十分礼貌的笑意，开口换成了流利的英文，"全球Ｓ级进化者的海关记录都会在我这里备案，这个时候在申海的必然是白先生。"

两人双手紧紧一握，彼此的面上都友善无比。白晟眼角余光向下一瞥，只见这个男人的左手背上，清清楚楚烙着进化等级——Ｓ。

"三天前听闻你遇袭，我立刻派遣了一支医疗小组紧急飞去申海。"尼

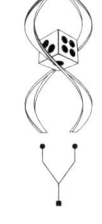

尔森总署长往沈酌身上一瞥,笑着转向白晟,"不过看来是不需要了。"

白晟在他的S级同类面前竟然表现得十分得体且客气:"举手之劳。"

尼尔森点了点头,语气沉稳温和:"贩卖进化源是非常严重的罪行,与走私军火几乎无异,所以接到沈监察的协查请求后,我立刻让人去全球进化者数据库中做了详细筛查,但很可惜,并没有关于那位神秘上家'荣先生'的任何线索——不过……"他顿了顿,话锋一转,"关于那一男一女两名同伙,我倒能提供给你很多情况。"

沈酌斜倚在办公桌对面一把宽大的扶手椅里,做了个"请说"的手势。

"这两人是一对兄妹,哥哥叫野田俊介,A级进化者,拥有罕见的空间异能。妹妹叫野田洋子,B级植物系进化者。两人都是十分激进的进化者保护主义者,对普通人类非常歧视和仇恨。"说到这儿尼尔森话音一顿,含笑转向白晟,"白先生旅居北美多年,听过'圆桌会'吗?"

白晟面带惊讶,抬手支颌道:"圆桌会?"

其他两人的目光都落到了他手腕上那个二百多万的R牌圆桌骑士腕表上。

尼尔森沉默片刻,道:"不是说表。"

"哦——"白晟恍然大悟,把手放下,礼貌坐直。

尼尔森一脸欲言又止,从表情看,他大概很想问问白晟小时候是否撞伤过脑子,幸亏凭借出色的教养硬生生忍住了。

"这对兄妹曾经都是圆桌会的成员。"尼尔森解释道,"圆桌会是欧洲的一个进化者保护组织,创始人曾经提出过非常著名的头狼理念——号召年轻的高阶进化者像头狼一样,去保护低等级的同类,以免他们被人类迫害。"

"圆桌会,"白晟饶有兴味地重复,"从来没听过这个组织呢,哈哈。"

尼尔森不以为意:"没听过是好事。一些激进组织大多带点儿仇恨主义,歧视无法进化的普通人,说人类是注定要灭绝的蝼蚁……扯远了。跟那几个激进组织相比,圆桌会还算比较理智的,一直强调着进化者不能与人类开战。"

白晟两条长腿跷着,明知故问道:"既然野田兄妹是圆桌会的人,那昨晚针对沈监察的暗杀行动跟圆桌会有关吗?"

"应该不至于。"尼尔森说,"野田兄妹俩因为对人类太过仇视,不符合创始人求全共处的理念,早在三年前就已经被圆桌会开除了。"

白晟长长地"哦"了一声,点了点头。

沈酌问:"被开除之后这对兄妹去了哪里?"

"具体不详，主要在亚洲活动。"尼尔森向全触屏办公桌扬了扬下巴，"我已经调取了三年来对这对兄妹的所有目击记录，通过邮件发给你了。回去看看。"

沈酌心不在焉地"唔"了一声，没接话。

白晟瞟了他一眼。

办公室窗外，天光越过雪峰，映得沈酌的侧影如同冰雪，眼睫垂落出清晰修长的弧度。他双手抱臂，斜倚在扶手椅里，因为这个动作显得肩背放松，或者说，太放松了。

申海市监察官从没对外界展现过这么随意的坐姿，随意到了有点儿刻意的地步。

这是很不寻常的，尼尔森毕竟是他的顶头上司，而且众所周知，"奥丁之狼"并不是个好相处的人。

尼尔森顺着沈酌的目光望去，落到了自己办公桌上一只打开的钢笔盒上。

那个红木的双层笔盒里，妥善地保存着二十余支样式各异的钢笔。其中不乏名贵的艺术家限量款，一些笔帽上还镌刻着不同的姓名缩写。

"秘书刚拿出来，准备送去做保养。"尼尔森笑着向白晟解释，"我个人很喜欢收藏书写工具，因此经常收到钢笔作为赠礼，见笑了！"

白晟的视线落在钢笔盒第一排正中间，最重要、醒目的位置。那是一支大马士革钢镶嵌天青石的万宝龙，剑形笔夹上刻着一个瘦金体中文字——沈。

"精心保存他人赠送的礼物是个很好的品质。"停顿三秒后，白晟微笑回答。

尼尔森刚要再说什么，这时门被人轻轻敲了两下，随即外面传来秘书恭敬的声音："尼尔森先生，您在吗？弹劾会议那边派了人来催您回去。"

沈酌回过神来："弹劾会？"

尼尔森忍俊不禁地道："弹劾我。"

"……"

"联合国安理会那帮人类，一直觉得必须由人类来监管进化者。国际监察总署不能掌握在进化者手里，否则会造成对人类权益的极大压迫……都是老生常谈了。"尼尔森站起身，一压西装下摆，自嘲道，"我被困在那会上听一帮老头念了整整三天经，无聊得几次差点儿睡过去。正好听秘书说你过来，我就借口上洗手间，出来见你一面，趁机透透气。"

这话说得很轻描淡写，但沈酌还是顺势站起身来，道："弹劾不是小事，

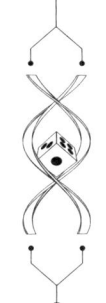

您还是快回去吧！白先生与我就不打扰您了。"

尼尔森点了点头，但看上去还是没把那个弹劾会议太当真。他绕过办公桌与白晟再次紧紧一握手，诚恳道："那天如果不是您出手相救，沈监察一定会遇到危险，请接受我个人的至高的谢意！"

白晟含笑回答："当不起，应该的，分内之事。"

两个S级对视的目光一触即分，尼尔森笑着松开手，向后退了半步。

沈酌只作看不见，刚要转身下线，却听这位总监察长仿佛突然又想起什么，道："沈监察！"

沈酌动作一停。紧接着，尼尔森当着白晟的面，伸手按住沈酌的肩膀，顺势给了他一个紧紧的拥抱。

"昨晚那起刺杀事件，我授予你完全自由处置的权力。"尼尔森旁若无人地换成了德语，沉声道，"三年前你就职时，我说过这条道路危险重重，但我会永远保护你。这句话到今天仍然奏效。"

沈酌有点儿意外，从尼尔森的肩头上向白晟一瞥。

两人四目相对，白晟微微眯起眼睛，从沈酌眼底看见了一种非常丰富的、难以言喻的神情。

气氛凝固了一刹那，紧接着，沈酌笑了起来。

那笑容简直是外交官式的，拿显微镜来观察都不会有丝毫瑕疵。他漂亮的面孔瞬间冰消雪融，连唇角翘起的弧度都完美无缺。紧接着他伸手在尼尔森的背上拍了拍，退后半步望着这个男人，恳切地道："我明白，总署长，我也永远站在你这一边。去弹劾会吧。"

他退后半步，含笑与尼尔森对视，身影渐渐淡去。

沈酌原地下线了。

办公室再度恢复安静，只有尼尔森一人站在原地，一动不动，目送着沈酌完全消失在空气里。

咔嗒一声，门被推开。

"总署长，卡梅伦的人来催了好几次，审判要开始了……"秘书的神情有点儿掩饰不住的惶急，突然望见桌上敞开的钢笔盒，不由愣了一下。

怎么把它拿出来了，情况已经危急到这种地步了吗？

尼尔森慢慢地回过头，用冰蓝色的眼睛沉沉地看向那支大马士革钢金笔，视线定在那个"沈"字上。

这是三年前沈酌就职时赠送给他的谢礼。尼尔森抽出那支笔，紧紧地握在掌心，大步走出了办公室。

穿过大楼走廊，电梯升上顶层，两名进化者警卫恭敬地为他推开了黄

铜大门。门后是一座由金属墙壁和防弹玻璃围成的巨大会议室，长桌两侧坐满了联合国安理会的人。

全部是人类，每张面孔都是各国新闻报纸上的常客。

从四面八方投向尼尔森的目光中浮动着鲜明的敌意，连空气中都布满了诡谲的杀机。

"在举手表决这么关键的时刻，您还有闲心上这么久的洗手间，这种盲目自信的精神真是让人敬佩呀。"一个矮胖的 R 国官员看了看表，语带讽刺，"看起来您对自己将要被解职这件事毫不在意呢。"

尼尔森拉开长桌尽头的座椅，微笑道："不管你们打算怎么把我从总署长的位置上踢走，表决结果下来之前，我仍然是各位无法撼动的存在，不是吗？"

他那一反常态的轻松顿时点燃了会议室里许多人强忍的怒火。

"不要垂死挣扎了，弗里奇·尼尔森！你心里非常清楚你有多偏向那些进化者同类，我们已经忍了你整整五年！"

"监察署是监管进化者的机构，怎能落到进化者自己的手里？！"

"安理会不会再继续容忍你！"

长桌两侧群情激奋，然而尼尔森无视了所有人，径直望向长桌的另一端。阴影中有一道沉默的身影端坐在那里。

"今天确实会有人被踢出这道门，然而那个人不会是我。"尼尔森直直地望着那道身影，微笑问，"要赌一局吗，卡梅伦？"

阴影中的那个人不动声色，没有回答。

砰的一声重响，刚才那名官员摔下文件，怒道："尼尔森，你强行插手我国通过进化者武装提案的账我们还没跟你清算！你——"

尼尔森霍然起身，拔出钢笔。只见寒光一闪，矮胖官员的手掌被钉在了桌面上！

"啊——"

惨叫划破空气，鲜血飞溅开来，周围人人遽然变色。

"你干什么？"

"住手！"

他拼命地踢蹬尖叫，尼尔森舔了口手背上的血，就像一头来自冰原的毛皮华丽的白狼，脸上带着清晰残忍的微笑："清算我？"

他随手把笔帽往会议桌上一扔，大马士革钢与桌面撞击，发出叮当声响，清清楚楚地露出了笔夹上刻着的那个"沈"字。

长桌另一端的阴影中，那个叫卡梅伦的人终于微微一动，意外地盯着那个笔帽。

"不好意思让大家久等了,因为我刚才出去的时候,一位亲密的朋友突然来拜访了我,并送了我这支笔——在座的各位一定听说过他的名字。"尼尔森自上而下俯视着众人,露出一个带着血腥的笑容,"他就是当年全人类再生计划,又称 HRG 计划的主导者,沈酌。"

空气登时一静。

仿佛毫无预兆地投下一枚炸弹,大多数人没反应过来,而少数高官脸色剧变,差点儿霍然起身。

"你是如何做到的?"卡梅伦终于低沉地开了口。

"我是如何做到对沈酌召之即来挥之即去的?"尼尔森补完了对方没说出口的后半句话,嘲讽地望向那道身影,"你以为呢,卡梅伦?

"三年前沈酌因青海爆炸事故而被私刑拷问,全身十九根骨头被打断,濒死都不肯承认是自己杀了傅琛,是我派人把他从那群暴徒手里救了出来,如果没有我他已经死了。就是从那个时候开始,沈酌变成了我最亲密也最坚定的盟友。而讽刺的是,直到三年后的今天,HRG 计划彻底陷入死局,人类才终于意识到了沈酌的价值。"

巨大的会议室里,一片沉寂。人人脸色难看异常,只有那官员的一只手还被钢笔钉在桌面上,不断发出痛苦而恐惧的啜泣声。

"你们可以把我踢出国际监察总署,你们可以把我关进监狱,你们甚至可以像成群结队的食肉蚁一样把进化者吞吃得只剩骨头。但别忘了,HRG 计划最后的希望——沈酌,在我手上。如果我不让他回到研究所,你们就只能像阴沟里绝望的老鼠,永远梦想着看到全人类再生计划那一缕虚无的光。"

尼尔森抬手做了个"请"的手势。

如果忽略他面前纵横流淌的鲜血,那么他的笑容真能称得上是礼仪完美,风度翩翩。

"下面,请在座的先生们投票吧!你们最好现在就开始祈祷自己能投出一个令我满意的结果。"

没有人举手,也没有人说话,平日里呼风唤雨的官员们脸上露出了接近窒息的神色,纷纷隐蔽而求助地望向长桌的另一头。

自始至终端坐在阴影里的卡梅伦终于站起身,在光线下露出了脸。他抬手一整西装的衣襟,心平气和地总结:"整整三天的弹劾……真是一着不慎,满盘皆输哇。"

卡梅伦大约四十来岁,可能更年长,但很难看出来。他有着很明显的

东西方混血特征，头发是黑色的，眼珠却是冷调的灰绿，说话时有种全盘在握的圆滑以及轻描淡写的腔调。

尼尔森盯着自己最大的天敌，微微冷笑道："承让了，卡梅伦。"

"不要误会，我不是输给了你，而是输给了我对于软弱人性一贯过高的预期。"卡梅伦嘴角一勾，那是个外交官一般虚假但无可挑剔的微笑，"愚蠢盲从和多愁善感确实是沈酌从小的性格特点，我早该料到才对。"

他彬彬有礼地点了一下头，转身走向会议室门口，身后的尼尔森冷笑道："下次我不会再让你竖着走出这道门了，卡梅伦！"

卡梅伦站定脚步，回过头。这个角度让他眉眼的形状乃至侧脸的轮廓，都与沈酌有着可怕的相似，只是他嘴角嘲讽的笑容掩盖了这一点。

"人有梦想是好事，尼尔森。"他一整西装衣襟，大步走出了金属门。

申海市，某高档小区。

拟真投影消失的同一瞬间，白晟发现自己回到了客厅的沙发上，呼地出了口气。

平板电脑仍然开着，界面上只多了封新邮件，标题是通缉嫌疑人野田兄妹的行踪记录。沈酌皱眉瞥了一眼，刚要从沙发上站起身，整个人突然被迎面一股巨力重重向后推。

"沈……监……察，"白晟居高临下地看着沈酌，"请问你是有什么怪异的癖好吗？跟尼尔森见面还非要我在旁边围观，辣瞎我这双S级狗眼对你有什么好处，嗯？"

沈酌表情复杂，欲言又止，半响用两根手指把白晟的胸膛向后抵，诚恳地道："我脏了。浴室借我冲个澡，不然待会儿吐你身上了。"

白晟："？"

沈酌把他推开，起身径直走向主卧的浴室。

白晟莫名其妙，追在后面刚要嘲讽，只见沈酌突然想起什么似的停下脚步，回头望着他，语气一言难尽："每次我快对你忍不下去的时候，都会有牛鬼蛇神突然从天而降，把你衬托得无比正常……你最强的异能该不会是幸运值吧？"

白晟："哈？"

沈酌头也不回地走进浴室，砰地关上了门。整整半小时后，哗哗的水声停下，浴室门再度打开了。

白晟和陈淼两个人正头顶头凑在平板电脑前，聚精会神地研究野田兄妹俩的行踪记录。闻声，白晟回过头："你是犯洁癖了吗，打算把自己搓多少遍……"紧接着话音戛然而止。

沈酌的衣领敞开，头发微湿，发梢的水滴顺着修长后颈泅入衣领，被他用毛巾随意一擦。从眼熟的花纹上白晟认出了那是自己的洗脸巾。

"怎么？"沈酌随口问。

也许是刚冲完澡的缘故，他的皮肤像浸透了水的透明瓷器，眉角、眼梢却清明如墨，水汽蒸腾后的唇角微微有一点儿红。

白晟望着毛巾沉默片刻，缓缓道："没什么，突然感到寒舍蓬荜生辉……这房子以后我不卖了。"

陈淼的视线在两人之间转来转去，凭借多年伴君如伴虎的经验，敏锐地察觉到他学长对他白哥的容忍指数突然得到了几何级增长，于是小心翼翼地咳了一声，道："那个……学长，我们在看过去三年间野田兄妹在亚洲的行程记录，白哥发现有个地点好像挺奇怪的。"

沈酌随手把毛巾丢在椅背上："嗯？"

"泉山县卫生院，三年前曾被一场大火烧毁。"陈淼举起平板电脑指着屏幕上的地图，"野田洋子被圆桌会开除后紧接着就去了那里，随后多次被人发现在火灾废墟及周边山区游荡。半年前她最后一次被目击也是在卫生院附近，之后就再也没出现过。这座废弃卫生院就在申海市周边，离我们仅二百多公里，两小时车程。"

数小时后，高速公路上。

"泉山县卫生院，建立于二十世纪八十年代，靠近县城山区，条件十分落后。三年前某个深夜因为电路老化引发大火，死伤惨重。"副驾驶座上一名穿着医护白大褂的女子拿着材料，挑起眉道，"随后卫生院被彻底废弃，在当地一度有过闹鬼的传说。"

为了避免引起当地人注意，进入县城后他们换了小车。后排的白晟嚣张地架着长腿占了两个座，沈酌被他挤得贴在车窗边，抱臂假寐装看不见。

"申海市监察处验尸官水溶花，大我三届的学姐。"陈淼一边亲自开车一边殷勤介绍，然后用大拇指一点后排，"白哥。"

白晟若有所思地摩挲着下巴，上下打量女验尸官，道："我发现贵监察处的裙带关系相当严重啊！沈监察是学长，验尸官是学姐，第二行动组组长是学弟……你们的公务员岗位不会还在搞学术世袭制吧？"

水溶花长长的卷发盘起在脑后，成熟妩媚而干练，她微笑道："我们中心研究院本来就是搞基因工程的，五年前进化发生时全国的陨石都被送来我们学校了，导致很多学生一夜之间突发进化，连岳飚和傅琛也是……"

沈酌微微一动。

水溶花的声音登时顿住，少顷她才笑道："也是我们研究院的同门呢。算起来大家都沾亲带故的，找工作互相内推喽。"

白晟笑起来，向水溶花脖颈间的金属项圈扬了扬下巴："美女，你是A级？"

"我不是战斗型的，弱A而已。"水溶花眨眨眼睛，"回头遇到危险千万记得你先上，我把这次的外勤津贴打给你，好吗，帅哥？"

白晟谦虚地："哎呀，那怎么好意思！我们新时代男德班的优秀学员遇到危险躲在小姐姐身后是要被拖出去物理阉割的。话说回来，小姐姐给个内推机会吧，我打赌你们沈监察现在满脑子只想着把我踢下车！我找不到工作啃老已经很久了……"

这时汽车停下，从前车跑下来一个监察员，过来敲了敲车窗："组长，我们到了！"

前方山林起伏，旷野上矗立着一座焦黑残破的建筑。楼上的两层烧得基本只剩水泥架构了，只有底下的半层还剩个形状，勉强能看出二十世纪八十年代的县城风格。

沈酌起身推门下车，却没有立刻就走，而是转身一手撑着车门，定定地望着白晟，道：

"鄙处招聘要求，正式职工须有理工、文史硕士以上学历，生、化、环、材均可，但不接受哲学系毕业生。抱歉了，白先生。"

空气静止了。

白晟一脸不可思议，仿佛不敢相信自己的耳朵，半晌深吸一口气，郑重道："哲学是在最广泛和最普遍的形式中对知识的追求，哲学是全部科学之母。——1905年，阿尔伯特·爱因斯坦。"

沈酌礼貌地回答："哲学已死。——2010年，史蒂芬·霍金。"

"……"

沈酌说："代我向令堂致哀。"然后甩上车门转身走了。

卫生院说是地处县城，其实已经是县城郊外靠近山区了。随着人口迁移和耕地退化，周边显得更加荒凉。

焦黑的墙体裸露着，破碎的老式玻璃窗如同一只只空洞的眼睛，仿佛苍茫天穹下一座安静的坟墓。

三年前的那场大火据说是从三楼烧起来的，因此越往上毁损得越严重。头顶的木板全部裂开、蜷缩，像一片片硕大的死鱼鳞。龟裂的地面上堆满了黑炭状的杂物，二楼一段走廊的墙壁上布满了凌乱的黑手印，应该是人们逃生时慌不择路留下的。

"没逃出去。"水溶花示意沈酌看楼梯拐角。手印消失的尽头处,有一个小小的、蜷缩的炭状黑影印在墙角里。

那是逃生者留下的最后的痕迹。

"三年前卫生院被烧毁,三年前野田兄妹俩被圆桌会开除后特地来到这里,有什么关联吗?"陈淼摸着下巴思索,"会不会大火就是他们放的?"

水溶花实事求是地提醒他:"但火灾发生在他俩被圆桌会开除的一个月以前。"

"那也说不通啊。一座废弃的卫生院,还有闹鬼传闻,连当地人都不来,她是从什么地方知道这里的?有什么东西会引起一个偏激的进化主义者的兴趣?"陈淼突然来了灵感,一脸紧张地转向沈酌,"学长,你说这座卫生院里该不会隐藏着什么能毁灭人类的终极武器吧?"

沈酌缓缓回头盯着他,眼珠一动不动,脸上毫无表情。

大家对这一幕都很熟悉。当年研究院里二十岁的沈老师看着台下的一群懵懂的学生时,也是用同样的眼神。

陈淼自觉地回答:"好的学长,我再想想。"

从窗口向外望去,他们带来的四名监察员已经把车停在了楼下,开始迅速地搜查整座建筑,用仪器仔细勘测任何细微的异能波动。

白晟悻悻地坐在车里,拿着手机不知道在搜索什么。一名监察员恰好路过,定睛一看,登时惊了:"白哥,你搜《往生咒》干吗?"

"为我的哲学母亲往生超度。"

"……"

"顺便,"白晟冷冷道,"今晚我本来想请你们全体去吃龙虾的,现在只能委屈大家陪我一起吃白水煮青菜守孝了。"

二楼窗口的沈酌:"……"

沈酌一手扶额不语,这时另一名手下三步并做两步从楼梯上来,急道:"监察官,陈组长,能下楼来看一眼吗?"

陈淼问:"怎么?"

"我们在一楼拐角的病房里发现了很多不同寻常的痕迹。"手下似是非常疑惑,"很多……脚印。"

一楼走廊的尽头是一间狭小破败的病房。四面墙壁黑黄交错,靠东处放着一张钢丝床。风从灰蒙蒙的破碎玻璃窗里呼呼灌进来。

烧裂的地板大块剥开,赫然有几十个纵横交错的鞋印。

"鞋底花纹类似女式平底单鞋,脚长在25.5厘米到26厘米之间,脚

掌宽度在 10.5 厘米到 10.8 厘米之间，推算对方的身高应该在……"沈酌从地上站起身，"167 厘米左右，符合野田洋子的体型特征。"

在边上低头记录的陈淼顿时"哦哟"了一声："还真是她？"

"从鞋印边缘的清晰程度判断，应该是半个月以内留下的。"沈酌看了一眼腕表，"确切地说，是十三天又十九个小时以前。"

陈淼登时就震惊了："这都能看出来？！"

沈酌没有回答。

"学长你太厉害了，这么精确的吗？怎么看出来的？你真的一点儿异能也没有吗？学长，学长！"

沈酌仿佛没听见一般擦肩而过，身后的水溶花叹了口气，用手机搜出过去半个月的气象记录，举在呆若木鸡的陈淼面前。

"十四天前的那个中午，泉山县大风 7 级，鞋印不会是在那之前留下的，否则边缘的痕迹不会那么清晰。同天深夜 11 点，泉山县附近下了场骤雨，所以靠近窗口的鞋底花纹上有放射性水滴覆盖。从水滴直径和落地角度可以推算出当时的风速、风向、准确降雨量。综上所述，野田洋子来到这座卫生院的时间非常确定，是那天的下午 4 点到晚上 11 点之间。"

陈淼："……"

水溶花靠近他，小声问："坊间传言，指点你写硕士毕业论文那段时间沈酌天天吃降压药，是真的吗？"

"那不是真的！"陈淼十分委屈，回头大声道，"学长！告诉我你没有吃降压药！"

沈酌置若罔闻，半蹲在地观察着什么，眉角微蹙。

"学长？"陈淼好奇地凑上来，皱眉观察片刻，才发现地上有几条不甚明显的、长长的痕迹通往门外，"这是……轮胎？"

"轮椅。"沈酌轻声道。

"哈？"陈淼大感意外，低头仔细一瞅，头顶几乎蹭到了沈酌的手，但紧接着身后传来一股巨力，差点儿把他凌空提起来。陈淼慌忙挣扎回头："白……白哥！"

白晟单手拎着他的后颈，和颜悦色地问："你知道为什么小明的爷爷能活到九十九岁吗？"

陈淼问："因为小明的爷爷不好奇地上的轮椅印是谁留下的？"

白晟说："因为小明的爷爷知道跟学长保持合理的身体距离。"

陈淼如遭雷劈，回头求救地看向沈酌，却发现他的学长正一言不发盯着地面，仿佛已经给自己进化出了某种超能力，把白晟一切不正常的言行都屏蔽到了五官的感知之外。

白晟跟拎小鸡崽一样把陈淼拎到身后去，笑嘻嘻回头："沈监察。"

"唔。"

"你看到床上的影子了吗？"

钢丝床已经被烧黑了，半倾斜地靠在墙角。除非跪在床边仔细观察，否则很难看出灰黑的钢丝弹簧上，有一具被烧缩水了的、平躺的黑影，头颅、躯干、四肢……是个被烧化了的人。

沈酌站起身，无声地呼了口气，道："——'荣先生'。"

"半个月前野田洋子不是一个人来到这里的，跟她一起离开的还有进化源的真正的货主——荣先生。因为这个人双腿残疾，所以地上才会留下轮椅的痕迹。"

"有一件事我们想错了，野田洋子不是刘三吉的同伙，而是'荣先生'的。刘三吉可能因为偷窃进化源，被'荣先生'胁迫做一些事情，这就能解释为什么刘三吉敢冒着终身监禁甚至处决的危险，主动跑到高架桥上来拦我的车。"

白晟向钢丝床上一扬下巴："那这位倒霉的仁兄呢？"

沈酌皱起眉，半晌道："我有一个怀疑……但很难确定，除非能看到当时的场景。"

白晟没明白他的意思，只见沈酌伸手一招。不远处的水溶花立刻会意地走上前来。

"水溶花的异能非常特殊，她曾经被一个未知生物附身。对方性格凶残，曾经差点儿一次性杀死一百多个人，社会危险性极大。我设法与这个未知生物建立了一个契约，平时把它封印在水溶花的潜意识深处，需要时只有我能把它释放出来。"

白晟十分好奇："未知生物？"

沈酌说："对，一个纯精神系生物，研究院一度认为它来自地外文明。"

白晟一手捏着下巴莫名其妙，却见水溶花对沈酌摊开右手掌心，但紧接着又迟疑了一下，对白晟诚恳道："也许，小明的爷爷偶尔也会因为工作需要，而跟学长握一下手。"

陈淼一口水："噗！"

白晟："哈哈哈——"

小明的爷爷——

"学长"闭上眼睛，深吸了一口气，陈淼立马躲到他白哥的身后。

但沈酌没再理他俩，伸出右手自上而下地覆盖在水溶花掌心上，低声

唤出了受召者的名字："我释放你，伊塔尔多魔女！"

一股无形的、强大的异能从两人交握的掌心散发出来。

紧接着，水溶花的右半边脸发生了恐怖的变化，皮肤溶解，布满血斑，仿佛被腐蚀一般裸露出怪异骨骼；右半边身体急剧变异，肌肉呈现出血红色，密密麻麻的血管像金属锁甲一样覆盖在手臂和右腿上。

与此同时，她完好的左侧面孔也发生了明显的改变，变得妖冶迷人、艳光四射。卷曲的红色长发垂到腰际，仿佛血海里茂密的海藻。无数复杂花纹在她的左半侧身体延伸，像某种古老的护身符，从左腿蔓延到左臂，甚至左眼瞳孔。

这世上没人能逃过左半边魔女的致命吸引力，但同时她的右半边身体又让所有人心胆俱裂。

美艳与恐怖的极致结合，伊塔尔多魔女。

"啊……"魔女如释重负，发出一声撩人的呻吟。

沈酌立刻要松开两人交握的手，却被她一用力抓住了，继而她的手如艳丽的毒蛇一般依偎而上，指尖轻轻抬起沈酌的下巴："你想我了吗，沈监察？"

紧接着她俯身一贴，妩媚的面颊几乎贴在了沈酌的脸上，笑容挑逗，充满暗示："如果你让我自由，或许我们可以一起去没有人的地方。我可以让你感受到很多很多的快乐，以及……"

她话音一僵。

一枚小小的银色控制器出现在她眼前，沈酌冷冷地道："以及很多很多的高压电。"

哐当一声撞响，伊塔尔多魔女迅速后退，差点儿撞翻了桌椅。

"人类！"她咬牙切齿地拉扯自己脖颈上的金属项圈，然而无论如何都扯不下来，只能恨恨地盯着沈酌，血红眼珠里闪现出不加掩饰的恶意，"总有一天我要让这项圈锁在你自己的脖子上，总有一天——"

沈酌一哂，道："外头那么多进化者都想把这项圈套我脖子上，那又怎么样？他们只能想想。"

"……"

"把三年前这间屋子里的场景重现出来，别让我命令第二遍。"

白晟扭头小声问陈淼："你被电过吗？"

陈淼捂着项圈一脸震惊道："怎么可能？我这么温顺听话！"

伊塔尔多魔女含恨盯了沈酌一眼，抬起血红怪异的左手按在钢丝床上，沙哑地念了句什么。那发音十分晦涩，仿佛是某种古老失传的咒语，似乎是从未在地球上出现过的语言。

紧接着，时空倒流的画面如洪水般呼啸而至。

焦黑的墙壁复原，龟裂的地砖弥合，破碎的玻璃窗奇迹般自动关好。眼前的一切都恢复到了三年前大火未发生时的状态，屋内光线昏暗，散发出劣质消毒水的气味。

钢丝病床上，无声无息地出现了一道身影。

那是个十分瘦削的男子，似乎还很年轻，但长年累月的昏迷让他脱了相。面容干裂枯朽，鼻间弥漫着死亡的气息，已经看不出他本来长什么样了。

白晟微微眯起眼睛："难道他就是……"

"荣先生。"沈酌轻声道。

顺着沈酌的目光望去，钢丝床栏边夹着一张床头卡。姓名那栏用圆珠笔潦草地写着两个字——荣亓。

白晟伸出一只手吊儿郎当地搭在沈酌肩上，俯身仔细打量那张床头卡："这兄弟有点儿惨啊，乡村卫生院的治疗条件不太好吧。他这是得了什么病，成了植物人？不会脑死亡了吧？"

沈酌刚要说什么，就在这个时候，众人身后响起一道陌生的、笑吟吟的声音："你猜他们说这倒霉仁兄得的是什么病，傅琛？"

傅琛。

仿佛一道无声惊雷，沈酌的瞳孔遽然扩张。

他的瞳孔幽黑得发寒，白晟清清楚楚地感觉到掌心下那瘦削的肩头一瞬间就绷住了。少顷，沈酌缓缓回头，三年前的傅琛正站在病房门口，穿越了生死与时光，出现在所有人眼前。

室内一片死寂，人人都惊呆了。

白晟皱起眉头，按了一下沈酌的肩膀，在他耳边带着安抚提醒道："沈监察。"

三年前的傅琛背对着门外天光，但仍能看出五官非常俊朗，是那种走在校园里会吸引很多目光的长相。脖颈上戴着一个标记着 S 的金属圈。

"不感兴趣。"他抱臂打量病床片刻，挪开了视线，"走吧，苏寄桥。我约了沈酌晚上 9 点在机场见面，再晚要迟到了。"

一道纤细的人影从傅琛身后转了出来，赫然是个美少年，声音柔和悦耳。他仿佛才意识到什么一般，抱歉地"呀"了一声："怎么办，傅哥？沈学长要是知道了我俩单独出来，不会生你的气吧？"

EVOLUTIONARY PEOPLE
[DATA SYSTEM]

▶ **进化者** 数据系统

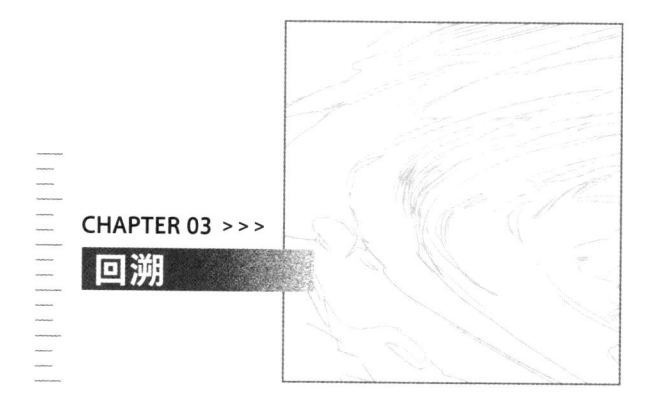

CHAPTER 03 >>>
回溯

NAME	伊塔尔多

查询结果
SEARCH RESULT　地外生物

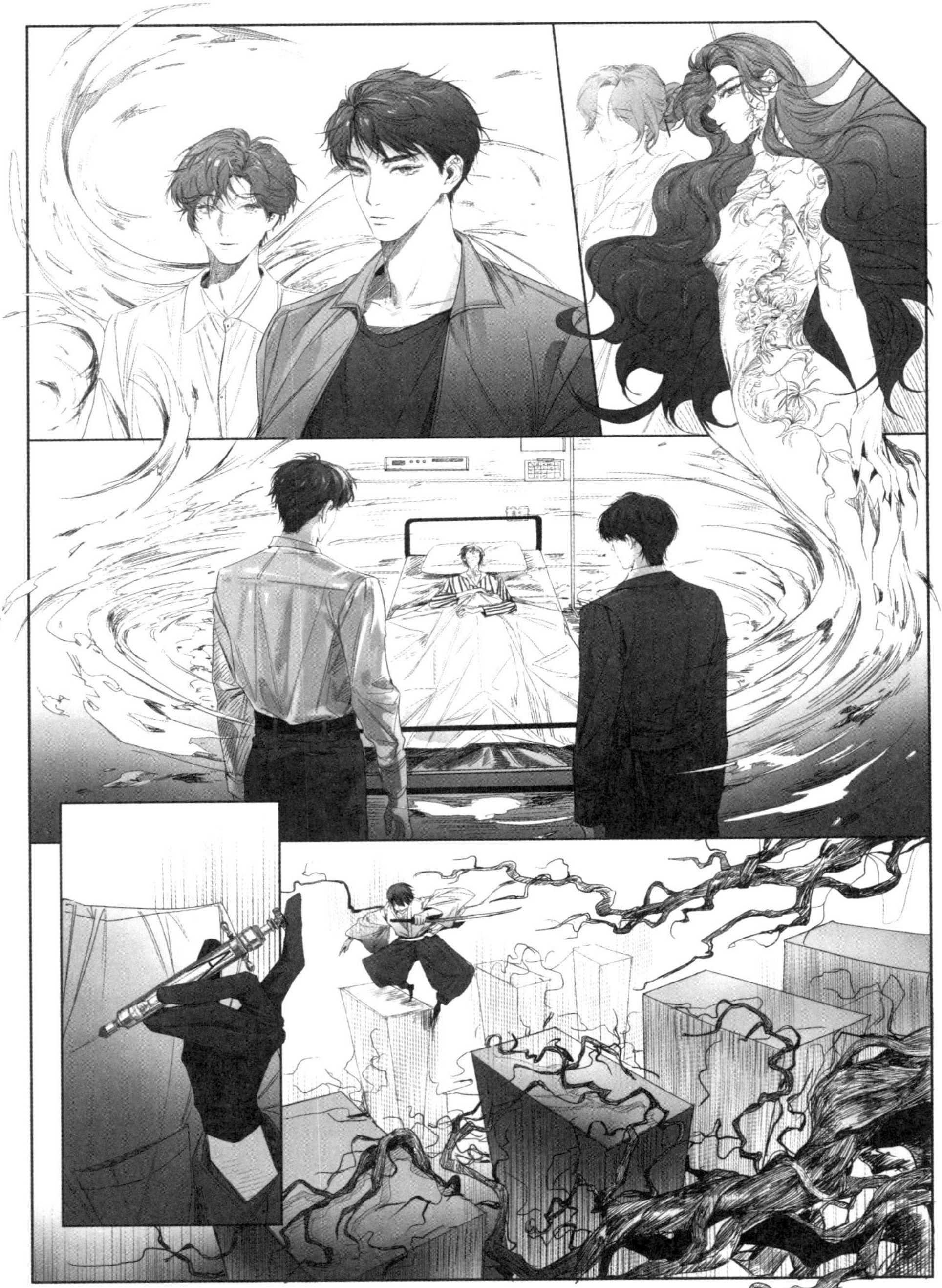

洞天

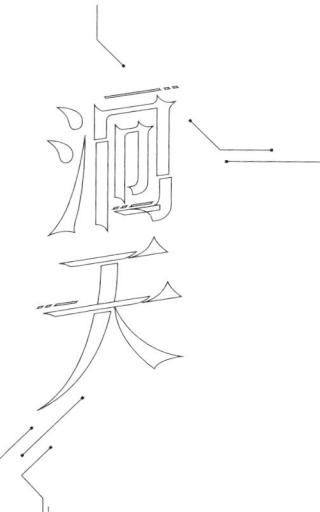

白晟的第一反应是苏寄桥这个名字非常耳熟，紧接着回忆起来。

三年前青海那起爆炸事故中，除了当场死亡的傅琛之外，还有一名A级进化者被炸成了脑重伤，至今躺在医院昏迷不醒，正是苏寄桥。

"天……天哪，"陈淼结结巴巴，"三年前傅哥跟苏前辈也来过这座卫生院？为什么？"

病房门口，傅琛瞥了苏寄桥一眼："不至于吧，沈酌为什么要生气？"

苏寄桥和软地回答："不知道哇，但我一直觉得沈学长不是很喜欢我呢，不知道是不是我平时有些地方做得还不够好？"

苏寄桥大概是白晟见过的唯一能在外貌上跟沈酌打平手的人。二者的区别在于，沈酌习惯于被人仰望，他的上位者气势实在是太强了，那种冷峻凌厉的秀丽让人望而生畏；苏寄桥则眉眼弯弯，头发微卷，气质温柔如水，光从外表看就亲和力极强，甚至连说话都带着笑吟吟的尾音。

"不过想想也能理解。如果不是因为幸运得到了进化，像沈学长那样的人，我们绝大多数人这辈子连跟他说一句话的资格都没有吧，更别提讨他的欢心啦。"

白晟偷觑了脸色冰冷的沈酌一眼，扭头小声问陈淼："你们这位苏前辈说话一直是这种风格吗？"

陈淼还沉浸在三年前这两人为什么要来这座卫生院探视"荣先生"的巨大惊疑里，结结巴巴地反问："什……什么风格？"

白晟沉默两秒，含蓄地道："'茶'香四溢。"

"茶香？什么茶香？"陈淼莫名其妙地道，"苏前辈脾气特别好，热心体贴，善解人意，当年在研究院里人气超级高的。怎么啦？"

白晟懂了。他凑在一脸茫然的陈淼耳边，压低声音轻轻羞辱道："换我指导你硕士论文答辩，我也得吃降压药……"

"沈酌对人的态度不会因为对方做得好或者不好而改变，这世上绝大多数人在他面前都是一眼定生死，我建议你别努力了。"傅琛回头看了一眼病床上形销骨立的人影，沉默片刻，突然说，"但有一件事我还是好奇。"

"什么？"

傅琛慢慢地道："我在想，要是沈酌以后见到了这个人，第一眼会是什么反应……略有好感，可以忍耐？还是弃如敝屣，懒得搭理？"

苏寄桥笑起来，一副人畜无害善良温婉的模样，但还没说什么就被打断了。

"算了，走吧。"傅琛又看了一眼时间，说，"沈酌还在机场等我们今晚出发去青海，我不想让沈酌等太久。"

顷刻仿佛醍醐灌顶，白晟从傅琛的话里意识到一件事。

三年前傅琛与苏寄桥来到泉山县卫生院，恰好发生在青海爆炸前一天，也就是说傅琛看完荣亓之后二十四小时就死了！

为什么？两个高阶进化者为什么要来看荣亓，他俩跟这个姓荣的到底是什么关系？

苏寄桥眼梢斜斜地望向傅琛，半开玩笑半感叹道："真羡慕，傅哥对沈学长是真的很上心哪。"

傅琛转身向外走去，平静地回答："这有什么问题吗？"

苏寄桥紧走几步追上他，笑道："所以说很羡慕哇。哎对了，话说……"

一个地方只能进行一次随机的时间回溯，且回溯的范围有极大限制。眼见他二人要走出范围之外，沈酌转向伊塔尔多魔女，一贯冷静的语气已经有点儿变了："跟上去，别跟丢这两人！"

魔女不能抗拒他的命令，但她还没能做出反应，突然被电了似的一看脚下。

只见一根藤蔓突然破土而出，从脚踝死死缠住她全身。紧接着无数藤蔓平地升起，其中一条破开显出里面的人，竟然是野田洋子！

三年前的情景一瞬间消失了，眼前恢复成了焦黑破败的病房。洋子闪电般挟持着伊塔尔多魔女退到墙角，嗤笑一声："真没想到你们还有时间倒溯这一招。"

陈淼失声："学姐！"

洋子一刀抵住魔女的咽喉："你这种级别的存在，为什么要听令于一个低贱的人类？"

伊塔尔多魔女还没来得及反唇相讥，只见数道冰箭寒光一闪，凌空射向洋子，正是反应极快的陈淼。

说时迟那时快，一道幽黑的空间裂缝瞬间出现，无声无息地吞没冰箭。

紧接着空间裂缝迅速伸向洋子，眼见着她就要挟持魔女跑路！

这一切都发生得太快了，外面的四个监察员甚至都来不及冲进门来。转瞬之际沈酌要上前，却被白晟劈手按住："你去干什么？"

"伊塔尔多魔女脱离监管会出大事，不能让她走！"

白晟果然上钩："她跑了最多出点儿麻烦，你死了人类分分钟跟进化者开战，回来！"

话音刚落，只见沈酌从善如流地退后半步，拍了拍白晟的肩膀："你说得对，还是你上吧。"

白晟简直震惊："你故意的，对吧？！你早就打定主意要这样一分工资不花地使唤我了，对吧？！"

沈酌镇定吩咐："给我把野田洋子也拦下来！"

白晟心说张无忌他娘的临终教诲果然是真的，越漂亮的美人越会骗人，但这时他已经来不及做自我检讨了。空间裂缝幽黑深邃，不知另一头通向何方，眼见着就要吞噬洋子和伊塔尔多魔女二人。白晟快得仿佛原地消失，再出现时已逼近洋子面门，手中不知何时出现了一把燃烧着熊熊烈焰的长刀，劈手剁向触手般的藤蔓——

岂料就在这时，洋子脸上掠过一丝诡异的神情。同一时刻，空间裂缝陡然绕过洋子，与白晟擦肩而过，径直扑向落单的沈酌。

调虎离山！白晟刹那面色一变，掉头冲向沈酌，但已经迟了。

刘三吉从裂缝中探出半身，一把抓住猝不及防的沈酌，猛然把他拽了进去！

下一秒空间合拢，裂缝消失。

留在病房众人眼中的最后一幕，是无数触手死死缠着沈酌，迅速把他拉向黑暗中，而刘三吉对着白晟露出了一个毫不掩饰的恶意笑容。

"学长！"陈淼脱口而出的惊呼这才落地。

唰一声疾风呼啸，白晟挥刀指向洋子，脸上总是带着一点儿笑的神情消失了，强烈的威慑感勃然欲出。

"把沈酌还回来！"

洋子讥讽道："哦？你打算怎么样，把我跟人质一起砍了吗？"

陈淼惊怒无比："放开水学姐！"

"啊，对了，魔女是不死的，你只会杀死被她附身的那个女验尸官而已。"洋子挑眉嘲讽地望着白晟，"怎么，不敢吗？像你这样的Ｓ级不会还害怕杀人吧？"

伊塔尔多魔女危险地眯起眼睛，垂在身侧的手指抬起又放下，似是犹疑不定。

"我不在乎你怎么处理人质。"半晌白晟低沉地道，"但沈酌是十大监察官中唯一的人类。如果他死在进化者手上，人类与我们之间岌岌可危的和平将毁于一旦，后果不堪设想。"

白晟抬起刀尖，越过人质指向洋子："告诉我沈酌在哪里，不然我会让你死得非常痛苦，尸体上剩不下一根完整的骨头。"

房间陷入了僵持，众人都绷在原地不敢动。

洋子紧紧盯着白晟，眼梢压紧到了极致。很早以前她就听说过白晟，很多人觉得他成天笑嘻嘻的，总没个正形，是个性情开朗、出手阔绰的富二代，但她知道这世上没有任何一个 S 级是好脾气的，问题只在于他们愿意演到什么程度。

这个叫白晟的人，心思冷酷缜密，控制欲变态地强，即便在 S 级中也是个非常棘手的存在。她厌恶这样的人，他明明有能力带进化者走得更远，却跑去跟蝼蚁一般低贱的人类混迹在一起。

"你能杀死我？"洋子冷笑一声，一刀遽然捅向魔女右肋，"那你就来试试吧！"

陈淼飞身上前："住手！"

同一瞬间，白晟的眉宇间清清楚楚地掠过一丝凶戾，他甩手扔了长刀，单手隔空一握，五指骨节噼啪作响。

伴随着这个动作，无形的力量缚住洋子。她那匕首还没捅下去，整条手臂就扭曲变形，在骨骼粉碎的亮响中被生生扭成了麻花！

叮当！匕首应声落地。

剧痛让洋子脑海空白，触电般一抖，松开人质。魔女还没来得及趁机报复就被白晟一把抓住，反手推给了陈淼。

紧接着，疯狂的藤蔓从洋子周身爆发而出，但根本碰不到白晟的一片衣角！眨眼间，他森寒的身影就自上而下笼罩了洋子，掐着咽喉一把将她拎了起来："沈酌在哪里？"

洋子的右臂完全被拧成了螺旋状，整个人不住发抖，咬着牙提了下嘴角："甘心给人类当狗，你们这些叛徒……"

白晟二指隔空一抬，咔嚓！

洋子的左臂自动两周全旋，无数骨刺穿透皮肤，连血带肉一下爆开！

"成年人身上有二百零六根骨头，你现在还剩一百五十根，可以让我一根一根地慢慢拧。"白晟低着头，俯视着洋子血丝密布的眼睛，语气清晰而残忍地道，"告诉我沈酌在哪里，或许你还来得及留一具全尸。"

洋子全身浴血，死死盯着他，突然咬牙切齿地笑了起来："来吧，试试看你到底能不能杀了我！就像数万年前尼安德特人被智人取代，现在的人类也注定要被进化者灭绝！而你这样愿意给人类当狗的——"

白晟不见喜怒，五指一紧。那掌力简直恐怖，洋子的话音顿止，颈骨自动扭曲到了极致！

那一幕恐怖如同默片，她的脸活生生从青红变成黑紫，颈椎被一寸一寸掰成蛇形。瘆人的喉骨摩擦声咯咯响起，眼见她的脖子就要被彻底折断。

就在这一刻，众人头顶突然撕开了一道空间裂缝，野田俊介的身影无声无息闪现。

"你完了。"洋子盯着白晟挤出几个字。

白晟猝然有所感觉，刚要转身回头，却已经来不及。

啪！野田俊介打了个响指。黑色的屏障平地而起，迅速构成一个个长方体，像一座座立起来的棺材，瞬间把每个人都关了进去！

"这是什么？"

"怎么回事？"

所有人同时大惊。白晟反应最快，一掌重重拍在屏障上，手背青筋暴起，那半透明的黑色"棺材"却纹丝不破。

"咳！咳咳咳……"洋子摔倒在地，被她哥扶起来，拽到了一边。

"空间禁闭。"俊介的中文明显生硬，带着口音。他的视线扫过一座座黑色棺材里的众人，然后落在白晟身上，毫不掩饰地嘲弄道："别费事了，从里面是打不开的。"

砰砰砰砰砰！陈淼二话不说举枪就射，黑色的半透明棺盖却全无反应，子弹甚至穿不过去！

"亲妹妹受苦都能忍到现在才出来，你可真是个男人哪。"白晟眯起眼睛，"那个姓荣的呢？他自己不敢来？是因为他残废还是因为他不敢见人？"

野田俊介笑起来，眼底闪烁着嗜血的光。

"对付你不用荣先生亲自动手……还记得上次我是怎么说的吗？"他本来就是偏凶的长相，这么一笑更是充满桀骜和挑衅，"等下次见面时，就是你的死期。"

他一手蓦然握拳，指节筋骨暴起。

白晟霎时心道不好，只见随着野田俊介的那个动作，所有黑色棺材同时急剧压缩，顷刻间就要把在场所有人活生生挤成肉酱——

昏暗，空旷，眩晕仿佛持续了很久，但其实只是短短几秒钟而已。

沈酌闭了闭眼睛，视线逐渐对焦，他发现自己正坐在一张带靠背的木椅上，双手被反绑在椅背后。废弃仓库中弥漫着潮湿咸腥的血锈味。

前方传来一道熟悉且得意的声音："你好哇，沈监察。"

是刘三吉。

那个细眼方脸、身材不高的男子站在风扇下的阴影中，大概觉得自己圆满完成了荣先生交代的任务，表情颇为愉悦："没想到这么快又见面了，采访一下，您意外吗？"

沈酌开了口，声音有点儿沙哑："我比较意外一睁眼看见的是你，而不是那个荣丌。"

刘三吉立刻怒道："闭嘴，你是个低贱的普通人，有什么资格让荣先生亲自来见？"

刘三吉声色俱厉，但沈酌只一哂："你那个荣先生，如果我没猜错的话，三年前曾经被烧成了焦炭，但他的进化方向非常特殊，应该有某种残存细胞的复生能力，所以活了下来。他之所以现在还坐轮椅，可能是因为进化不完全，身体还没能达到巅峰状态，对吧？"

刘三吉刚要呵斥他不准对荣先生不敬，沈酌却没给他张嘴的机会。

"他似乎很想杀我，却躲在幕后，只敢派手下出来拦车碰瓷。我猜这大概是因为他是个不敢杀人的懦夫或无法动手的残废……聊天而已，你抖什么？"

"住口！住口！"刘三吉又惊又惧，"你这个低贱的普通人，也敢对荣先生不敬？！"

"你只是个基因低劣的 D 级，跟普通人也没太大差别。"沈酌厌倦地道，"恕我冒昧，把那个荣先生叫出来吧，你没资格同我说话。"

刘三吉果然被这连续的刺激冲昏了头，一捋袖子指着左手背，大吼道："你说什么，谁基因低劣？！老子现在已经是 A 级了！"

刘三吉没等来沈酌意外的表情，只见对方注视着他手背上那个血红的 A 级标识，少顷意味不明地呼了口气，道："果然如此……二次进化。"

"果然什么？！"刘三吉瞪着他。沈酌却没有立刻回答，半晌才道："你可能是被那个荣先生当成一次性试验品了。"

刘三吉打小长得矮，因此心思特别细腻，平生最恨被看不起，对旁人无言的轻视尤其敏感。但偏偏沈酌这个人，以他堪称罕见的学历、背景和相貌而言，哪怕坐在那儿什么也不说，什么也不做，都会给人一种含蓄却强烈的嘲讽感。

此刻刘三吉的感受就特别鲜明："你别在那儿胡说八道，什么试验品？像你这种连进化都做不到的人——"

"你私下昧了荣先生的进化源，被抓回来后为了保命，只能受他指使来刺杀我，报酬是他让你二次进化成Ａ级。但你不知道的是……进化不是无代价的，每个人能承受的进化强度都有极限。"

刘三吉大怒，指着手背，道："别说那些没用的，看见这个Ａ没有？！"

沈酌打断了他："你知道这世上最大的谎言是什么吗？"

刘三吉一卡壳。

"是人人生来平等。"沈酌直视着茫然的刘三吉，声音清晰冷静，甚至到了有些无情的地步，"公元1651年，托马斯·霍布斯提出，人类共同创造了一个巨大的神——利维坦，而组成利维坦的每一个人都是平等的，因此维系和平是所有个体共同建立的自然法。五年前的大规模进化发生后，为了维护这一价值观，我们极力向公众掩盖进化与基因方面的联系，因为真相对这世上绝大多数人来说都太过残忍。

"有的人能进化成Ｓ，有的人只能进化到Ｄ，还有的人根本无法进化。基因生来是不平等的。强行越级会让你的基因不堪重负，就像把矮子强行拉长、拔高。它会造成全身基因链撕裂，染色体全部失活。你见过核辐射的遇难者吗？跟那差不多，比死还可怕。"

空旷的仓库里极其安静，只有风扇叶片旋转发出的交错的机械声。

刘三吉的瞳孔急剧扩张，仔细看的话会发现他的指尖微微战栗，但少顷他冷笑了一声："别逗了，你连Ｄ级进化都做不到，你的基因才是最低劣的，凭什么让我相信这种扯淡的鬼话？"

"抱歉，我是做学术出身的，说话比较直。"沈酌平静地道，"你不仅是试验品，还是个一次性耗材的试验品，接受现实吧。"

不可能！荒谬！刘三吉几乎要立刻爆出粗口，但更深的怀疑、恐惧，以及强烈想要证明自己的欲望压倒了一切。半响，他嘴角扭曲地冷笑了一下："你说我是一次性耗材？你才是真正的一次性耗材。荣先生说了，只要你死了就给我最高的奖赏，甚至能让我永生……"

他一抬手，喝道："索性让你的尸体也被废物利用，成为我吞噬的一部分吧！"

他身后的阴影中传来窸窸窣窣的声音，仿佛有很多黏腻沉重的东西在布满灰尘的地上滑动着，令人头皮发麻。

一个极度畸形的怪影从黑暗中浮现出来，是一座巨大浮肿的……尸团！

这尸团庞大，足有四五米高，是由几十具腐尸胡乱拼凑而成的。密密麻麻的躯干、手、脚纠缠融合在一块，数不清的腐烂手掌和脚掌一齐支撑着它在地上移动，而几十张男女老少的各异面孔分布在它的全身上下。

每张面孔都表情扭曲、死相青紫，就那么在一处右一处地挤在它胡乱挥舞的手脚间，简直令人毛骨悚然。

"每吞噬一个进化者，它的力量就会增强一分。迄今为止它还没吞噬过普通人。"刘三吉昂起头盯着沈酌，阴森一笑，"今天就破例让您获得这殊荣吧，沈——监——察。"

轰隆！

地板震动，发出巨响。尸团"走"到沈酌面前，全身所有的面孔同时张大嘴，表情扭曲狰狞，仿佛再次重现了临死时的痛苦。

紧接着，无数腐烂手臂从尸团上伸出来，抓向沈酌的咽喉——

"我说了，"刘三吉听见申海市监察官平静的声音响起，"你没资格同我说话。"

雪亮刀光唰然一划，腐手飞上半空。紧接着，沉重的尸团被沈酌一脚飞踹，凌空飞起来撞翻刘三吉，后者哐当撞上了墙根！

墙灰如瀑，尘烟弥漫。刘三吉差点儿被那座尸团撞得喷血，捂胸剧烈地呛咳："你……你怎么，你……"

他愕然地睁大了眼睛。

只见沈酌从不远处的椅子上站起身，手里不知何时多了把寒光闪闪的折叠刀，表情几乎没有任何变化，揉了揉之前被反绑在身后的手腕。

沈酌常年穿着黑色制服，映衬得手腕格外素白，被绑缚过的红痕便非常明显。当申海大监察官一步步走来的时候，那种漫不经心的冷峻和肃杀，就仿佛他脚上的皮鞋每一次落下都踩在了人的咽喉上。

砰一声重响，沈酌抬脚踩住刘三吉的额头！那恐怖的巨力一下就把他后脑勺踩进了龟裂的墙里。

"你……为什么？"

"知道这是什么吗？"

刘三吉在他鞋底的重压下勉强定睛一看，只见沈酌手里是一支金属注射针管，看不出里面是什么。金属盖上铭刻着一个清晰的字母A。

"HRG计划，又称全人类基因再生计划，悬在全人类与进化者头顶上的达摩克利斯之剑，七十亿种族和平最后的护身符。"

沈酌拔出注射针头，拉开领带随手扔了，漫不经心地松开两颗衣扣。

"如果众生先天不平等，我就让它后天平等。如果旧的利维坦分崩离析，

我便在废墟上重建一个新的平等国……"

他略微偏过头，一针将血清扎进颈动脉！

"最终再度实现和平。"

刘三吉的眼睛极度睁大了。

陨石般的幽蓝光芒顺着沈酉全身的血管一闪而过，随即一股强大的力量瞬间从他身上爆发出来。他轻轻摘下黑色皮手套，左手背上通常显示进化者进化等级的地方，两道旧伤交错成了一个狰狞的叉。

此时一枚血红的烙印正从伤疤上渐渐浮现——A。

沈酉单手掐着刘三吉的咽喉，把他整个人从地上拎了起来，悬空摁在墙上。他幽邃的瞳孔里倒映着刘三吉惊恐的脸。

"告诉我关于'荣先生'的一切。每多说一句，我就多给你留一根不断的骨头。"

砰砰砰砰！砰砰！

火星迸溅，弹壳乱飞，好几个监察员疯了一样开枪，却无法阻止越缩越紧的棺材四壁，好几个人甚至连腿都伸不直了。

咯咯的磨擦声响起，白晟一只手撑在头上，但无法阻止已经压到了头顶的棺材顶，手肘关节甚至传来清晰的挤压声。

"我说了，从内部是绝对打不开的，所以我喜欢管这个异能叫作……空间绞肉机。"野田俊介望着白晟，微笑道，"S级也不过如此，去死吧。"

白晟那总是嚣张支棱的头发被压了下去，一贯有点儿轻佻的表情也消失了，反而显出了五官本身的深邃锋利。他的语气一反常态地不带丝毫戏谑，甚至有点儿冷淡："你知道自己错在哪儿吗？"

明明胜券在握，但不知为什么，野田俊介却从白晟的眼神中感觉到了一丝居高临下的睥睨："你——"

"这世上没有任何一种异能堪称绝对，因为……"

白晟一手按在越来越低的棺材顶上，继而另一手也按了上去。十指硬生生刺进黑色屏障，难以想象的巨力让十个指尖同时迸裂出血。

在野田俊介惊愕的目光中，他手臂筋骨暴起，肌肉绷紧到了极限，将那"绝对无法从内部打开"的棺材，活活撕开了一条裂缝！

"唯一绝对的只有力量。"

哐！黑色屏障被撕成两半，空间棺材登时垮塌！

白晟破棺而出，用满是鲜血的掌心从虚空中抓出一把长刀，面沉如水、势如利刃，猛地劈向野田俊介的面门！

两人双刀相撞，火星重重迸溅。

战力输出型的A级在近战上已经很可怕了，再加上一个罕见的S级，那简直就是两座人形坦克在互轰！刀锋交错，飓风过境，满地碎砖全数飚起，千百刀弧刹那爆发。洋子刚要冲上去帮忙，只听轰隆一声重响，白晟当胸一脚踹飞野田俊介，后者瞬间撞塌了半面墙！

洋子不由得喊道："哥哥！"

白晟一刀将野田俊介穿肩钉在墙上，呸了一声。然后他闪电拔刀转身，凌空将刀掷出，所有棺材同时从外部被打破，几个眼见快被挤成肉酱的监察员哐当一声，摔在地上。

陈淼甚至来不及爬起来，急切地喊道："白哥小心……"

话音未落，野田俊介无声而至，一刀剁向白晟后颈！

这一刀下来必然血溅三尺，但所有时机都卡在极端，这时白晟再想回身一脚踹死他已经来不及了，只能先抬手硬挡。

就在这一刻，窗外一柄匕首闪电般打旋而至——当啷！

金属撞响，震耳欲聋。匕首打飞武士刀，哐当一声重重没入了砖墙。

所有人同时看向窗外。

"监察官？"

"学长！"

沈酌砰地一脚踏在窗台上，身形劲瘦如弓，眉目黑白苍冷，劈手把一个狼狈不堪的男人砸进屋里，正是刘三吉。

"你怎么……"白晟话未出口，一眼瞥见他左手背上竟然有个鲜红的A级标识，登时意外地怔住。

沈酌看都没看任何人一眼："让开！"

不用他吩咐第二遍，陈淼已经飞也似的退出数米。只见沈酌劈手向下一划，那动作凌厉果断到了极点，紧接着屋外半空中传来轰隆一声，雷电倾泻！水幕如瀑布般贯穿建筑，将野田兄妹俩浇了个结结实实！

野田俊介怒骂一声，就地一滚，狼狈起身，左肩被穿了个血洞，整个人从头到尾冒着焦烟。

沈酌出现的那一刻他就知道今天的行动完全失败了，刘三吉那废物果然指望不上，连个小娘们似的监察官都看不住。眼下他想再掳走沈酌，可在有白晟的情况下根本无计可施，甚至再耽搁半秒钟都来不及。

他只得反手半空一撕，迅速形成一条幽黑的空间隧道，拽着洋子闪身而入。

白晟杀性未平，拔脚要追，被沈酌峻声喝止："回来！你不知道隧道

通向哪里，太危险了！"

空间隧道迅速合拢，野田俊介站在黑暗中，眼底闪烁着鲜明的不甘。他用一只手拭去嘴角的血痕，满怀恶意地盯着沈酌："你他妈可真够带劲儿的……"

白晟登时被激怒了："我——"他还没纵身上去手撕对方，沈酌的动作更快，左手一把将他拽回来，右手掌心电流爆闪！

"我还有更带劲儿的呢。"沈酌淡淡道。

电流长鞭横劈半空，野田俊介只来得及向后一仰。鞭梢狠狠划过他侧脸，唰地带起一串血花！

"回去告诉那姓荣的懦夫，"长鞭缠绕在沈酌的手上，把他的半边侧脸映得秀丽森寒，"别只会派手下送死。滚吧。"

野田俊介咬牙捂着侧颊，鲜血从指缝间满溢而出，空间隧道霎时闭合。两人消失得无影无踪，半空中只留下了一团焦黑的浓烟。

"周边地区一级封锁，所有证物全部封存！"

"病床整个搬走，小心别碰到上面，尽量留存DNA！"

"小心小心小心……"

"学长，"陈淼担忧地低声问，"没事吧？"

旷野之上，车灯闪烁，申海市监察处和附近监察所的车都来了。穿着白色制服的工作人员步履匆匆，现场一片人声鼎沸。

A级药剂最多能维持四十分钟，眼下药效已经完全消退了。沈酌的脸色略微苍白，越发显得眉眼深黑。他摇了摇头，表示没事。

"学长，我说你以后还是别打了吧。"陈淼眼瞅着周围没人注意，忍不住急切地往前凑了凑，"这个项目的研发都没来得及做完，指不定哪天副作用会突然爆发。万一……"

沈酌一摆手打断陈淼，示意他不用再说了，一言不发地钻进了指挥车。

车门重重关上，隔绝了外界一切喧杂与窥探，车厢内昏暗安静。

沈酌嘶哑地呼了口气，一颗颗解开衬衣的纽扣。

瘦削平坦的腹部上，那道愈合不久的狰狞刀伤已经渗出了血丝，连呼吸都能感觉到内脏被撕扯，隐隐作痛。

这是正常的，毕竟药剂并不能让人真的进化。药效消失后，伤痛自然会连本带利地回来。

沈酌单手捂着腹部，半躺在座椅上，刚侧了个身想调整成稍微不那么痛苦的姿势。突然一只有力的手从他身后伸过来，掌心直接覆在了他的手

背上。

紧接着，温暖舒缓的治愈力量透过他的手，笼罩了腹腔的伤损处。

"我说你一人躲上车干吗呢？"白晟半跪在座椅边，在昏暗中近距离垂目看着沈酌，声音低哑富有磁性，偏偏一开口就带着熟悉的轻佻笑意，"咱俩都这么熟了，有需要还不立刻来找我，多见外呀，真让人伤心。"

沈酌想把自己的手从白晟掌心底下抽出来，奈何纹丝都动不了，只得向后略仰头，道："我有个疑问，你既然有医疗异能，为什么不给自己疗伤？"

白晟的手指极其修长，即便是在这么昏暗的可视条件下都能看见指尖干涸的血迹，那是徒手撕裂空间棺材时造成的。

野田俊介拥有空间异能，是板上钉钉子的罕见强A级，换句话说，白晟能徒手破棺也是相当厉害的。今天要是换了国外那几个非战斗型的弱S级来，估计都得吃不了兜着走。

"哦，是这样的。"白晟打量了一下自己的手，彬彬有礼地解释道，"因为我是一个高尚的人，一个纯粹的人，一个道德品质纯正的人。我的医疗异能专门利人，毫不利己，简而言之就是比较微弱且只能对别人用，搁自己身上从来不起效，充分证明了我有益于人类的本质。"

名为沈酌的人类沉默片刻，道："下次直接说自己的医疗异能进化得不完全就可以了。"

"我又不是个专门的奶妈。"白晟笑起来，问，"那你呢，监察官？"

"什么？"

"你的异能是怎么得来的？"

车里安静得两人连对方的呼吸都清晰相闻，昏暗中可以看见远处的车灯反射在彼此的眼底。

这个一跪一躺的姿势，让白晟的半边身体都虚虚地压在沈酌身上。虽然他脸上是笑着的，但沈酌知道如果一个S级想动手的话，从发力到结束也不过就是一念之间的事。

"当年中心研究院的一种药剂，里面含有陨石活性提取物，它与人体细胞相结合后会催生出不同等级的异能。哪怕是普通人也能暂时使用异能几分钟。"沈酌别过视线，冷淡地道，"但副作用是对人体负担很大，所以很快就停止研发了。我手里也就几支而已，当作紧急时刻的自救手段。"

"等等，等等。"白晟听出了这话中的不合理之处，"普通人类就是接触陨石也不会进化，怎么注射陨石的活性提取物就能用异能了，逻辑根本不通吧？"

沈酌随口就来："这牵涉到进化干扰素与染色体的结合方式以及基因

表观遗传修饰的问题，非常复杂，一时半刻跟你说不清楚。"

白晟上次打开生物学课本已经是高考前的事儿了，一时有点儿半信半疑，半晌怀疑地眯起眼睛，问道："这药剂真的含有陨石的活性提取物？"

"怎么，要我把办公室抽屉里的机密档案翻出来给你看吗？"沈酌嘲讽地一哂，"可以呀，你看得懂就行。回去找我从高三生物开始帮你补习，乐观估计，你四十岁前就可以看懂药剂研发项目书第一页了。加油，我看好你。"

白晟："……"

沈酌这个人，刚接触时是看不出来的，但多接触几次就会发现他有种肆无忌惮的毒舌和刻薄。而且他有一点甚为绝妙，就是一般人的刻薄只对下不对上，而他平等地对每个人实施降维打击。不管对方是不是富可敌国，或权势熏天，在他眼里完全一视同仁。

如果不是从小到大被无数人追捧、讨好，甚至爱慕惯了，他是不会养成这么目中无人的姿态的。

白晟有点儿牙痒痒的，自上而下打量着沈酌那张冷漠的脸。远处的灯光映照出他工笔画一样的眼梢，水墨般由深到浅，如同雪地上鸦翅划下的一抹弧。

刹那间白晟耳边响起苏寄桥那句感慨："如果不是因为有幸得到了进化，像沈学长那样的人，我们绝大多数人这辈子连跟他说一句话的资格都没有吧……"

"行，你可是答应了回头把档案给我看的。"白晟鼻腔里哼笑了声，脸上毫无异状，"话说回来，我劝你还是别藏藏掖掖的。那姓荣的为什么三番五次让人抓你，保不准跟这个什么药就有关，你趁早跟我交代清楚——"

手机铃声突然响起，是岳飑。

沈酌眼底掠过一丝微妙的神色，对白晟做了个噤声的动作，拿着手机没有接。

通话自然挂断了，紧接着手机又响起来，他还是没接。

"你怎么……"

沈酌竖起一根食指，示意白晟别管。

直到铃声第三次急促响起，一边响手机一边不断弹消息，直响得快挂断了，沈酌才不徐不疾地按了接听键，吝啬地给了一个字："喂？"

通话对面传来岳飑连珠炮般的质问："刚才为什么不接电话？我看系统说申海郊区一级警戒？你受伤的情况怎么样了？现在在哪里？安全不安全？"

白晟叹为观止，心说我真是开了眼界。岳处长在这么多年的精神折磨之下还没疯，这忍耐力实非常人可比，也不知道他当年在中心区是不是掘了沈酌家的祖坟？

沈酌站起身，对白晟摆了一下手，敷衍地表示了一下感谢，然后拉开门大步走下车。他走出老远白晟还能听见手机对面传来的岳飚又重又急的声音："我刚打给陈淼，他说你自己就解决了，为什么不直接通知中心区要外援……"

"已经解决了。"沈酌踩着荒草泥地，走向远离人群的地方，站在深夜的旷野上，嘴角意义不明地一勾，"多亏了白先生出手帮忙，解决得非常顺利。"

手机对面一下陷入了沉默，沈酌几乎是饶有兴趣地等待着对方的反应。

半响才听岳飚开了口，除了声音有点儿干涩之外，已经用冷静自持掩盖了一切情绪："那就好，感谢白先生的义举。"

沈酌仿佛完全没听出对方话里复杂的滋味，若无其事地转移了话题："我有件事要问你。"

"怎么？"

"你听说过荣亓这个名字吗？"

岳飚皱眉道："完全没有，怎么？"

沈酌说："三年前的5月10日，也就是青海试验场爆炸事故的前一天晚上，傅琛与苏寄桥两人曾经离开中心区，去泉山县卫生院见了一个叫荣亓的病人。你不知道这回事？"

以傅琛那样的身份，离开中心区是肯定会留下记录的。岳飚回忆数秒，迟疑道："我确实不记得了，也许是执行公务？估计要去调取三年前的任务档案。"

"那你去调吧，想办法查到这个荣亓的身份材料和亲属关系。"沈酌停了停，淡淡地道，"这件事对我很重要。"

他低头准备挂电话，岳飚应该是察觉到了，仓促脱口而出："沈酌！"

沈酌的动作停住。

通话对面却安静下来，只能听见岳飚深深浅浅的呼吸。他似乎几次想说什么，却欲言又止，半响才冲动地道："沈酌，我其实一直——"

远处现场人声喧杂，都随夜风远去，化作了微渺的背景。

少顷岳飚才再次开口，能听出是临时勉强改变了话题："我想问你一件事，你上次不是说要把那个白晟驱逐出申海……"

"怎么，"沈酌失笑起来，唇边温热的气息仿佛轻轻拂在岳飚耳际，"你

洞天

又想替过世的兄弟来关心我了吗，岳处长？"

刹那间岳飚僵住了，良久说不出一个字来。

"白晟现在是申海的人，只要我不赶他走，他就会一直待在申海。至于什么时候驱逐他，或者还要不要驱逐……"沈酌回头瞟了一眼远处那辆指挥车，懒洋洋地道，"我一个人说了算。"

"我知道了。"很久后电话那头才传来岳飚低哑的声音，"我会去查三年前5月10日那天傅琛与苏寄桥的外出备案的。"

沈酌直接挂断了通话。

荒原夜色广袤，头顶星空浩瀚，银河横贯天际，流向未知的宇宙。

沈酌静静地站在那儿没有动，背对着远处灯火阑珊的现场，望着前方如长河般无垠的黑暗。旷野四下无人，没有人能看见申海市监察官此刻的表情。良久，他长长呼了口气，无声地闭上眼睛。

风席卷过大片荒草，簌簌声犹如深夜涨潮，将零星而久远的记忆席卷而至，淹没了每一处感官——

青海试验场爆炸。

没有人知道巨变发生前的种种征兆，所有险恶的端倪都随着爆炸灰飞烟灭，只偶尔从时光深处闪现诡谲的微光。

"傅哥对咱们沈主任也太殷勤了吧？天天鞍前马后的，让抽血就抽血？"

"没办法，HRG计划要是没有那些高阶进化者的血清，恐怕根本完不成第一阶段的数据模拟……"

窃窃私语随风而来，又呼啸远去。

实验室里井然有序，研究员们来去匆匆，傅琛仰躺在椅子里，袒露出结实的手臂。他动脉中的鲜血顺着软管流向离心机。

"沈主任，"助手快步走来，声音轻而紧张，"不能再抽了，已经抽了1000CC，再抽下去会出事的！"

二十六岁的沈酌双手插在白大褂口袋里，眉目秀丽如雪纸泼墨，神态间有种与生俱来的冷淡和事不关己。

傅琛的脸色已经开始变得苍白，他似乎感觉到了什么，从躺椅上扭头看来。

就在同一时刻，沈酌那张冷漠的脸上突然露出一个微笑，鼓励地望着傅琛，唇角的弧度完美。旁边助手都看呆了。

"S级，没那么容易死。"光看表情完全想不到沈酌的语调有多么冷酷，

"继续抽。"

嘀嘀嘀——血压警报急促响起,实验室顿时一阵骚动,研究员们纷纷起身。

"不行,不能抽了!"

"停下!停下!"

有人小跑着给傅琛送上葡萄糖:"谢谢傅处长,谢谢傅处长,实在是辛苦了……"

沈酌似乎有点儿遗憾,但没表现出来。他快步上前扶住傅琛,关切地蹙眉问:"没事吧?"

傅琛的整条手臂都是凉的,嘶哑地呼了口气,突然伸手把沈酌一抄!

霎时天地旋转,沈酌被按在了躺椅上,只见傅琛含笑问:"你把我抽死了对你有什么好处,嗯?"

沈酌单手抵着他,踉跄站起身。

"把这瓶葡萄糖喝了,休息一会儿。"沈酌仿佛什么都没听见似的,一整衣襟,面色如常,"我送你出去。"

"不是,沈主任这手也太黑了吧。"

"1000CC啊……"

直到沈酌亲自把傅琛送出实验室,两人的背影走远了,研究员们才敢发出感慨的议论声。

初夏满天繁星,脚边夜虫声声。远方槐花的清香顺风而来,穿过林荫小道,消失在夜色深处。

两人的身影在路灯下被拉长,傅琛微笑着问:"最近怎么样?"

沈酌明显是个用过即丢的人,血清到手就懒得再做表情了,都懒得寒暄两句,直接道:"第一阶段的理论模拟计算成功结束,下一步就要开始小规模研发成品了。目前这种药剂还无法摆脱对进化者血清的大量需求,所以最关键的是对外保密。对联合国安理会和国际监察总署两边的人都要说我们还在攻坚,并且希望不大。"

傅琛点一点头,皱眉欲言又止,半晌还是忍不住问:"但我怎么听说,最近项目进度又被人偷偷泄密出去了?"

沈酌呼了口气,一言不发。

傅琛从他的沉默中已经得到了答案:"屡次三番地泄密,是不是研究院里混进了内奸?"

"情报处已经地毯式搜捕了三遍,查不出内奸是谁。"沈酌淡淡地道,"盯着HRG计划的人太多了。安理会希望它成功,国际监察总署希望它失败,

各方眼线交错纠缠,都盯着这所实验室……"

"沈酌。"傅琛蓦然停下脚步,看着他一字字加重语气,"再这样下去你会死的!"

沈酌没有回答。

"没有人会希望自己的头顶上悬一把达摩克利斯之剑。一旦药剂理论成功的秘密泄露出去,国际监察总署会想方设法阻止HRG计划继续,甚至不惜痛下杀手,每一分每一秒你都将活在被暗杀的威胁中,明白吗?"

"……"

"你想没想过,全人类基因再生终有一天会实现,但你也许无法活着看到那一天?"

夜空中的银河一望无际,遥远的群星在亘古不变的轨道上各自转动。沈酌仰目望去,双手插在白大褂口袋里,良久突然问:"你觉得人类跟进化者之间,能存在和平吗?"

傅琛怔住了。

"不能。"沈酌给出了自己的答案,"这个地球上有七十亿普通人,他们在进化者眼里跟七十亿蝼蚁没什么两样。必须有一只蝼蚁站出来当威慑者,这才是HRG计划最关键的意义。"

沈酌天生音量不高,语速也不快。他的身量并不强壮,相反有点儿单薄,但他站在那里的时候,往往会给人一种即便狂风怒浪当头而来,也能独自逆流而上的力量感。

"我明白了。"傅琛凝视着他,良久长长地叹了口气,低声说,"既然你已经做了决定,那么不管发生什么,我都会尽一切力量保护你,绝不会让你死的。"

沈酌瞥了他一眼,没有给出任何回应,抬脚向前走去。傅琛也安静地紧随其后。

顺着飘满花香的小径走出校门,不远处路灯下,中心监察处的专车已经等待良久。

"对了。"傅琛没有立刻走向自己的专车,而是停下了脚步,看着沈酌欲言又止,半晌才笑了一声,"下周我们就要出发去青海试验场了。第一次出去执行任务,东西你都带齐了吗?"

沈酌"唔"了一声:"怎么?"

傅琛似乎不知该如何开口,须臾之后还是忍不住,咳了一声,道:"那个,有一件事。"

沈酌挑起眉。

傅琛深吸一口气，终于下定决心，道："等这次从青海回来之后……"

哔哔！不远处的汽车突然按下了喇叭，随即车窗降下，赫然露出苏寄桥眉眼弯弯的脸。他指着腕表朗声笑道："10点了！研究院还没关校门吗？"

傅琛一僵。他似乎没想到车里坐着的竟然是苏寄桥，一丝不自然从眼底掠过，但那只是瞬间的细节。

沈酌不动声色地向后退了半步："去吧，傅处长。我要回实验室了。"

"啊，你要回去了吗？"傅琛在原地踌躇片刻，明显有点儿犹豫，走两步又忍不住回头来叮嘱，"那我等从青海回来再跟你说，你记得呀。"

沈酌没有回答，目光轻轻向傅琛身后一瞥。那个向来温柔善良、笑容可亲，从上学起就广受大家欢迎的苏寄桥，此刻正一动不动地盯着他，视线阴沉而直勾勾的，眼底深处似有一丝难以言喻的东西。

但沈酌对苏寄桥这个人一向视若无睹，转身沿着来路往回走。直到走出了很远，他还能感觉到对方的视线凝聚在他身后，森寒冰冷，如影随形。

那是命运转折前的最后一小段插曲。

数天后，傅琛与苏寄桥两人神秘地出现在一所偏远乡镇的卫生院，见到了当时还躺在病床上昏迷不醒、形销骨立的荣亓，没有人知道他们当时是去干什么的。

时间再往后不到二十四个小时，青海试验场发生爆炸。傅琛尸骨无存，苏寄桥脑重伤，成了植物人。

沈酌被私刑拷问而侥幸未死，随后被逐出中心研究院，全人类再生计划被迫搁浅。

当新上任的全球十大监察官沈酌来到申海市时，进化者们忌惮他，畏惧他，咬牙切齿地痛恨他。他们恶意谈论着那张罕见美貌的脸和种种血腥龌龊的猜测，却没人知道在命运剧变之前，那个初夏的深夜，到底发生过怎样的细节。

沈酌呼出一口嘶哑的气，紧紧按住左手背上的刀痕，睁开了眼睛。

"监察官，"这时他身后传来窸窸窣窣的声音，一名监察员踩着枯草快步而来，低声请示，"现场已经封锁好了，那张可能残存DNA的钢丝病床也按生化武器的标准搬到车上了。您还有其他要吩咐的吗？"

申海市监察官站在广袤的夜色里，从身后看不见他的表情。良久监察员才听他开口问："刘三吉呢？"

"还剩一口气，押到救护车上了。白哥问我们能出发回去了吗？"

沈酌重复："白哥？"

103

监察员差点儿咬到舌头:"是……是……白先生……白……"

沈酌一哂,终于转过身来,走向远处灯火通明的现场。

"回去找伊塔尔多魔女,叫她用一下医疗异能。"他淡淡道,"你们白哥的手受了点儿伤。"

"名字叫荣汜?"尼尔森眯起眼睛问。

国际监察总署的办公室里,尼尔森望着落地窗外远方的雪山,听见电话那头传来沈酌冷静平稳的声音:"对,我已经让人查了,没有户籍,没有来历,找不到任何身份材料。三年前他被烧死在了一家废弃卫生院的病床上,躯体完全炭化,只残留了一些细胞。初步推测是从残留细胞开始,重生出了一具完整的身体。"

尼尔森皱起冷灰色的眉头,少顷低声喃喃道:"基因复生型进化者……"

国际监察总署对每一种进化方向都有详细分类,最强的无疑是破坏攻击型,尼尔森和岳飚都属于这个分型。而众所周知最难对付的是基因复生型进化者,因为几乎没法弄死这一类进化者,而且他们往往能突变出极其诡异、难以想象,超出一般常理认知的异能。

"根据推测是这样。"沈酌说,"如果他真是基因复生型进化者,那么他的异能、野心、破坏力,都是无法推测上限的。我现在也无法判断他的等级,因为他还坐在轮椅上,明显是进化尚未完成。"

尼尔森把玩着桌上的钢笔帽,陷入了沉默。

"我们抓住了他手下那个叫刘三吉的捕客。据他的交代,这个荣汜是不久前突然出现的。他手里应该藏着不少陨石,同时拥有一种类似'赋予'的特殊能力,能让D级进化者二次越级到A,因此在极短时间内就吸引了大批追随者。"沈酌顿了顿,道,"我的建议是必须尽早铲除他,绝对不能给他时间完成最终进化。复生型进化者太特殊了,我怕他万一突变出什么超S级异能来,到时候会无法收拾。"

尼尔森把玩笔帽的动作停了,半响才开口道:"你说得对。"

他从办公桌后站起身,从衣架上拎起银灰色的西装外套,大步向外走去:"这个人必须立刻铲除,绝对不能拖延,我近期就会亲自动身去申海。"

沈酌似乎有点儿意外:"不用,白先生还暂住在申海市,他应该会……"

"沈酌。"

"是。"

尼尔森淡淡地道:"我们其实并不了解白先生的战斗力。"

每个S级都有各自的最强异能,在国际监察总署被简单生动地称为

Fatal Strike——最强的、独一无二的异能。这也是 S 级和 A 级的主要区别。

这种类似必杀技一样的能力，作为 S 级的尼尔森有，傅琛也有，其他十几个 S 级都或多或少曾经对外界展示过并被记录下来。但神奇的是，白晟一直没有这么做。

他好像什么都会一些，什么都懂一些，异能的涉猎非常广泛，甚至连医疗异能都略懂皮毛。并且他似乎并不喜欢打打杀杀，从未使用过任何独特的必杀大招。很多人对他的印象都是脾气很好、性格很开朗的富二代。

"我不知道白先生的进化为什么能上 S 级，但如果他不是破坏攻击型，那么对上基因复生型进化者的胜率比较小。"尼尔森顿了顿，意有所指地道，"沈酌，你是个普通人，S 级是能通过某种方法影响你的。"

"……"

"别被白晟影响了。"

"我知道了。"良久后沈酌诚恳地道，声音亲近柔和。办公室的落地窗却映出了他嘲讽的唇角："您说得对，我随时准备等您过来。"

"我会尽一切力量保护你。"尼尔森郑重地加重了语气，"沈酌，只要我一直在这个位置上，国际监察总署会永远有你的容身之地。"

沈酌含笑回答："我明白。"

咔嗒一声轻响，沈酌挂断通话，将卫星电话轻轻放在了桌面上。

大会议室空无一人，沈酌垂目望着电话，半响毫不掩饰地冷笑了一声："先祈祷你自己别被安理会那帮人踢走吧，还好意思在背后说别人。"

叩叩叩，虚掩的门被急促地敲了几下。

"监察官，监察官！"

沈酌一瞥。

门外的监察员是从楼下疾步跑上来的，说话时还有点儿喘："陈组长说刘三吉的情况很不好，可能熬不过今晚了，想请您去看看！"

虽然不出所料，但他还是没想到这么快。沈酌起身走出会议室，向走廊尽头的电梯走去。

一声如水般的微响，柔和的白光湮没在白晟的十指，最后一点儿伤疤都消失不见了，伤痕累累的指尖彻底恢复如初。

异能造成的伤害跟普通伤害不同，一般是很难愈合的，但伊塔尔多魔女不愧是地外生物，治愈能力比一般进化者要强得多。白晟靠在沙发上反复端详自己的双手，半响发出感慨："你们沈监察，他心里有我呀！"

伊塔尔多魔女："……"

陈淼："……"

那个随时随地神出鬼没的野田俊介实在是太难防了，从卫生院出来后陈淼就担心得不行，立刻让人从库房找了个反异能屏蔽装置给沈酌戴在手腕上。装置打开后，周边二十米内无法开启空间隧道。

除此之外，为了整栋监察处大楼的安全，操碎了心的陈淼还拎着两瓶黄桃罐头去找了白晟，想邀请白先生帮忙留守监察处，却遭到了白先生的婉言谢绝。

他是这么说的："你看，我只是个义务劳动的志愿者，没有编制，没有工资，连晚上加班回家三十八块六毛的打车费都没地方报销，实在担当不起如此重任。我还是回我那一个亿的豪宅三米宽的大床上含泪饮泣备战公务员考试去吧。"

陈淼："……"

陈淼内心极为无语，正当他打算带着一众小弟（都有编制）扑上去抱着白哥的大腿死缠烂打时，远处一监察员携"圣旨"狂奔而至。"圣旨"一打开，当场震聋了所有人的钛合金狗耳："奉天承运，沈监察诏曰，白哥的手受伤了，叫白哥先别回家，先去监察处让伊塔尔多魔女帮忙治手，钦此。"

下一秒，所有人都看见白晟心花怒放，没工资也忘了，打车费也不提了，一亿豪宅如过眼云烟，怀里抱着那俩黄桃罐头就美滋滋地上了监察处的车。

众人五体投地，一致认为沈监察英明。

"我有一个疑问……"伊塔尔多魔女终于忍不住道。

白晟诚恳地回答："是的，我们男人就是这么肤浅而又容易满足。"

纯情少年陈淼小声抗议："我就不是，我就没有！"

水溶花的办公室在地下一层，向左转是特护病房，向右转是太平间——非常合理的布局。左边把人治死了往右边一推就行，快捷方便，省时省力。

透过单向玻璃，可以看见隔壁病房里的刘三吉人事不省。他应该是在仓库里被沈酌亲手拷问过了，全身几乎不成人形。生命体征监测仪发出有规律的嘀嘀声。

"你的口味儿可真特殊。"伊塔尔多魔女如是感慨，捻了颗瓜子放进嘴里，突然眼前一亮，计上心来，"帅哥，你看要不这样，我们干脆合作吧？"

白晟："？"

"我让水溶花给那姓沈的下个药，你把他弄回家锁起来，从此我们就能在申海市呼风唤雨、称王称霸，想怎么作威作福就怎么作威作福，怎么样？"

陈淼："？！"

"我十分心动，美女。"白晟笑起来，跷着腿懒洋洋地歪在沙发上，"但现在已经不时兴搞那一套了。一般都是以培养感情为主，实在不行才先礼后兵。"

魔女立刻问："你打算什么时候'兵'？"

白晟恳切保证："等我想'兵'的时候一定告诉你。"

魔女只得长叹作罢，悻悻地道："劝你该下手趁早下手，可别像傅琛一样最后搞砸了。真可惜，我本来还很看好他呢。"

白晟立刻来了精神："所以傅前辈与沈监察当年……"

"咳咳！"陈淼立刻挺起胸膛，严肃地澄清，"傅哥跟学长一样，都只是对科学探索有着崇高的追求罢了！"

房间一时陷入安静，两人都一脸很难形容的表情。

半晌，白晟抬手郑重地为陈淼鼓了鼓掌。

陈淼仿佛受到了侮辱："真的，我那时候还在念研究生，天天泡在学长身边生不如死地写论文，我还能不知道吗？学长他连顿饭都没出去跟傅哥吃过呀！"

白晟鼓励地拍了拍他："是的，我们相信你，傅前辈只是对人类科学进行着伟大的探索罢了。"

陈淼能在沈酊身边茁壮成长这么多年，说明他天生对一切阴阳怪气都是免疫的。他眨巴着纯情的眼睛望着他白哥，半晌懵懂地点了点头："哦。"

这时特护病房里的警示器嘀嘀响起，刘三吉的输液袋见了底。

"我去给他换个输液袋。"陈淼从办公室的沙发上站起身，不放心地叮嘱，"白哥，你手痊愈了就赶紧让水学姐回来吧！从卫生院搬回来的那张病床还放在隔壁生化室里，等着提取荣亓的 DNA 呢。"

白晟回以一个"包在我身上"的肯定表情。

陈淼遂放心地走了。结果他这边门一关，那边白晟就唰地起身，一屁股坐到魔女身边，开门见山、毫不掩饰地问："姓傅的怎么死的？"

魔女说："帅哥，就喜欢你这样变脸如翻书的演技派呢。"

"过奖过奖，要不是嫌日薪二百零八万太少我早就投身演艺圈了，高低也得挣个小金人回来。"白晟丝毫不见外地歪在沙发靠垫上，摸过桌上的烟盒，抽出一支烟递给魔女，"美女，这里就咱俩，跟我露点儿信息，回头我给你买'山茶花'，成交吗？"

魔女不知道什么是"山茶花"，但魔女可太喜欢在背后说沈酊坏话了。

她探头向窗外看了看，然后缩回来接过烟，勾了勾手指，意思是"你懂的"。

白晟立刻心领神会，啪地点燃打火机，贤惠地给魔女点上了。

"傅琛，亚洲第一个S级。"魔女随手把头发撩到耳后，殷红的嘴唇吐出一道烟雾，"你知道他的最强异能是什么吗？"

白晟露出一个洗耳恭听的表情。

"十字坐标。"魔女指了一下掌心，说，"这个异能正常发动时，傅琛手上会出现一道正十字，代表无限血条和绝对防御。任何冲他而来的攻击都会被自动反弹，并不分敌我地平摊到在场所有人身上——当爆炸发生时，只要傅琛发动正十字，就根本不会死。"

白晟问："那他为什么没这么做？"

"因为他发动的，是逆十字。"魔女的口气有点儿不屑，又有点儿复杂，"逆十字的作用完全相反，能把全场不分敌我的所有伤害值全拉回到施术者身上，也就是说傅琛愿意以一人之身承受所有爆炸冲击，换取其他人安然无恙……换句话说，就是他为了换沈酌活命，宁愿自己去死。"

办公室里安静了片刻，白晟的表情发生了细微的变化。

"那苏寄桥呢？"半晌白晟问，"苏寄桥为什么会被炸成重伤？"

"进化源爆炸太剧烈了，一个逆十字是接不住的，会有过量的冲击溢出。傅琛临死前最后一个动作是给沈酌上了真空盾，但苏寄桥什么都没有。你明白的。"魔女耸了耸肩，露出一个有点儿恶意的表情，"这事最讽刺的地方在于，傅琛都这么掏心挖肺去保护沈酌了，姓沈的醒来后却把所有的责任都推到了他的头上，说是傅琛操作不慎才引发爆炸，把他自己撇得一干二净，差点儿把傅琛生前那帮兄弟的肺气炸了……我听说那帮人曾经把沈酌绑走准备杀了他来着。你知道沈酌为什么总戴着手套吗？就是那次岳飏当着所有兄弟的面，拿刀在沈酌手背上刻了个羞辱印记才了事。全天下人都知道岳飏特别痛恨他！"

白晟的眼神非常微妙，对最后一句话不置可否。

"所以，该下手时就下手。"魔女怂恿地拍拍白晟，总结陈词道，"姓沈的不值得你'礼'，小心'礼'成第二个傅琛，直接'兵'吧。"

白晟若有所思地靠在沙发上，用修长的手指抚摸着下颔，半晌问："所以进化源到底是怎么爆炸的，你没用时空回溯看过吗？"

魔女无聊地吐了个烟圈："帅哥，回溯是随机的、一次性的，而且要回溯场景的重合度非常高才行。像青海试验场那样整个都被炸上天了的地方……"

嘀嘀嘀！生命监测仪的报警声突然急促响起，是从隔壁特护病房传来的。

"水学姐呢？水学姐回来了吗？"陈淼呼地推门而入，一看沙发上还是伊塔尔多魔女，顿时"哎呀"了一声，"刘三吉的情况不太对，快让水学姐过来看看！"

魔女摁熄烟头，不满地站起身："有什么不对的，干脆让我吃了他嘛。反正那姓沈的已经审完了，我还饿着肚子……"

她一进隔壁病房门，话音当场哽住。

与几个小时前相比，刘三吉几乎变了个人。他躺在病床上，发出急促嘶哑的呻吟。全身的皮肤正迅速地大片溃烂，四肢变得软而细长，手、脚像四条通红的水管一样耷拉在肢体周围。

"救……救救我……"

每挤出一个字，他的嘴角都不断冒出血沫，混合着一颗颗脱落的牙齿。

白晟沉默片刻，回头小声问魔女："算了吧，我带你去吃个龙虾沙拉？"

"我换完输液袋就出来接了个电话，回头一看他已经变成这样了。"陈淼不敢靠近病床，"这到底是怎么回事？"

魔女的外形迅速褪去，裸露的骨骼上长出血肉，皮肤上的血斑消失，红色卷发变为黑色。短短几秒工夫她就遁回了体内，取而代之的是水溶花医生，白大褂、平底鞋，面容干练而妩媚。

"二次进化的副作用。"水溶花把长长的卷发盘在脑后，熟练地用一支笔插住，吩咐陈淼，"这个人没救了，去通知沈监察吧。"

"是！"

陈淼立刻打开对讲机，疾步向外走去："地下一层特护病房，在押犯发生意外情况，立刻去请监察官，快！"

水溶花快步走向病床，迅速查看了一下各项体征。白晟跟在她后面，上下打量刘三吉那惨不忍睹的情况，疑道："二次进化的副作用？"

"二次进化本来就是不该存在的。"水溶花手疾眼快地给刘三吉推了一针止痛，说，"这个人的进化上限是D，却强行越级到了A。这么做的后果就是全身基因不堪重负，DNA双链随之断裂，就像你把一根橡皮筋拉到极限它就会啪一声断掉，同样的道理。"

"……"

"人体内的染色体相继失活，细胞无法再生，然后皮肤溃烂、肝脏溶解、器官融化……等于是跳过死亡的步骤，直接变成了一具活尸，就像现在这样。"

刘三吉急剧地抽搐着。针头拔出时唰拉撕掉了一大片皮。

白晟的瞳孔微微缩紧，刹那间眼前浮现出泉山县卫生院里，沈酊一脚重重踏上窗台，身形劲瘦如弓，眉目苍黑深冷，手背上赫然一个血红的 A 的场景。

"为什么，"他喃喃道，"为什么沈酊强行进化到 A 就没事？"

水溶花处理着手上的事，没有吭声。

"沈酊真是靠打药得到异能的？"白晟锐利的视线蓦然警向女医生，"你们研究院当年到底在干什么？那到底是什么药？"

半响，水溶花终于平静地抬头望向白晟，加重语气沉稳地道："陨石活性提取物。沈监察已经告诉你了，他注射的是陨石活性提取物。"

白晟盯着她，危险地眯起了眼睛，刚要开口说话却突然一顿，感觉到隔壁传来一股冰冷、强大而陌生的气息。

是异能。

S 级进化者的感觉是极其敏锐的，白晟瞬间望向门外。水溶花不明所以，下一刻却见他疾步冲出病房，厉声丢下一句："待在这里别动！"

女医生只迟疑了两秒，便从抽屉里取出一把银色手枪，熟练地咔嗒上膛，快步跟出病房，紧接着整个人一僵。

只见白晟背对着她，站在地下一层的走廊中间，背肌是完全绷紧的，直直面对着不远处一道凭空出现的人影——

那是个坐在轮椅上的年轻人。

他大概才二十岁出头，身上看不出任何残疾，衣着简单但整齐考究，并且出乎意料地五官俊朗，眼睛如黑曜石一般柔和幽邃。

与三年前在卫生院病床上的样子相比，他的变化实在是太大了，但白晟还是一眼就认了出来。

"荣兀。"他轻声道。

"听闻沈监察带话，问我为什么不亲自过来。"荣兀修长的十指交叉，向后靠在轮椅背上，那是个非常平和且舒展的姿态，"所以我就来了。"

轰隆一声闷响，下降的电梯骤停，卡在了十楼和十一楼之间。

沈酊刚要去按电梯呼叫铃，手突然被人一按，是刚才通知他下楼的那个监察员。后者朝他阴恻恻地一笑："沈监察。"

刹那间沈酊心道不好。

他啪地按下报警铃，尖锐的警报声瞬间响彻大楼，但为时已晚。只见那"监察员"的脸自动裂成两半，露出一张完全陌生的真容，竟然是个伪装系进化者！他一把扯下沈酊手腕上的异能屏蔽装置，徒手捏成了一块

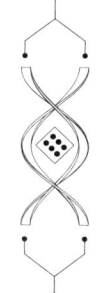

废铁！

　　一切都发生在电光石火间，沈酌二话不说拔枪上膛，在对方扑上来之前就扣下了扳机。

　　砰！砰！砰！连续三枪把那个伪装系进化者的头打成了血葫芦。尸体扑通一声，摔倒在地上。

　　与此同时，周围的屏蔽消失，电梯后无声地出现了一个黑洞。千分之一秒内，沈酌刚要转身开枪，咽喉霎时一凉。一柄锐利刀锋已经从身后抵在了他的脖子上。

　　"又见面了，监察官。"

　　电梯的金属门映出沈酌身后的情景，只见黑洞中赫然探出一个人，是野田俊介！

　　沈酌的脖颈被迫向后仰："你们想干什么？"

　　野田俊介笑了起来。

　　电梯内红光急闪，映出他侧脸上那道被沈酌亲手一鞭子抽出来的、长达两寸的锋利伤痕，也映着他眼底毫不掩饰的嗜血暗红。

　　"放心，不是来杀你的。"

　　他在沈酌白瓷一样的侧颊上比画了两下，似乎想狠狠划出一条同样的伤疤来报复。虚划了两下之后，他的大拇指在沈酌侧颈上重重一抹，粗糙的指腹立刻刮掉了一层皮肉，热血涌出！

　　沈酌咬紧牙关，鲜血蜿蜒而下，渗透了衣襟。

　　"今天来杀那个姓白的Ｓ级。"野田俊介贴在他耳边轻声道，微笑中的恶意毫不掩饰，"带你去亲眼看看。"

EVOLUTIONARY PEOPLE
DATA SYSTEM

▶ **进化者** 数据系统

CHAPTER 04 >>>
因果律

NAME | 荣亓

查询结果
SEARCH RESULT　**数据错误或不存在**

申海市监察处
SH DIVISION OF SUPERVISION

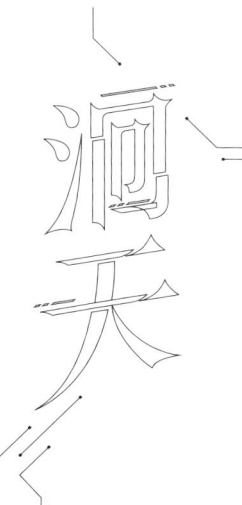

尖锐的警报声响彻大楼。监控室里，众值班员霍然起身："那……那是什么？！"

只见监控屏上正显示着电梯里的情况，野田俊介从身后拿刀抵着沈酓的咽喉，甚至还向摄像头笑了一下。那笑容简直令人毛骨悚然。

值班员迅速拿起电话："一级警报，十层3号电梯，监察官被进化者入侵挟持！"

急促的脚步声从整栋大楼传来，连监控室的天花板都在震动，那是监察处内部的武装警卫队。

"我不喜欢杀人，尤其是对同类。"荣亓收回目光，声音缓和稳定，"所以今天在场的人，除了白先生之外，我给你们两个选择。"

水溶花与陈淼两人一前一后被堵在走廊上，对视一眼，目光都惊疑不定。

"第一，袖手旁观，我保证接下来不管发生什么都不伤害你们分毫。第二，坚持不走，稍后就随白先生一同葬在这里。"荣亓摊了一下手。他的十指修长有力，那是个很优雅的动作，看不出丝毫嗜血的气息。

"现在你们可以开始选了。"

陈淼简直匪夷所思，忍不住上前："你在胡说八道什么，你……"

"退下。"白晟打断了他。

"可是白哥——"

"警卫队不是冲我们来的，说明沈酓已经落到他们手里了，退下！"白晟身上那总有点儿不正经的气质完全消失了，侧脸的轮廓晦暗锋利，有种不容置疑的紧绷。

陈淼意识到了什么，喉结上下一动，低声道："白哥你小心。"然后与水溶花一起谨慎地向后倒退，警惕的视线紧盯着轮椅上的荣亓，一步步退到了远处的走廊尽头。

直到他们走出了视线以外，白晟才扭头望向荣亓，掌心中无声无息闪现出一把黑色长刀："你到底是什么人？"

荣亓漫不经心地向生化室指了一下："看见那个没有？"

生化室里存放着那张从泉山县卫生院里搬回来的钢丝病床，以一级污染物的标准封存着。上面的人形焦炭痕迹十分清晰。

"那就是我，或者说那是三年前的我。"荣亓问，"还有什么疑问吗？临死前可以提出来让我一并解答。"

废弃病房里安静得可怕，白晟一动不动盯着荣亓，半晌突然勾了一下嘴角，俊美的五官在阴影中有一丝戾气。

"虽然我确实有很多疑问，但……"只见凌空虚影一道，白晟的动作快到几乎原地消失，再出现时他已来到轮椅面前，"但我不喜欢给反派废话的时间。"

扑哧一声，血光飞溅，只见白晟一刀贯穿荣亓胸腔，刀尖甚至捅穿了轮椅背！

哗啦一声，鲜血泼地，溅出老远。空气凝固了，荣亓低着头，阴影中看不清他的表情，许久才能看见他的肩膀微微抖动起来——他竟然在笑。

陈淼脱口而出："不好。"

荣亓一手抓住刀刃，抬头笑问："你只有这点儿本事吗？"

白晟神情瞬变，但已经来不及了。

下一秒，荣亓猛然发力，将他连人带刀甩退数步。白晟甚至来不及反应，就被一股巨力撕裂胸腔，鲜血狂喷而出。

一股无形的力量凭空贯穿了他的胸膛！

扑通！白晟单膝跪地，一手按住胸腔，鲜血中手背的青筋暴起。

他咬牙望向轮椅，只见荣亓胸膛上的刀伤正肉眼可见地迅速愈合，短短几秒就完全消失了，仿佛刚才的一切都从没发生过一样。

"伤害反噬，不死异能的一种。"荣亓居高临下地望向白晟，似乎有一点儿遗憾，指了指自己的咽喉，"如果你刚才捅的是这里，我现在甚至都不用再费神杀你一次了。"

叮咚一声，电梯打开，野田俊介挟持着沈酌走了出来，前方密密麻麻无数枪口同时对准了他们："不准动！"

"举起手来！"

"放下人质！"

人人如临大敌，空气紧绷到了极致，一点儿火星就会瞬间引爆全场。

"让他们退下。"野田俊介从身后贴在沈酌耳边，轻声说，"你也不希

望让手下看见我当众对你做出什么不恭敬的事吧？"

沈酌被迫微仰着头，向着前方摆了一下手。

申海市监察处的武装警卫队，那是真正的高级别、高火力的作战精英，配备的都是专门针对进化者的特种子弹，绝对不是黑市上能买到的。在正常情况下，这样的武装力量别说对付野田俊介了，就算是Ｓ级来了也得脱层皮。

但眼下却没人敢有丝毫异动，警卫队队员们不得不一步步向后退。

沈酌被刀抵着脖子一步步往前走去，虽然受制于人，声音却轻而讥诮："怎么，你这是打算带我徒步走回老巢，然后把白晟勾过去杀？"

野田俊介一哂，道："没那个必要。荣先生说上次没能把沈监察请回去，一定是我们不够恭敬赤诚的缘故，所以决定这次改变做法……"

他脚步一转，来到楼道前，往下赫然是负一层。

"杀了那个最碍事的，便可以亲自迎接你了。"

"不……不死异能？"负一层走廊的尽头，陈淼难以置信地喃喃道。

复生型进化者确实很难对付，因为只要残存的适量细胞就有可能复活，但跟完全不死还是两码事，更别提拥有这么匪夷所思的反噬能力了。

一个人怎么可能进化成这样，根本没有任何办法对付他呀！

"我一直看不透你，白先生。"荣忻向后靠在椅背上，望着地上血流如注的白晟，淡淡地道，"全球只有不到二十个Ｓ级，每个人都有独属于自己的最强异能，唯独你没有。

"如果进化是一场大型游戏，那么你就是个一路平Ａ打到终局的玩家，没有大招，也从不绝杀。过往人生中所有可能引发的争端都被你用圆滑的手段和巨大的财富解决了。"

白晟喘息着，勾起满是鲜血的唇角："谢谢，请称之为人格魅力。"

荣忻一哂，道："也许吧，但并不影响你今天的结局。"

他向后靠在椅背上，抬眼望向远处的水溶花，突然朗声道："伊塔尔多魔女！"

他的话音中有一股不可抗拒的力量，水溶花登时心道不好，但已经来不及了。沈酌设下的束缚被轻易撕开，女医生连挣扎一下都来不及，伊塔尔多魔女就脱困而出，瞬间占据了这具身体！

魔女低头望着自己的双手，不敢相信自己就这么被唤出来了。

"你本来不是属于这里的生物，却随着陨石一起摔落到这个地球，又被沈酌压制在人类的身体里，连力量都被完全镇压……"

荣忻抬手打了个响指，魔女脖颈上的金属项圈啪一声弹开，掉在了

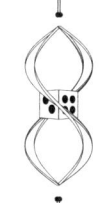

地上。

"去杀了白晟。"荣亓的声音十分温和，却带着不容拒绝的意味，"挖出白晟的心脏，我就把你解放出来，彻底恢复你真正的、原生的力量。"

伊塔尔多魔女的瞳孔略微放大，隔空与白晟对视。

片刻后，她的眼神发生了微妙的变化，似乎夹杂着某种兴奋与恶意。她抬脚向前走去。

"不……不要！"陈淼差点儿破音，"别轻举妄动！不要！"

魔女唰的一声张开五指，指尖锋利如尖刀："你真能解放我？"

荣亓含笑道："我能。"

魔女血红的唇角露出笑容，她的脚步越来越快，越来越兴奋。没有人看见她走过走廊的窗前时，玻璃窗上却映出水溶花的身影。女医生的虚影浮在半空中，张开双臂将魔女拥抱在自己柔软的胸前，继而低头亲吻她恐怖丑恶的右半边脸。

"伊塔尔多，你答应过我。"女医生在她耳边柔声呢喃，"你答应过永远不背叛沈酌。"

魔女站住脚步，望着荣亓，妩媚地微笑道："那就姑且相信你吧。"

最后一字落地，她整个人凌空扑向白晟，远处的陈淼失声道："住手——"

同一时刻，魔女锋利的指尖爆出一团治愈白光，猛然扔向白晟，而白晟就像早有预料般一把接住，直接将之按进胸腔，喷泉般的血流瞬间停止。魔女原路急转，简直比流星还快，一手抓向荣亓面门！

那瞬间何止电光石火，却见荣亓无声地叹了口气，抬手打了个响指。

轰隆一声巨响，魔女重重砸穿了墙壁！

"别动。"荣亓抬起一根食指，阻止了霍然起身的白晟。

"是水医生阻止你做出任何对沈酌不利的事，对吗？"烟尘袅袅墙壁粉碎，荣亓望着半边身体都扭曲了的魔女，感慨地摇了摇头，"你们二位之间的默契比我想象的还要深哪。"

"你这 @#$ˆ%ˆ&*&*，@# ￥%（&*# ￥……"魔女瞬间爆出一连串没人能听懂的脏话，从音调来分析可能来自她遥远的老家，"到底是从哪儿蹦出来的角色，口气那么大？！"

荣亓竟然失笑了一下，这时远处的楼道口却传来纷杂脚步声。

众人同时望去，只见野田俊介倒退着一步步走下楼梯，有个人被他拿刀挟持在身前，正是沈酌！

这一幕简直荒谬得可怕。

一个是堂堂申海市监察官，一个是全球罕见的S级，这个组合到哪儿都应该是碾压级别的存在，眼下却一个被劫持一个被捅穿，说出去都没人敢信。

"又见面了，"荣亓尾音中带着难以察觉的叹息，"沈监察。"

沈酌被刀顶着往前走，与白晟擦肩而过时，视线在贯穿他胸腔前后的可怕刀伤上一瞟。

两人四目相对，刹那间白晟还以为凭他一贯的刻薄会嘲讽两句什么，比方说"S级先生也能搞得这么狼狈吗"或"现在知道你为什么拿不到编制了吧"。

谁知沈酌什么也没说，下一刻便收回目光望向荣亓，冷冷道："不好意思，我们见过面吗？我不记得见过你这么大号的残废。"

"抱歉，我的进化还差最后一点儿没完成，又实在很迫切地想来见你。"出乎意料的是，荣亓这样都没动气，只用那双幽邃的黑眼睛看着沈酌，平静地道，"不过没关系，很快你就可以看到我进化完全的最终状态了。"

说着他随意摆了一下手，野田俊介会意地放开沈酌，顺手把他往前一推。

沈酌踉跄半步，毫不犹豫地从后腰拔枪指向荣亓。在场所有人都没料到他会有这么强烈的反应，陈淼失声："学长不要！"

白晟霍然起身："住手，攻击他会被反噬！"

砰！枪声响起的同时，野田俊介闪电出手，咔嚓拧断了沈酌的手腕，子弹贴着荣亓的脸射进了墙壁！

白晟脱口大骂一声，一刀斩向野田俊介。后者仓促地拔出武士刀，咣——

武士刀却被暴怒的白晟一击斩断，断刃飞出去打塌了半面墙！

沈酌一手捂着被折断的右腕，在剧痛中向下倾倒，被荣亓从轮椅上伸手一把扶住了。

"请不要让自己受苦，沈监察。我只想请你帮个忙，并不想要杀你，甚至可以保证你在我身边的绝对安全……可以坐下来好好商量吗？"

荣亓这话甚至可以称得上是温和，但沈酌抬起眼向他一瞥，被冷汗浸透的面容像冰雪般苍白，眼底带着清清楚楚的嘲讽："你不想杀我？"

荣亓说："是的，我真的只是想……"

"没有人费尽心机抓住一个大监察官是为了杀的，而这世上有比死更可怕的事情。"沈酌突然嘴角一勾，带着微许古怪的冷酷，"知道联合国十大常任监察官在上任时，收到的第一样东西是什么吗？"

荣兀疑惑地眯起眼睛。

"监察官肩负荣辱，掌握机密，可杀而不可被俘。为了给监察官留下最后的尊严，我们接受任命时都会在牙齿里嵌进剧毒的胶囊……"

荣兀霎时面色剧变，伸手就去扳沈酌的下颌。沈酌却猝然向后一仰，带着毫不掩饰的讥诮道："我不跟蠢货多费口舌。"

紧接着只见他后牙关一动，似乎咬破了什么，黑血顿时溢出嘴角，颓然向后倒去。

陈淼失声："学长！"

那瞬间所有人的大脑都是空白的，连野田俊介都僵在原地，简直不敢相信自己的眼睛。荣兀探身一按沈酌侧颈，脉搏全无。

死了？全球十大监察官之一，HRG计划最后的希望，悬在十万名进化者头上的达摩克利斯之剑——就这么死了？

短暂的死寂之后，仿佛一滴火星溅入油锅，整个场面轰地就炸了。

所有人都在大吼，所有人都在咆哮，远处警备队疯了一样向前扑。

白晟的脸色森寒到了极点，起身一手伸向沈酌。

野田俊介扑过来想阻挡，却被暴怒到了极点的白晟一脚踹飞出去，撞穿了墙壁。

轰隆巨响与人声鼎沸的混乱中，荣兀一动不动地盯着沈酌，仔细看的话会发现他瞳孔紧缩到了极致。

他突然一指划开掌心，从轮椅上探过身，想要把闪烁着陨石幽蓝光晕的鲜血强行灌进沈酌嘴里。

就在这个时候，沈酌双眼一睁。扑哧一声，血肉撕裂，他一只手刺进荣兀毫无防备的胸膛，干净利落又准又狠，直接掏出了血淋淋的心脏！

鲜血狂喷而出，空气瞬间静止，所有人都目瞪口呆。

荣兀低头愕然看向沈酌，正对上了那双清明锐利的双眼，紧接着只听啪叽一声瘆人声响，沈酌毫不留情把那颗心脏攥成了血泥。

"你不会真以为我要自杀吧，蠢货？"他喘息着冷笑道。

扑通！荣兀仰倒在轮椅上，胸腔鲜血狂喷。野田俊介踉跄着扑上前："荣先生！"

白晟出手如电，强行撞开野田俊介，冲沈酌厉喝："过来！"

沈酌以一种与平时迥然不同的敏捷一骨碌爬起来，二话不说直奔白晟。白晟闪电般将他拉到身后，用大拇指抹去他唇角边的黑血，连声音都不稳了："你……你到底怎么回事？！"

"假死麻痹素！"沈酌毫不在意地把血抹了，一把拽住白晟的胳膊，

箭步流星地向外冲："国际总署发的，专门用来让监察官装死。别问了，先赶紧撤离！"

白晟此刻的心情简直无法用语言表达："说好的监察官宁死不受辱呢？！"

沈酌一脸不耐烦："大家出来上个班而已，尼尔森才给我们发多少工资，怎么就你那么入戏？"

白晟："……"

伴随着无数巨响，上百道钢铁闸门轰然落下，一瞬间将整栋监察处大楼封成了密不透风的钢铁棺材。

整条街道被紧急清空，所有监察员全部撤离了大楼，空地上完全乱成了一锅粥。陈淼推开手下飞奔而来，活像一头癫狂的金毛犬，隔老远都能看见他身后飞飙的两行宽面条泪："学长，你没死真是太好了！呜呜呜呜呜——"

沈酌的右手腕以一个可怕的角度弯折，他不住地剧喘着，被白晟半搂半扶着站在车前。

另一边，警备队长拿着卫星电话，哆哆嗦嗦地问："监……监察官，现在怎么办？两名入侵者已被封锁在大楼负一层内，是否要紧急上报国际监察总署？"

沈酌毫不留情地呵斥道："上报什么，申海市监察处被一个坐着轮椅的残废偷家了？"

警备队长一脸恨不得挥刀自刎的表情："可是……可是……"

"启动一级紧急预案，居民紧急疏散，通知军区我们在做演习，立刻去！"

警备队长立马跳起来跑了。

白晟上下检视沈酌全身，一眼发现了他侧颈衣襟下那抹血痕，顿时敏感起来："谁弄的？怎么弄伤的？什么时候的事？"

沈酌说："狗咬的。你又是怎么回事？"

顺着他的目光望去，白晟胸前那道刀伤贯穿身体，拜魔女的治愈异能与他自己的S级强悍体质所赐，皮肉虽已经愈合了，但血迹仍然惨不忍睹。

白晟对自己倒不太在意："我只是……"

沈酌冷酷道："S级先生也能搞得这么狼狈？"

"我明明……"

"现在知道为什么你拿不到编制了吧？"

白晟："……"

白晟面无表情，一只手握住沈酲的手腕，另一只手指着自己的刀伤确认道："你看见了？"

沈酲不耐烦："废什么话，我正是看见了才问你，不然我怎么——"

白晟闪电般用力一掰！咔嚓一声清脆亮响，沈酲的手腕关节复位。

警备队长打完电话，心惊胆战地躲一边，小声问："咱们沈监察这样对待白先生真的没问题吗？万一人家恼羞成怒……"

"没事，格局打开。"陈淼麻木地道。

"监察官！"保安科的人匆匆大步而上，手里拿着平板电脑，"大楼内部的监控情况已经调出来了，您看！"

沈酲面无表情，一把将手从满脸假惺惺心疼的白晟掌心里抽出来，接过平板电脑。屏幕上正实时显示着大楼负一层的景象。

监控没有声音，只能看见被封锁的走廊上，野田俊介惊慌而恐惧，正仓促说着什么，应该是在竭力劝说荣亓立刻离开此地。然而荣亓只紧紧捂着血流如注的胸腔，果断地一摆手。

"怎么连这都死不了？"警备队长震惊道。

"哪儿那么容易，他被烧成骨灰都能活。"白晟望着屏幕，若有所思地一手捏着下巴，"不过我没想到，这人竟然真的宁愿硬挨这一下也不敢反噬你们沈监察……话说你早料到了吧？"

沈酲盯着监控，没搭理他。

"你故意对那姓荣的开枪，就是为了在第一时间测试出对方的底线，发现他们果然很怕你死，所以才敢下手掏他心的？"白晟斜觑沈酲，揶揄地用肩膀撞了一下他，"我说你怎么这么刚烈呢，算得漂亮啊，监察官。"

"不好！"沈酲轻声道。

"怎么？"

沈酲向屏幕的一角扬了扬下颏："我们撤离的时候忘了一个人。"

白晟问："谁？"紧接着定睛一看。只见监控画面上，走廊远处一扇打开的门里，慢慢爬出了一道血红的畸形人影，是刘三吉。

"救……救我……救我……"

负一层走廊上，野田俊介倒吸一口凉气，愕然注视着地上那触目惊心的怪物。刘三吉已经完全不像活人了，全身皮肤大片溃烂脱落，四肢起码比正常人长了一倍。手、脚像血色软管一样耷拉在地上，在身后拖出了一条长长的血迹。

"荣……荣先生……"他手背上那个 A 级标记清晰得刺眼，语调却含混而绝望，"求求你……"

121

野田俊介下意识向后退了半步："这是……"

"基因链撕裂。"荣亓靠在轮椅上，一只手紧紧捂着流血不止的胸膛，平静地沙哑道，"我能让进化者二次进化，让 D 级强行越级成 A，却无法改变他们本身的基因上限。一旦我赋予他们的力量超出了他们能承受的极限，就会导致这不人不鬼的可怕后果。"

"你知道这世上最大的谎言是什么吗？"荣亓俯下身，注视着刘三吉浑浊的眼珠，说，"众生平等。"

刘三吉涣散的瞳孔不由自主地睁大了。

"从原核细胞生物到狄更逊水母，从步氏巨猿到现代智人，物种进化的每一步都充满了无数不公平的巧合，只有最强悍的基因才能将种族延续下去。进化者对人类来说是绝对的优势方，但进化者内部占绝大多数的，却是能力低微的 C 级和 D 级。

"我曾经想打造一支全体二次进化到 A 级的军队，却无论如何也无法解决基因链撕裂的难题。我曾以为这是无解的，直到后来发现了一个普通人类。"荣亓顿了顿，一字一字轻声说，"沈酌。无视伦理的研究，超越时代的技术，通过一种未知药剂随意打破基因上限，最大程度上避免副作用的出现……没有人知道他是怎么做到的。"

野田俊介也是今天第一次听说这些，简直呆住了。

"把沈酌拉到进化者这边，我们所有的同类都能安全地二次越级。"荣亓望着广袤的虚空，轻声说，"我们将彻底淘汰蝼蚁，主宰人类种族的进化方向。"

"咳咳……咳咳咳！"刘三吉剧烈呛咳出大股鲜血，他竭尽全力地向上伸出手，发出最后的哀鸣，"求求……求求你！"

荣亓几不可闻地呼了口气，垂目望着他："我救不了你。"

"救救我，怎么样都行，怎么样都行……"

"但我能赐予你永生。"

刘三吉登时愣住了，整个人难以置信，狂喜随即涌上心头："好，好！谢谢您，谢谢您，荣先生——"

下一刻，荣亓垂手轻柔地按在了他的头顶上，刘三吉的话音戛然而止。

他的表情还凝固着，整个人的皮肉、骨骼却迅速融化了，泛出诡异的陨石幽光。紧接着那幽幽的蓝色光芒仿佛被某种奇异的吸力所牵引，迅速涌向荣亓，就像争先恐后地回归自己的根源，短短几秒便被吸收殆尽。

刚才还趴在地上的刘三吉，眨眼间就连血肉都完全消失了。

与此同时，荣亓空洞的心脏处，流血渐止。陨石的光芒从他全身闪现，随即集中在了双腿膝盖处。他长长呼出一口气，少顷一撑轮椅扶手，竟然站了起来！

野田俊介又惊又喜："荣先生！"

大楼外，监控屏幕后的众人纷纷大惊失色。

"怎么回事？"

"他……他又进化了？"

一直坐在轮椅上看不出来，站起来才能看出荣亓的个头其实相当高，甚至比野田俊介还高出少许。黑色衬衣束进同色的长裤里，修眉朗目、肩宽腿长，有种不动声色的、隐蔽的压迫感。

他向前迈出第一步，因为不适应而稍显僵化，但全身肌肉紧接着就被调试到了最巅峰的状态，脚步逐渐流畅自如。无形的力量从他周身散发出来，勃然冲向四面八方。

"不用谢。"他垂目望向脚下残留的最后一抹血迹，声音低沉柔和。

紧接着他挥出一掌，巨大的冲力如导弹一般，瞬间撕碎十几道钢铁闸门，轰然冲破了大楼外墙！

仿佛平地惊雷，大楼外的空地顿时四分五裂。所有人在巨响中摔倒在地，紧接着荣亓那噩梦般的身影就出现在了滚滚黑烟中。

从刘三吉身上汲取而来的力量只够让荣亓站起来，不够令心脏重生，因此他的左胸腔仍然是个骇人的空洞。

但那惨重的伤势并没有太大影响，所有人都能感受到他身周的力量还在急剧增强，那双黑沉沉的眼睛直直地盯着沈酌。

"沈监察……"

轰隆！白晟挥手扔出一个巨大火球，熊熊高温瞬间把荣亓当头吞没。他一把拽起沈酌："跑跑跑跑跑——"

沈酌大概这辈子都没这么积极配合过，他被白晟一手抄在怀里，下一瞬二人出现在了电线杆上，眨眼间呼啸而去数十丈。沈酌在飞速后掠的狂风中大声问："你要带我去哪儿？"

白晟怒道："去找个没人的地方跟你的狂热追随者好好聊聊！"

"别跟这儿发癫，他……"

"不是追随者为什么人家老跟着你不放，欠钱没还？！"

"我根本就不认识这人，我……"

话音未落火光一闪，只见荣亓赫然现身，裹在冲天黑烟中冷冷盯着他俩，抬起手来。

然而他还没来得及发大招，白晟二话不说又一个巨大火球砸下去，上

123

千度的高温烤红了半边天际！他在强光与烈焰中抓起沈酌掠向市郊，冲着沈酌的耳朵大怒质问："说！到底是怎么回事？"

沈酌说："我根本没见过他，这种时候就别抽风了！"

砰——半空一声巨响，大地遽然摇晃。

只见前方半空中，一团足有十余米高的巨大火球迅速熄灭。荣亓从滚滚浓烟中再次出现，居高临下地看着两人，不言不语，眸光冷沉。

拜刚才一番夺路狂奔所赐，他们终于远离了申海市的闹市区，来到了远离高速公路的空旷荒地上，放眼望去，罕见人烟。

白晟停住脚步，反手把沈酌推到自己身后，没人能发现他黑衣下的肩背肌肉已经绷紧到了极致，语调却听不出丝毫异常："到我身后去，待会儿闭上眼睛别出声。"

沈酌想要出来，奈何白晟那手劲真不是一般人能撼动的。他道："你一个人对付得了？"

白晟嗤笑了一声："想什么呢，监察官，我连你都对付得了，还对付不了那残废？"

"白——晟。"不远处，荣亓冷冷道。不知道是否因为站起来了，他坐轮椅时那温和内敛的外壳似乎被剥离了一些，露出少许充满压迫力的真容："你跑到荒郊野外来做什么，害怕被人看到你的死状？"

白晟呼了口炙热的气，抬眼望着荣亓，少顷古怪地笑了一下："你刚才不是问我的大招是什么吗？"

荣亓眯起眼睛，只见白晟竖起左手食指，随即摊开手掌，一团旋转的气流在掌心急剧涌动。

"我不知道你是怎么进化成这样的，你这种不死异能，今天换作任何一个S级，都有可能栽在你手上。再给你一段时间进化，也许你能直接去踏平整个国际监察总署。你只是运气太差了，第一个就撞上了我。"白晟带着血迹的嘴角勾起一个满怀杀意的弧度，"没事，下辈子注意点儿就行。"

气流乍然闪现寒光，瞬间冲向四面八方，甚至连簌簌摇动的山林都猝然定住。

整片大地像坟墓般突兀地陷入了死寂。

天地间仿佛只剩下那个在白晟掌心上疾速旋转的惨亮光球，它映出了荣亓终于发生细微变化的神情。

"原来如此，它在你手里……因果律武器。"

一个人的进化方向跟他的人格、潜意识、精神状态都有联系。尼尔森独裁欲强，进化出的异能是破坏镇压型的；傅琛性格温文，进化出的正逆十字是防守反击型的。很多人觉得白晟作为一个无忧无虑的年轻富二代，开朗阳光性格好，进化方向很可能以精神系为主。

但他们明显错了。

一个"开朗阳光性格好"的人，是不可能进化出这种残暴异能的——

因果律，最强哲学系武器之一，能直接抹消敌人的存在，使之从世界上彻底消失，将对方自出生起创造的身份信息、亲缘关系、社会价值都一并抹除。

这种天上地下唯我独尊的异能，如果运用到极致，甚至能一举压过所有S级，堪称氪闪级别的必杀能力。但世间万物都必须遵循平衡的原则，过度强大的异能也必然伴随某种致命缺陷——

"因果律，发动成功率仅11%，一旦失控就会演变为无差别的大规模屠杀，周边半径三公里内从此化作无生命区。"荣兀凝视着半空中那团恐怖惨亮的光球，轻声道，"难怪，我就说你为什么要第一时间跑到这荒郊野岭来。"

远方的高架桥上，偶有车辆飞驰而过。更远处，高楼大厦影影绰绰，于天幕下铺开庞大的都市。人们正常而平静地生活着，完全不知刚才与灭顶之灾擦肩而过。

"到我这边来，沈监察。"荣兀的视线越过白晟看向沈酌，遥遥地向他伸出手，"因果律成功的概率只有九赌一。待会儿一旦失控，施术者自己逃生都很勉强，绝对不会再冒险救别人，你我二人都会被葬送在这里。"

空气凝固了，死寂压在旷野上空，清光在白晟掌心急剧旋转。

"白先生本来就是带着目的来到你身边的，你还没发现吗？你活着对他来说是最大的阻碍，你死了他正好能完全统治申海市。"荣兀凝视着沈酌的眼睛，向他摊开掌心，"这世上的蝼蚁与你不是同一边的，沈监察。站到我这里，我带你创造一个人人绝对平等，没有战争与纷扰的未来。"

每一分每一秒都漫长得可怕，良久，沈酌微微一动。

白晟闪电般反手按住了沈酌，那真是钢铸一般不可撼动的力道，但他的话音却仿佛是带着笑的。

"不至于吧，沈监察，怎么被个不知从哪儿来的人画个大饼哄两句就要跟着跑了？"

"他不是在画什么饼。"沈酌盯着前方不远处的荣兀，略微眯起眼睛，"我知道他要的是什么了。"

白晟："啊？"

沈酌没解释，只问："因果律成功的概率是不是真的只有11%？"

白晟没有立刻回答，掌心中那团寒光危险地急剧旋转着，半晌才缓缓道："我不知道他是从哪里了解到因果律的，但是……"

他回头半真不假地瞟了沈酌一眼，脸上带着笑，语气却明显的刻意："监察官，别信那人的挑拨离间。我来申海还能有什么目的，不就是想和你发展出一段伟大的情谊吗？"

沈酌黑沉沉的眼睛向他一瞥。

"好吧，好吧。"白晟坚持不了几秒就投降了，说，"因果律失控前是有两三秒感应期的，我保证用这两三秒先救你，绝对把生还的最大概率让给你。行了吧？怎么，你那是什么眼神？不相信我为全人类献身的决心和勇气？"

沈酌短促地笑了一下，虽然笑意完全没有到达眼底："你倒是想为全人类献身。"

他退去半步，随手摘下左手套扔了，从敞开的外套里抽出一支特种注射器，金属盖上赫然印着一个S。

白晟霎时一滞："等等，你——"

"半径三公里，最多算三十平方公里土地，往东半公里是变电站，往南两公里是废水处理厂，西北环绕一条出城高速主干道。"沈酌单手扯松领带，一针扎进侧颈血管，干净利落地一推到底，"你拿什么确保不牵连到无关的人？"

药剂完全打进动脉，紧接着，环形的冲击力从沈酌脚下勃然而起，呼啸着冲向四面八方。

下一刻，他左手背上交叉的刀疤上缓缓浮现出进化等级——S！

沈酌反手张开掌心，一个黑色的倒十字印记赫然出现在其余两人眼底。荣兀猝然止住脚步，喃喃道："逆转十字……"

一刹那，白晟的瞳孔扩张到了极限。这是傅琛的异能，以一己之身扛下全场所有伤害值，绝对守护的血肉之盾，逆转十字！

成串鲜血啪嗒落地，以逆十字为起点，无数血丝迅速向沈酌的手臂蔓延。这是强行进化致使身体难以承受，皮下血管正急剧爆裂的缘故！

"S级状态我最多维持五分钟。"沈酌仿佛已经完全丧失了痛觉，他一拍白晟的肩膀，森寒的视线望着前方的荣兀，"五分钟内用因果律抹除他，一个细胞都别剩下。我要让这个人的存在彻底消失。"

白晟脸上的最后一丝轻佻都消失了，他直直地盯着沈酌，仿佛今天才第一次认识这位申海市监察官："沈酌……"

逆十字能将全场的所有伤害值拉回施术者身上，也就是说只要九赌一失败，沈酌就必须站在这里，为附近所有可能被牵扯到的平民扛下冲击。

他肯定会死！

"我以为在经历过那么多事之后，你对蝼蚁的看法会有所改变，而我们对和平的理解会日益趋同……"荣亓看着沈酌，语调慢慢地沉冷下去，"没想到我还是错了。"

"以淘汰弱小为手段得到的那玩意儿不叫和平。"沈酌冷冷道，"我不认识你，也不知道你跟傅琛、苏寄桥到底是什么关系，但无所谓。你死后我会去查的。"

他按在白晟肩头的手掌一紧，沉声吩咐："动手。"

白晟却没动，如果仔细观察会发现他掌心的那团光球开始微微闪烁："可是沈酌……"

"别给他逃走的机会，杀了他！"

白晟向后退了半步："沈酌，你要不再想想……"

沈酌呵斥道："动手！"

因果律危险地战栗起来，像一团饱胀到极限的水球，随时可能炸裂。

疾风肃然静止，就在那千钧一发之际，荣亓和白晟同时动了。前者不退反进，闪电般飞身而上来抢沈酌，后者却反手将因果律一把捏碎，千万碎片在一瞬间消失！

"我不能看着你死。"白晟脸色难看地咬牙道。他用尽全力一挥手，远处几十根电线杆全部被连根拔起，缠绕着高压电线劈头盖脸砸向荣亓，然后他一把拦腰抄起沈酌："走！"

高压电闪爆裂天空，整片旷野地动山摇。

沈酌整个人被白晟的一条手臂紧紧勒在怀里，如离弦的箭冲出数丈："你在干什么？！"

无数电线杆如摩西分海一般被气流震开，荣亓的身影出现在半空，他面沉如水，眸光黑沉，一只手再度向沈酌抓来。白晟扣着沈酌闪身在树梢上一踩，一瞥腕表："三分钟。"

他断然再一挥手，周围的所有树木连根飞起，瞬间把荣亓砸到了数百米外。

刹那间，沈酌意识到白晟在算他S级状态结束的时间，简直生出一种荒谬感："你在干什么，跟荣亓玩捉迷藏吗？今天不杀他以后就更没可能了，别给他完成进化的机会！"

"做不到。"

洞天

沈酌还以为自己听错了："你说什么？"

"我说我没法亲眼看着你死，我做不到！"白晟咬牙切齿，"我本来就打算用那最后的两三秒送你走，我自己留下来陪他九赌一的！"

如果说刚才沈酌只是觉得荒谬，那现在就是匪夷所思了。他深吸一口气，刚想甩一巴掌把白晟打醒，眨眼间荣亓再次出现，抬手一柄长枪熊熊燃烧，又重又狠地迎面刺来。

白晟大怒："给你脸了！"

喀拉几声脆响，白晟劈手用异能冻住火焰，长枪碎成无数冰碴。荣亓挥手又劈下数百道闪电，被白晟平地掀起的无数条电磁光消弭！他顺手拽断一根高压电缆重重抽了回去，高压电顿时爆射出壮观的弧光！

两分三十秒。

全球范围内都未曾有过两个Ｓ级中门对狙的记录，那简直就是异能井喷，飓风、冰火、雷暴、磁极，无数种异能碰撞爆开，犹如一场盛大而绚丽的烟火。放眼望去，三人脚下的无数根电线杆同时爆出了长达百米的恐怖电弧。

一分五十秒。

嗖的一声撕裂空气的锐响，荣亓射出的一柄闪电凝成的利箭被白晟当头架住。生死对搏让白晟杀性勃发，他左手把沈酌搂在自己怀里，右手夺箭反手就捅，在鲜血迸溅中贯穿了荣亓的肩胛骨！

"你是不是忘了什么？"荣亓单手架住白晟重达数吨的恐怖掌力，嘲讽地挑眉道。

下一刻，反噬异能发动，荣亓肩上的创口愈合。

一模一样的反噬伤眼见要贯穿白晟的左肩，却见沈酌掌心展开，冷冷道："你是不是忘了什么？"

荣亓眼皮霎时剧跳，但已经来不及。

沈酌发动逆十字，伤害值转移，本该出现在白晟身上的反噬伤贯穿了他的肩膀！

药剂让沈酌暂时拥有了Ｓ级异能，但没有让他得到Ｓ级那样强悍的体质。巨大的冲击力让他手一松，从白晟怀里坠向地面，带出一条淋漓的血线。

白晟大骂一声，飞身扑下去捞沈酌。

荣亓内心的杀意被眼前这一幕激发至顶，掌心的飓风凝成一把锋利匕首，劈手剁向白晟的后颈。

一分十五秒。

所有剧变都发生在同一时刻：白晟拦腰捞住沈酌，发动治愈技能，顷刻将沈酌碎裂的肩胛骨复原，身后的刀尖却已裹挟寒风而至。

与此同时，沈酌反手抱住白晟，一把将他的头按进自己颈窝，在急剧下坠中以自己一侧的太阳穴迎向荣亓的匕首。

噔——正十字发动。

S级异能正十字，无限血条加绝对防御，瞬时反弹所有伤害，并平均分配到在场所有人身上。

荣亓遽然反应过来，想收手却已来不及，一道寒光自太阳穴贯穿了他的头颅！

嗖一声锐响，同样的寒芒刺向白晟的太阳穴，却被早已算好的沈酌用手挡下，反弹瞬时抵消那道寒芒！

大地轰隆巨震，荣亓直直下坠，砸出了两米多深坑，溅起漫天尘烟。

"咳咳咳……"他一只手捂着不断冒血的太阳穴，还没来得及坐起身，就被迎面而来一只铁钳般的手掐住了喉骨，贴地高速拖行数十米后凌空扔起来。

轰！荣亓的后背撞碎岩石！下一瞬白晟闪现在他眼前，一记铁拳当胸直贯，半座巨岩轰然垮塌！

碎石倾落如瓢泼大雨，惊天动地的巨响中，荣亓架住了白晟迎面而来的第二拳，冲击力却令他身后的山岩爆成了千万碎片。

"何必呢？"旷野在摇撼中龟裂，荣亓用被鲜血浸透的眼睛近距离地盯着白晟的瞳孔，沙哑地笑了一声。

他整个头颅被左右贯穿了，但预想中脑浆迸飞的场景却并没有出现，显然心脏和大脑同时被重伤对他而言也根本不算什么，除了让他的声音有点儿凉薄的嘶哑。

"我今天带不走沈酌，可你也杀不了我。你所做的一切，除了燃烧无用的愤怒之外毫无意义。为什么不发动因果律？"

白晟没有回答，面沉如水："你到底是什么来历？"

"自己猜。"

"傅琛那帮人跟你有什么关系？"

"再猜。"

"你们的目的是不是沈酌手里那支进化药剂？"

荣亓似乎终于等到了感兴趣的问题，呼着炙热的血气笑起来，眼神里有一丝嘲意："全人类基因再生计划。"

仿佛重重迷雾中划过亮光，白晟敏感的神经一动。

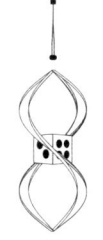

"你根本什么都不知道,为什么要掺和进这摊事里来?"荣亓笑着问他,语气里不乏怜悯,"真可惜,你真应该听沈酌的话用因果律抹除我,至少能把我暂时逐出这个星球……因果律是个被错误投放的宇宙级武器,你太幸运了,不该不敢九赌一的。"

"下次见面时,因果律就不会成为我唯一的障碍了。"荣亓松开捂着额角的手,太阳穴血淋淋的伤口竟然已经愈合,眼底闪烁着陨石般深邃的寒光,"真想知道到那时沈酌会如何看你,应该会很失望吧?"

不远处,沈酌一手捂着肩膀伤口,从地上勉强起身。血从他挺秀的鼻梁汇聚到唇角,从撕裂的白衬衣领口不断滴答而下。

最后十五秒。

"白晟,"沈酌的面颊如同被水洗过一样白,每个字都在剧烈喘息,"杀了他,快动手……"

白晟背对着沈酌,一言不发,肩膀、腰背乃至全身的肌肉都绷紧到了极限,以至于露出了一丝狰狞冷峻的真容。

"来啊,让沈酌与我一同陪葬。"荣亓戏谑地微笑道,"为什么不敢?"

沈酌掌心的倒十字急剧闪烁,越来越快地把他的体力逼到极限:"白晟……"

"沈酌那样的人,如果不是因为进化,你连知晓他姓名的资格都不会有,更遑论得到杀死他的殊荣了,你真的要放弃吗?"荣亓继续挑衅道。

沈酌张口想说什么,却只猝然喷出一口血沫。

"真的要放弃你能在后世留下姓名的唯一的机会吗,"荣亓含笑加重了语气,"白晟?"

咔嗒一声子弹上膛,沈酌半跪在地,用最后一点儿力气拔枪对准了不远处的背影:"白晟!动手!"

下一秒,白晟的掌心终于闪现出四射的寒光。

"我对半径三公里内可能存在的任何行人都十分抱歉。"因果律骇人的光芒映在白晟的眼底,他盯着荣亓,语调前所未有地低沉,"万一待会儿失控,我跟他们一起当你的陪葬品。"

三、二、一,倒计时归零。逆转十字消失,S级状态解除,沈酌手中的枪脱力下坠。

因果律的寒芒在白晟掌心暴涨——

就在这个时候,荣亓化作一片暗蓝光芒消失,再出现时已在百米之外,身后赫然打开了一道空间黑洞。

白晟猝然察觉到什么,只见旷野远处一道人影正从身后扑向沈酌,正是野田俊介！

那万分之一秒内沈酌根本来不及回头对抗，只觉眼前劲风掠过。白晟几乎是瞬间出现在他身边，一手抓住沈酌抄进自己怀里，一手接住了迎面而来的刀锋。

鲜血一弧飞溅半空，武士刀被白晟稳稳握在掌心，再难砍下半寸。

沈酌剧喘着想抬起头，却被白晟按着后脑的头发一把压进自己颈窝里。他沉声道："待着。"

野田俊介面对白晟的时候攻击性极其强烈，眼见一击偷袭失败，竟然不立刻撤向空间隧道，而是向白晟挑衅地喷了口血气，满眼跃跃欲试，无数刀光随即如狂风暴雨般斩落下来。

唰！

白晟徒手二指夹住刀刃，雪亮刀锋映出了他幽邃的眼神，瞳孔深处闪烁着一丝血腥。他缓缓道："下辈子别再对别人先看中的动手动脚。"

野田俊介这才心生不妙，欲要抽刀回撤，却听砰的一声，精钢裂响，武士刀竟然被白晟二指发力硬生生折断！铁钳般的手掐住了他的咽喉，整个人被悬空提了起来。

"记住了。"

那是野田俊介听到的最后一句话。

白晟的五指猝然收紧，咔嚓一声折断野田俊介的喉骨，他的头颅以一个瘆人的角度向后歪斜，脸上还凝固着诧异的表情。

紧接着，白晟捏着尸体的脖颈猛地发力，手臂肌肉筋骨暴突——啪叽一声！

血肉被挤压到极致，喷泉般的血箭射了一米多高，白晟把他的头颅硬生生拧了下来！

无头尸身颓然倒地，脚下迅速积起了横流的血洼。

白晟一手按着沈酌不让他看，另一手提着野田俊介的首级，抡圆了呼地向上一抛。头颅呼啸飞过百米距离，带着一弧血线，被空间隧道中的荣亓一把接在了手里。

空间隧道的黑洞迅速合拢，此时再发动因果律已经来不及了。

两人隔空对视，白晟嘴角一勾。

他平时那种漫不经心的笑容总能把戾气藏得很好，但这一笑却毫不掩饰森寒嗜血。

白晟如同站在血河里的修罗，用口型不出声地道："下一次是你。"

荣亓手上拎着那个不断滴血的头颅，没有表情也没有回答，没有任何

情绪的视线看向被白晟扣在怀里的沈酌，注视着他的背影。

下一秒，空间黑洞消失得干干净净，仿佛从未出现过，只有大股硝烟与满地鲜血无声昭示着刚才这里发生过什么。

远处传来螺旋桨的轰鸣，两架武装直升机正疾速靠近，是军区的人。

沈酌低低呛咳起来，白晟终于大发慈悲地松了手，搂着他上下一打量，浑然无事般露出一个揶揄的笑容。

"没事吧，监察官？哎呀，瞧你这样，怪让人心疼的。怪不得当初你说两个S级不能待在同一座城市，原来还藏着这么张底牌呀。不过没事，我这人胸怀大度，来来来，让我先帮你疗个伤……"

啪！沈酌一巴掌，打得白晟的脸歪到了一边。

其实他用的力量是很轻的，但空气安静得可怕。良久白晟转过脸来，舌头抵了抵侧颊："哟，不肯杀你，你还记恨上了。"

"从现在起他会想尽一切办法来要你的命。"沈酌喘息着冷冷道，"你好自为之。"

他转身跨过无头的尸体，踉跄着走向不远处降落的直升机，但没走几步就发出越来越急促的呛咳，血沫从指缝间渗透出来，紧接着他颓然半跪在了地上。

陈淼跳下尚未落地的直升机，身后紧跟着几个军区的人。

"学长！"

"监察官！"

"怎么了，监察官？"

白晟感觉到不对："沈酌？"

沈酌躬下身，猝然喷出一大口带着内脏碎屑的鲜血！

周遭登时人人色变，那军官跳起来就往直升机上狂奔："来……来人！打电话给中心监察处！"

血从沈酌的咽喉甚至鼻腔往外奔涌，顺着制服的衣领渗进泥土。他捂着胸口，五指深深抠进土里，继而因为内脏撕裂的极度痛苦而向一侧倾倒。

"刚才还好好的，这是怎么回事？刚才还……"话音戛然而止，一丝寒意蹿上白晟的脊梁，他意识到了什么——基因链断裂。

强行升上S级的可怕副作用，跟二次进化后的刘三吉一样。

陈淼疾步而至，这个一贯急躁咋呼的小学弟此刻竟然极度镇定。他从冷藏医疗箱里取出一支幽蓝的针剂，直接对着沈酌后颈椎扎进去，然后又一支血清被他从沈酌手臂的动脉一推到底。

"没事的，学长，没事的。"陈淼声音沉着，除了尾音微微不稳，"预

估内副作用，十分钟内抑制成功率高达 98%，睡一觉就没事了。"

"迟了。"沈酌喘息道，"他们要的是 HRG 计划，那个姓荣的被放跑了。"

陈淼脸色剧变，刹那间失手摔了冷藏箱。

"自即刻起，申海市监察官一职由 S 级进化者白晟代任。所有人无条件服从白晟的一切指挥调度，另外……"

沈酌在天旋地转中闭上眼睛，他的声带已经撕裂了，以至于每个字都含着血气，在混乱的人声中断续而缓慢地响起。

白晟的瞳孔急剧缩紧，听见他嘶哑地道："如果我死亡，即刻删除 HRG 计划的所有数据，销毁药剂样本，高级研究员全部处决。一个不留。"

EVOLUTIONARY PEOPLE
DATA SYSTEM

▶ **进化者** 数据系统

CHAPTER 05 >>>
蝼蚁

| NAME | 弗里奇·尼尔森 |

查询结果
SEARCH RESULT　S级进化者

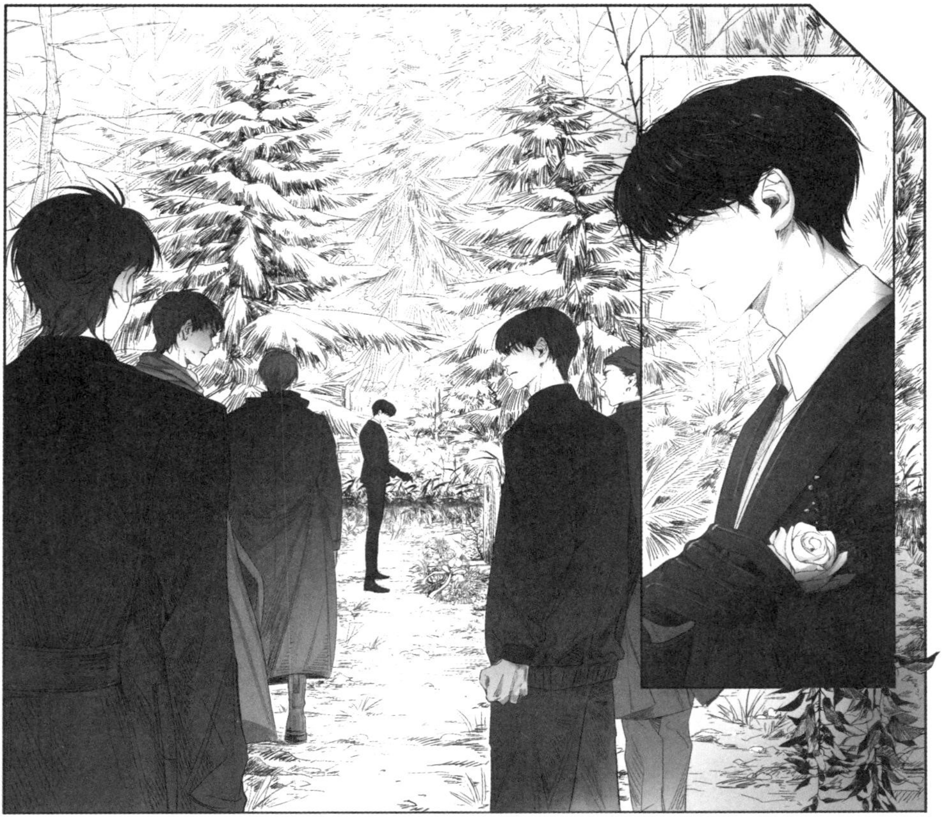

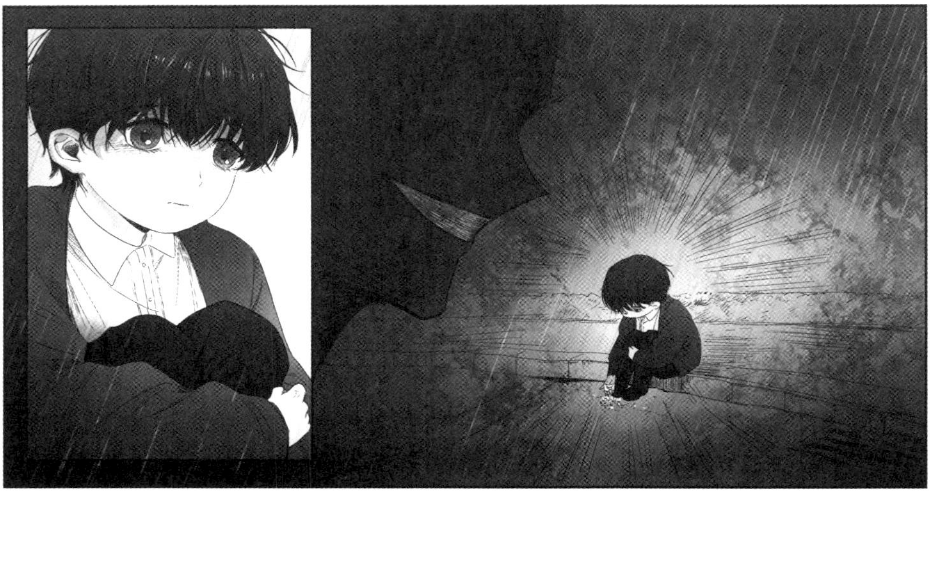

洞天

闪电划破铅灰云层，空气中弥漫着雨季来临前的咸腥。

小男孩儿蹲在花园树下，雪白的小脸毫无表情，乌黑的眼珠一动不动，静静盯着排成一长队的蚂蚁向着高处爬去。

"六岁了，还不会说话……"

"一家子那么高智商，生出来的小儿子却是这样……"

人们的窃窃私语从远处传来，又消失在长廊尽头，小男孩儿仿佛聋了一样毫无反应，直到头顶传来一个年轻男子的声音："你在干什么？"

小男孩儿回过头。他身后是个二十岁出头的男人，个子高，黑头发。那张混血特征非常明显的面孔显得很凌厉，瞳孔是罕见的灰绿色，像此刻正酝酿着暴雨的天空。男人的视线落在小男孩儿的手上。

小手的掌心里有一颗焐化了的蜂蜜糖。他正拿着糖贴在靠近蚂蚁洞的地面上，一些刚钻出洞的蚂蚁便改变了路线，成群结队地往他的手上爬。

"慢。"小男孩儿吐出一个字。

他的思维量太大了，以至于这个年纪的语言系统发育程度完全跟不上。半晌小男孩儿转身指了指不远处的土坡，磕磕绊绊地吐出几个词："后面……雨……化了。分子热，扩散……"

"你想说排在后面的工蚁来不及在降雨前搬到高处，所以你熔化蜜糖，使分子热运动加快，从而提高分子的扩散速率，吸引更多蚂蚁爬到你手里，然后你把它们搬运到土坡上？"

小男孩儿用力点点头，乌黑的瞳仁里映出男子居高临下的面孔。

"蚂蚁触角内的气味敏感神经细胞机能位居自然界前列，且气味受体的神经末梢与肾小球簇接触，也就是说提高分子扩散速率对吸引蚂蚁来说并无太大用处。而且——"

男子俯下身，攥着小男孩儿的手一甩，熔化的蜜糖被甩进了土坡间的草丛中。

CHAPTER 05 蝼蚁

"你给蝼蚁的蜜糖太多了。"他严厉地道,"蝼蚁不会感谢你,只会黏死在糖里,蠢货。"

豆大的雨滴噼里啪啦地掉下来,来不及迁徙的蚁群一下被冲散了。

小男孩儿无所适从,想把泥土捧起来,但根本来不及,想去抓蚂蚁又立刻被咬了掌心。混乱中他捏死了好几只蚂蚁,被男子一把拎着胳膊拽回了长廊下。

整个世界被灰白雨幕淹没,没人知道一个蚂蚁族群就此分崩离析,转眼就完全消失了。

小男孩儿睁大眼睛,水汽凝聚在惶恐的眼底里。

"世间蝼蚁自有进化之道,以愚昧的善心去干涉优胜劣汰注定是螳臂当车,这么简单的道理都不明白吗?"男子抱臂俯视着小孩儿,毫不掩饰无奈和厌烦,良久呼了口气喃喃道,"算了。"

这样的软弱多情与多愁善感,应该是低智商的附加表现吧。

"回安全层去。"他吩咐道,"试验已经进行到关键阶段了,不要出来干扰别人。"

哗啦——地下的安全层空旷而安静,流水声格外清晰。

小男孩儿站在浴室的板凳上洗手,仿佛已经习惯了这种安静和孤独。他突然看见手腕内侧一个移动的黑点,不由得睁大了眼睛。

是一只小蚂蚁。

一种几乎能称得上是喜悦的光芒从小男孩儿眼底迸发出来。他小心翼翼地捻起蚂蚁,放在透明的玻璃杯里,跑进卧室去迅速翻找出一块糖来,小心翼翼地放进杯子里,趴在那儿注视着蚂蚁向糖果探出触须。

一个微不足道的、生命的奇迹。

小男孩儿笑起来,镜子里的小脸上溢满了开心,自言自语地喃喃:"都是……都是我们……是……蚂蚁……"

他放弃地闭上了嘴,似乎不打算再为难自己的语言组织功能,跳下板凳噔噔噔跑出了浴室,只留下一个高兴的背影。

——你我皆是世间蝼蚁,并无任何本质区别,焉知进化不能有和平之道?

小男孩儿没有回头,因此没有看见身后镜子里的人影定在那儿,并没有动。

许久它慢慢收敛笑容,直起身来,面孔逐渐变得十分陌生,黑洞洞的眼睛紧盯着小男孩儿离开的方向,许久咧开嘴笑起来,露出了白森森的牙齿:"沈酌……"

它饶有兴味地嘶哑道，仿佛在这个地球上经过这么多年后，终于从这个年幼的观测对象身上品味出了一些相当特殊又很有意思的东西。

"沈——酌——"

轰隆！闪电将病房的窗户映得雪亮，随即惊雷响彻夜空，撼动了大地。下一刻，监护仪发出急促的嘀嘀声，护士骤然起身："病人有意识了，快上报给监察处！"

病床上，沈酌面容苍白憔悴，缓缓睁开了眼睛。

"等等。"病房角落里传来一道低沉的男声。

两个护士意外地止住脚步，只见靠墙的扶手椅里，白晟穿着黑色T恤和作训裤，交叠跷着两条长腿坐着，手上漫不经心地把玩着一个金属做的小东西："两位休息去吧，辛苦了，不用叫人来。"

"可是……"

"去吧。"

护士十分踌躇，但这里是进化者专用医院，没人敢违抗S级的意志，低阶进化者的臣服几乎是本能的。

两个护士对视一眼，看向病床上毫无反应的苍白侧影，终究还是不安地退了出去。

咔嗒一声门关上，昏暗的病房里只剩下了一坐一躺的两个人。

夜色如同无边无际的大海，暴雨敲打着玻璃窗，床头这一点儿暗灯下的空气却安静而凝滞。沈酌的神志昏沉模糊，半晌他梦呓般轻声说："我好像做了一个梦……"

白晟问："什么梦？"

"天在下雨，花园里的泥是湿的，我变得很小，有个人长着灰绿色的眼睛……"记忆仿佛一条游鱼，从光影中一掠而过，刹那间现出端倪，又消失得无影无踪。

"剩下都不记得了。"沈酌喃喃道，"好多年前……我全都忘了。"

他闭上眼睛，片刻后复又睁开，似乎略微变清醒了："你为什么在这里？"

"我为什么在这里？"白晟笑道，站起身长长地伸了个懒腰。他像一头慵懒起身的雄狮，强悍的肌肉线条全数隐没在阴影中，散发出一种漫不经心又令人窒息的威压感，一只手轻而易举地把刚要起身的沈酌按回了病床上。

"你昏迷了六个小时，外面的世界已经要翻天了。陈淼他们被我分散派到了各个辖区紧急维稳，赶回来最快要半个小时。半个小时足够发生很多事，况且你现在这个身体状态，学会顺从与配合对自己比较好。"

白晟终于把手里一直把玩着的小东西举到沈酩面前，那赫然是从现场捡回来的注射器，金属的管壁上烙印着一个字母 S："所谓全人类再生计划，简称 HRG 计划，就是指这种注射之后能让普通人类短暂拥有异能的药剂，我猜得没错吧？"

沈酩愣怔地望着那支注射器，一言不发。

"不说是吗？"白晟温柔地俯视着他，"那我来说。你在泉山县卫生院被劫持时打了一管 A 级药剂，药剂的成分与张文勇有关，证据是进化后你暂时拥有了张文勇控制天气的能力，对付野田俊介时降下的雷电就来源于此。

"随后这支让你升到 S 级的药剂，应该是与傅琛有关。虽然以你的身体素质不够发挥 S 级的全部战斗力，但也足够使用正逆十字，所以傅琛死后才有传言说你拥有了一部分属于他的异能。"

窗外风雨交加，屋子里的气氛却仿佛凝固了。

"我让人验过了。"白晟俯下身，近距离看着沈酩，"这种药剂里含有进化者的血清，没错吧，沈监察？"

两人距离很近，白晟一手掐住沈酩咽喉，大拇指在他的脖颈上不轻不重地摩挲着。昏黄的灯光下，看上去甚至给人一种温情而无害的错觉。

"回答我一个问题。"沈酩终于缓慢地开口道，每个字音在咽喉的轻微颤动都直接贴在白晟的虎口上，"你觉得人类与进化者之间，能存在和平吗？"

白晟眯起眼睛盯着他，少顷道："我觉得人类的历史上从未存在过真正的和平，但不妨碍我们心怀希望。你到底想说什么？"

沈酩苍白的唇角略微勾起，虽然只是一瞬间。

"和平只立于两种境况，一是累累血肉之上，二是极端威慑之下，所以才有了 HRG 计划。"他望着白晟手里那支打空了的注射管，沙哑地道，"你没猜错，所谓的 HRG 计划就是指这种让人类短暂进化的药剂……但它有个缺陷。

"它需要用大量的进化者血清来做培养皿。用了谁的血清，就能得到谁的异能。"

滚雷炸过天穹，仿佛漆黑大海轰然震荡。

白晟幽深的眼神在阴影中微微闪着光，半响短促地笑了一声，道："沈监察，你可真是深藏不露哇。"

沈酩说："随便你怎么说，科学不是以我个人意志为转移的，现在……"

他维持着这个被迫仰躺的姿势，疲倦而平静地吩咐道："把你的手松开，退后三米，不然我就给你来一发狠的。"

一柄冰凉的东西抵住了白晟。他低头一瞟，是枪口。

里面装填着监察处的特制子弹，对S级来说不致命，但起码能给他留下一生都难以忘怀的痛苦。

三秒僵持后，白晟缓慢举起手，退后半步，道："没趁你昏迷的时候把你从头到脚摸一遍真是我道德水准太高的错，下次保证不会了。"

沈酌淡淡道："下次的事下次再说吧。"

沈酌举着枪坐起身，身上的累累伤痕已经被不惜一切代价的、顶级的医疗异能治愈，衣襟下隐约可以看见微红的疤痕。但大监察官完全没有昏迷刚醒的脆弱感，从枪口到声音都非常稳定："退后，坐下。我会满足你那令人生厌的好奇心，前提是你学会……顺从与配合。"

白晟一步步倒退回墙边，坐回那把扶手椅里，大大方方叉开两条长腿，完全不在意对方的枪口，同时毫不掩饰地上下打量沈酌。

"全人类基因再生计划，是一个本来已经延续了三十年的研究项目，本意是优化人类基因，延长平均寿命。直到五年前，全球十万人突发进化，世界和平受到巨大的冲击，为了保护在进化者面前弱小如蝼蚁一般的人类，HRG在我的主导下改变了方向，一切研究都只为了一个目的。"沈酌缓缓道，"让普通人获得异能。"

当年研究院那些高阶进化者听到这个说法时，都或多或少流露出嘲讽、反对、荒谬和不可思议的表情，但白晟没有。

他的手肘搭在椅子的扶手上，十指交叉在身前，专注地眯起了眼睛。

"三年前，理论模拟计算获得突破性成功，我们研究出了一种能让人类短暂得到异能的基因干扰素，又称异能促进药。因为药剂作用的维持时间太短，而且需要大量进化者的血清做培养皿，为避免各国实验室大肆抓捕进化者去当血牛，我极力主张暂时对外保密，直到解决这两个缺陷为止。

"然而，研究院里出了内奸，导致试验进度屡次被泄露，尤其是关于血清的那部分。"

白晟神情微微一动，预料到了接下来的内容。

"此后不出所料，进化者极端保护组织不惜一切想要阻止HRG计划，因此我遭遇了好几拨暗杀，但几次都侥幸逃脱未死，直到最后一次。"

沈酌安静片刻，说："最后一次是青海试验场爆炸。"

白晟没出声，缓慢地用拇指摩挲着虎口，半晌问："后来抓到那个内奸了吗？"

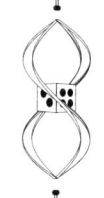

"没有。"沈酌说,"情报处在研究院地毯式搜查了三次,至今一无所获。"

白晟皱眉沉吟少顷,问:"你是不是怀疑过那个内奸跟傅琛或苏寄桥有关?"

"在这么大的利益诱惑之下,谁都无法摆脱嫌疑,谁都有可能想置我于死地。内奸可能是任何人,甚至包括那些进入项目前都写好了遗书的高级研究员。"沈酌平静地道,"但现在都不重要了,因为对方的目的已经达到了。青海爆炸案之后我被逐出了 HRG,研究院作为人类与进化者之间唯一的中立且独立的机构,从此完全丧失了 HRG 的研究权。"

他并没有提及那场残忍的拷打和血淋淋的、混乱的一切,但白晟注意到他的左手下意识地动了一下,在昏暗中轻微地攥紧。

"尼尔森不顾反对把我救走,强行任命我为申海市监察官。因为他看出了联合国安理会对 HRG 的渴望,知道我总有一天能成为他对抗安理会的重要筹码,以此来保住他自己总署长的地位。

"果然,就在不久之前,联合国安理会看出了进化者越来越强、人类越来越弱的全球趋势,于是开始秘密重启 HRG,四处活动试图暗中买通当年的高级研究员,希望能借助这种药剂组成一支人类特种异能部队,然后对进化者开战。"

沈酌笑了下,带着一丝毫不掩饰的疲惫和讥诮。

"等等,你说的这种药剂是不是对进化者也适用,"白晟敏锐地眯起眼睛,问,"不然为什么荣元也想要 HRG 计划?"

沈酌淡淡地道:"是的,恭喜你跟荣元想到一块儿去了,真不愧是进化者的思维模式。"

白晟对嘲讽置若罔闻,只紧盯着他。

"HRG 的原理归根结底是突破基因上限,既然能突破人类的上限,自然也能突破进化者的上限,所以从理论上来说,只要能解决对血清的大量依赖,是可以制作出让进化者二次进化的药剂的。"

说到这里,沈酌讽刺地勾了一下唇角:"比方说像刘三吉那样的 D 级,荣元强行把他提升到 A 级,他会因为 DNA 双链断裂惨死,但通过打药就基本没有任何副作用。试想一下如果全球十万进化者全体打药越级成 A 级,甚至越级成 S 级……"

十万个 S 级。

白晟的小指不由自主地抽动了一下。

"战争会立刻爆发,进化者将毫无疑问淘汰人类,成为地球的主宰。再过一个世纪或两个世纪,被进化者统治的地球甚至不会留下七十亿人类

存在过的一丝痕迹，就像今天我们只能从博物馆里看到尼安德特人残缺的头骨。"

白晟坐在扶手椅里，仔细观察的话会发现他的脊椎是僵直的。

沈酌盯着他，声音如枪口的寒光一般冰冷清晰。

"现在你明白了吗？所谓的 HRG 计划，其实就是进化时代的核威慑。我们设想出最好的状态，就是安理会得不到它，进化者也得不到它，达摩克利斯之剑永远被一根细丝悬于高空。它的威慑在，和平就在，七十亿蝼蚁与进化者会在巨剑的阴影下共生共存。"

窗外风雨如晦，轰鸣震动天穹，这间病房却像暴风雨中的一叶孤舟，驶向前方无垠的海面。

沈酌站起身，他握枪的左手稳定得可怕，就这么一步步走上前来，居高临下把枪口顶在了白晟的心口上。

"现在，告诉我，S 级。"沈酌俯下身，在白晟耳边轻声问，"你知道了 HRG 计划的真正秘密，你也垂涎它的力量吗？"

"……"

"你会像荣亓那个野心家一样，妄想握住被细丝悬挂的剑柄吗？"

昏暗中，只能听见抵在白晟心脏的枪咔嗒一声轻响。

子弹被推上了膛。

长久的沉寂后，白晟失笑起来，仿佛长久以来的悬念终于得到了某种确定，竟有一丝如释重负的感觉。

他伸出手不轻不重地握住了枪管："还记得先前我是怎么说的吗，大监察官？"

两人一高一低，相距不过咫尺，彼此都能从对方的瞳孔中看见自己的倒影。

"我一直想追随你，从当年第一次在报纸上看到你的时候就这么想了。因为他们都说申海市那位沈监察官不仅长得很好看，还是个特别温柔、特别友善的人。在他管辖之下的申海市进化者从未与人类爆发冲突，和平一直被维系得很好。

"当危机来临时，沈监察愿意为保护半径三公里内的平民牺牲自己，而我愿意保护那样的沈监察。"

白晟的目光仿佛要穿过瞳孔看透沈酌的整个灵魂。

"只要他发誓他永远站在人类与进化者的中间，当风浪扑向大坝，人潮汹涌后退，唯他持剑逆流而上，我愿成为他身前的盾。

"可以做到吗，沈监察？"

晕黄灯光下，细微的浮尘仿佛在空气中凝固了，半响，沈酌终于开口。

"我很清楚自己应该站的位置，还有我活着和死后分别能起到哪些作用。"沈酌自上而下地盯着白晟，声音轻而警告，"任何试图点燃战火的人，我都会找到办法杀了他。你最好记住你今天的话。"

叩叩叩，病房外响起谨慎的敲门声。

"监察官，您醒了吗？"有人低声问，"国际监察总署又来电了，尼尔森总署长等在线上，想与您通话……"

"放走荣衍的账我有时间再跟你算。"沈酌压低声音冷冷道。他用力从白晟掌心里抽出枪管，转身走向病房门。

但就在这个时候，身后疾风遽然来袭。沈酌甚至来不及转身，整个人被难以抵挡的巨力反过来，紧接着砰一声抵上了门。

门外的监察员惊得退了半步："监……监察官？"

病房里，沈酌整个人被紧紧压在门上，混乱中他根本没有丝毫挣扎的余地，想要摸枪却摸了个空。

只见那把枪已经落到白晟掌中。他干净利落地退出弹夹，反手随便把它扔上了床。

"就这么走了？你还欠我一笔账没算完呢。"白晟笑吟吟地问，"打我的那一耳光还记得吗？"

沈酌蹙着眉，没发出声音。

"我这辈子还是第一次被人打耳光。"白晟低头略微靠近，轻声说，"我非得让你也尝尝这滋味不可。"

哐当！沈酌遽然发力推开白晟，仓促中手肘甚至砸上门板，撞出一声重响。

"我看你是被打少了。"申海市监察官一向很冷淡的声音里夹杂着微许难以言描的情绪，他伸手拍了拍白晟那张年轻的俊脸，轻声嘲道，"以后再这么嘴欠，我看你还能多挨几巴掌。"

他转身径自拧开门把，从外面那个一脸茫然的监察员手里接过卫星电话，大步流星走向远处，少顷走廊尽头传来平稳的声音："喂，总署长，是我。不必担心，已经处理了，只是一点儿小伤。"

那个监察员的表情茫然，目光在沈酌越去越远的背影和原地一脸无辜的白晟之间逡巡了好几遍，才"啊"一声跳起来，连滚带爬地追向沈酌。那背影怎么看怎么像在怀疑人生。

白晟慢慢收起笑意，抱臂斜倚在病房门边，一只手下意识地摩挲自己颈侧动脉，半响才"啧"了声。

"逃什么呀。"他注视着空无一人的长廊，喃喃道。

S国BA市，国际监察总署。

"申海已经全境解除一级警戒状态，不必担心，这次只是一个意外……"

弗里奇·尼尔森站在会议室窗前，一手夹着香烟，徐徐吐出淡白烟雾，拿着手机望向天穹。

他一丝不苟的银灰头发全部向后梳着，灰蓝的瞳孔仿佛冰原上的风雪，轮廓深邃英俊的侧脸上浮现出笑意，打断了手机那头的汇报："我知道了，你没事儿就好。"

凭谁做梦也想不到，全球排名第一的进化者"奥丁之狼"还能有这么温和的时候，与平时那个强权的独裁者简直判若两人。

"岳飑从中心区监察处打电话来，告诉我说你并无大碍，但我还是非常担心，一直在等你亲自回电。知道你醒来我就放心了，其他的损失都可以忽略不计。"

手机那头传来沈酌颇为抱歉的声音："没想到我的辖区内会突然发生这种意外。其实这次还是多亏了白先生伸出援手……"

"这次暗杀事件的严重程度，放眼全球都屈指可数，换作其他辖区可能已经造成了灾难性的后果。但申海市监察处的应对非常完美，是你平时监管出色的缘故。"尼尔森打断了沈酌，态度充满嘉许又不容置疑，"白先生作为S级进化者，有从旁协助的义务。等总署这边所有事务处理完后我会亲自去申海向他表示感谢的。"

手机那头意义不明地沉默了片刻。

"那就麻烦您了。"沈酌拿着电话站在医院洗手间里，对着镜子眯起眼睛。他仿佛含着笑，任谁都听不出尾音里带着一丝咬牙："毕竟我与白先生……不熟。"

"好好休息，沈酌，那个叫荣玠的进化者我会后续跟进的。"尼尔森笑起来，"不用担心，我永远站在你这一边。"

沈酌说："我明白。"

电话挂断了，尼尔森放下手机，转过身。他身后的会议室里坐满了人。

其实在座的都不是真人，全是联合国安理会官员的三维虚拟投影。人人神色诡异，但人人都一言不发，空气中充满了难以言喻的味道。

"怎么？"尼尔森勾起嘴角，风度翩翩而充满讥诮，"我还以为听闻沈酌平安无事的消息，诸位先生会痛哭流涕地站起来拥抱彼此，感谢上帝呢。

"难道你不喜悦吗，卡梅伦？"尼尔森扭头望向会议席笑道。

CHAPTER 05 蝼蚁

卡梅伦大概正坐在位于千里之外的 N 州官邸中，跷着两条长腿，十指放松地交叉。这人不论什么时候都有种外交官一般彬彬有礼又充满嘲讽的气质："我对沈酌那顽强的生命力和莫名其妙的运气一向有信心。与其担心他被暗杀，不如担心他那生锈的大脑还能不能回去继续研究 HRG 计划，毕竟那是他唯一的价值了。"

"请允许我纠正你一点，卡梅伦先生。"尼尔森淡淡地道，"沈酌现在是我们进化者的大监察官，此生不会再有一丝可能回去研究你们那个 HRG 计划……他早已被你丢弃，落到我们手上了。"

现场一片死寂。

在场的幸亏是三维投影，否则可能会有官员忍不住冲上去掐死他。

"哦，是吗？"卡梅伦圆滑地回答，拍了拍宝蓝色西装袖口。

"既然确认了沈酌没死，至少今天的目的就达成了。"他向会议桌周围环视一圈，微笑道，"先生们，散会吧。"

长桌两侧的虚拟立体投影接二连三地消失，卡梅伦按下退出键，下一瞬眼前的场景变回了他自己的官邸花园。

雨季特有的咸腥水汽扑面而来。他坐在廊下的一张扶手椅里。天穹暴雨滂沱，树梢被风刮得来回摇曳，喷泉水面在暴雨中迸溅出无数涟漪。

助理抱着文件俯下身，恭敬地为他换了杯热茶："卡梅伦先生。"

卡梅伦的脸上总带着三分虚伪做作的笑容，但那双眼睛却是冷调的灰绿。每当他不笑的时候，冰冷的质感便会从面具后浮现出来，隐约露出冷血的真容。

"沈酌已经完全被弗里奇·尼尔森控制了。"他凝望着长廊外的大雨，轻声道，"必须设法置尼尔森于死地，否则夺不回 HRG 计划的命脉。"

助理有些忧虑："可是……您确定有这么严重吗？毕竟沈博士智商超群，而且性格非常强硬……"

"强硬，"卡梅伦嗤笑起来，仿佛听见了无比荒谬的蠢话，"你不了解沈酌，他软弱多情且容易屈服，天生就容易吸引控制狂。这就是为什么他总能招来像傅琛、尼尔森还有最近那个叫白晟的那样的人。如果不是因为全人类再生计划，他简直就是个令人难以忍受的累赘和废——"

卡梅伦的话音顿住，向下望去。

他的胳膊搁在椅子扶手上，也许是下雨天潮湿的缘故，一只蚂蚁顺着椅子爬到了他的手背上，带来几乎可以忽略不计的微痒。

如此卑微渺小，简直不堪一击。

卡梅伦用灰绿色的瞳孔凝视着它，盯着它那脆弱的身躯和茫然摆动的触角,良久一动不动,甚至没有一丝表情。

"后面……雨……化了。分子热,扩散……"

他仿佛看见那个小男孩儿磕磕绊绊地比画着,蹲在暴雨来临前的泥土上,用熔化的蜜糖去吸引蚂蚁,稚嫩的脸上有种苍白的徒劳。

六岁的孩子全身被大雨淋透,然后那雨水渐渐变成了血,从他茫然睁大的眼角滴落,渗进病床。数不清的医疗仪器发出轻微的嘀嗒声。

"他本来就有语言发育功能的问题,又因为这次事故遭遇了不明辐射,后者可能会导致无法挽回的基因伤害……父母双双惨死眼前,导致他受到巨大的精神刺激,照目前来看应该是对大脑神经的发育造成了影响……也许一辈子都会是这样睁着眼睛的植物人,家属要做好心理准备……"

特护病房里静悄悄的,锃亮的地板反射着苍白的灯光。

卡梅伦半蹲下身,盯着病床上小男孩儿的瞳孔,轻声说:"你知道这个世界是优胜劣汰的,弱者理应要被放弃,对吧?"

那双眼睛没有反应,就像无机质的玻片,一动不动望着空气中飘浮的点。

年轻的卡梅伦的额头和手上也绑着绷带,隐约透出狰狞血迹。他起身俯视着这具没有灵魂的、小小的人偶,似乎想说什么,但张口又停住了,少顷微微呼了口气。

叹息的尾音一瞬就消散在了安静的空气里。

"再见,弟弟。"他低声说。

——再也不见了。

他转身走出病房,关门的刹那间,似乎看到病床上的小男孩儿动了一下,仿佛想向他的方向伸出手,然而定睛看又什么都没有。

病房安静空旷,只有那单薄幼小的人影坐在那里,仿佛一尊雕像。

错觉吧?卡梅伦想。

金属门无声无息地滑动,合拢,他不再回头,转身向外走去。扑面而来的白光让影子在身后拖出长长一道,渐渐消融在了另一个全新的世界。

那是他们二人的最后一次交集。从那一刻起他们彻底背道而行,走向了不同的远方。

大雨轰鸣,仿佛从未停息过一分一秒,卡梅伦睁开眼睛。雨滴从花廊的屋檐上成串地落下,助理维持着刚才那个站姿没敢移动。

卡梅伦一言不发地伸出手在蔷薇丛中摘了一片叶子,轻轻刮下手背上的那只蚂蚁,然后放在了不远处干燥的窗台下,任由那小黑点迅速向缝隙爬去。

"如果给蝼蚁太多蜜糖，它们就不会感激你，只会变得贪婪、凶狠、不顾一切，最终成群结队地溺死在蜜糖里……"

助理不知所措地站在那儿。

卡梅伦出神地望着前方，他的视线仿佛穿过了滂沱雨幕与呼啸的时空，看向远处花园中那道孤独而幼小的身影。

"那些人类与进化者都是蝼蚁，沈酌。"他轻声喃喃道，"不要做蝼蚁的救世主。不要成为被钉在十字架上的圣徒。"

时光盘旋上升，穿过苍茫天际。红绿灯下车水马龙，芸芸众生如蚁群奔涌，被进化的洪流裹挟着，奔向微渺未知的远方。

七天后，申海市监察处。

深邃的虚空中飘浮着无数张基因组图谱，两条巨大的核苷酸序列三维图在半空浮动，交缠链条莹莹幽蓝，映亮了沈酌静默修长的侧影，平光镜片在眼前闪烁着微光。

操作台的平板正播放着一段监控录像，屏幕上是七天前的监察处负一楼走廊。

白晟紧捂着血流如注的伤口，而荣亓坐在轮椅上，姿态堪称闲适从容，面向不远处的伊塔尔多魔女道："你本来不是属于这里的生物，却随着陨石一起摔落到这个地球，又被沈酌压制在人类的身体里，连力量都被完全镇压……挖出白晟的心脏，我就把你解放出来，彻底恢复你真正的、原生的力量。"

轰的一声巨响，魔女被掼进砖墙，爆出一连串谁也听不懂的脏话，而被骂的荣亓露出了一个失笑的表情。

沈酌按下暂停。

"你觉得荣亓当时听懂她的语言了吗？"他头也不回地问。

水溶花肃立站在沈酌身后，长长的卷发用一支笔随意绾着。闻言，她摇了摇头，道："伊塔尔多自己都忘了那些话的具体意思，只记得是骂人用的。我之前询问过很多次，她对故乡的记忆已经太模糊了。"

沈酌蹙了一下眉。

"无穷无尽的战争、屠杀、流放，然后是漫长的休眠、身不由己的飘浮……直到飘过了无数个光年，被陨石的引力带着一起落到地球。"水溶花叹了口气，"这是她作为意识体能记得的全部。"

沈酌并不言语，用两根手指有规律地轻轻敲打着桌面，似乎在思索什么。

水溶花仔细观察他的表情，半晌终于忍不住问："你觉得那个叫荣亓的人，有可能跟伊塔尔多……来自同一个地方吗？"

沈酉仰目望向半空，DNA双链犹如传说中伊甸园中缠绕的双蛇，静谧宏大、缓缓交错，映在他幽邃的眼底。

那是从泉山县卫生院那架钢丝病床上提取出的荣亓的基因组图谱。

"他清楚地报出了因果律的成功率和失控半径，而这些数据是连白晟自己都无法测试的。"沈酉轻声说，"我希望不是，但最坏的真相不会以我的期望为转移。"

他顿了顿，突然问："你觉得五年前那场突发的进化到底是什么？"

水溶花道："从天而降的潘多拉魔盒？"

沈酉短促地笑了一声："天上不会掉潘多拉魔盒。一千二百万年前，非洲地壳运动让大量猿类族群灭绝，大裂谷以东存活下来的古猿被迫下树，开始向陆地衍生。八百万年前，赤道带缩小，仲山纳卡里猿因植被变化大量灭绝，能够适应干燥环境的族群渐渐演变为人族。二百五十万年前，非洲气候恶化。冰冻大旱来临，依附于稀树大草原的南方古猿成群死去，少量学会使用工具的族群演变为能人。七万年前，多峇巨灾爆发出十亿吨爆炸当量，人类在漫长的全球冰期遭遇种群瓶颈。智人走出非洲，融合了尼安德特人和丹尼索瓦人，生存繁衍至今。

"进化是数千万年漫长痛苦的蜕变，唯有巨变与灭绝能带来新生，而五年前那场陨石雨就像一份从天而降的惊喜大礼包。"沈酉说，"我不相信茫茫宇宙中会存在那样的善意，我只想知道那些尚未支付的代价会以何种方式让人类偿还。"

水溶花的视线落在半空中巨大的DNA双螺旋影像上，半晌她拍了拍沈酉的肩膀。

"我也希望突发进化从没发生过，但已经太迟了。"她柔声道，"我们只能尽力维持现状。所有高级研究员都愿意奉献生命，直到HRG计划再也维持不下去的那一天。"

沈酉无言地摇摇头，随手关了投影，无数张莹莹幽蓝的序列图霎时在半空中消失。

"把荣亓的基因信息提交给国际监察总署，尽力追查他在全球活动的所有踪迹和信息。"他脱下白大褂，随手丢在污物槽里，"这个人不会就此罢休的，搞不好哪天会半夜三更出现在尼尔森床头把他一刀捅死，让他自己小心吧。"

水溶花不由失笑。

沈酌推开实验室的门，司机罗振守在实验室门外，看上去已经恢复得差不多了。他先前被剁断的右小臂换了钛合金机械手臂。工程部给它加载了微型导弹发射端口，还贴心地在上面装了个导航仪，看上去十分之酷炫。

他憨憨地敬了个礼："监察官。"

沈酌"嗯"了一声，吩咐道："把陈淼叫来，我有事交代他。"

"是！"罗振立刻拿出手机走到旁边。

沈酌一边走向电梯一边看了一眼时间，头也不回地对水溶花道："上次在泉山县卫生院召唤了伊塔尔多魔女，按照之前的契约，献祭给她的东西已经准备好了。明天让她跟我一起去B市。"

水溶花跟在他身后点了点头，突然又想起什么，欲言又止："那个……监察官。"

"怎么？"

"伊塔尔多那天……问了我一个问题。"

沈酌按下电梯键，疑惑地瞟了她一眼。

水溶花的表情一言难尽："她问我什么是'山茶花'。"

"……"

"她说她想买'山茶花'。"

"……"

空气陷入了安静，沈酌眼底清清楚楚写着"什么鬼"三个字，半晌说："让陈淼拿我的工资卡带她去买，最多三个，不许买多。谁跟她提起地球上有这么个东西的？"

水溶花正犹豫要不要出卖某个姓白的富二代，这时电梯门叮的一声打开。先前去打电话的罗振拿着手机疾奔而回，一脸失魂落魄："监察官！等等监察官！陈组长他不好了！"

沈酌脚步一顿。

"陈组长，陈组长他刚下楼去买奶茶的时候在大街上被绑架了。二组的人追不上，绑匪开着一辆三厢型SUV（运动型多用途汽车）！"

沈酌的表情十分难以形容，良久缓缓道："先打电话给交警队，给白河集团开十张罚单，写超速。"

与此同时，申海市某建筑工地。烂尾楼的顶层四面通风，水泥墙体剥落，钢筋裸露着，开阔的空间一览无余，墙顶上吊着一只拳击沙袋。

砰！砰砰砰！砰——

白晟上勾拳重击，超过二百千克的沙袋顿时飞了起来。

"所以呢，白哥？"陈淼坐在不远处的一张靠背椅上，两手配合地被

反绑在身后，一脸百无聊赖的表情。

椅子后面几个进化者一脸警惕地守着他，随时提防他挣脱束缚跳起来就跑。

"学长跟你说了 HRG 计划的事，把你从医院里赶了出来，然后你俩整整七天谁都没理谁。"陈淼叹了口气，"这不挺好的吗，你让人把我绑来干吗？"

啪的一声，白晟接住了迎面而来的沙袋，后者从迅速反荡到完全静止连一丝缓冲都没有，瞬间就稳稳停在了他怀里。

"挺好的？"白晟挑起眉，阴阳怪气地反问。

陈淼环顾四周，真心诚意说："至少比学长发现你在他眼皮子底下搞了这么个秘密基地还收容了几十个进化者要好吧？你不知道申海市有规定吗，禁止进化者群聚集会。你这种行径放古代那就是拥兵自重意图谋反，这栋楼就是你们的谋反基地，要抄九族的，懂否？"

身后几个进化者立刻怒目而视，那意思是"你这条监察处的狗赶紧闭嘴"。

白晟放开沙袋，一只手捞起 T 恤下摆擦了擦汗，露出强悍漂亮的腹肌，另一只手伸出食指摇了摇："此言差矣。"

陈淼做出了一个洗耳恭听的表情。

白晟说："首先，以你学长的监管手段，这栋楼根本算不上什么秘密，他只是暂时还没找到发兵围剿的理由。其次，这栋楼也不是什么谋反基地，只不过是给少数无法融入社会的同胞们的一个容身之处而已。"

陈淼："呵。"

"要是将来有一天你被沈监察开除了，欢迎你也来这儿混口饭吃，总比走投无路去抢银行要好，对吧？"

陈淼立马昂首挺胸，仿佛受到了莫大的羞辱："我堂堂进化生物学硕士，才不会去抢……不对，我这么乖巧能干怎么会被开除？我永远是学长最喜欢的那个小学弟！"

"行了行了，大内总管。"白晟走到饮水机边，一边接水一边挥了挥手，那几个进化者顺从地低头散去，退出了门。

陈淼立刻三下五除二地挣脱绳索，呲呲吸气甩手，只听白晟说："找你来是叫你帮忙想个办法。"

陈淼不明所以。

白晟郑重道："我跟你学长已经整整七天没有见面了。"

陈淼会意地点头："陛下已经整整七天没有召见你了。"

"你这孩子怎么说话呢?"白晟加重语气强调,"是他没搭理我,我也没搭理他,双方互不搭理,你懂?"

陈淼虚心请教道:"那您现在需要我想的办法是?"

白晟立刻问:"怎么才能让陛下再次召见我?"

陈淼扶额向后仰靠在椅子上,长叹一口气。

"白哥,我不懂。"他推心置腹地道,"是超级跑车不好开还是当榜一大哥不好玩,实在无聊您开家电子厂自己进去拧螺丝不行吗?正常人见了我们监察处都恨不得绕道走,您干吗非要让学长搭理你呢?"

白晟郑重道:"因为我想考公务员。"

陈淼:"噗——"

陈淼差点儿被自己的口水呛着,摆手问:"白哥,我求你,换个正常人的理由行不行?"

白晟沉思片刻,从善如流地道:"因为我毕生的梦想和追求,就是为世界和平而奋斗,为保护地球奉献终生——我就是想当公务员!"

"噗!"幸亏陈淼没喝水,否则他现在已经把整个气管从嘴里喷出来了。

"你那是什么表情?"白晟双手抱臂不耐烦道,"我堂堂一个S级,走哪儿不是人家求我进监察处!你知道另外那些S级都是什么待遇吗?"

陈淼:"知道知道……"

"我给你们申海市监察处白打了三次工,你学长被那姓荣的疯子追杀的时候搂着我脖子不肯放,结果从医院里一醒来就转头不认账了,你自己听听这合理吗?"

陈淼心说,我对学长的做法持保留意见,但对搂着你脖子不肯放这一点略有看法……

"我的编制呢?工资呢?伤病补贴呢?车马路费问哪个部门报销?"白晟咄咄逼人,"你们学长连个微信都不肯加,打定主意想白使唤我是不是?"

陈淼心想你说对了,我们学长就是打算白使唤你……

"总而言之,你今天必须想个办法,让沈酌放下身段主动来联系我。实在不行你就留这儿当人质算了,我把你捆起来吊在楼外边当logo,回头让沈酌亲自登门来赎你。"

白晟拍了拍陈淼的肩,转身走向远处的浴室,陈淼登时吓了个激灵:"不要啊,白哥!学长不会来赎我的,学长会叫我用三尺白绫自己上吊算了!"

正当这时门被敲了几下,一个进化者手下拿着手机探进头:"白哥,楼下有三个人找你,都是鬼佬。"

白晟顺口问："谁？"

"一个小孩儿带俩手下，说是你在美国时的朋友，自称是……"那人有点儿疑惑，"N州监察处的监察官。"

建筑工地后门口，一辆豪华全地形SUV停在锈迹斑斑的大门外。一个看年龄不超过二十岁、金发碧眼的小男孩儿带着两个保镖，与铁门内足有大半人高的黑色狼狗面面相对。

"呼……呼……"狼狗龇着利齿，不断发出威胁的呼声，利爪在水泥地上刨出一道道冒烟的白痕。

"比利·金斯顿。"男孩儿打开证件，"N州监察官。"

牵着狼狗的进化者看看证件照，又看看眼前挑染着头发，朋克皮衣，眉、耳、唇、鼻钉皆有，活像个夜店小男模一样的、所谓的监察官，一脸"这是假证吧"的怀疑。

"哦，不是每个监察官都像沈酌一样教条古板的。"男孩儿无聊地打了个哈欠，抬手时可以看见他小指上竟然还涂了亮晶晶的指甲油。他回头对手下吐槽："真可怜，这些人只能住贫民窟里吗？Do they even have a life？（他们有生活吗？）"

进化者扭头低声对手机道："这些人是谁呀，推销虚拟币的吗，要不放狗撵出去吧？"

手机对面立刻阻止道："别别别，白哥说赶紧把他们领进来！"

"？"

"白哥特别高兴，说什么'饵来了，饵来了，看我这次不钓个大的'……"烂尾楼顶层，手下眼睁睁望着砰一声旋风般被关闭的浴室门，"他现在飞一样梳洗打扮去了，说今天有希望以最好的状态为自己挣一个公务员编制。什么意思呀？"

手机两头同时陷入了巨大的疑惑中。

与此同时，大楼顶层角落，陈淼蹲在地上拿着手机，一脸如临大敌地给沈酌发信息：

喂，学长，紧急情况！几个鬼佬偷偷潜入申海来找白哥，我猜八成是要挖墙脚！你快回我电话啊！

申海市这么寸土寸金的地方，竟然也会有如此巨大的烂尾工程，乍看实在有悖常理。

不过进到里面就会发现，楼层内部其实有通电和装修的痕迹，还改造

出了游戏房和室内篮球场。

"这里竟然聚集着这么多进化者……"一名年轻点儿的红头发保镖用英文轻声道。

三个人顺着开放式的水泥阶梯一层层上去，每一层都能撞见几个进化者，有的在打游戏，有的在睡觉。甚至有一层挖出了桑拿游泳池，有个水系异能的小姑娘在旁若无人地游泳，泳速快得跟浪里白条似的。

"S级进化者身边会聚集很多低等级同类，这是正常现象。"看上去有四十来岁、年长些的白人回答，他环顾周围，皱起眉头，"不过确实有点儿奇怪，沈监察竟然放任这么多进化者在这里聚集……实在不像他的铁腕作风。"

金斯顿毫不掩饰地翻了个白眼："这里是S级的地盘，即使是那个姓沈的混账也只能服软吧。"

两个保镖面面相觑，少顷红头发压低声音问另一个同事："为什么我感觉咱们头儿特别讨厌申海的沈监察，有前情吗？"

年长的同事立刻做了个嘘的手势，刚要说什么，这时引路的进化者停了下来，道："到了，就是这里。"

顶层的空间豁然开阔，地面是整层水泥自流平，放眼望去不下六七百平方米，被改造成了一间工业建筑风的室内健身馆。

远处角落里，浴室门紧闭着，正传出花洒的哗哗冲水声。

陈淼紧握着手机，一脸警惕地盯着他们："白……白先生在冲澡，说不要放任何人进来，请你们出去！"

金斯顿："……"

他并不认识陈淼，莫名其妙地歪着脑袋思考片刻，突然不知想到什么，脑袋里不存在的小灯泡忽地一亮。

他两眼放光，径直走到浴室门前，直接推门而入。

陈淼整个人都要炸裂了，待反应过来立刻打开微信，拇指翻飞，手速如电。

学长！小鬼佬一脸妖娆走位风骚，一看就不是正经人，墙脚告急！
速来！

哗——

磨砂玻璃内，热汽蒸腾而上，水流不断冲刷着白晟精悍结实的背，每一寸肌肉线条都蕴藏着力量的美感。

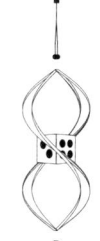

这时他身后咔嗒一声，浴室门开了又关，随即响起一道妩媚诱人到极点的声音："Hey，Honey（嘿，亲爱的）——"

空气突然安静。

"不要这样，亲。"白晟一手把湿漉漉的头发捋向脑后，无动于衷道，"美人计作为对女性的迫害和利用，已经是二十世纪的封建残余了。每个有道德良知的人都应该坚决抵制它，何况你甚至都不是女的。"

金斯顿的中文没好到那个地步，瞬间冒出满头问号。

封建残余？什么意思？

"再说我是个意志坚定的公务员，贵国监察处的好意我已经拒绝过很多次了，所以……"白晟关掉花洒，捞起浴巾擦了擦支棱的头发，"关掉录像，穿上衣服，不然我就把你的头拧下来，金斯顿监察官。"

金斯顿兴味索然，关掉了上衣口袋里的微型摄像笔。

"你太无情了。"他遗憾道，"好歹我们高薪聘请、诚恳劝说、纠缠骚扰过你整整好几年，你竟然说走就走，还用假名登机，真是个不念旧情的男人！"

"临走前没把贵国监察处轰成平地是我生而为人最后的善良。"白晟礼貌地回答。

他换上干净挺拔的衬衣和长裤，推门走出浴室。陈淼正拿着手机义愤填膺地疾速打字，尽管整个聊天页面上密密麻麻全是他自己发出的消息，对面连一条回复都没有。

放心吧！学长！我一定坚决捍卫你的墙脚！

白晟啪地往他后脑勺上甩了一巴掌，抽出手机："行了，你的任务完成了，一边儿待着玩儿去吧。"

陈淼捂着头："哎？"

"恕我冒昧，白先生。"金斯顿亦步亦趋地跟出来，还是没有放弃，"N州监察处真的还想再争取一下，所以一查到你的离境记录就立刻跟过来了。为什么你要放弃在N州的一切，跑到申海这么……"

他向周围一摊手："毫无人权的地方来呢？"

白晟拿起挂在哑铃架上的那个二百来万元的绿面钢螺，一边戴上一边估算了一下从申海市监察处开车到这里的时间，嘴上问："哪儿没人权了？"

金斯顿夸张地挑起眉，红宝石眉钉闪闪发光："你不知道申海市的监察官是沈酗吗？"

白晟轻描淡写道:"沈监察?知道哇,昨天他还专门约我吃饭呢。"

陈淼:"……"

金斯顿:"……"

金斯顿的第一反应跟岳飑当初一模一样:"你们很熟?"

白晟动作一顿,仿佛听到了什么不可思议的问题,反问:"熟?"

啪的一声,白晟双手合十,满眼闪动着真挚诚恳的光:"人与人之间的关系怎能用简单的熟或不熟来定义呢?我跟沈监察两个人,那就是一见如故相逢恨晚,高山流水如遇知交,一日不见如隔三秋的关系呀!"

金斯顿:"……"

可怜的小鬼佬还以为自己精神错乱了,下意识求助地望向自己的两个手下。手下双双回以同样空白的表情。

"你们知道吗?我下飞机的第一时间,沈监察就专程带了好多人主动在机舱门口迎接我,帮我拿行李,还让我坐他的专车回家。他说他一定会对我非常亲切友善,还主动向我透露了一部分监察官工作手册的内容……"

"停,停。"金斯顿结结巴巴地打断他,"亲切友善?"

白晟十分自然:"嗯哼。"

"沈酌?!"

"嗯哼。"

金斯顿的表情简直就像自己的智商受到了羞辱,半晌抬手在半空用力比画着,咬牙切齿地强调:"那个姓沈的魔鬼既自大又刻薄,不可能对任何人亲切友善!"

白晟两手一摊,说:"你要这么想那我也没办法。"

"别逗了,你们怎么一个个都被他给迷惑住了?"金斯顿简直七窍生烟,"沈酌就是个两面派,对A级以下的进化者像恶魔一样百般摧残,对S级就伪装出一副正直无辜的嘴脸。你知道上一个被他迷惑的S级是谁吗?当年亚洲的那个傅琛,我怀疑这人为了沈酌掏心掏肺都愿意,结果还不是被沈酌亲手给弄死了!"

陈淼头顶被白晟一掌强行镇压,仍旧挣扎起来怒斥:"根本不是那么回事!傅哥他……学长……呜呜呜……"

"还有我们那位国际监察总署长,奥丁之狼尼尔森。"金斯顿双手抱臂,涂着亮闪闪高光的眼皮毫不掩饰地翻了个白眼,"我们私底下都怀疑在他心里这世界上生物只分两种,一种是沈酌,一种是除了沈酌以外所有不知名、不重要的杂碎。你要是有监察官内部论坛权限的话可以上去看看大家的讨论。沈酌对S级的致命吸引力简直能用玄学来形容,来一个杀一个,来两个杀一双，我们一度怀疑沈酌是不是会什么巫术或者黑魔法……"

"胡说八道吧！"陈淼目瞪口呆，"你们这帮监察官平时都在讨论什么乱七八糟的话题呀？"

"总而言之，趁早抽身，不要屈服于姓沈的大魔王。"金斯顿的手腕上挂着一串丁零当啷的朋克金属装饰，他将了把漂染成桃粉色的头发，冲白晟抛了个媚眼，"跟我一起回 N 州吧！我可以给你开比申海多一倍的薪水，还可以让你很快乐哟。"

白晟失笑起来。

"是吗？听起来很吸引人。"他欣慰地看了眼腕表，俊美面孔上闪烁着戏谑的神采，"恕我无法从命，因为相比快乐我还是更喜欢钓鱼……"

钓鱼？小鬼佬一头雾水，这时那年轻保镖接了个电话，神色一变："长官，楼下情况不对。"

"怎么？"

"申海市监察处的专车来了。"

金斯顿登时像被钢针刺了一下，从烂尾楼空空荡荡的窗口向外望去："沈酌？！"

"汪！汪汪汪！汪汪汪！"建筑工地后门口，狼犬突然狂吠着扑上去，像头小牛犊似的猛撞值班室的铁栅栏。

只见工地外，一辆黑色的防弹专车缓缓停稳，司机下车迅速打开门，清瘦挺拔的人影跨了出来。沈酌一身黑衣，一眼瞥见人行道边那辆挂着 M 国外交牌照的豪华全地形 SUV，动作停住了。

金斯顿："……"

俩保镖："……"

沈酌回过头，望向高处的烂尾楼顶层——明明隔着这么远的距离，三个外国人却同时产生了一种已经被那冰冷视线攥住的错觉。

下一刻，他们看见申海市大监察官走到自己车尾，打开后备厢，拎起一把监察处特种冲锋枪，转身对准那辆豪华 SUV——

砰砰砰砰砰砰！

车窗爆裂，车门塌陷，特种电流弹如狂风暴雨，环绕三百六十度将车打成了变形的筛子。整栋楼里所有进化者闻声惊动，目瞪口呆地向外望去。

枪声一停，沈酌又瞄准汽车油箱——轰！一团火光平地升起，整辆车化成了废铁。

火光中，沈酌的面容毫无波澜，紧接着他转过身，打出最后一梭子弹，把工地大门轰得直飞了出去。

砰的一声震天巨响，扭曲的铁门砸进土里，溅起了数米高的尘烟。整栋楼陷入了可怕的死寂，所有进化者的表情茫然，简直不敢相信自己的眼睛。

　　"我们已经被他包围了，是吗？"半晌有人颤抖着挤出一句。

　　沈酹一言不发，把打空了的冲锋枪扔给司机，一整西装衣襟，举步走进建筑工地。路过值班室时，那条狼狗呜咽着蹭了蹭他的裤脚。

　　噔、噔、噔，沈酹的皮鞋踩在每一级水泥台阶上，发出稳定的回响。

　　大楼外数辆车接二连三地急刹，一队监察员鱼贯而入，个个全副武装，肃容跟在他身后。

　　四面八方飘来进化者们不乏敌意的窃窃私语。

　　"申海市大监察官……"

　　"这是来做什么的，围剿我们？"

　　"不像啊……"

　　沈酹对周围的一切都置若罔闻。虽然是第一次来，但他似乎已经对这栋烂尾楼的内部地形了如指掌，根本不需要任何人带领，径直拾级来到顶层，一把推开了门。

　　陈淼含着宽面条泪道："监察官！"

　　白晟一脸感动加惊喜："监察官！"

　　"你凭什么炸毁我国外交部大使馆的车辆，沈酹监察官？！"金斯顿炸了毛一样咬牙切齿，"我身为监察官，对这种行径提出严正的抗议和强烈的谴责，我要上报给国际监察总署——"

　　沈酹站住脚步，居高临下望着小鬼佬。

　　"我在普利奇特任教那一年，你因为嗑药被我亲手挂了课，如今见面不该叫一声沈教授吗？"

　　周围登时陷入了安静。所有人嘴巴张成了一个震惊的O形。

　　"沈……教……授。"金斯顿简直是从喉咙里硬挤出这三个字的，如果他有尾巴的话那连尾巴上的毛都要炸成球了，"我是否需要提醒你一句，如今你我都是监察官，我有权邀请身为自由人的白先生加入我的监察处——"

　　沈酹一指金斯顿，言简意赅："抓起来。"

　　如狼似虎的监察员不用他吩咐第二遍，登时扑上去摁倒了那两个白人保镖。可怜的金斯顿差点儿没当场气死："沈酹，你凭什么逮捕我？你这是滥用职权！我要去国际监察总署告你！我要——"

　　沈酹脚步不停，与满面殷勤地迎上前来的白晟擦肩而过，径直来到惊

恐退后的金斯顿面前，一把闪电般掐住了男孩儿的小细脖子，砰一声抵在了窗台边。

众目睽睽之下，墙壁轰然龟裂。金斯顿悬空的两条腿拼命扑腾："放开我，放开我！"

身后连看都没被看一眼的白晟："……"

"我是联合国十大常任监察官，对全球范围内所有进化者相关事务都有一票否决权，包括对你这种普通辖区监察官的任免。"沈酌略微俯身，形状优美的嘴唇贴在金斯顿耳边，一字字轻声道，"再对我的人出手，我就把你剥光了吊在广场上，就像你当初喝高了闯进我办公室，被我亲手挂在教学楼窗外一样。"

金斯顿："……"

"沈……沈监察，不，沈教授！"那个年长的保镖差点儿当场疯了，慌忙连声求饶，"我们长官知道错了，求求您手下留情，我们这就离开申——"

话音未落，沈酌拽着金斯顿的脖子猛一发力，把他整个人拖出了窗台，悬在半空中。

在保镖抓狂的"我们这就滚出申海"的喊叫声和金斯顿愤怒的"沈酌你不能这么对我"的尖叫声中，沈酌干净利落一松手。

"啊啊啊啊——"

金斯顿直线坠落，三秒钟后楼下传来砰的一声巨响。沈酌拍了拍西装的袖口，表情冷漠地转过身来。

满屋子人噤若寒蝉。

"没……没死吧，"陈淼望着窗外，虚弱地道，"他没死吧，这个高度不一定会死的，对吧……"

沈酌说："腿断了而已。给他打120。"

所有人顿时如释重负，那俩白人保镖差点儿没哭出声来，陈淼赶紧一叠声组织急救，打电话叫救护车去了。

沈酌单手扣上西装外套衣扣，穿过满屋子不敢吭声的人群，径直走下水泥楼梯。罗振正恭候在建筑工地后门前的专车边，刚要为他打开车门，一只手从沈酌身后及时伸来，不容置疑地抵在了车门上。

"长官，"白晟忍俊不禁地问，"你这么大老远跑来，连个招呼都不打就走了？"

"不打招呼你不也一样跟下来了吗？"沈酌波澜不惊地道。

罗振一欠身，赶紧无声无息地溜了。

这是七天以来他们的第一次见面。自从上次医院深夜的坦白之后，沈酌就忙于泉山县卫生院袭击事件的善后处理，再没搭理过这个被全球各大监察处垂涎的 S 级"墙脚"。

但"墙脚"是个很懂得抓住时机展现自身优势的人，在放饵钓鱼这么短短一小会儿工夫里就已经把自己收拾得十分整齐。精悍的肌肉线条隐没在衬衣下，光看外表俊朗清爽，简直像个年轻的大学生。

"没想到你竟然还当过老师……"白晟笑吟吟地打量沈酌半晌，才饶有兴味地道。

沈酌说："我去做研究，顺便也为 HRG 挑选人才，怎么了？"

白晟心不在焉地"唔"了一声，上下端详他片刻。沈酌的后背抵着车门，不易察觉地向后仰了寸许。

白晟又靠近几分，轻声说："你竟然真的忍心整整一周都不理我。"

沈酌抬起手，用两根手指抵着白晟的胸膛，把他向后抵远数寸。

"幸亏金斯顿那小子撞上门来，否则我就要去申海市监察处大门口击鼓鸣冤了。"白晟含笑问，"当真想白使唤我不认账啊？"

沈酌维持着那个向后仰头的姿势，道："我今天就是为你来的，不是为金斯顿。"

"嗯？"白晟愣了下，随即只见沈酌反手打开了身后的车门，顺势向旁边退去半步。

一道熟悉的身影从车里冒出头，左侧面孔妖冶迷人，右侧面孔形如骷髅，正是伊塔尔多魔女。

"我带她去中心区办事，今天下午启程。"沈酌若无其事地一整衣襟，说，"找你来跟我们一起去。"

白晟一句"好哇好哇"刚要出口，心念电转又咽了回去，站在原地抱着手臂哼笑一声："我只是个没编制、没工资的民间志愿者，连车马费都没地方报销，我为什么要去？"

沈酌对伊塔尔多魔女打了个手势，意思是"上吧"。

白晟："？"

只见伊塔尔多魔女举起一部手机，按下播放键，紧接着白晟听见手机里面传来了自己的声音："要不是嫌日薪二百零八万太少我早就投身演艺圈了，高低也得挣个小金人回来……美女，这里就咱俩，跟我露点儿信息，回头我给你买'山茶花'，成交吗？"

魔女打开搜索引擎，输入"山茶花"，一亮手机，指着屏幕上硕大的品牌标志，好奇地问："你说的是不是这个？"

咔嚓一声，记忆的闪电当空劈下！富二代醍醐灌顶，陡然想起了这笔跨越宇宙种族的巨债。

"你能为垃圾桶里的那点儿过时消息这么下血本，编制内那点儿工资想必也是看不上眼的。"沈酌唇角一勾，打开车门做了个手势，"上车吧，带上你的银行卡。"

白晟："……"

翌日，B市，中心区。

戒备森严的监狱，大门缓缓打开，一辆挂着申海市牌照的黑色防弹车停在了岗哨前。荷枪实弹的警卫上前敲了敲车窗："出示你的证件！"

驾驶座的车窗缓缓降下，一副墨镜遮挡了里面人的半张脸，露出的下颌轮廓深邃，森寒雪白，一言不发对着他们。

几个警卫汗毛直竖："沈沈沈监察！"

沈酌没有说话，车窗再度升起，随即驶向柏油路尽头铁灰色的监狱大楼。

"我觉得这件外套不错，你说呢？"后排车座上，伊塔尔多魔女把"山茶花"最新一季的图册递给白晟，纡尊降贵地询问他的意见。

白晟诚恳地回答："我觉得酒红色很搭你的发色，这条裙子、这个套装，还有这一整套珠宝看上去都不错，要不咱们把这一季所有新品都包了如何？"

魔女开心："可以！去办吧！"

沈酌："……"

昨天把摔断腿的金斯顿送去医院后，白晟亲自伺候伊塔尔多魔女逛了一下午商场，购物完的伊塔尔多魔女仿佛换了个人。现在的她身着全套高定礼裙，手上的大钻戒闪瞎人眼，后座上堆着她的十六个包包——八个H牌、八个"山茶花"，都是昨天白晟豪掷闭店给她买到的。

他那一掷千金的豪气把整个商场都惊动了，签字埋单的时候所有店员都在开香槟鼓掌。

魔女平生第一次体会到"除了这个、这个，其他全都包起来"的乐趣，因为开心过度，她昨晚穿着十厘米的高跟鞋在停尸间里扭了一晚上，差点儿没把半夜巡查的警卫队吓出病来。今天一大早出发前，她就迫不及待地换上了全套的"山茶花"，甚至还在沈酌的专机上配合着蓝天白云自拍了好几张，在水溶花的朋友圈里发了九宫格照片，全监察处上下所有人都给她点了赞。

"哦，不，别看了，海蓝宝石不适合你。"白晟斜着身体跟魔女翻看同一本珠宝杂志，慈爱地替她翻了一页，"看看这几个红宝石，多配你的发色啊，回头我让人给你做个红宝石冠冕，再往停尸间里放个一比一复刻的铁王座，这样你就可以每天登基式上班了，怎么样？"

魔女想象了一下那个画面，龙心大悦："很好，不错，现在像你这么有品位的人类已经不多了！"

魔女与白晟啪一声击了个掌，一副马上就要手拉手去结拜的架势，俨然发展一段跨越了宇宙种族的伟大友谊。

沈酌从后视镜收回目光，吐出四个字："适可而止。"

魔女："呵。"

"亲爱的监察官，放心，我们没忘记你。"白晟翻着杂志笑嘻嘻地说，"昨天逛商场的时候我俩特意帮你挑了生日礼物，全套十八根各种式样的马鞭。魔女说其中几根一看就特别适合你的气质，明天就打包送到监察处审讯室去。以后你殴打犯罪嫌疑人时爱用哪根用哪根，怎么样？"

沈酌一手扶额不语，用力踩下刹车。

伴随一声摩擦锐响，汽车停在了监狱楼前，等候已久的工作人员立刻迎上前来。

魔女提起裙摆，踩着水晶高跟鞋，火红长发如烈焰焚烧，在四周瞠目结舌的注视中骄傲地下了车。

沈酌下车向监狱大楼走去，身后白晟加快几步追来，一手强行钩住了他的肩膀，笑嘻嘻地搂着他道："哎呀，监察官，你换个思路想想嘛。"

沈酌从眼角瞟着他，意思是换什么思路？

白晟说："人家外星朋友远道而来，难道我们不该展示一下热情的东道主形象，给人家培养出一个阳光积极的新爱好吗？不管怎么说喜欢皮包总比喜欢人皮方便得多，是不是？"

沈酌淡淡道："我这是节约监狱资源，顺带无害化处理社会垃圾……"

魔女左右端详昨天白晟带她新做的指甲："哟，这就开始心疼S级公子哥的钱包了？"

周围瞬间安静。所有人齐刷刷望向白晟，目光是难以言喻的震惊与敬佩，眼前这个吊儿郎当跟在沈酌屁股后面的男人居然是个S级进化者，一时不知不该赞叹他的视死如归。

白晟偷觑沈酌脸色，然后善解人意地向周围解释："误会，误会。我和沈监察是朋友，24K真朋友，纯洁兄弟情，绝对童叟无欺！"然后谦逊地拱了拱手。

所有人一脸"我们懂，我们懂"的表情，赔着笑脸齐刷刷地点头，目光在两人之间转来转去，空气中弥漫着一股看破不说破的尴尬气息。

沈酌按着额角低声问："被人误会就那么让你快乐吗？"

白晟用同样的低声回答："在你看来是误会，在我看来可不是。"

沈酌轻声说："这叫以貌取人，你……"

"世间之隐秘正在于可见之物，而非看不见的东西，唯有浅薄之人才不会以貌取人……"

刹那间沈酌陷入了沉默。

白晟微笑着一字字道："1890年，奥斯卡·王尔德。"

此后十分钟，沈酌想不出词来驳倒王尔德，于是没搭理姓白的半个字。

监狱的负责人诚惶诚恐地站住脚步："沈监察，就是这里了。"

这是监狱里一条阴暗避光的走廊，墙顶上的监控已经关了。不远处是个小小的监室，里面关着十来个囚犯，闻声回过头，纷纷以凶狠敌视的目光打量他们。

沈酌从负责人手里接过钥匙："你们出去吧，不用再进来了。"

负责人一路上已经后悔了八百次今天没有请病假，闻言差点儿感激得飙泪，带着手下光速撤了，临走在心里感谢了沈酌全家。

逼仄的空间里除了一屋子囚犯，就只剩下了他们三个人。白晟双手抱臂靠在不远处，沈酌则走上前，在伊塔尔多魔女难耐兴奋的注视中用钥匙打开了监室的门。

"按照你我的契约，这十八个人，"沈酌说，"都是你的了。"

"你……你们干什么？"犯人瞪着伊塔尔多魔女，警惕地站起身，"你们想干什么？！"

魔女转了转眼珠，嫣然一笑，伸手就来勾沈酌的下巴："帅哥，怎么这次这么配合？"

白晟："咳咳！"

魔女竟然立刻把手收了回来，还对她的人类好朋友白晟眨了眨眼表示道歉，然后踩着妩媚的步伐走进了监室。

"别……别过来！"

"妈的！"

犯人大概已经预感到什么，在巨大的恐惧下争相退向墙角，但根本无济于事。魔女的眼底迸发出了强烈的喜悦之光。昏暗的空间里安静得瘆人，唯有魔女满足的喘息一声声回荡在走廊里。

这时手机嗡地响了一声，沈酌低头一瞥，屏幕上显示出陈淼的短信。

学长，我到楼下了。

沈酌不动声色地关掉屏幕，抬头吩咐伊塔尔多魔女："今天先到这里，让水医生回来吧。"

"啧啧。"魔女齿颊留香，舔了舔满是鲜血的嘴唇，难得友善地向沈酌抛了个媚眼，"下次还找我哟。"

下一刻她周身焕发出奇诡的光芒，恐怖的右半边脸变得平整，五官调整、骨骼变化，顷刻间便消失在了原地，取而代之的是身姿挺拔、精干利落的女医生。

水溶花一身白大褂，乌黑浓密的长发盘在脑后，手里拎着一个银色外勤箱，向监室一扫。她叹了口气，喃喃道："又得我收拾了呗？"

"我出去处理点儿事，半个小时内回来。"沈酌回头向白晟示意道，"你待在这里保护水医生。"

任何场合下只要有沈酌在，白晟的注意力都会难以自制地放在沈酌身上，尽管在外人看来他一直抱臂靠在监狱门边，像头懒洋洋的雄狮。

"处理什么要那么久？"

沈酌避而不答："陈淼找我有点儿事。"

白晟立刻道："有什么事要避着我呀，真伤感情，咱俩还有什么是不能共享的？喏，这是我银行卡，这是我信用卡，这是我的支付密码……"

"我不在的这两天里发生了什么？！"水溶花震惊地回头。

"哦，没什么，没什么。"白晟谦虚地摆了摆手，故作高深道。

沈酌掉头就走，再没瞅这两人一眼。

监狱楼外，他们开来的那辆黑色轿车还停在台阶下，几步远外，不知何时又停了另一辆挂着申海市牌照的防弹越野车。

"学长！"陈淼从黑色轿车的驾驶座推门而出，快步迎上前，眼底带着一丝担忧，"我们这趟出去的事真不用跟白哥说一声吗？"

沈酌坐进越野车里："不用，他一定会想跟着的。速去速回吧。"

"学长，你没事吧？"陈淼担心地端详着他的脸色，"你怎么看上去那么累？"

沈酌说："心累。"

陈淼理解地道："是因为伊塔尔多魔女吗？"

"不，因为白……"然后沈酌整个人一顿。他用一只手捂着眼睛，良久缓缓挤出几个字："开你的车去。"

陈淼往嘴上做了个拉链的动作，同手同脚地钻进了驾驶座。须臾，防

弹越野车发动，呼啸着驶出了监狱的大门。

监狱地处市郊，距离B市的公墓并不远，十五分钟后越野车就停在了陵园大门前。

陈淼踩下刹车，向车窗外的景象望了一眼，还是没忍住，回头最后一次劝说道："学长，要不我还是陪你进去吧？虽然他们也很讨厌我，但两个人的话，万一打起来我至少还能——"

沈酌只一摇头，推门下车，望向前方。他面前是一条长长的青石台阶，通向一座墓碑。一群穿着中心监察处制服的进化者正投来满怀敌意的目光，台阶前挂着一条黑白横幅——

傅琛逝世三周年纪念会

黑衣包裹出沈酌清瘦挺拔的腰身，日光映着他霜雪般的侧颜，容色静默冷淡，比胸前的绢花还要素白。

"我问心无愧，不用人陪。"他淡淡道。

沈酌一整衣襟，对周遭嗡嗡的议论声置若罔闻，举步径直走向前方的墓碑。

"沈酌？"

"他怎么来了，谁让他来的？"

"他还有脸来？！"

青石路两旁的草地上，中心监察处的进化者们发出窃窃私语，紧接着议论声越来越大、人群越来越躁动。

有人围上来挡住了路："姓沈的，你来干什么？"

沈酌站定脚步，面如霜雪。他那完全冷静的反应反而像火星落进满地汽油，义愤填膺让每个人都激动起来。

"这种忘恩负义的小人，他还配来见傅哥？"

"这人是来耀武扬威的吗？让他出去！"

四面八方的声浪越来越响，有人伸出手来拽沈酌的衣领："没听见吗？快滚！"

现场是有人参与过当年那场私刑拷打的。沈酌侧身一避，把手从裤袋里伸出来，一亮指间捏着的东西——装满进化者血清的透明注射管。

金属盖上清晰地刻着字母，赫然是个S！

所有人仿佛被兜头泼了盆冰水，空气骤然一静。

"克制一点儿。"沈酌的声调轻慢从容，嘴角勾起一道漂亮的弧度，"三

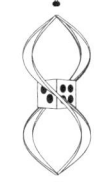

年不见，诸位依然如旧，真令人怀念哪。"

"你！"

"你说什么？"

如果说 S 级的血清就像威慑，把众人的愤怒瞬间压制住了，那么紧跟而来的嘲讽就像洪水决堤，把被压下的愤怒成百上千倍地点爆了。

"这人是来搞事的吗？！"

"姓沈的你还是不是人？！"

成群的怒吼爆发开来，最前面几个进化者双目通红，就来夺那支血清。混乱中，沈酌一偏头避过了抢夺，拇指一挑，推开金属盖。注射针头寒光闪烁，他作势就要对着自己侧颈扎下去。

"住手！"一声呵斥响彻陵园，音量明明不大，却像炸雷一样响在所有人耳边。

众进化者神情一震。

穿过激愤的人群，只见不远处的青石路尽头，一道熟悉的背影正对着大理石墓碑，是岳飐。

"是我请沈监察来的。"岳飐的声音冷峻沉静，不容置疑，"傅琛九泉之下，会想见他。"

仿佛被无形的力量所镇压，剑拔弩张的局势被强行镇住。众人不甘地散开，恨恨盯着沈酌向后退去。

沈酌完全不意外，甚至懒得给出任何表情，啪地扣上金属盖，收起了那支血清，信步穿过人群，走到墓碑前。

洁白的石碑上，三年前的傅琛被定格在了时光里。男人有种俊朗利落与温和糅杂的独特气质，微笑时眼底熠熠生辉。

"如果我不请你来，你会来吗？"身侧传来岳飐低沉的声音，音量只有他二人能听见。

沈酌垂着眼睫与遗照上的傅琛对视，没有回答。

岳飐无声地叹了口气。他一身素黑，把平时就冷峻的气质衬托得越发肃穆。

他其实还挺年轻的，在中心研究院上学那阵子，他跟傅琛是同届同班生。与开朗外向、备受欢迎，自然而然就能吸引来很多低级同类的傅琛不同，一直是负责统治、筹谋和执行的那个人，因此沉默话少，惜字如金，每一句话都有独到的分量。

当时傅琛是国内唯一的 S 级，是进化者们名义上的精神领袖，实际上，负责领导的是岳飐。他们两人的关系非常好，用肝胆相照来形容都不为过，

因此整个中心区的局势也维持得非常稳定。谁也没想到三年前傅琛会意外身死，从那之后一切都不一样了。

岳飐临危受命，成为中心区监察处长。

这个位高权重但如履薄冰的位置，以及令人难以喘息的沉重责任，在短短三年间就让他改变了很多，跟同龄人几乎是两种气质了。

"你之前问过我一件事。"岳飐偏过头看着沈酌，说，"三年前5月10日那天晚上，你说傅琛与苏寄桥曾经一起离开中心区，去了泉山县卫生院。"

"……"

"我查了三年前的所有行动记录，那段时间没有他们的任务备案，也就是说，理论上他们没有离开过中心区。"

沈酌的眉轻微地蹙了一下。

"从档案上看，那个月他们被分派的唯一公务，就是在5月11日那天跟你组成三人小队，一起去青海试验场回收进源化源。"岳飐顿了顿，问，"我不知道你在泉山县卫生院里看到的时空回溯是怎么回事，你确定伊塔尔多魔女的能力不会出错吗？"

沈酌沉默片刻，说："还有一种可能。"

"怎么？"

沈酌的眼神似乎有点儿奇怪，但岳飐看不出那到底意味着什么，半晌才听他缓缓道："他们分别请假，再私下相约出行……这样就不会留下任何备案了。"

"你说什么？"岳飐的第一反应是诧异，随即摇头否认，"不可能，他俩私交根本没好到那个份儿上。虽然苏寄桥喜欢黏着傅琛，但他年纪小，一向喜欢黏着所有人。傅琛对所有人也都是一样很照顾的。我还能不知道吗？"

沈酌站在那里，垂落的眼睫下，看不出情绪。

岳飐张了张口，欲言又止，少顷还是忍不住转身："沈酌，当年青海试验场爆炸那天晚上，到底发生了什么？"

沈酌沉默着，没有任何要回答的迹象。

"你完全可以告诉我，沈酌，你——"

"我的现场记录仪早在三年前就交给了事故调查委员会。"沈酌冷淡地道，"我不知道你还想问什么，剩下的我已经没什么可说的了。"

岳飐紧皱着眉头："可是现场记录仪里的画面只到当晚10点你们三人分开，当时明明一切正常，紧接着10点30分突发爆炸。爆炸前最后那半个小时竟然什么都没录下来……"

"还要我重复多少遍？"沈酌的回答波澜不惊，"当时我睡着了，什么都不知道，直到 10 点 30 分被傅琛的操作失误引发的报警声惊醒，紧接着就爆炸了。"

"但……"

"这个答案在三年前你们私刑拷问我的时候，我不是已经重复了很多遍吗？"

岳飏霎时一噎。

"哪怕你们再一次打断我十九根骨头，甚至打断我全身的骨头，也一样是这个答案。"沈酌短暂地笑了一下，面容苍冷而平静，"爆炸前我也不知道发生了什么。"

岳飏久久地看着他，像败兵无可奈何地仰视着冰冷的雕像，或一座高高在上的城池。

沈酌的双手交叠在身前，垂下眼帘注视着墓碑，注视着遗照上那张曾经熟悉的脸。风掠过松柏苍翠的枝梢，身后人声窸窸窣窣，一座座白色的石碑矗立在如茵草地上。然而某种奇异的力量仿佛将周围一切光与声色都抽走了。光影消失，黑暗涌来，记忆像深夜涨潮一般淹没了他所有感官。

他轻轻地闭上了眼睛。

空气中弥漫着腐烂苹果的奇异甜腥，以及一丝若有若无的血锈味，黑暗中只有他自己的脚步声，一声声向前。他拐弯时，手电光束掠过灰墙上年久脱落的字——青海试验场。

"苏寄桥？"他听见自己冰冷紧绷的声音，子弹上膛的咔嗒声在死寂中回荡。

"出来，苏寄桥！"

军用手电筒无声无息地灭了，通道尽头一扇虚掩的门缝里漏出微光。沈酌一步步走上前，接下来的一切早已在他的脑海中烙下难以磨灭的画面。他耳边甚至响起了自己用枪口拨开虚掩的门时发出的那声吱呀轻响。

"苏寄桥，你……"话音戛然而止。

他听见自己不可思议的声音："傅琛？"

那是开启后来一切悲剧的咒语。

错愕、惊慌、混乱、咆哮……接下来的所有细节都沿着既定的轨道再次重演，光怪陆离，急剧旋转，最终定格为进化源爆炸的强光。

爆炸撼天动地，火海吞噬一切，地堡在摇撼中大块坍塌。最后一刻来临前，他看见傅琛的嘴在竭力一张一合，似乎想用最后的力量对他说什么，但他什么都听不见。

血肉骨头瞬间汽化，无垠沙漠被掀上了天空。

从那一刻起，唯一的真相被重重迷雾包裹着，永远消弭在了进化的长河里，再也无迹可寻。

陵园上空，天穹湛蓝，群山环绕，松涛阵阵。沈酌睁开眼睛，呼了口气，尾音无声消散在了风里。

"我曾经也想知道些什么。"他轻声说，"但炸都炸了……不重要了。"

他摘下黑衣胸襟上的白花，上前轻轻地放在墓碑前。冰冷的指尖从黑白遗照上一拂而过，他起身顺着来路往回走去。

就在两人错身而过的那一刻，不知何来的冲动，岳飐突然脱口而出："沈酌！"

长风从天际而来，如同浩荡潮起，裹挟着纷纷扬扬的时光向远方奔涌而去。岳飐微微恍惚，那些尘封已久的记忆仿佛海底扬起的尘沙，一眨眼间多少年流逝，却没有在眼前这个人优美冷淡的面容上留下任何痕迹。

世人不知道他左手上那两道象征着羞辱的刀痕，不知道那些年的暗潮涌动和血腥离乱，但这些确实已经不重要了。

"三年前拷问你那一次，我是想救你走的，但当时的场面根本控制不住。我只有这一个办法能保住你的命……"岳飐顿了顿，听见自己干涩的声音，"你恨过我吗？"

沈酌平淡地瞥了他一眼，那眼神里没有任何波澜："我对你一向没有太多感想。"

他顺着青石阶走向远处的陵园大门，身后的岳飐垂下眼帘，一声轻微叹息在出口那瞬间便随风消散得无影无踪："这样啊……我猜也是。"

草丛间，淡白色的小花随风摇曳，一排排雪白墓碑被沈酌抛在身后，随着他前进的步伐渐渐远去。

"学长！"陵园门口，挂着申海市牌照的专车还等在台阶下，陈淼快步迎上前，"出来了？没事吧？咱们能走了吗？"

不远处，守在外围的进化者们虎视眈眈，满脸不加掩饰的敌意。沈酌稳步穿过这些人不忿的视线，脸上没有丝毫表情，一扬下颏示意陈淼去开车，然后径直走向后座。

谁料就在这时，陵园大门外传来一阵轻微的躁动。

"沈酌？"

"是申海市监察官沈酌？"

一群扛着"长枪短炮"的人蜂拥而至，竟然是新闻媒体记者！这简直是前所未有的场景，沈酌脚步一顿，紧接着就被人头淹没了。好几名记者甚至跃跃欲试想要掏出录音笔录音。

"请问沈监察，您是受邀前来参加纪念仪式的吗？"

"请问申海市监察处近日也会举行悼念活动吗？"

"您为什么早退了？"

"沈监察能聊聊中心监察处和申海市监察处关于安全合作的最新进展吗？"

沈酌向后一退，立刻感到身后追近的压力，是那些进化者抢先拦住了他的退路。他们个个面上毫无异状，但空气中流动着不可错认的恶意。

刹那间，沈酌明白过来。

岳飑不可能把今天举办祭奠仪式的事儿提前通知给媒体，而那么多记者能同时认出自己的长相，还能立刻拥进大门上来采访，一定是中心监察处这些人暗地里安排的。这些进化者故意要在陵园门口给他难堪。

"干什么呢，谁叫你们过来的？让开！"陈淼简直又惊又怒，但B市可不是他们的地盘，这里的媒体采访规定跟申海市的也完全不同。他只能挥手驱散人群："散开，别拍了！"

"我们是B市的正规媒体！"

"我们有规定的，可以行使采访权！"

沈酌一手挡着侧脸，刚要快步走出去，这时人群中传来一道响亮而冒失的声音："沈监察！一直有传言说你隐瞒了S级进化者傅琛亡故的真相，这是真的吗？你真的是受邀来参加祭奠仪式的吗？"

满场霎时一静，众多摄像头几乎伸到沈酌脸上。

"新闻媒体采访？"墓碑前，岳飑敏感地回过头，视线穿过一众欲盖弥彰的手下，眺望向远处的陵园大门。

几个高级监察员遮遮掩掩地道："没什么的，岳哥，都是合作很久的宣传方……"

"都是自己人……"

"胡闹！"岳飑勃然作色，转身疾步向外走去，"沈酌是什么身份，上国际新闻都要打码，怎么能随便找媒体来搞采访？"

几个心腹徒劳地追在后面，试图阻拦他。

"真没事的，岳哥，就是给他点儿难堪罢了！"

"推搡他几下也没违规呀！"

"是呀是呀……"

岳飑强行分开人群，一脚踏出陵园大门，抬眼就看见台阶下的"长枪短炮"，沈酌已经被媒体完全簇拥住了。挡在沈酌身前的陈淼明显已经被

惹得奓毛，掌心的雪亮光芒一闪，眼见要刮起寒风把这些记者统统推开——

岳飑一声"统统给我散开"还没呵斥出口，一道无形而磅礴的力量从天而降，如透明铁墙轰隆落地，瞬间将所有记者向后一推！

"啊！"

"怎么回事？"

"什么人？"

惊呼从各个方向响起，沈酌骤然一回头。

"哟，采访什么呢，什么真相？"

只见人群以外，白晟笑着踱步而来，俊美潇洒，身高腿长，一只手插在裤袋里，一只手向目瞪口呆的众人挥了挥，短短几步青石台阶被他走得像在走电影节的红毯："你们也可以采访我，说不定沈监察都告诉我了呢？"

众媒体："……"

沈酌："……"

白晟如天神屈尊下降人间，金光闪闪瑞气千条，对众多摄像头毫不吝啬地全方位展示着自己优越的外形条件，走近了伸手一搂沈酌肩头，对众多表情茫然的记者们眨了眨眼。

然后他扭头看着沈酌，瞳孔深处闪烁着一丝戏谑："沈监察，不是说好悼念完我来接你的吗，走吧。"

沈酌："……"

四周的气氛犹如冻结，该配合他演戏的沈酌竟无言以对，扶额缄默片刻，蓦然摇头莞尔一笑。

这大概是公众媒体第一次记录下沈监察的微笑，刹那间如冰消雪融、昙花乍现，令人简直不能相信自己的眼睛。

台阶上，岳飑愣在了原地，茫然若失又五味杂陈。

"走吧。"沈酌轻松道，反手拍拍白晟的背。

陈淼如坠梦中，眼睁睁看着那个姓白的帅哥从容自如地就把他的上司拐上了车。他一个激灵，拔腿就追："喂！等等我呀！"

砰的一声，白晟关上车门，防弹玻璃立刻阻隔了外面的诸多窥探和摄像头。

沈酌随意地松开领带，道："你怎么知道我在这里？"

白晟没有直接回答，一边调整前排座椅好容纳他无处安放的长腿，一边笑了起来："全世界唯一去世的S级，哪个进化者不知道今天是什么日子？我在监狱里等半天你还没回来，差不多就猜到你偷溜上哪儿了。"

他惬意地靠回后座，微笑道："对我出卖色相、舍身解围的义举有什么感想吗，沈监察？"

　　沈酌一哂："这不是你应该做的吗？"

　　陈淼火烧屁股一般逃上车，迎面听见二人的对话，差点儿当场心肌梗死。

　　"啧，瞧你这薄情寡义的样儿。"白晟靠在后座上，跷着两条长腿抖脚，"人家一生清白、舍生取义，你却连个联系方式都不肯给我，你知不知道全申海的野菜都是我拔的……"

　　陈淼差点儿把刹车当油门踩下去，他手忙脚乱地赶紧挂好挡，忙不迭一脚踩上油门。

　　黑色专车掀着尾气迅速消失在了山路上。

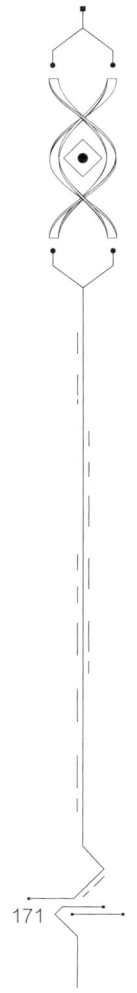

EVOLUTIONARY PEOPLE
DATA SYSTEM

▶ 进化者 数据系统

CHAPTER 06 >>>
幼狼

NAME | 杨小刀 / 褚雁

查询结果
SEARCH RESULT　A级 / B级进化者

【A级进化，幸运值】进化者在某个随机方向的运气值永远为负，包括但不限于出门必丢钱，下雨必丢伞，出门必堵车，赌桌永远输。

洞天

列车缓缓停稳在站台边，车门随之打开，广播里响起悦耳的女声："旅客们，本次列车已到申海南站，请带好您的所属物品，到车厢两端等候下车……"

拎着大包小包的旅客拥上站台，一个十六岁上下、个头很高的少年站住脚步。他仔细核对了电子站牌上的信息，舒展双臂，活动了一下肩膀。

他一身黑T恤、牛仔裤，眉眼间有种少年人特有的清爽英气，衣底隐约露出精悍流畅的肌肉线条，巨大的背包上挂着篮球吊饰和一对拳击手套。

路过的人都忍不住回头多看他一眼。

"又回来了……"他对着瓦蓝天穹喃喃道，"申海。"

一小时后，申海市金融区，金碧辉煌的白河集团商业大厦。

"请问您要找谁？"前台小姐还以为自己听错了。

少年再次淡定回答："白晟。"

少年一身打扮与周围行走的商业精英们格格不入，像个误入社会的高中生。前台小姐一时有点儿搞不清状况，道："可是白晟先生他……"

白晟先生他是不来上班的。

少东家醉心哲学，爱好拳击，号称自己最宝贵的财富是同时拥有知识的芬芳与真理的力量，平生最大的经商智慧就是坚定地选择了远离经商。全白河集团上下都知道他在备战考编，立志要当公务员。

前台小姐无法解释，只得问："您没有预约吗？"

少年摇了摇头。

"那实在不好意思，白晟先生不在公司。要不您在这个登记簿上留一下名字和联系电话？"

"借我手机，我打给他。"

前台猝不及防："哈？"

"他为逃避责任把我给拉黑了。"少年耐心解释，"请借我部手机，我打给他。"

片刻安静后，前台别无选择地重复了前一句话："哈？！"

不远处，刚巧被一群人簇拥着路过的白董事长停下脚步，疑惑地注视少年片刻后，迟疑着走上前："这位同学，你叫什么名字？"

几位前台纷纷起身恭敬道："白董！"

"董事长！"

少年莫名其妙地眨一眨眼睛，大概是因为从眼前这个圆溜溜、胖乎乎的董事长身上感受到了一股同类的气息，于是礼貌回答："杨小刀。刀片的刀。"

白董事长点了点头，试探地问："那你找我们家白晟是有什么事吗？"

杨小刀挎着书包，转过身来，正对着周围一片竖起了耳朵的吃瓜群众。他似乎不太知道该怎么开口，沉思片刻后才认真道："嗯，有事。他说过他是我爸爸。"

白董事长："噗——"

可怜的白董事长措手不及，再次被迎面一发天雷劈得差点儿中风，原地哆嗦十秒钟后咕咚向后一倒。

"董事长！"

"董事长你醒醒啊！"

"董事长你坚持住——"

吃瓜群众立马陷入了人仰马翻的混乱中。

是夜，B市。白河集团旗下，白府鎏沙大酒店。

套房宽阔的挑高穹顶上是满天星灯，客厅里坐落着迷你吧台，落地玻璃后的游泳池在柔光下碧波荡漾。

然而这豪奢的一切此刻都无人光顾，唯有卧室的书桌上，一盏灯亮着。沈酌黑发微湿，裹着一件单薄浴袍，侧颊仿佛洗过的白瓷，坐在手提电脑前刚回复完最后一封总署公文，手机突然嗡地来了一条短信。

是岳飏发来的。

今天陵园门口的事，人已经罚过了，媒体采访压下去了，明天的报纸不会刊登。早点儿休息吧。

沈酌是从来不会回岳飏短信的，屏幕上映出他冷淡的面容，长睫微微垂着，雪地鸿羽般轻描淡写一转。他刚要丢下手机，手机突然一振。

岳飐又发了一条。

我去通知媒体之前,他们今天拍到的你的照片已经被人用各种手段施压撤下了,应该是白晟做的。就跟你说一声。

沈酌动作微顿,眼底掠过一丝微妙的诧异。
通过各种渠道、各种手段向媒体施压,确实是白晟能够办到的事,毕竟豪门唯一继承人是有相当高的社会地位和许多社会资源的。他只需要反应非常迅速,手段圆滑、周到地去……打招呼而已。
算一算时间,这件事应该是几人今天下午离开陵园后白晟立刻着手去办的,但他一个字都没有提,仿佛什么都没发生过。也许是因为他觉得不重要,也许他觉得解决这种问题本来就是自己的责任,没有必要拿出来说。
沈酌的手指悬停在屏幕上,他似乎想回复什么,沉吟片刻,迟迟未动。
这时嗡的一声,对面发来了最后一条短信,仿佛能隔着手机看到岳飐沉稳而落寞的神情,察觉他总是在欲言又止后极力隐忍的低沉语气。

是我管束不严,三年前那次也是。对不起,沈主任。

沈酌轻轻放下手机,向后靠进椅背里。
都市长街灯红酒绿,繁华的夜景透过落地窗,折射在室内游泳池的粼粼水面上,落在沈酌优美而冷漠的眼底。
沈主任。
记忆中那年盛夏的蝉鸣再次袭来,烈日炙烤着射击训练场。远处的沙地上,受训的进化者们成排卧倒在机枪后。一身黑色作训服的教官在人群中穿行,逐一矫正进化者们的射姿,严厉地大声呵斥,毫不留情的声音隔着那么远的距离都清晰可闻。
"那就是我最铁的兄弟岳飐,最近在负责监察处的夏季特训。幸亏底下那帮人都服他,我才能天天溜号躲懒……岳飐!这边!"
傅琛笑着挥手示意,远处那黑衣教官一回头。
年轻的岳飐还没有后来那样超越年龄的沉稳,他的第一反应是顺手抄起水瓶砸过去并大骂再次溜号的挚友。下一秒,他的视线落在沈酌身上,猝不及防一怔。
"过来!岳飐!"傅琛大力招手,又指了指沈酌,"研究院的沈主任!"
沈酌站在尘土飞扬的训练场边,因为太热而出了一点儿汗,侧颊在阳

光的暴晒下仿佛是透明的，乌黑的眉不悦地微微蹙着，像一株突然被移植到靶场上的兰花。

岳飐看着他，向前走了几步，又停下来紧张地拍了拍大腿上的灰，才上前拘束地伸出手："您好，沈主任？"

"监察处的所有日常事务都是岳飐经手的，回头实验室有需要配合的地方可以直接去找他。"傅琛突然想起什么，笑着对沈酌道，"对了，要签字的东西找他签也行，反正都是一样的！"

沈酌一直举着手挡着刺目的阳光，直到这时才终于给了面前年轻的副处长一个正眼，然后伸手去敷衍地握了握——就在双手相触那一刻，他感觉到对方露指手套下的肌肉几乎是僵硬的，脉搏陡然变得急促。

那不是因为炎热而造成的。

傅琛在跟岳飐打趣什么，好像是在说晚上出去聚餐，岳飐胡乱地应承着，虽然听上去更像是为了掩饰紧张。他低着头，眼睛下意识地盯着地面，倏然感觉到身侧一道清晰鲜明的视线，不由一抬头，正对上了沈酌饶有兴味的打量。

那一瞬间没人发现，岳飐的大脑几乎空白，全身肌肉都绷到了极限。

那只是刹那间的事。

沈酌收回了目光，轻描淡写如水墨流转，仿佛那只是个不经意的对视。

那天晚上他们还是出去聚餐了，很多研究员跟监察处的人都在，坐了满桌，觥筹交错。热腾腾的火锅冒着香气。沈酌没吃多少，冷漠地坐在角落，偶尔能感觉到人群中那道难以掩饰的视线，但他没有理会。

他始终不曾理会。

他走过的道路充斥着反对、厌恶、不理解，也夹杂着憧憬、爱慕和扭曲的欲望，有无数双徒劳地伸过来、想要引起他注意的手，他始终习以为常——

如果不是三年前那场爆炸强行成了命运的拐点。

"为什么死的不是你？！"

地下室灯光昏暗，四周人影攒动，血腥味强烈刺激着每个人的神经。刑讯很快变成了一波比一波激愤的浪潮，篝火在噼啪燃烧，所有人都失去了理智。

"杀了他！"

"不说就杀了他！"

"杀了他给傅哥陪葬！"

沈酌被绑在扶手椅上，汩汩鲜血挡住了他的视线，终于喘息着笑了一

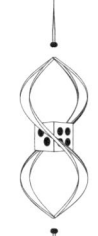

下："岳飏。"

岳飏挡在那群疯狂的行刑者前面。新晋的进化者头领攥着刀半跪下来，没人能发现他语调战栗而急促："这些人已经压不住了，沈酌，你知道S级信息素是怎么回事。只要你告诉他们爆炸前发生了什么，只要你随便说点儿什么，我都能想办法阻止——"

"你一直在看我。"沈酌在他耳边轻轻道。

仿佛按下了他身上的暂停键，岳飏猝然僵住。

"这些年来，你一直在看我，你让我很困扰。"沈酌笑起来，苍白冰凉的唇角浸透了血，在人声鼎沸中只有他二人能听见这道残酷的声音，"如果你今天让他们杀了我，我们都不会再有这种困扰了，是不是？"

火焰明昧跳跃，岳飏的侧影在黑暗中仿佛一尊凝固的石像。

仿佛过了漫长的一个世纪，或者只是过了短短几秒钟，他仿佛终于下定了某种破釜沉舟、豁出去的决心，从牙关里挤出沙哑的声音："我知道了。"

"为傅哥偿命！"

"弄死他！"

"今天就弄死他！"

石块在地面拖曳着，发出尖锐的摩擦声，火焰中，生铁发出刺鼻的气味。岳飏站起身，指甲深深刺进掌心的血肉，但他的声音却骤然提高，刹那间压过了所有喧杂，坚决到了冷硬的地步："我们不能杀他。"

霎时周遭一静，紧接着一石激起千层浪，来自四面八方的声音群起爆发。

"为什么？！"

"难道岳哥你不想为傅哥报仇吗？！"

"就是他害死傅哥的！"

"就是他！"

"国际监察总署要他上法庭，今天不能杀他。"岳飏顿了顿，喉结剧烈地上下一攒，强迫自己说出每个字，"但我们可以惩罚他，让这血债永不消退，公之于众……"

四周人影憧憧，烧红的刀尖落下，在沈酌的左手背上刻出一生难以消退的、极端羞辱的标记。

鲜血在白烟中瞬间蒸发。

"你永远也进化不了，沈酌。这伤疤是你对我们进化者欠下血债的证明。"

那天后来沈酌的记忆很模糊了。他被总署派过来的人破门救下，送医院后查明全身被打断了十九根骨头，内脏多处损伤。有好几名医疗异能进化者从外地被调来配合治疗，最终，他还是在病床上躺了很久。

组织那场私刑拷问的进化者事后都被判了刑，但这只是给沸腾的抗议情绪火上浇油。甚至连岳飑都受到了来自进化者们的广泛质疑，因为他在最后一刻间接阻止了拷问者杀死沈酌。这一行为让他之后很长一段时间在同类中举步维艰。

所幸，傅琛死后半年多，他残留的S级信息素终于渐渐散去，加上岳飑开始强硬镇压，众进化者被激素控制而生的憎恨情绪才逐步沉淀，蛰伏下来。

在医疗异能的作用下，沈酌身上没留下什么后遗症，除了左手背上被刻下的羞辱印记。

他并没有让人用异能消除它。

不知出于什么心理，他默认了那个印记的存在，默许它在无人得以窥见的前提下留存在自己身上，如同那段血腥淬炼的回忆，与灰飞烟灭、无人知晓的真相。

手机的屏幕早已暗了下去，酒店房间笼罩在安静昏暗中，唯有泳池的水面轻微地荡漾。

嗡——

沈酌回过神来，低头一看，手机屏幕上瞬间多出十几张短信图片，赫然全是白晟发的。

出什么事了？

沈酌蹙眉打开，紧接着就被扑面而来的加了滤镜的美食照砸了个满脸，包括但不限于鲍参翅肚龙虾螃蟹、各种甜点水果蛋糕，甚至还有天际餐厅的夜景以及白晟和陈淼那俩人的比V合影，紧接着是噼里啪啦而来的几条文字。

不要一个人在楼上吃饭嘛沈监察，要我敲锣打鼓带花轿上去请你吗？
我开玩笑的，下来吃饭嘛，我亲自上去请你下来也可以。
算了，要我上去陪你吗？

沈酌一松手，手机啪嗒掉在桌上。良久，他望着半空喃喃道："我怎么没早点儿拉黑他？"

天际餐厅里灯光璀璨，琴声悠扬，一道道精致的餐点被放置在雪白的高脚瓷盘里，在灯光下缓缓地旋转。住店客人们来去轻缓，曼声谈笑，一

派富贵从容的景象。

"你们这么搞甜品是不行的。"全场唯一没素质的客人此刻正站在自助取餐台前，旁若无人地拿着餐夹把果盘重新摆成一个巨大的心形，抱怨道，"蛋糕太甜了，糖霜太多了，陈列也没有艺术性。你们这样，沈监察待会儿下来吃饭的时候是不会满意的！"

身后的酒店总经理："……"

整个餐厅主厨团队："……"

"白哥，"陈淼有气无力地道，"跟你说了学长是不会下来吃饭的，监察官有规定不能外食，求求你放过这几片菠萝吧。"

白晟用异能把整盘粉红菠萝切成完美了的心形，用餐夹小心翼翼地堆叠好，还亲手调整了射灯确保它们看起来精致粉嫩，犹如满盘少女心。酒店总经理赶紧用玻璃罩保护好这幅艺术作品，赔笑恭请后面的客人去取用另外几个没被少东家祸害的果盘。

沈酌一行人预定明天回申海，按照安全规定，今晚他是必须入住中心区监察处的招待所的。但白晟一进那招待所就声称自己产生了严重的过敏不良反应：空气清新剂不好，让他的上呼吸道堵塞；淋浴水质不好，让他的皮肤起红疹；座椅不符合人体工学，让他坐骨神经痛。入住半小时后，他一脸颓丧地出现在前台，连那撮一向嚣张的银白头毛都耷拉了下去，声称自己再住下去就要被诱发出严重的心理问题，成为全世界第一个因过敏而去世的 S 级了。

沈监察于是"被迫"做出决定，宁愿自己违反安全条例，也要保护白先生的人身权利。于是一行人在中心区监察处敢怒不敢言的注视下款款离开，直奔六星级酒店白府鎏沙，所有人都兴高采烈地入住了 VIP 套房。

"你怎么知道你学长从不外食？他上次差点儿就高高兴兴去吃我的烤全羊了。"白晟心满意足地回到落地窗边的圆餐桌前，手里端着满满一大盘、目测起码 2 千克重的烤肉，充满自信地道，"我打赌你学长声称自己从不外食只是因为没找到合心意的饭搭子，换言之就是没早点儿遇到我。"

陈淼："……"

水溶花坐在能俯瞰夜景的窗边的座位上，女医生显然很注重饮食健康，面前是一盘低脂高蛋白、荤素搭配的营养餐。她身侧还有个空位，但面前的桌上放着一杯酒和一个"山茶花"的包。

白晟奇道："这是……"

"伊塔尔多。"水溶花低头刷着平板电脑，微笑道。

白晟与空气面面相觑半响，亲自去取来一盘精致甜点放在空位上，礼貌地对空气颔首问好。

　　虚空中，没人能看见的伊塔尔多魔女无聊地托着腮，颇为满意，觉得自己新交的地球朋友果然很上道。

　　"学姐你在看什么？"陈淼好奇地探过身子，"监察官内部论坛……你登录了学长的权限？！"

　　"别管那个了！"水溶花简直掩不住嘴角的笑容，"白兄！恭喜你红了！"

　　白晟："哈？"

　　平板电脑上是一片黑色背景的简陋论坛，看起来像二十世纪九十年代的BBS（网络论坛），但参与者们出乎意料地非常活跃，说什么语言的都有。

　　此刻页面最上面是个英文热帖，ID是纽约监察官比利·金斯顿，标题的语气十分强烈。

　　《抗议！申海市监察官沈酌强行征召S级进化者，破坏各大辖区平衡，还用冲锋枪扫射我的车！强烈谴责！》

　　断腿显然没影响金斯顿的打字热情，他洋洋洒洒地写了一篇逾千字的外交谴责，然而下面各国语言的回复都十分开心，翻译器显示出来的大多是"这拨是你们应得的""到别人家里去搅浑水，破坏平衡，引发争端，从中渔利难道不是你们经常做的吗？哈哈哈"之类的回复。

　　把金斯顿气走之后监察官们开始讨论白晟，显然大家对S级的讨论热情都非常高，甚至还贴出了白晟的证件照。有人问他进化前是做什么的，有人说是个性格开朗的富二代，有人附议说这是全球不到二十个S级里脾气最好的一个。有个欧洲高级监察员语气幽幽地表示："显然他不是最聪明的一个，否则怎么会被沈监察吸引？"

　　下面立刻有人用了连问回复："你没事儿吧？沈监察对S级的致命吸引力难道不是因为本版公认的东方玄学吗？只要他愿意，他能让尼尔森去做任何事。国际监察总署至今还没搬到申海市难道不该感谢沈监察高尚的自我约束道德感吗？"

　　白晟再一刷新，这条回复被点了十八个赞。

　　"好多人哪。"白晟把网页往下翻，全方位欣赏了一下自己三百六十度无瑕疵的俊美证件照，感叹道，"这论坛平时也这么热闹吗？"

　　"那倒没有，全球有三十六个进化者辖区，只有各个辖区的监察官和高级监察员有发言权限。"水溶花一手托腮，一手搅动着果汁里的冰块，"不

过这里只是大家打嘴仗、喷口水的地方啦，正事还是会拿到总署去讨论的。"

全球三十六个进化者辖区中，除了申海市这样的巨无霸之外，B市区、欧洲北部地区、R国首都以及非洲的两三个城市都算大区。其余很多小辖区的进化者数量并不多，监察官自己就是辖区内最高阶的进化者，因此管理起来非常顺手，拥有大把上班"摸鱼"和互相喷口水的空闲时间。

白晟的目光在"东方玄学"几个字上停顿数秒，饶有兴趣地问："尼尔森也有账号？"

"有吧，十大常任监察都有。"水溶花说，"基本都不会出现就是了。"

全球十大常任监察官，五男五女，其实并不都是S级——进化级别高并不代表管理水平也高。有些S级缺乏野心，有些S级太有野心，有些S级为争夺地盘早已斗得你死我活，还有一些特殊情况，比方像白晟这样的，进化时年纪太小的还在上学，冰岛有个老太太进化时已经九十一岁了，实在不想出门上班，北美有个S级男性喜欢吃人肉最后被国际监察总署关进了监狱等，不一而足。

因此十大常任监察官只有包括尼尔森在内的四个S级，包括岳飏在内的三个A级，两个B级，以及一个沈酌。

作为唯一的人类监察官，沈酌简直一枝独秀，被认为是人类在进化者内部的最后的地盘，国际监察总署对他的保护级别也是最高的。

白晟一边漫不经心地吃饭一边翻到网页最底下，最后一条回复翻译出来是"诸君，你们还不如来猜猜尼尔森会不会撕破脸皮，跑到申海市去向那个年轻的S级示威，我赌他忍不过今年"。

啪的一声，白晟把平板电脑拍桌上，郑重地道："诸君。"

魔女百无聊赖，水溶花喝着果汁，陈淼吃着他心爱的小蛋糕，三人同时抬起头。

白晟指着自己真诚地问："你们觉得尼尔森跟我谁更配被沈监察白使唤？"

"噗"的一声，陈淼把蛋糕呛进了鼻子里。

"咳咳咳……"陈淼在伊塔尔多魔女无比嫌弃的视线中抹了抹嘴，一脸匪夷所思，"你说什么呢，白哥，总署长他哪怕有一秒钟曾经在选项里吗？！"

白晟稍微满意了一点儿，又追问道："那我呢？我是不是你们沈监察的唯一选项？"

陈淼震惊道："是什么刺激了你，白哥？考不上公务员吗？"

"你那是什么语气，搞得跟我不配一样。"白晟一手搭在椅背上，不满

地跷着两条腿，脚还在桌子底下一抖一抖，"我堂堂一个Ｓ级，有钱、有闲、有情趣，勤于锻炼，保持身材，还会做家务，我凭什么不配？"

他在对面三道齐刷刷的、质疑的视线中一摊手："你们是不是觉得人文社科的学位就很好拿呀，上学的时候我天天晚上念书到凌晨１点好吗？你们知道我为了赶论文有多少个夜晚通宵达旦吗？但凡我有一点儿不认真，中间跑去谈恋爱，我还能如期毕业，坐在你们面前？"

三秒钟后，白晟顺着对面陈淼和水溶花的视线，缓缓回头看向身后。

沈酌换了身休闲服，手里拿着一个空餐盘，璀璨的灯光映得他头发乌黑、面容冷白，一言不发地俯视着白晟。

场面一度凝固，现场一片死寂。

在周围噤若寒蝉的注视中，沈酌伸手拿起白晟面前的平板电脑，视线在"东方玄学"上不动声色地一瞥，轻轻地将平板电脑丢回桌上。

啪嗒一声，仿佛宣判死刑的重槌落下。

"你俩回去各写一万字检查。"沈酌平静地吩咐水溶花与陈淼，然后转向白晟，拍了拍他的肩，"你，这辈子都别想从我手上拿到编制了。"

申海市监察官转身走向餐厅门口，完全视三人如空气。任谁目睹这一幕都会相信他只是碰巧路过，绝对不认识后面这几个人。

"你等等！"白晟一个激灵反应过来，唰拉推开椅子站起身，长腿一跨就从身后抓住了沈监察，"这辈子是什么意思！说一辈子就是一辈子吗？一辈子都只白使唤我一个的那种意思吗？！"

"少东家，少东家——"这时酒店总经理一溜小跑而来，一边抹着冷汗一边拿着手机，匆匆道，"董事长有要紧事急着找您，说您手机一直打不通，打到我们这儿来了，您要不要赶紧接一下？"

白晟"咦"了一声，扭头一看手机，果然有好几通未接来电，只能悻悻地一手拽着沈监察不放他走，同时从总经理手中接过电话。

"喂，舅舅？什么事？"

手机对面传来白董事长中风一样的颤声："你这小王八蛋……"

白河集团顶层办公室里，可怜的白董事长被亲信们左右搀扶着，哆哆嗦嗦地把手机递给另一边的杨小刀，示意自己再说下去就要脑溢血了。

少年接过手机，哗啦展开自己的成绩单和家长会通知书，镇定地开了口："爸！你自己在外面逍遥快活，就这么把我丢下不管了，是吗？！"

一发炸弹当空投下，简直令所有人目瞪口呆。

啪、啪、啪，水溶花震撼鼓掌，感慨万千地道："男人。"

白晟一手捂着眼睛，一手拽着面无表情的沈酌，在来自四面八方的谴

责视线中无言凝噎良久，终于缓缓地道："我一生清白，洁身自好，不认识那个理综三门加起来就考 85 分，现在到处找人去开家长会的小冤种。我早跟他断绝父子关系了……"

然后他吸了一口气，勇敢地直视沈酌："沈监察，去拿几片菠萝吧，我亲手削的，初恋的味道！"

翌日，申海市监察处。

"孽障啊。"白晟对着光仔细端详那张惨不忍睹的成绩单，良久发出深深的感叹。

申海市大监察官坐在办公桌后面，黑西装白衬衣，衣襟只松了一个扣，露出清瘦修长的脖颈，侧脸如白瓷般光洁，全身上下散发着高高在上、难以接近的气息。

杨小刀盘腿坐在办公室的沙发上，眉眼中有种中二期少年特有的闷不吭声和桀骜不驯，拿眼瞅了沈酌半晌，终于忍不住问白晟："爸，你跟他什么关系？"

白晟的语气里带着难言的沧桑与疲惫："我上高中门门功课年级第一，大学还当过学生会长，我不配当你爸。"

杨小刀面无表情："是你当年按着我的头逼我喊爸爸，说不喊就揍到我喊的。"

白晟："这么多年来你喊过吗？"

杨小刀："这不是要找人去开家长会了吗？"

白晟深吸一口气。任他在外面如何呼风唤雨，指点乾坤，便宜儿子考完试叫他去学校开家长会丢人现眼，他就要去学校开家长会丢人现眼。

早年白晟刚收养杨小刀的时候，确实雄赳赳气昂昂地想要履行自己身为头狼的职责，蹲在小学办公室里被各科老师围着痛斥俩小时后，他什么雄心壮志都灰飞烟灭了，S 级耻辱的泪水滴在了那张 17 分的数学试卷上。从此他一听学校要期中、期末考试就迅速把杨小刀拉黑，塑料般的父子情谊说断就断，还曾经冒充医生发短信给学校老师，信誓旦旦说自己已经心脏病病发死了。

"亲爱的监察官，请不要对我的遗传基因产生误解，他真不是我儿子。我这么优秀的基因生不出这样的儿子。"白晟转向沈酌，沉重地道，"回头你去参加一下家长会就知道了。"

杨小刀："……"

沈酌已经学会对白晟所有的不正常言行都选择性过滤了，面上不见一丝变化，关上电脑抬起头。那寒潭般的眼睛略微眯起，上下打量着杨小刀。

申海市监察官的目光中有种不动声色的压倒性力量，少年下意识地向后一避，随即又不自在地直起身，表情桀骜不驯，道："你看什么？"

沈酌的视线落在杨小刀什么标记都没有的左手上，停顿片刻后，他站起身走到一脸敌意的少年面前，居高临下指了指他的左衣襟。

杨小刀还没反应过来，门外如狼似虎的警卫已经扑上前，一个按手、两个按脚，还有一个唰拉把杨小刀的T恤领子往下一扒。

左侧锁骨下没有任何进化等级标识。

中二少年登时破防了，面红耳赤，七窍生烟，瞪着沈酌向后一蹿："你……你要干什么？"

"他身上进化的味道八百里外都能闻着，左手背或心口位置却没有等级标识，说明他一直隐瞒着自己的进化者身份，从未向政府备案过。"沈酌从眼角向白晟一瞟，"为什么？"

白晟打着哈哈："哎呀，五年前他还是个玩泥巴的小鬼呢，备不备案有那么重要吗？通融一下嘛……"

沈酌不为所动："只有张文勇那种人才会逃逸备案，因为他们要么是准备犯罪，要么就是已经犯过罪了。这小孩儿是哪一种？"

空气凝固了一瞬。

白晟揉捏着下巴思考片刻，终于做了决定，招招手示意沈酌过来。

沈酌无动于衷。

白晟一直觉得自己最大的优点就是为人随和脾气好，山不来就我，我便去就山。于是他伸手强行勾过沈酌的肩膀，把他往边上搂了几步，一脸推心置腹的架势，低声说："我跟你说实话吧，你别看杨小刀这孩子傻，其实他是个……苦命的孤儿啊。"

沈酌一侧眉略抬，示意"你继续演"。

"你那是什么表情，不相信我有这么高尚的情操吗？"白晟摇了摇食指，"五年前我旅游的时候，无意中在县城里遇到了身为流浪儿的杨小刀。当时他可怜兮兮地在沿街乞讨，瘦骨嶙峋、备受欺凌、又矮又小……"

沈酌无言地望向杨小刀。才十六岁的少年，个头直蹿一米八，单说身高已经与沈酌平齐，体格像条精悍强壮的小狼。

白晟板着沈酌的下巴，硬生生把他的脸扳回来，示意"你别看他你来看我"。

"我后来打听了才知道，他自小父母双亡，没上过学，忍饥挨饿、受尽欺凌……闻者伤心见者流泪，简直就是十八亩地里唯一的小苦瓜秧子。"

迫于无奈，我只能收留了他，资助他上学……"

沈酌用两根手指捏着那张鲜红的成绩单，像捏着什么脏东西："为了向监察处隐瞒他的进化者身份，还苦心安排他在偏远县城里上学？"

"大家都这么熟了，别说这么伤感情的话嘛。"白晟一脸诚恳，"要早知道监察官你人美心善，我早就麻溜地把他送来申海市再把监护权完全交给你了，要打、要骂、要上补习班全凭你一句话，哪儿来今天这张丢人现眼的15分的化学试卷？"

沈酌上下打量白晟，白晟回以君子般堂堂正正、坦坦荡荡的谦和神情。

"白晟，二十七岁，五年前进化为S级后，立刻展现出了极为典型的头狼本能，热衷于到处寻访那些不被社会接纳的同类，将其纳入自己的领地，并予以庇护，在申海市中心拥有一处名为烂尾楼的进化者固定聚集地。"

沈酌面无表情地念出当初监察处对白晟的调查报告中的内容，然后拍了拍S级的肩膀，毫不掩饰地嘲讽道："让我相信你旅游时在路边捡了一个十一岁的进化儿童，不如让我相信你曾经走路上捡了张彩票，中了头奖。"

白晟谦虚而自得地摩挲着下巴："啊，这么说的话我确实是买彩票经常中奖的体质……"

"我不管你当年是怎么收容他的，也不管这孩子身上有什么隐情。监察官手册第十条第一款，监察官对辖区内的未成年进化者负有监护义务。"啪的一声，沈酌把那张家长会通知书拍在白晟胸膛上，说，"三天内把他的学籍转到申海市来，另外安排他来监察处做备案，我要知道他的异能和进化等级。陈淼！"

门外垂手恭候的"大内总管"立刻箭步而入："在！"

"我有个会要开，这一对儿大小瑰宝可以离开我的办公室了。"

"是！"

沈酌拿起桌上的文件，走出办公室，头也不回地扬长而去。

办公室里一片安静，陈淼向门外做了个"请"的手势，同时用眼神拼命示意他的白哥束手就范，不要负隅顽抗。

杨小刀偷觑沈酌背影，一脸敢怒不敢言，半晌忍不住小声问白晟："这人到底哪里好？除了脸。"

白晟按着胸前那张家长会通知书，缓缓羞辱道："人家在你这个年纪已经念博士了……"

啪的一声，灯光熄灭，空荡荡的会议室里只有沈酌一人。天光隐约勾勒出长桌尽头他清瘦的侧影。

下一刻，三维立体投影的光线从虚空中迅速发散出来，勾勒着以假乱真的虚拟景象。

周围已经不再是现实情景，而是一间巨大的、黑暗的会议堂，唯有椭圆形会议桌上亮着荧荧的光。

国际监察总署，十大常任监察官议会。

长桌尽头的Ⅰ号席上，端坐着一个银灰色头发、冰蓝眼瞳的男人，是尼尔森总署长，他面前桌案上亮着蓝光S标识。

另有八张座席分列在长桌两侧，其中Ⅱ席与Ⅲ席面前的标识是红S；Ⅳ席是蓝S，Ⅴ席是红A，Ⅵ席是蓝A，Ⅶ席是红A；Ⅷ席和Ⅸ席分别是红B和蓝B。

长桌的另一端，与尼尔森遥相正对的座席上没有字母，只有散发着幽幽蓝光的罗马数字Ⅹ。

人类唯一的Ⅹ号席。

沈酌戴上传译耳麦，仪态雅致地入座，声音里带着一丝轻慢的讥诮："诸君，晚上好。"

长桌两侧的八张座席上都没有出现人像，只有灯光亮着，应该都是通话连线。只有尼尔森是真人参会的，他向后靠着椅背，漫不经心地用一支笔轻轻敲打着自己的额角，似乎有点儿迷茫："晚上好，沈监察。啊，让我想想，你们刚才突然把我拽进这场会议，今天的议题是什么来着……"

亮着红S的Ⅱ席上传来一道年长的女声，带着含蓄的嘲讽："真是不出意料哇，尼尔森总署长，遇上任何会得罪沈监察的事，你都会想方设法地竭力撇清一切关系呢。"

"因为这场问诘确实不是我的本意呀。"尼尔森微笑道，带着一点儿无奈地耸了耸肩，"好吧，沈监察，很抱歉突然把你请来。这两天总署收到了来自世界各地监察官的请求，S级进化者白晟的异能因果律显然让大家倍感威胁，他们希望你立刻公布因果律的详细数据，包括打击范围、失控概率、失控半径，以及最重要的……嗯……"

尼尔森战略性一停顿，显然不愿意让最得罪沈酌的那句话从自己嘴里说出来。

众人都心情复杂地沉默着，同时，所有监察官的内心都升起了同一个念头——东方玄学。

"压制方法。"Ⅸ席上传来一道忍无可忍的男声，"沈监察，按照国际总署安全公约，我们需要知道因果律的压制方法！"

沈酌笑了起来。他似乎对眼前的一切诘问都毫不意外，坐姿甚至是舒

展的。

"任何具有强大危险性的Ｓ级异能都必须公布压制方法吗？"

Ⅸ席有点儿暴躁："那当然了，过分强大的异能必然会带来威胁。难道我们不该维护各个辖区之间最重要的力量平衡吗？"

沈酌若有所悟地颔首不语，然后带着请教的神情问道："那你知道尼尔森总署长的异能'暴君'的压制方法吗？"

尼尔森的笑容立刻淡了淡，Ⅸ席的话音一哽："尼尔森先生是民主票选出来的最为中立的进化者代表……"

"你知道阿玛图拉女士——"沈酌向Ⅱ席略一致意，"的异能'真主之轮'的压制方法吗？"

"国际监察总署规定十大监察官可以对自身异能的详细数据做出一定保留……"

"那么因九十一岁高龄婉拒了十大监察官席位的雾岛的Ｓ级哈尔帕女士，她的异能'窥见'，你知道压制方法吗？"

"窥见是预测型异能，本来就没有压制方法！"Ⅸ席怒道，"恕我冒昧，请问你在做什么？这些例子都只是狡辩而已！"

"很抱歉，"沈酌遗憾地回答，"因果律也没有压制方法。"

长桌两侧陡然安静。没有人再出声，空旷昏暗的会议室陷入了令人不安的死寂。

"因果律的唯一优点就是它无理的、绝对的、不可解释的强大，除此之外都是缺陷。当然，因为哲学系异能本身的特殊性，这些缺陷也难以在地球环境下做出具体测试。"

沈酌站起身，双手有礼地交叠在身前，居高临下地俯视着长桌，从那张优美的嘴唇里吐出的字句也十分清晰柔和："所以，如果各位坚持要知道的话，只有两种办法。第一是我让白先生亲自去各位的辖区，现场为大家演示一次，虽然我估计在各位的辖区上最多也只能演示一次。第二是各位来到我的辖区，想尽一切办法把白先生从我手里挖走……

"亿万薪酬、香车宝马、绝世美人，任何顶级的诱惑都可以来试一试，到时你们就会好奇为什么这个Ｓ级对我如此忠心耿耿，但我想答案大家都已经很清楚了。"

沈酌略俯下身，环视长桌两侧，长睫如蝶翼般优柔，秀美的唇角蓦然一弯，那是个铁石心肠的人看了都不由怦然心动的弧度。

"因为……东方玄学呀。"

四面八方一片窒息的安静。沈酌微笑着起身，眼神嘲讽，伸手按下退

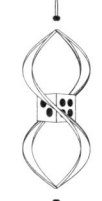

出键,身影消失在了巨大的会议桌尽头。

虚拟场景如潮水般退去,周围恢复成申海市监察处办公室的景象,落地窗外是渐渐西斜的太阳。

偌大的房间别无他人,虚拟会议的邀请密匙还在无声旋转着。沈酌的视线落在上面,毫不掩饰地轻轻一哂:"是怎么做到智商比杨小刀还低的?"

"阿嚏!"与此同时,三厢型 SUV 的后座,杨小刀猝不及防地打了一个巨大的喷嚏。他莫名其妙地揉了揉鼻子,探头问驾驶席上的白晟:"骂我干吗?"

白晟:"?"

天光渐渐暗淡,华灯初上,夜车川流。

B 市,中心区。夜风挟着都市灯红酒绿的气息,掠过医院大楼的顶端。

荣亓站在顶楼天台的边缘,垂目俯视着脚下的繁华夜景,没人能看见他瞳孔深处闪烁着一丝异样的微光。

"荣先生。"他身后好几道人影肃立,为首那个一头绿色短发,正是面带忧虑的野田洋子。她迟疑地道:"这样真的可行吗?"

荣亓抬头望向夜空尽头的地平线,不置可否地眯起眼睛,须臾在众人期待的仰望中摇了摇头:"因果律本身是无法破解的。完整的因果律武器甚至可以分离平行宇宙、扭曲进化时间轴,以及对低维文明实施字面意义上的毁灭式打击。当然,完整的因果律武器不可被人类个体使用,人类基因能发挥出的上限,只有因果律全部威力的千分之一,即'存在抹消'。

"不过就算如此它也是无法破解的,毕竟是宇宙级别的 bug(错误),想要暂时压制它只有一个办法……"荣亓无声地呼了口气,"也许答案就在这里。"

他向前踏出半步,下一瞬于大楼顶端飞跃而下——

他仿佛从夜空中无声降临,月光照出他身后楼顶招牌上的大字——中心区进化者专科医院。

走廊尽头的病房门前,两个正打着瞌睡的值班员猝然惊醒,警惕地道:"什么人?"

医院雪白的灯光下,仿佛凭空降临般出现了几个进化者。为首的那个年轻人看上去只有二十多岁,皮肤白皙、身量很高,穿着黑色衬衣与长裤,眉眼间有种不动声色的温文尔雅。他轻轻地瞥了两个值班员一眼。

刹那间,一种本能的恐惧从骨髓渗透心肺,两个值班员同时打了个激灵,伸手就从怀里掏对讲机:"各部门注意,一号病房遭遇入侵——"

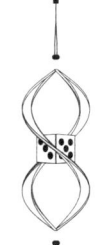

啪——伴随着荣兀轻轻一个响指，对讲机从手中滑落，两个值班员同时僵住，视线变得茫然，仿佛变成了梦游的木偶。

墙上，时钟的指针正巧过了8点，时、分、秒三针合一的刹那间，走廊尽头的电梯门打开了。

野田洋子等几个人同时回头，却见来人是一个穿蓝色连衣裙的少女，十五六岁，面色苍白但神情镇定。她用目光一扫走廊上这几个陌生的进化者，便准确地落在了荣兀身上："您就是荣先生？"

"真准时。"荣兀看着时间表扬了一句，含笑伸出手，"来吧。"

"……"

"不用害怕，我说过会帮你借来一件报仇的工具，不必付出任何代价。"

每秒都变得漫长而安静，良久后，少女的咽喉轻轻一滚。她终于下定了某个决心，穿过人群走向荣兀，随着他推开了面前的病房门。

门上贴着病人的名字——苏寄桥。

丁零零零零——

上课铃打响，申海市博沂高中迅速恢复了安静，少顷，教学大楼的上空响起了朗朗读书声。

办公室里，校长的表情复杂，他放下那张写着杨小刀名字的惨烈成绩单，欲言又止，片刻后道："这个，虽然我们是私立高中，但对学力水平也不是完全没要求的。您家孩子想要转学过来，这样的成绩恐怕还是……"

靠背椅上，白晟刚要习惯性地跷起长腿并把手插进裤袋里，身侧的沈酌一清嗓子。

白晟立马反应过来，罕见地摆了个规整谦虚的坐姿，同样诚恳地回视校长："明白，明白。这孩子就是智商低点儿，其他都没问题。"

校长说："啊，其他倒也都不是问题，问题就是这个成绩……"

白晟指着成绩单第二页据理力争："您看他文科挺好的，地理除选择题外接近满分呢！"

"理综三门85分。"

"历史至少也及格了……"

"理综三门85分。"

"英文语法也还凑合，要不是完形填空一个都没蒙对……"

校长缓缓道："理综三门85分。"

空气一片安静，沈酌若无其事地站起身："你们先聊，我出去走走。"

话没说完他就被白晟一把按回了椅子里，并被附以一个鱼死网破的眼神，那意思是"你别想抛下我一个人在这儿丢脸"。

沈酌闭目无言，从表情来看，他大概很希望自己今天就没出现过。

"白先生，"校长终于忍不住，推心置腹地问，"申海市有那么多私立高中，为什么您就一定要把孩子转到我们学校里来呢，不然您找个国际高中，把孩子送出国去也行啊？"

事实证明任何人在跟白晟打交道的时候都务必要遵循一条基本法：不要提问，不要给他灯光、话筒和舞台，不要让他进入自己的BGM（背景音乐）。

果然下一刻，白晟影帝附体，一把抓住沈酌的手，由衷而动情地表示："我们家杨小刀，是个苦命的孩子呀！"

校长："？"

沈酌试图挣开自己的手，奈何这地球上是没有人能从S级进化者恐怖的吨级掌力中挣脱的。

"这孩子从小母亲早逝，父亲赌博、家暴，还不给他上学，一喝酒就把他打得遍体鳞伤。为了能够念书，他从小就扛起了生活的重担，经常沿街捡垃圾卖酒瓶收废品……"

沈酌从嘴角里轻声道："你给杨小刀写的剧本还带定期打补丁的？"

白晟置若罔闻："用卖废品换来的钱交学费，甚至连草稿纸都舍不得买。更雪上加霜的是，五年前这孩子在走街串巷收旧手机换不锈钢脸盆的时候，被从天而降的脸盆砸到了头，当场被砸成了脑瘫……"

校长已经被这神展开惊呆了。

"本来门门满分、品学兼优的杨小刀，就这样在一夕之间变成了连算三位数加减法都有困难的脑残儿，但是，他没有破罐破摔，更没有自暴自弃！他从一加一开始学起，从二十六个英文字母开始重新练起，经过顽强的自我复健，终于成功治愈了自己的脑部疾病……"

哗啦一声，白晟翻开杨小刀的成绩单，声情并茂："并且在五年后的今天，顺利取得了理综三门85分的佳绩！"

校长："……"

"以上这些事儿告诉了我们什么道理呢？"白晟鼓励地望着校长，用循循善诱的语气问。

校长瞠目结舌。

白晟一锤定音道："这永不放弃的品格，这自强不息的精神，正是我们所鼓励和提倡的，这孩子未来可期呀！"

校长办公室里安静得一根针掉在地上都听得见。

良久，校长终于强迫自己闭上嘴巴，心悦诚服地抬手鼓掌道："我投身教育多年，平生从未见过如此自强不息的孩子！"

白晟谦逊颔首。

"不过……我还是想知道，"校长一边鼓掌一边小心翼翼地请教，"您为什么一定要把这么自强不息的孩子转来鄙校呢，鄙校何德何能才引起了您的注意呀？"

"噢，是这样。"白晟随手一指沈酌，"我这个漂亮朋友长得特别像孩子他妈，为了让孩子感受到家庭的温暖，我觉得选个离他单位近的学校比较好，也方便接送。"

沈酌："……"

校长："……"

白晟之所以长到这么大还没被人打过，天生脸好、豪门独苗、S级进化这三个原因缺一不可，但凡少一条他都有极大可能在成长的途中因为嘴欠而被人活活打死。

"我明白了，白先生。"校长想来想去，知道光凭自己对付不了这姓白的，牙一咬心一横找了个借口，"要不这样，我先跟校董事会商量商量，您暂且回去稍等几天。回头我让校董事会亲自到您府上去拜访……"

白晟幽幽道："一定要这样吗？"

校长硬着头皮："我相信校董事会一定能给您满意的答复……"

白晟叹了口气："看来今天是无法打动您坚硬的心了。"

校长心说你再不走我就不是心硬而是心梗了！

"这么看来的话，只剩下最后一个办法了，让我们用成年人的方式来解决问题吧。"白晟向后一靠，跷起长腿，在校长警惕的视线中拿起那张成绩单，慢条斯理地、彻彻底底地撕成了碎片，然后正色问，"捐一栋教学楼够吗？"

沈酌差点儿当场被茶呛着。

校长沉默半晌，为难地道："白先生，我们不是那样的学校，我们有高尚的办学理念和严格的自我要求……"

"加一座图书馆，三栋宿舍楼全面翻新，地板都给你整成欧洲进口的。"

校长起身握住白晟的手，带着冤大头从天而降的喜悦，语气铿锵有力："成交！"

哔哔几声汽车喇叭，车流在变换的交通灯下开始缓缓移动。

高中校门边的长椅上，杨小刀双手插在口袋里，俊秀的脸隐没在兜帽

中，漠然望着不远处一所刚放学的幼儿园。

"妈妈，妈妈，我要那个……"

"今天佳佳表现也很乖呢！"

"老师我们家孩子今天吃了多少饭哪？"

"过马路，红灯停，绿灯行……"

小孩子们追逐打闹，尖叫笑闹，或是被年轻的父母们抱上车，或是被开着电动折叠车的爷爷、奶奶领走。小摊上，炸串与刚出炉的鸡蛋糕的香气热腾腾地弥漫开来。

杨小刀闭上眼睛，把头深深埋进掌心里。喧闹琐碎的人间烟火像潮水般退去，滂沱大雨穿越时空，在他耳边发出撼天动地的轰响。

——快跑，快跑。

恍惚间，他变得孱弱而幼小，拼命地向前奔跑着，五脏六腑都因为饥饿而绞痛，耳边只能听见自己急促的喘息声。

"你爹妈都不要你了，还不是我们养你这么大，白眼狼……"

"你这种进化者警察不敢管的，帮我们做点儿事又怎么了？"

"不就是让你再弄点儿钱来吗？这点儿事都干不好养你有屁用？"

叱骂、鞭打、无处不在的拳脚相加。

再跑快点儿，只要跑得再快点儿、再远点儿——砰！

一声闷响，小男孩儿迎面撞上了人，踉跄一下，一头摔倒在水坑里。

顾不上疼痛，他爬起来就跑，却在错身那瞬间被来人轻松地拽住了后领："哟，小鬼，赶着去投胎吗？"

小男孩儿惶急地抬起头，看见了墨镜后一双带笑的眼睛。

那个人很年轻，非常高，悠闲地撑着一把黑伞，眉眼俊朗，眼神中有种戏谑的神采，看上去不太正经。

但他身上却散发着极其强大而成熟的、同类的气息。

小男孩儿全身战栗，饥饿和恐惧淹没了每一寸神经。许久他终于把颤抖着的双手从身后伸出来，摊开掌心。

"他们要打……打死我……"

那个人挑起眉。肮脏的袖口下，小男孩儿的胳膊伶仃细瘦，布满了鞭打和烟头烫伤的痕迹，像伤痕累累的幼兽。

"还是没来得及……"那人喃喃地叹了口气，"算了。"

他握住那只满是伤痕的手，牵着小男孩儿向远处走去。

"你……你要带我去哪里？"小男孩儿跌跌撞撞地跟在他后面，仰着脸问。

"像正常人一样能吃饱、能念书的地方。"那个人的腿很长,但步伐之慢让他这样的小孩子也能追得上,含笑的声音在暴雨中十分清晰,"即便是野兽也要学会保护自己,学会正确地使用獠牙,以及与这个世界上的人和平共处哇。"

叩叩,有人用指关节敲了两下长椅椅背。

杨小刀蓦然从回忆中惊醒,扭头一看,赫然是沈酌。

"怎么了?"

大街上车来车往,热闹非常。杨小刀低头抹了把脸,再抬头时,表情若无其事,只是声音略带沙哑:"没什么。白晟呢?"

"开车去了。"沈酌说,"入学手续办妥了,后天过来报到。"

杨小刀:"哦。"

他没问白晟是怎么把自己弄进这个学校的,付出了什么代价或将来打算让自己做什么。他就像一头快要成年的小狼,桀骜敏感、沉默寡言,无条件付出忠诚,与族群一同跟随强大的头狼。

沈酌顺着他刚才的视线,望向马路对面热闹的幼儿园。

"你是怎么认识白晟的?"他突然问。

杨小刀戒备地道:"关你什么事?"

"你父母呢?"

"死了。"

"还记得父母的样子吗?"

"早忘光了。"杨小刀冷冷地眯起眼睛,"你到底想干吗?"

沈酌站在长椅后,一手插在裤袋里,一手搭在椅背上。

申海市监察官的身材修长,杨小刀仰头时也看不清他的眼睛,只能看见他的表情隐没在阴影里。半晌,沈酌缓缓地开口道:"杨小刀,十六岁,原平梁县杨家村人。"

杨小刀一僵。

"自幼父母离异,不知所终,被遗弃在远房亲戚家,十一岁那年突发进化。同年,远房亲戚被不明凶器刺穿腹腔,离奇身亡,从现场看来应该是遭遇了入室抢劫,但不论如何也找不到凶器和凶手,最终以悬案入档。在那之后,你遇到白晟,隐姓埋名被带回申海,从此以普通少年的身份生活。"

午后,街道喧杂,这方寸之地却仿佛连空气都凝固了。

"监察处的情报组不是摆设。"沈酌平静地俯视着全身紧绷的少年。

杨小刀的指甲深深嵌进掌心的肉里,他充满敌意地低吼:"跟你有什么关系？！"

出乎意料的是，沈酌没有动怒，甚至不太在意。他眯起眼睛望着马路对面，放学时热热闹闹的景象，半晌突然道："其实我也不记得了。"

杨小刀足足愣了两秒，才反应过来他回答的是刚才那个关于父母模样的问题。

"所有人都记得我父母生前是什么样，只有我忘了，可能是他们过世了太多年的关系吧。后来我很想记起来，但又觉得没有意义。"

午后的街道，人声喧嚣，沈酌却仿佛面前隔着一层冰冷透明的屏障，冷眼远观那遥远而又充满烟火气的人间。

"父母是我们人生最初的锚，但不是每一条锚链都那么坚不可摧。如果不幸把锚丢了，即便是狂风怒海我们也要立刻孤身启航，这是没有办法的事情。"

有那么一瞬间，杨小刀几乎怀疑自己面前的不是申海市高高在上的大监察官，而是被什么人魂穿了。

远处传来哔哔两声，一辆黑色三厢型SUV在车流中，冲他们嚣张地按了两声喇叭。

沈酌拍了拍椅背："走吧，白晟来了。"

白大公子在申海市有很多房产，但他回国后最喜欢住的是离申海市监察处步行距离不到十五分钟的那个顶楼大平层，据他说是因为曾经在此地与沈监察有着难以磨灭的美好回忆，并且，他每次跟陈淼重温这段回忆时都会两眼放光，丝毫不管陈淼恨不能一棍子把自己敲失忆。

"杨小刀睡这间。"白晟只穿着一件黑色背心和运动裤，大大咧咧地光着脚走过长廊，指着一间朝南的客卧示意杨小刀把背包扔进去，"老规矩，放学回来第一件事是写作业。12点后不准打游戏、刷手机、公放音乐，严禁在考上大学前偷偷摸摸往女同学的课桌抽屉里塞小纸条……"

"我没有！"纯情少年七窍生烟，"没有女同学！更没有什么纸条！"

"是吗？那你真可怜。"白晟微笑道，"连我上学时都收过小纸条呢，写在从作业本后头撕下来的格子纸上，我们那个年代可纯洁了。话说回来，沈监察你收到过吗？不是我说，像我们沈监察这样对敌人如秋风般无情对自己如严冬般冷酷的人，上学时恐怕也……"

"没收过。"沈酌淡淡道，"我上高中那年十一岁。"

白晟："……"

杨小刀："……"

"这嘲讽是你应得的。"杨小刀在白晟旁边小声提醒。

洞天

少年被白晟搡进屋去安顿他那点儿行李，沈酌信步转了转。这套顶楼大平层得有五百多平方米，他第一次来到这里时重伤没有意识，这是第二次，但他仿佛已经对这里的内部构造很了解了。他随手在厨房里给自己接了杯冰水，喝了一口，瞥见冰箱上有个定做的磁力贴。

是一家三口的照片。

七八岁的小白晟从各个角度来说都是个很漂亮的小男孩儿，虽然满脸都是"噢哟，我好厉害哦"的表情。父母一左一右紧紧地偎着他，亲密无间，笑容满面。夫妻俩的年纪都已经不轻了，但能看出感情非常好。

"我说——"身后传来白晟揶揄的声音。

沈酌一回头，只见白晟肩膀靠在门框边，斜斜地交叉着脚，满眼都是揶揄："你是不是早就让人把我家地形图画好备案了呀？上次去烂尾楼你也挺轻车熟路的，晚上睡不着会从枕头底下把我的档案掏出来翻看打发时间吗？"

沈酌一哂，端着玻璃杯向冰箱贴扬了扬下颏："令尊、令堂？"

"嗯哼，我遗传基因好吧？"白晟走进厨房，顺手从沈酌手里把那杯冰水拿走，然后用电热壶接了点儿纯净水开始烧，说，"四十岁上才生的我，不过很早就过世了。"

沈酌的神情微微一动。

"车祸。"白晟背对着他耸了耸肩，"两个人出去办事，开一辆车，半路被追尾的车撞翻，油箱起火爆炸了，他俩被困在车里……"

厨房里没人出声。烧水壶开始加热，响起轻微的动静。

"上了当时的报纸头条。"少顷白晟淡淡地道，"那年我八岁多。"

半晌沉寂后，厨房里终于响起沈酌平静的声音："我看了那篇报道，就在你来申海当天。"

"……"

"说是从油箱破裂到开始起火有五分多钟，但没有人施救，后面我就没再看下去了。"沈酌顿了顿，问，"做过心理干预吗？"

"做什么心理干预？"白晟短促地笑了一声，"救人是恩情，不救是常情，毕竟是有危险的事，谁欠谁的呀。"

啪的一声轻响，水烧开了，他往杯子里倒了点儿。

"小时候不懂事，不理解，好钻牛角尖。长大以后就慢慢想通了，人总要学会与自己和解。"

杯子里的冰水变温，在玻璃壁上笼罩出袅袅白雾，一瞬即散。沈酌双手抱臂，站在白晟身后，不置可否。

"不过话说回来，后来还是有影响的。"白晟话音一转，回头把杯子递回给沈酌，笑道，"你猜我第一个觉醒的异能是什么？"

　　沈酌接过玻璃杯，没有立刻回答，若有所思地盯着他。

　　S级可以拥有无上限种类的异能，但有一点是肯定的，越先觉醒的异能就越强。白晟的 Fatal Strike 毫无疑问是因果律，首先觉醒的却是另外的能力，可想而知跟他最深切、最难忘，也最耿耿于怀的执念有关。

　　白晟看着沈酌的眼睛，微微笑了一下，仔细看那笑容似乎有点儿说不出的怪异。

　　"是火。我恨当年围观的人，我永远都和解不了，我想把他们找回来统统烧死。"

　　厨房里安静无声，空气都仿佛凝滞了。狭小的空间里，只有两人深深浅浅的呼吸声。

　　沈酌无声一哂，喝了口温水，顺手把玻璃杯放回台面："真是毫不意外。"

　　他抽身向外走去，下一秒却……砰！

　　突如其来的力道把沈酌拉回来强行压在了冰箱上，脊背发出撞击的闷响。白晟近距离地俯视着面前这双锐利而冷秀的眼睛，笑着问："你没听见我说什么吗，监察官？"

　　沈酌被迫向后仰着头："我听见了，你想怎么样？"

　　"你就一点儿制裁我的意思都没有？"

　　"我制裁你什么？"

　　白晟略微扬起眉，端详着面前这张波澜不惊的脸，半晌说："我心怀仇恨还有危险动机，有可能造成巨大的社会危害，你竟然不想立刻给我套个电击项圈然后找个罪名扔进监狱关一辈子？"

　　沈酌失笑起来，仿佛感觉有一点儿滑稽。

　　"心怀仇恨。"他把这四个字重复了一遍，懒洋洋地道，"心怀仇恨的人是不会为了飞机上那些普通人出手收拾劫机犯的，也不会在收拾完劫机犯之后，用异能细致地给两个机长疗了伤。"

　　白晟紧盯着他："那几个劫犯向我开枪，也许我只是被他们所激怒……"

　　"那你就不会在飞机落地的第一时间就质问那个罔顾人质性命、拒绝与罪犯做交易的混账是谁，更不会在后来逼问我，如果那趟飞机上没有进化者的话我又该怎么办。"

　　"……"

　　"每个人心里都有自私、怨恨、阴暗、不平、无法消解的执念，难以言说的愤懑。若灵魂曝光于天日，这世上没有人是圣人，但并不影响我们

做一个好人。"沈酌伸出一只手，随意地拍了拍白晟的脸，"我相信凭你的财力是有办法去追查当年那些围观者的，很高兴我经过仔细调查后，发现你自始至终不曾这么做过。作为S级进化者，只要你努力尝试当个好人，对我来说就足够了。"

两人对视，白晟几乎能从那双漂亮的瞳孔里看清自己的脸，良久才慢慢地、一点儿一点儿地笑了起来。刚才那森寒凶戾的神情散去，他终于露出了狡黠的真容。

"说实话吧，监察官。"白晟的尾音仿佛带着意犹未尽的钩子，"其实那天在机场第一次见面时，你就从我身上嗅到了相同的气味，你看出了我们奉行的可能是同一条准则……你这个看人一眼定生死的人，从一开始就不讨厌我了，是不是？"

两人的距离近在咫尺，连丝毫眼神回避的余地都没有。

沈酌上下打量这个胆大包天的年轻S级，须臾哼笑一声，那意思明显是"哄你两句，你别蹬鼻子上脸"，然后伸手一指窗外："看见那外边的马路了吗？"

顶层往下一览无余，繁华江景人流涌动。

"你要是真敢跑出去放火，立马就能沉浸式体验我所谓的准则。"沈酌拍了拍白晟后脑，语调轻慢刻薄，"到时候我一定如你所愿，套个电击项圈把你关起来，二十万伏、一天三次，保管你爽得升天。"

白晟："……"

沈酌猛地发力把白晟一推，抽身就要往外走。

"哟，还威胁上了！"白晟闪电般回过神来，立刻把他抓回来，"真想给我套项圈哪，来，你给我演示演示……"

呼的一声，门被推开。

"人呢？陈组长找你俩有急事，刚才网上突发新闻——"杨小刀的话音戛然而止。

三人六目相对，表情尴尬。

气氛凝固数秒。

"我的眼睛要瞎了！"中二少年再度破防，捂着眼睛摔门跑了。

"放轻松，深呼吸，深呼吸——"陈森鼓励地做诱导状，"好，现在你已经忘了刚才看到的一切，你的脑海中空空如也，世界上只有纯洁的蓝天白云和鸟语花香……"

"不行，我还是做不到。"杨小刀一脸愤怒地大声道。

客厅巨大的白色沙发上，沈酌和白晟远远地分坐在两头。两人各自抱臂扶额不语，动作罕见地一致，但内心活动是截然相反的。

"逮到手里还没焐热的小天鹅，就这么飞了……"半晌白晟唏嘘地喃喃道。

沈酌放下手，面无表情地问陈淼："为什么不先打我电话？"

早已将监察处附近所有奶茶店刷了个遍的陈组长十分心虚，心说那当然是因为白哥楼下仅仅步行五分钟的路口新开了一家奶茶店，事发时他正站在柜台前打算点一杯芝士果泥鲜鲜桃。不过陈淼是有挡箭牌的，并不算完全没有正当理由，他避重就轻地咳了一声："呃……学长，我打了一次你没有接……"

沈酌一摸裤袋，空空如也。再回头一看，手机在玄关的鞋柜上，是进门时和外套一起被他随手放那儿的。

"你现在跟我在一起真的好放松啊，是吧，监察官？"白晟不引人注意地往这边挪了挪屁股，从嘴角里小声道。

沈酌无动于衷地坐得离他远了点儿，问陈淼："到底出了什么事？"

"哦，是这样的。"陈淼半捂着耳朵不敢听他白哥的虎狼之词，掏出手机解了锁，说，"是王局突然打电话给我，说某个社交网站上有个热搜视频，内容是申海市高铁站一个疑似精神病患者出现攻击行为，想叫我们看看是不是跟异能有关。"

说着他打开视频递过来："我已经让几个监察员过去了，但疑点比较多，您看。"

视频在社交网站上已经被屏蔽得差不多了，陈淼手上的这个还算比较完整的。开头几秒是涌动的人群和喧杂的议论声，似乎发生了什么不同寻常的事件，紧接着黑屏了几秒，画面再次亮起时，拍摄者已经挤到了人群最前面，屏幕上是高铁站安全门前的一个角落。

一个四十多岁、脸色苍白的中年男子瘫在地上，神志恍惚，如同梦游，嘴角满是血迹。

紧接着的下一幕画面突破了人们想象，只见男子对周遭的一切都置若罔闻，僵硬地把流着血的手臂送到嘴边——

然后他从自己的手臂上狠狠撕咬下来一大块肉，囫囵咽了下去！

"啊啊啊！"

"疯子！疯子！"

"快报警啊——"

人群溃逃，尖叫四起，屏幕剧烈地摇晃抖动。透过人群的间隙可以清

清楚楚地看见，那蜷缩在墙角的中年男子仿佛完全感觉不到痛，狼吞虎咽地吞吃着自己的手臂，甚至开始低下头撕咬自己的小腿，一口口吃得鲜血四溅、直现白骨……

白晟啪地一掌糊了杨小刀满脸，不容置疑地道："血腥暴力R级，未成年人不许看了。"

杨小刀猝不及防，被迎面一掌拍进沙发里，中二少年的自尊严重受创，匪夷所思，大怒挣扎道："你没事儿吧，你跟我说血腥暴力？这对我来说算什么血腥暴力？！"

白晟回头小声对沈酌说："别听他瞎说，这孩子一向害羞胆小，从没见过这些打打杀杀的场面，打小就干净卫生、爱护花草……"

白影帝的演技已臻化境，奈何沈酌已经生出抗性了，他面无表情地按下暂停键。

"行了，"他从S级的"魔爪"下解救了中二少年的脸，示意杨小刀坐起来，"我希望他以后不仅仅只爱护花草，还要学会正确地使用异能，否则我会亲自给他套上项圈的。"

杨小刀悻悻地揉着被拍红的鼻子，瞅着申海市大监察官，敢怒不敢言，像头被迫夹着尾巴的强壮小狼。

沈酌置之不理，问陈淼："这件事的疑点在哪里？"

一般精神病发作或者服用了致幻剂不会搞得这么血腥，单从视频看，可能确实跟异能有关。陈淼摊了一下手，意思是"懂得都懂"。

"是这样的，王局说暂时没从受害人的血液中检测出致幻剂成分，希望我们能找出异能犯罪的证据。但监察员去车站现场测量之后，并没发现任何异常的能量波动，也就是说，没有任何使用过异能的迹象……"

但凡使用异能，都必然导致异常的磁场能量波动，就像犯罪现场会不可避免地留下凶手的痕迹一样，所以判断犯罪行为是否牵涉到进化者的主要办法就是拿仪器去现场检测磁场。

当然，异常的能量波动会随着时间慢慢消失，但那通常要花上好几天，这么一会儿工夫是不会消散干净的。

难道不是异能犯罪？

"也可能是因为仪器的精度不够。"沈酌站起身，整了一下衣襟，"受害人已经送去抢救了？"

陈淼也随之站起来："申海市第二医院。学长，你看我们要不要先问中心区借一台更精密的仪器下来……"

"不用，我过去看看。"沈酌轻描淡写道，"仪器我们现成就有。"

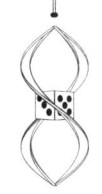

白晟："？"

一个小时后，申海市第二医院。

"受害人叫汪平，四十三岁，摆小摊的。"电梯门叮的一声打开，王局亲自领着沈酌一行人出来，边走边介绍情况，"虽然人没死，但社会影响很不好，主要是因为场面实在太血腥了……网上传得沸沸扬扬的，都说是异能犯案，也有人说什么丧尸病毒……"

王局是个五十来岁、精瘦精瘦的小老头，向来是个老当益壮的互联网弄潮儿，皱着眉头一摊手，道："要我说这就是胡扯，就算是T病毒，也要讲基本法。哪儿有丧尸是不啃别人先啃自己的？根本不符合病毒传播学嘛。照我说八成就是异能犯案，你们不是有那个什么精神系的进化者——"

"意念操控系。"白晟彬彬有礼地插进来一句。

王局："对对！被他看一眼就会中招，乖乖把家里的存折和密码都交出来的那种！"

"恕我冒昧，那些谣言都是假的。"白晟遗憾地道，"意念操控系进化者的数量很少，而且普遍进化等级很低，凭空掰弯一把勺子就是极限了——不过他们很擅长做情绪引导，几乎都被职业篮球联赛请去当啦啦队队长了，收入很高的哦。"

某白姓S级嘴上抱怨着车马费没人报销，内心却洋溢着被沈监察主动邀请出门的开心，甚至还打扮了一下。他的衣着从来不会被人看出牌子，但剪裁精良、质地考究，很好地勾勒出了强悍而含蓄的体型。衬衣的袖口抖在手肘上，露出被阳光晒过的结实的小臂肌肉，以及标签上价格一行有着数不清多少个零的腕表。

这人不管内在性格如何，外在总是十分开朗随和，年轻俊俏的脸上常带三分笑意，乍看像个家境富裕、热爱运动的大学生。

王局欣赏地打量他好几眼，忍不住轻声问沈酌："这位新同志看着眼生，是你们监察处的……"

"不是。"沈酌一边翻看现场照片一边淡淡地道，"是民间志愿者白先生，进化者，S级。"

霎时王局瞳孔地震，差点儿以为自己听错了："SSSSSSS……"

白晟非常感动："只有一个S，您太客气了，还这么辛苦地帮忙抬咖。"

他身后的杨小刀面无表情地道："他只是结巴了，没人要帮你抬咖。"

白晟不相信："啊，是吗？"

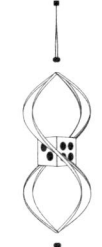

王局："……"

"王局！"

"王局您来了！"

特护病房门前，几个手下起身迎上来，小老头这才从下意识要掏出纸笔要签名的冲动中回过神来："啊……那个……情……情况怎么样？"

"暂时脱离了生命危险，但还需要束缚带固定，监察处的人已经在里面了。"

白晟一手扶着病房门往里望去，"哟"了一声："就是这位兄台？"

只见病床上，那个叫汪平的四十多岁中年男子被束缚带结结实实地绑着，双眼大睁，神情恍惚。他的双臂、双腿被撕咬得处处见骨，包满了凌乱染血的绷带。

他满嘴糊着自己的血，更可怕的是即便在被绑得这么严实的情况下，四肢还在有规律地往上挣动着，想要将肢体往自己嘴边送。

"监察官！"

"白哥！"

病房里的两个监察员正拿着仪器，见状转身迎上前。

沈酌放下手里那沓现场材料，问："还是测不出来？"

两个监察员动作一致地摇头，表情都有点儿匪夷所思。

"受害人身上完全测不出丝毫能量残留，我们已经用尽办法了，没有任何被使用过异能的迹象……"

"我们的设备已经做不到更精确了，要不我们先打电话问中心区借一台更先进的检测设备？"

沈酌站住脚步："没必要，我已经带来了。"

监察员："？"

众目睽睽之下，只见沈酌波澜不惊地侧过身，对白晟做了个"请"的手势："去吧，闻闻。"

所有人："……"

一片诡异的安静，良久，白晟缓缓地道："路上你对陈淼形容的那个'全球顶级高精尖检测仪'原来指的就是我，是吗？"

"一些研究表明S级对异能的感知极其敏锐，具有连仪器都无法比拟的精度。"沈酌赞许地道，"所以，是的。"

"你知道连警犬都是有编制的，而我只是个没有工资的民间志愿者，对吧？"

"提钱多伤感情，大家都这么熟了，别说伤感情的话。"

白晟深吸一口气，知道那天在监察处办公室里打出去的那记回旋镖迟早是要飞回来的，于是点了点头，郑重地道："好吧，就当是为了我跟你们沈监察两人之间的……伟大友谊。"

所有人极度诡异的视线在他们两人身上来回转，但沈酗显然对这种场合完全免疫了，甚至都懒得给出任何反应。

汪平的灵魂仿佛已经去了不可知的地方，这具身体只留下啃食自己血肉的本能。白晟站在病床边，将修长的食指按在他的咽喉上，皱眉端详了片刻。

他倒没有当真用鼻子到处去嗅，但闭目感知了半分多钟才睁开眼睛，在众人期盼的目光中收回手，摇了摇头，道："没有，完全没有能量残留，应该不是异能犯罪。"

监察员都松了口气，而王局的神情不由紧绷起来。

"也许是某种新型毒品或致幻剂，跟监察处没关系了。"沈酗把现场材料还给王局，说，"但破案前请您允许监察处协办，还是以防万一。"

王局无可奈何："嗳，谢谢谢谢……"

"走吧。"沈酗对白晟道。

白晟"唔"了两声，似乎感觉还是哪里不对劲，视线停留在汪平满嘴血肉的可怖的脸上，突然眼神微微一动，伸手从他嘴角边捻起了什么。

是一根黑棕色的短毛，有点儿像动物毛发。

沈酗正被一群七嘴八舌汇报的手下裹挟着走出病房，临出门时又停住了脚步，扭头道："白晟！"

"嗳！"

Ｓ级先生觉得自己大概从骨子里就对沈酗存在着一种应召本能，只要一听沈酗喊自己的名字，那是立刻百爪挠心、心痒难耐。他顺手把那根毛交给护士，匆匆叮嘱道："查查这人是不是感染了什么变异型狂犬病病毒。"然后长腿一跨直接越过床栏，愉快地追着沈酗出了病房。

清晨，卧室安静昏暗，大床被褥凌乱，隐约传来沉沉的呼吸声，衣物七零八落地散落在地上。一切都那么昏沉暧昧，直到——唰！

落地窗帘一拉，阳光倾泻而入，杨小刀举着锅铲转过身，居高临下地俯视着大床："起床，吃饭，我要上学。"

白晟就穿了个大四角短裤，整个人呈45度角斜趴着，鼓拥鼓拥地用被子把整个头蒙住："傻孩子，你今天下午才上学，早上沈监察过来接你去评级、注册、做备案，让我再睡会儿……"

杨小刀一眼瞥见枕头边的东西，整个人震惊了："你手里拿的什么？"

只见白晟右手抱着枕头，左手按着一本档案。档案本身很新，看上去

203

洞天

他拿到手后就没翻过两次。但贴在扉页的照片却被他翻来覆去抚摸得连毛边都起了，应该是从报纸上裁下来的。照片里，申海市监察官沈酌撑着黑伞站在雨中，只露出苍白秀丽的下颔。

"啊欠——"白晟睡眼蒙眬地打了个哈欠，"求你了，让我再睡会儿，我昨晚躺床上看你沈监察的照片，足足思念到3点多才睡着……"

杨小刀石化般僵立在原地，良久吐出两个字："思念？"

白晟："嗯哼。"

一种不可言喻的认知震撼了少年纯洁的心灵，半晌他难以置信地重复道："思念？！"

"嗯哼。"白晟懒洋洋地说，"怎么了？"

少年失魂落魄地站在那里，张开嘴又闭上，张开嘴又闭上，半晌终于提出了内心深藏已久的困惑："我有一个问题。"

白晟闭着眼睛："Say（说）你的问题。"

"你们都已经是成年人了，脑子里就不能想点儿别的事吗，比如解决全球变暖、能源危机和贫困地区人口的教育难之类的？"

白晟睁开眼睛，面无表情地望着杨小刀，半晌郑重道："谢谢，儿子，养了你真是我的福气。"

叮咚！叮咚！

"哟，我的思念对象来了！"白晟陡然精神倍增，他一把将档案连照片塞进自己的枕头底下，一个鲤鱼打挺起身冲进浴室，头也不回吩咐，"就说我昨晚思考全球变暖到5点多呀，记住了！"

杨小刀："……"

少年仰天无言，然后穿着拖鞋啪嗒啪嗒地去开门。门外果然是身形瘦削、制服笔挺的申海市监察官，眉目秀丽，双手裹在黑色皮质手套里，姿态雅致平静地交叠在身前。

其实是完美到令人心生敬畏的形象，但首先浮现在杨小刀脑海里的是监护人枕头下的那张倒霉照片。

杨小刀内心五味杂陈："早上好。"

沈酌上下一打量，有点儿意外："你这是……"

十六岁的桀骜少年，体型精瘦剽悍，穿着黑背心和拳击短裤，腰上系一条超市赠送的碎花围裙，脚上一双粉蓝色厨用防滑拖鞋，手里拿着个滋滋作响的平底锅。锅里摊着两个煎蛋、几朵蘑菇和一把青翠欲滴的油盐小菠菜。

叮的一声响，厨房的烤面包机里跳出了两片全麦吐司。

"吃吗？"杨小刀面无表情地把锅递到沈酌面前。

十分钟后，沈酌和白晟分别坐在餐桌边，杨小刀拿着平底锅给他们一人铲了一个煎蛋，完美的流体蛋黄在葱花的点缀下散发出勾人的香气。

短短片刻工夫白晟已经把自己收拾得十分完美了，衬衣长裤俊朗清爽，年轻精神闪闪发光。那撮银毛嚣张地立着，完全是他此刻能够与沈监察一道共进早餐的开心写照。他用筷子敲了敲瓷盘："我还想吃一个蛋！"

杨小刀熟练地唰一下又给他铲了个蛋，用眼神询问沈酌是否也再要一个。

"不要了，谢谢。"

沈酌放下燕麦粥碗，眼睁睁看着杨小刀回到厨房，亲手为自己做好一个装着清蒸鲈鱼、糖醋排骨、水煮西蓝花和紫甘蓝的午餐饭盒，有条不紊地装进了书包。

那一刻沈酌终于无法忽视心中越来越大的困惑，回头问白晟："这孩子到底经历过什么？"

白晟谦逊地回答："经历过严苛而充分的人格训练。"

杨小刀凉凉地道："经历过一个自杀袭击式做饭的监护人。"

少年时白晟的独立生活技能其实相当一般，因为白家有厨师、保镖、司机、园丁，绝对不会让还在上学的大少爷亲自动手做任何事。五年前收养杨小刀之后，白晟突然萌发出了身为头狼的强烈使命感，他觉得在现代社会不论贫富，人人都应该学会独立生活的技能，首先就要锻炼小孩儿学做饭。

为了达到以身作则的效果，他亲自动手做了一锅黄花菜木耳粉条，那盆泡发了整整一天一夜的木耳成功把他自己和杨小刀都送进了急诊室。要不是因为两人都是进化者，那一顿饭足够他俩分别死上八个来回。

年仅十一岁的杨小刀已经有了非常清醒的头脑，他意识到性命是要攥在自己手里的。于是从急诊室回家后他吭哧吭哧搬了个小板凳，站在炉灶边，一边看菜谱一边哐哐哐烧出了四菜一汤，字面意义上的"被生活所迫而一夜成才"。

此后不甘心的白晟又带着杨小刀一起学烘焙、电焊、木工、管道工、修理家电，甚至十字绣，成功地把杨小刀培养成了一个家务全能手，在将来激烈的求偶市场上会占据极大优势，做个贤夫良父完全没有任何问题。

"我会烤蛋糕哦！"白晟加重语气对沈酌强调。

厨房里杨小刀面瘫着脸："我还会给蛋糕裱花呢。"

沈酌："……"

美好的一天从与沈监察共进早餐开始，早饭后白晟昂扬地出门了，要去履行他身为头狼的职责——砸钱把傻小孩儿弄进私立高中，今天就去签捐赠合同。

作为一个Ｓ级高才生，白晟是绝对不能容忍自己身上出现任何短板的，甚至自觉作为头狼的最大任务就是把小孩儿也弄进大学。别管是什么大学，只要是正经大学就行，母猪的产后护理专业都行。不然他作为一个此生在同性竞争中未尝败绩的Ｓ级死了都不能瞑目，一百年后他的尸骨从棺材里坐起来都要挖到那傻孩子的墓里去扇他一巴掌！

"他今天做评级，你不跟着去监察处？"沈酌降下车窗问。

小区门口，两辆车并排停着，一辆是沈酌自己开的监察处专车，一辆是白晟的家庭用车三厢型ＳＵＶ。Ｓ级先生一手把着方向盘，整个头探出车窗，笑吟吟一手托腮欣赏沈监察，仿佛要把昨晚只能看照片的遗憾全补回来似的，须臾才不在意地挥挥手："没事儿，这傻孩子交给你我还能不放心吗？"

"你不想第一时间知道杨小刀的进化等级？"

"嗐，什么进化等级。"白晟不以为意，"我用鼻子闻闻就能知道他是什么等级，智商最多Ｄ，不能再高了。"

杨小刀抱着书包坐沈酌专车的后座，不搭理这个便宜爹。

沈酌摇头一哂，踩下油门开出了小区。

五年前突发进化刚开始的时候，沈酌麾下的中心研究院实验室最先发明了基因测定法。要先抽取进化者的血液进行基因分析，通过重组酶蛋白来推测异能种类。血样之后会与感应药剂混合，再回输进化者体内。

感应药剂与ＤＮＡ重组酶发生反应后，会根据进化者的基因强度来判定他的进化等级，生成字母Ａ、Ｂ、Ｃ、Ｄ和Ｓ的标识显现在进化者的左手背或左锁骨下。

感应药剂的半衰期极长，因此进化者身上的等级字母一生都不会消退，人为无法去除或篡改，哪怕挖掉肉，都会从伤疤上重新显现出来，也就杜绝了任何伪造的可能性。

这五年来，人类与进化者之间的摩擦不断，全球局势日益紧张，因此也有进化者想隐藏身份，逃避备案。但在各大监察处的天罗地网之下，隐藏身份这件事是非常困难的，像杨小刀这样被Ｓ级头狼庇护到今天还没备案的情况更是绝无仅有。水溶花从实验室里翻了半天才找出一管感应药剂来。

"身体素质方面的进化已经很明显了，我猜这孩子的异能应该跟力量有关。"水溶花将感应药剂与血液的混合物回输进杨小刀体内，注视着鲜红的液体渐渐被推进他的手臂静脉，随口问道，"小朋友你多大了？"

酷哥杨小刀在女性面前显然很尿，正襟危坐地低头看地，闷声回答："十六。"

水溶花于是夸奖道："真勇敢！"

她打完针，从白大褂口袋里摸出一根棒棒糖，杨小刀温顺地把奖励接过去吃了。

这时刺啦一声电流声响，实验室里那台异能测定仪开始发生反应了。

众人同时望去，只见巨大的透明模拟箱里，一个安装在顶端的铅球仿佛被无形的力量推动，砰的一声狠狠砸下，显示器瞬间飚出了856‰的高分。

陈淼吸了口气："力量进化，可以啊，杨小刀同学！只比岳哥当年低50多个点呢！"

沈酌轻声道："不一样，岳飑已经到巅峰期了，他还没有。"

陈淼登时一怔，随即"啊"了一声："雷暴！"

模拟箱里噼啪雪亮，几乎能瞬间灼伤人眼，几个人同时下意识别开了眼睛。紧接着烈焰轰然爆发，旋即被洪水当头吞噬，下一秒黑烟如毒龙呼啸、闪电如巨蛇盘旋，关于各类异能的详细报告从识别器里被咔咔吐出来。

"改变重力……地磁天气……自然元素异能全了……"陈淼一刻不停地伸手去接报告，"刀哥！我刀哥牛，这下肯定是 A 了！"

一般 B 级进化者最多有两种异能，A 级在强度增加的情况下能有五到六种。世界上拥有最多异能的 A 级进化者是岳飑，连身体素质在内一共十三种进化，评级出来的时候大大震撼了国际监察总署。

冰霜迅速结满模拟箱，能承受 3 开尔文极端低温的硼硅酸盐玻璃发出了不堪重负的龟裂声，紧接着砰的一声！

所有人瞬间往试验台下一躲，模拟箱巨响爆裂，玻璃块炸了满屋子，测定仪正式宣告报废。

"十……十三种……"陈淼颤抖着伸手取下了识别器吐出来的最后一张报告，"可……可以啊，杨小刀，再过两年你就可以去中心区单挑岳哥了……"

杨小刀坐在巨大的实验室中，精悍的上身贴着电极片，不同颜色的导线连接着异能测定仪，左手背上正迅速显现出一个 A，颜色红到发黑。

这样的等级印记在岳飑的手上也有一个，意味着破坏镇压分型——强 A。

沈酌从试验台下站起身，一手扶着桌面："不止。"

陈淼："啊？"

顺着沈酌的视线望去，只见已经化作废墟的模拟箱上，正静静萦绕着一团幽邃微光，那是杨小刀的最后一个异能。

"我一直奇怪为什么白晟不把你放到他那个烂尾楼，而是一直亲自带在身边，荣亓逼出他的因果律之后没过几天你就立刻回到了申海。"

杨小刀嗫嚅了一下，没有吭声。

"原来如此。"沈酌伸手托住那团微光，轻声道，"用八百个心眼来形容白晟恐怕都算谦虚了。"

只听咔咔几声，识别器吐出了杨小刀的第十四张异能报告，陈淼茫然地接下来一看——

A级进化，幸运值。

进化者在某个随机方向的运气值永远为负，包括但不限于出门必丢钱，下雨必丢伞，出门必堵车，打牌永远输。

少年身世坎坷，考试选择题永远蒙错。

根据因果守恒定律，积累下来的幸运值可一次性用于指定事件，不论该事件实际成功率多低，使用A级幸运值异能后，最低可将成功率提升至50%，最高可将成功率提升至99%。

注：因幸运值积累极慢，故该异能触发不易，观测难度+++。

陈淼震惊地望向杨小刀："朋友，好样的，你是因果律指定锦鲤呀？！"

"没有问题，考大学的事包在我们身上！"博沂高中会议室里，校长拍着桌上厚厚一叠刚签好的捐赠合同，掷地有声地表示，"虽然杨同学理综三门85分，但他历史及格了，英文语法也还可以，地理除选择题外接近满分呢！"

白晟满意地颔首，然后小声提醒："自强不息。"

校长铿锵有力："这永不放弃的品格，这自强不息的精神，正是我们所鼓励和提倡的，未来可期呀！"

啪啪啪啪，台下的教导处主任带着一众老师郑重鼓掌。

众人纷纷起身，快活的空气充斥着会议室内外。

白晟终于完成一件大事，被校长夸得心花怒放，在对方热情的邀请下决定中午在学校食堂吃饭。他一边迅速在外卖 App 上搜索着学校附近的粉红菠萝一边打电话给沈酌："喂，沈监察，中午来跟我一起吃饭吗？顺利的话下午我们可以把孩子遗弃在学校里，然后手拉手一起去雾岛看极光，去雾都喂鸽子，去永恒之城许愿池，去游乐园看烟花，不顺利的话我再每半小时给你打一次……喂？喂？你怎么挂了？"

　　沈酌一言不发地挂断通话，在绿灯亮起时随车流踩下油门。

　　杨小刀下午要去学校报到，少年抱着书包在后座上，眼睛不住打量左手背上那个 A，明显不太适应这么高调的东西。半晌，他闷闷地问："为什么白晟的 S 可以藏在衣服里面？"

　　"是随机的。"沈酌打灯右转，说，"只有很少一部分进化者的标识会出现在心口上方。"

　　杨小刀很疑惑："什么样的人？"

　　沈酌陷入了沉默，足足好几秒。他看上去心情有点儿复杂，须臾才缓缓道："一些资料显示……通常是真实性格极其深藏内敛的人。"

　　车里一片安静，气氛无法形容，久久无人开口。

　　"白晟和你分析过幸运值异能吗？"半响沈酌调转方向盘，拐上博沂高中所在的主路，从后视镜里瞥了少年一眼。

　　"把因果律触发到 99% 所需的幸运值够中三次彩票头奖。"杨小刀的手肘搭在膝盖上，一手托着下巴，"白晟说一生只够一次机会，所以不能乱用，幸运值我都攒着。"

　　"没用过？"

　　杨小刀摇了摇头，片刻却又想起什么，说："小时候有一次跟白晟猜拳赌谁吃最后一个鸡腿，忍不住用过一点儿。"

　　沈酌不由莞尔。监察官的笑容很淡，刹那间就过去了，杨小刀忍不住瞟了后视镜两眼，只听他问："白晟跟你提过荣亓吗？"

　　"唔，说是你的狂热追随者……"

　　沈酌说："根本没什么追随者，这个荣亓是……"

　　"之一。"杨小刀缓缓补完后半句话。沈酌在身后少年纯洁、含蓄而批评的视线中无言良久。

　　"根本没这回事。"良久，沈酌终于说。杨小刀的眼神十分正直，意思是"我不信"。

　　"这个荣亓是基因复生型进化者，社会威胁度非常高，应该还没有完成最终进化。目前唯一确定能抹杀这个人的只有因果律，所以监察处高度怀疑荣亓现在潜伏在申海市附近，他一切活动的目标都是要对付白晟。

"这个人的等级不会低于Ｓ，是否有超Ｓ的可能目前还不得而知。"沈酌打灯，转进博沂高中路口的一条岔道，说，"尼尔森总署长已经在尽力追查这个荣亓的下落了，虽然我相信总署长的战斗力，但老实说在这件事上我对他的期待度非常低，因为他对你监护人的态度并不友善。总而言之，感谢你使用幸运值协助因果律，希望我们能一起尽快解决荣亓，我保证这件事结束之后你可以尽情去买彩票。还有什么疑问吗？"

杨小刀立刻说："有。"

"说。"

"如果有一天我的监护人跟尼尔森两个为你打起来了，你会去帮谁？"

沈酌踩下刹车，停在校门前，从驾驶座回过头，那无机质般的秀丽双目冷冷盯着杨小刀。

"如果你们父子俩的脑回路再这么不正常，"他平静地道，"我就剥夺白晟的监护权，让你来我办公室打地铺。"

杨小刀悻悻地夹着尾巴，忍气吞声地下了车，虽然从表情看他还是很想知道答案。

沈酌并没有要跟白晟去雾岛看极光、去雾都喂鸽子的意思。他下午还要去军区开会，送杨小刀来报到纯粹是为了象征性地履行一下监护人的职责外加顺路。他给白晟发了条通知短信之后就打算直接走了。

他打灯倒车，眼角却突然瞟见不远处的什么，探身从副驾驶一侧的车窗望向大街另一侧。

不远处的十字路口，人流中僵立着一个男子的背影。不知道是突然陷入了发呆还是在做什么，他直直地站在斑马线的正中一动不动，望着天空。

这种行为太异常了，因为半空中明明什么都没有。

很多路过的人会奇怪地打量他一眼，有个穿着博沂高中校服的短发女生迎面走来，大概是非常好奇，一直盯着那男子上下打量，擦肩而过时被过马路的人流推挤，差点儿碰上那男子的手臂。

"啊！"

就在那一瞬间，男子动了一下，仿佛某种惊醒时的抽搐。他缓缓转向那名女生，抬起手。

砰的一声车门关闭的声响，还没走进校门的杨小刀敏感地回头，一眼看见沈酌正下车疾步走向十字路口，不由喊道："喂，你……"

与此同时，不远处男子突然发出一声尖厉号叫，猛地扑向那名女生！

"啊！"

"哎呀！"

"怎么回事？！"

周围惊呼四起，立马炸开空地，有个大妈刚要冲上去帮忙就被她老公硬拽住了，随即，女生被男子砰地扑倒在柏油路面上。

"救——"女生的惊喊声尚未出口，袭击者就被身后一股不容置疑的力量拽了起来，是沈酌！

那男子还在拼命抽搐挣扎，但沈酌用单手的力量制住一个疯子绰绰有余，咔的一声脆响，他活生生扭脱臼了对方的右手，随即拎着男子的头发把脸提起来一看，不由疑惑地轻轻"嗯"了一声。

只见那男子脸色惨白，神情恍惚，双眼大睁但完全没有焦距，像个梦游的精神病人。

沈酌敏锐地意识到什么，但这时已经来不及反应，只见那男子猛地一弓腰，张嘴对自己的左臂就狠狠咬了下去，唰拉撕下来一大块肉！

场景刹那间与昨天在高铁站发疯的那个汪平重叠，淋漓的血肉溅起，赫然露出了森森白骨。

"啊啊啊啊——"周围的群众尖叫四散，一时间，场面完全失控，没人注意到头顶的交通灯在此时由红转绿。

路口的一辆水泥罐车刚转过弯，为了躲避行人而突然转向，瞬间失去了控制，尖锐的喇叭响彻上空！

沈酌猝然回头，瞳孔中映出了急剧逼近的巨大水泥车头，以及驾驶室里司机惊恐的脸。

时间仿佛被无限拉长，一切混乱的背景都变得格外模糊，像电影里镜头失控的蒙太奇。

就在那一瞬间，沈酌还未有所动作，斜里一道少年身影如利箭而至，左手一把推开他，右拳筋骨暴突，直面车头悍然迎击——轰隆！

少年一拳凹进钢铁，巨大的车头扭曲变形，几十吨重的水泥罐车被硬生生截停！

这简直是超出想象的一幕，所有人表情和大脑都霎时空白，沈酌脱口而出："小心……"

砰！一辆飞驰的公共汽车重重撞上了水泥罐车的车尾！

一瞬间，恐怖的动能变成了爆炸性的可怕冲击，杨小刀脚底下的水泥噼啪迸裂，整个人被冲力急推向后，甚至连反应都来不及，眼见一个趔趄——所有力道凭空消失，快得猝不及防。

杨小刀踉跄站稳。

"哟，小屁孩儿干吗呢？"身后传来一道熟悉而轻佻的声音，"监察官需要的是我，你知道吗？"

杨小刀愕然回头。只见白晟一只手把沈酌挡在自己身后，另一只手抵在变形的水泥罐车的车头上，那姿态非常轻松，极度恐怖的掌力却让前后两辆大车卡在原地，死死动弹不得。

闹市满街安静，人人目瞪口呆。白晟回过头，冲沈酌揶揄地眨了眨眼："这个家真是不能没有靠谱的我，对吧？"

"进化者，是进化者哎！"

"刚才好可怕，真的好吓人……"

幸亏博沂高中离申海市监察处确实不远，十分钟内就有人赶到，迅速疏散清理了整个街区。

高阶进化者出现在大街上的概率大概跟国际明星出现在大街上的差不多，很多人直到被疏散前还在拍照，窃窃私语的议论声四处都是，激动者有之、兴奋者有之，而更多的是警惕、谨慎和好奇的目光。

白晟是不在意的。这人天生就是个社交大魔王，不仅不在意还频频对人群点头、挥手、微笑，充满自信地全方位展示自己俊美的脸、常年玩极限运动锻炼出的身材、看不出品牌但明显很贵的衣着以及在他自己看来亲和完美、平易近人的气质。他甚至在百忙之中应邀跟几个网红博主合了影，在四面八方的闪光灯中频频友好招呼："要签名吗？有纸笔吗？可以可以，签衣服上也可以，请大家记得为进化者与人类和平共处提案踊跃投票……未成年人的照片删一下，谢谢，爱大家哟！"

几十米外，未成年人杨小刀坐在指挥车后座，竖起外套兜帽，一脸冷漠地望着不远处那个顾盼生姿、花枝招展的监护人。

"你有时候会觉得丢脸吗？"陈淼忍不住问。

杨小刀面无表情地道："经常。"

依依不舍的人群终于被监察员们好说歹说劝走，白晟意犹未尽，一转身看见沈酌，立刻精神倍增："哟，还在忙呢，沈监察！这大中午的不如咱俩……"

"不合影，不签名，没有纸笔。"

白晟笑嘻嘻地道："说什么呢，问你要不要一起吃饭？"

沈酌望着担架，沉默片刻："你还吃得下去？"

医护车的后门敞开，担架就放在里面。那个发狂的男子应该也是四十来岁，手脚被束缚带紧紧绑住，但头还在机械地往上一挣一挣的，满是鲜血的嘴一张一合，牙缝间塞满了晶亮新鲜的肉丝。

白晟罕见地陷入了沉默，半晌顽强地吐出一句："我可以吃素斋。"

"报告陈组长！"这时只听另一边监察员拿着仪器探进头，大声道，"没有任何异能残留，整个街区都是干净的，无法鉴定为异能作案！"

陈淼眉头一皱："这怎么可能？"

沈酌呼了口气，说："仪器测不出罢了。"

他还没来得及下车，只见白晟噔噔噔退后三步，一脸警惕："你干什么？休想提溜我满大街闻一遍哪。"

沈酌说："没有这个想法，别上赶着提供灵感。"

他下了车，向周围环视一圈。监察处的车辆封锁了十字路口，变了形的水泥罐车已经被拖走处理，司机与乘客被一一安排疏散，所幸没有人受伤。

杨小刀坐在车门边，劲瘦的右手上缠满了绷带，绷带下的几个指关节都有不同程度的剐蹭——那是公交车第二次猛烈撞击导致的，幸好只是皮肉伤。

"你没事吧？"

少年摇摇头。

沈酌顺手拍了拍他的头："那收队回去吧。"

全天下的中二期少年都对自己的头有种敏感的自尊心。杨小刀刚要把头一扭说别拍我，紧接着就被白晟一巴掌按住头顶，硬生生扭了个方向。后者义正词严地对沈酌说："你拍他做什么？他还是个孩子呢！"

杨小刀："？"

少年心头还没得及升起一丝罕见的感动，就只见白晟指指自己的头顶："是我救的你，要拍拍我呀！怎么了，你够不到，是不是？"

沈酌表情复杂，少顷举起手来拍了拍白晟高达一米九的头顶，重复道："那收队回去吧。"

杨小刀坐在两个监护人中间，捂着眼睛，咬牙切齿道："瞎了我的狗眼……"

沈监察到底打算什么时候给白哥编制和工资，这大概是监察处全体人员最想解开的谜团之一。这种要人白干活儿的行为，就好比在监察处的小池塘里养了条大白鲨，还从来不肯喂一点儿食，手法之高妙连顶级饲养员都望尘莫及。

"走哇，忙完了吃饭去。"白晟挡在沈酌身前，两手插在裤兜里倒退着向后走，"对面有家斋菜店里的素荔枝肉不错，请我吃素斋吧。"

沈酌面无表情地边走边看手机："没钱，这季度的维稳经费超了 4 个亿，

213

回去请你吃监察处食堂里两块钱的素包子。"

白晟惊诧:"哟,那可是整整两块钱一个的素包子呢,太破费了吧?"

沈酌说:"没事,我这人慷慨大方,吃完包子还能请你喝个醋姜汤。"

"哟嗬,那怎么好意思,你没事再多给你们那个尼尔森总署长打两个电话,我自己熬醋姜汤请你们监察处全体人员——"白晟话没说完,背后猛然撞上了什么,一个趔趄,被沈酌扶住。

白晟一回头,身后是那个刚才被袭击的一脸惊惶的短发少女。

"对……对不起……"

少女穿着博沂校服,看着十五六岁,长相非常清丽,脸色苍白,因为受了过度的惊吓,话音还有点儿难以平复的颤抖,对沈酌欠了欠身:"谢……谢谢你救我,谢谢……"

被人当面道谢对沈酌来说可能是很罕见的经历,他停了半秒,才言简意赅道:"回去上课吧。"

少女的声音里带着细细的哭腔:"谢谢,谢谢……"

白晟一手支在嘴边作扬声状:"杨小刀——我怎么教你的?看见女士哭泣的时候你要自觉地过来做什么?"

杨小刀忍无可忍地捋袖子:"过去解决把她撞哭的罪魁祸首你,是吗?!"

陈淼拦在中间:"刀哥算了,刀哥不至于……"

少女明显受了很大的惊吓,一时恢复不过来,惊恐与后怕让她纤细的身体仍在瑟瑟发抖。沈酌简洁地安慰了一句:"没事了,别多想。"随手招来一个监察员,吩咐道,"送她回学校。"

少女战栗着点点头,又连道了好几声谢,才在监察员的温声安慰下转过身,制服裙摆一扬。

就在这刹那间,沈酌蓦然瞥见什么,道:"等等。"

监察员的脚步一顿,少女疑惑地回过头,只见沈酌从她深色的校服肩膀上捻起了什么,赫然是一撮棕黄色的短毛。

"你家里养了宠物?"

少女惊魂未定:"没……没有啊,我……我……"

"喂过流浪猫狗?"

"不,没有,我……"少女下意识一低头,发现身上还沾了起码七八根毛,都是棕黄色的,像猫狗的毛似的,"咦,这是从哪里来的?"

白晟的脸色也奇怪起来,跟沈酌对视一眼,回头望向远处救护车里的担架,心头浮现出答案——被那人扑倒时蹭上的!

两人同时转身登上后门大敞的救护车。医护人员正准备给担架上不断机械挣扎的男子打镇静剂，还没蹲下去就被人一拦："监察官？"

白晟单膝半跪在地，目光仔细地在那名男子凌乱的全身逡巡两遍，又不由分说地扒开衣服里外一翻，却一无所获。

怎么可能？白晟剑眉一皱，目光落在了男子一张一合、满是鲜血的嘴上。

他刚要伸手，就被沈酌轻轻拦下，随即只见大监察官戴着黑手套的手指咔的一声掰脱臼了男子的下巴，二指伸进那无法再用力咬紧的牙关里，掏了两下拿出来——

沾着血水的指尖上，赫然只见好几根棕黄色的动物短毛！

"这什么，猫毛？"杨小刀从车外探头疑惑道。

沈酌面沉如水："陈淼。"

陈淼根本不用他吩咐，立刻拿出手机打了个电话去医院，少顷就快步而回："学长，王局让便衣立刻去问了护士，昨天那个受害人汪平体内未能检出致幻剂或狂犬病毒，但昨天护士给他处理伤口时，同样从他的牙缝里发现了几根黑棕色短毛！"

所有人的视线同时落在沈酌指尖那几根棕黄色的毛发上，白晟问："我昨天从汪平嘴边发现的那根毛发送去检验了吗？"

"验了。"陈淼咽了口唾沫，语调带着一丝惊疑，"是……狗毛。"

"黄凯奇，四十五岁，博沂高中校工，独居在申海市巷山坊的羊子弄堂，离婚无子女。"半小时后，陈淼熟练地打灯转弯，念出了王局刚发来的第二名受害人的资料信息，"与昨天的第一名受害人汪平一样，家里没有养猫狗或其他宠物。"

沈酌大概已经习惯被白晟霸占大半后座了，兀自支颔坐在车窗边。只听白晟奇道："那人是博沂的校工？"

陈淼说："是，那个女学生看他眼熟，所以路过时才会不停上下打量，没想到就被攻击了。"

"唔，"白晟捏着下巴沉吟片刻，"昨天那个在高铁站发病的汪平，开始啃食自己之前也出现过攻击行为吗？"

"这……好像没有吧。"陈淼想了想，"不过也难说，因为高铁站的监控镜头是有死角的，汪平发病前在车站里晃荡了一天一夜呢。"

这时外面传来哔哔两声，陈淼踩下刹车，专车在人行道边戛然而止。

"学长，咱们到了。"

215

不远处，巷子口的路标上写着风吹雨打的几个字——羊子弄堂。第二名受害人黄凯奇就租住在这里。

王局已经带人赶到了黄凯奇的家，撬门进去搜查，里里外外连根头发都没放过。狭窄的弄堂被痕检员挤得水泄不通，院墙里外，甚至二楼的窗后都挤满了看热闹的居民。

"很多，很多。"王局指着痕检员手上的托盘，好几个证物袋里分装着黄、白、棕、黑，长短不一的毛发，"初步观察这些都是动物毛发，具体是猫是狗还要等详细检验，不过看数量起码得有二三十只了。"

沈酌抬头望了一眼。

这是一栋非常老旧的独立小二层楼，阴暗潮湿，门窗紧闭。红砖已经被风吹雨打成了黑褐色，爬满了藤蔓。那时候的老建筑大多是双砖，即便已经破成了这样，隔音效果还是非常好，里面就算发生了什么，邻居也未必能听见。

"里面还有动物吗？"

"没有，哪儿都没有。"说到这儿，王局迟疑了一下，"但有几个邻居说，曾经看见黄凯奇回家时拎着装着猫狗的笼子……"

沈酌见过的各种各样突破三观的下三烂太多了，心里其实已经有了个猜测，但他没说出来，只皱了一下眉。

身后的白晟立刻道："怎么了？"

沈酌问："你在我脸上装了动态探测仪吗？"

白晟掩口小声道："我真希望化作夜晚，这样就可以用无数只眼睛看你入睡。——柏拉图。"

沈酌轻声道："回头你记得让那个叫柏拉图的偷窥狂来监察处自首。"

"王局，王局！"这时一名痕检员从二楼匆匆奔下来，脸色很不寻常，"我们在二楼厨房里发现了点儿东西！"

"什么？"

众目睽睽之下，痕检员不好说太多，只吐出了几个字："很多……血。"

满地、满墙、满水池，整个厨房到楼梯都在鲁米诺作用下发出明亮到可怕的荧光。何止是很多，这里简直是个屠宰现场。

王局站在厨房门口，一个劲儿掐自己的人中，嘴里喃喃祈祷："别是人，别是人，别是人，别是人……"

"不是人。"白晟蹲在垃圾桶边，及时解救了几乎要心梗的王局，"是狗。"

王局凑上去一看，白晟手里赫然是大半个的犬类头骨，已经被煮熟了。

"啊？那小子在家里杀狗吃肉？"王局年轻时是警犬陪着出生入死过

的，不免流露出了极大的反感。

白晟叹了口气，道："怕是还不止。"

他站起身，一米九的个头差点儿顶到厨房的天花板，幸亏被沈酌伸手挡了一下，才略微低头避过了低矮脏污的墙顶。白晟以这个有点儿别扭的姿势打开橱柜，从顶端掏出一只行李袋，啪的一声扔在地上。

王局已经有了更坏的预感："这是……"

沈酌刚要伸手去拉开行李袋，被白晟拦住了："得了，哪儿用得着我们大监察官为这事弄脏手。"

他紧了紧勘察手套，半蹲下身，唰地拉开拉链。血腥味登时散发出来，竟然是满满一袋奇形怪状的尖锐刑具，上面凝结着陈年血锈和残破皮毛。

"他不仅吃，"白晟说，"他还虐杀。"

现场一片静寂，王局挤出几个字："这瘪三……"

琳琅满目的刑具上残留着不少血肉组织，乍看之下，触目惊心。钢钉夹板上还有一个小小的、干枯了的猫爪。

一时在场所有人都说不出话来，沈酌的目光落在一根血迹斑斑的钻脑钢针上，突然问王局："黄凯奇有电脑吗？"

"在南边那屋，怎么了？"

沈酌说："我去看看。"然后转身大步走出了厨房。

房间脏污凌乱，床褥散发着难以言喻的气味。沈酌旋风般走进屋，一手打开桌上的笔记本电脑，白晟捂着口鼻跟在他身后："怎么了？"

"你注意到了吗？大部分刑具都是被手动改装出来的。"

白晟还是说了实话："太恶心了，我没仔细看。"

"人性的本能是捕猎而非虐杀，毫无意义的虐杀属于反进化行为，感到不适很正常。"沈酌俯身尝试各种开机密码，戴着黑色皮手套的十指在键盘上迅速敲击着，头也不抬地道，"而对虐杀者来说，他们的心理快感源于一种权力的幻觉的获得。手动改装刑具除了能延长快感之外，还令虐杀过程本身具有了一种展示性。"

白晟心里一动："展示性？"

啪！沈酌按下回车键，仅仅十次以内就试出了密码，顺利开机，桌面的左下角正不断跳跃出新消息提示。

"他们有一条成型的产业链。"沈酌点开群消息，眼底闪动着厌恶，"这些人能从中获利。"

满满当当的五百人大群，此刻消息还正不断刷新。

217

这周弄死两只猫了,有要片儿的吗?

活埋、剥皮、火烧任选,接受定制,一分钟一百块,嘻嘻。

小动物行为艺术鉴赏13G,团队拍摄,小偿可发。

邻居家的宠物狗,今天顺手牵回家了,晚上8点直播不要错过!

直白、热闹、欲望横流、毫不掩饰。有人发资源、发试阅,有人扫付款二维码,有人得意扬扬地炫耀图片,令人作呕的血腥透过屏幕扑面而来。

白晟的视线一动不动地定在那不断刷新的群消息上,少顷冷笑一声:"人类竟然觉得进化者才是隐患。"

沈酌没有回答,用网页免密码登录了黄凯奇的社交账号,在搜索栏里输入一串手机号。

王局在白晟身后踮着脚问:"这是……"

"汪平的手机号,昨天医院你给我的那份资料里有。"

王局完全放弃了询问沈酌为什么连二十四小时以前一目而过的11位手机号都能记住,直接道:"你觉得汪平跟黄凯奇是认识的?"

沈酌按下回车键:"不是觉得,是肯定。"

众目睽睽之下,网页上果然弹出了一位已有联系人,备注赫然就是汪平!

"汪平跟黄凯奇的发病方式太相似了,他俩之间一定存在某种联系。结合从汪平口腔里发现了狗毛来看,他们很可能是制作虐杀视频的同伙。"沈酌从电脑前站起身,"不论他俩中的是新型变异病毒,还是某种未知的异能,至少有一点可以确定——这两人遭遇的是一种同态复仇。"

王局的表情有点儿复杂,有那么几秒钟他看上去很想打电话给医院让人解开束缚带,让那俩瘪三再多啃自己两口。

"把设备弄回队里去,看能不能紧急定位直播间地址。"王局扭头吩咐技术员,"给我把那几个虐杀者找出来。"

"是!"技术员刚要上来搬电脑,突然叮咚一响,竟然来新消息了,是一个叫张宗晓的人发的。

黄哥,那丫头好几天没再发照片了,她是不上钩了吗?

照片?沈酌和白晟对视一眼。

张宗晓还在继续发消息。

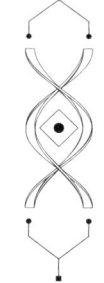

她那猫还在你家不？

跟她说再不发照，你就把她那只猫的皮给剥了！

（坏笑表情）要不今天让她拍张更刺激的？

所有人的神色都紧绷起来，技术员拿起鼠标点开消息栏，把黄凯奇跟这个张宗晓的聊天记录往上一翻，少顷轻轻骂了一句："这几个……可真是五毒俱全哪。"

王局："怎么？"

"这变态伪装成领养人，从小姑娘手里把流浪猫领养走，然后威胁人家发色情照片，不发就说要把猫活活虐死，还要拍录像给人家看。"技术员一脸恶心，"怎么想出来的，这缺德玩意儿！"

鼠标的滚轮一停，屏幕上赫然出现了一张女孩子的照片。白晟在照片出现的一瞬间就抬手挡住屏幕，瞳孔微微缩紧："放大。"

技术员不明所以，鼠标双击。下一秒图片放大，女生脖子以下的部分被白晟的手掌严实地挡住，只露出一张脸来。

沈酌捏着下颔，略感意外地蹙着眉——两小时前的闹市大街，那个穿高中校服的少女出现在了屏幕上。

这次她的双眼不再胆怯含泪，也没有丝毫被胁迫的懦弱和羞耻。她注视着镜头，像是透过镜头注视着虐杀团伙，眼神冰冷、镇定、坚如磐石。

那分明是猎手注视猎物的目光。

EVOLUTIONARY PEOPLE
[DATA SYSTEM]

▶ **进化者** 数据系统

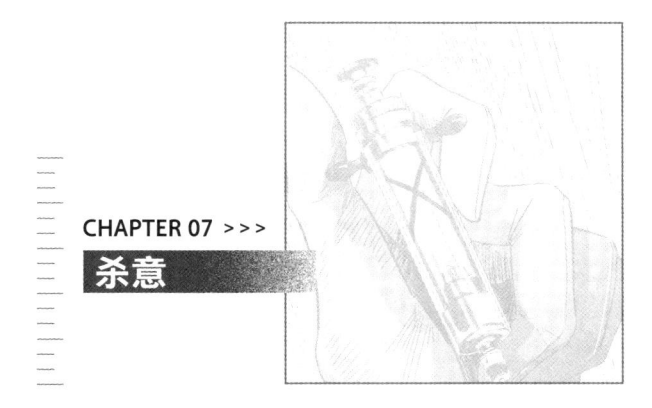

CHAPTER 07 >>>
杀意

NAME	野田俊介 / 野田洋子
查询结果 SEARCH RESULT	A级 / B级进化者

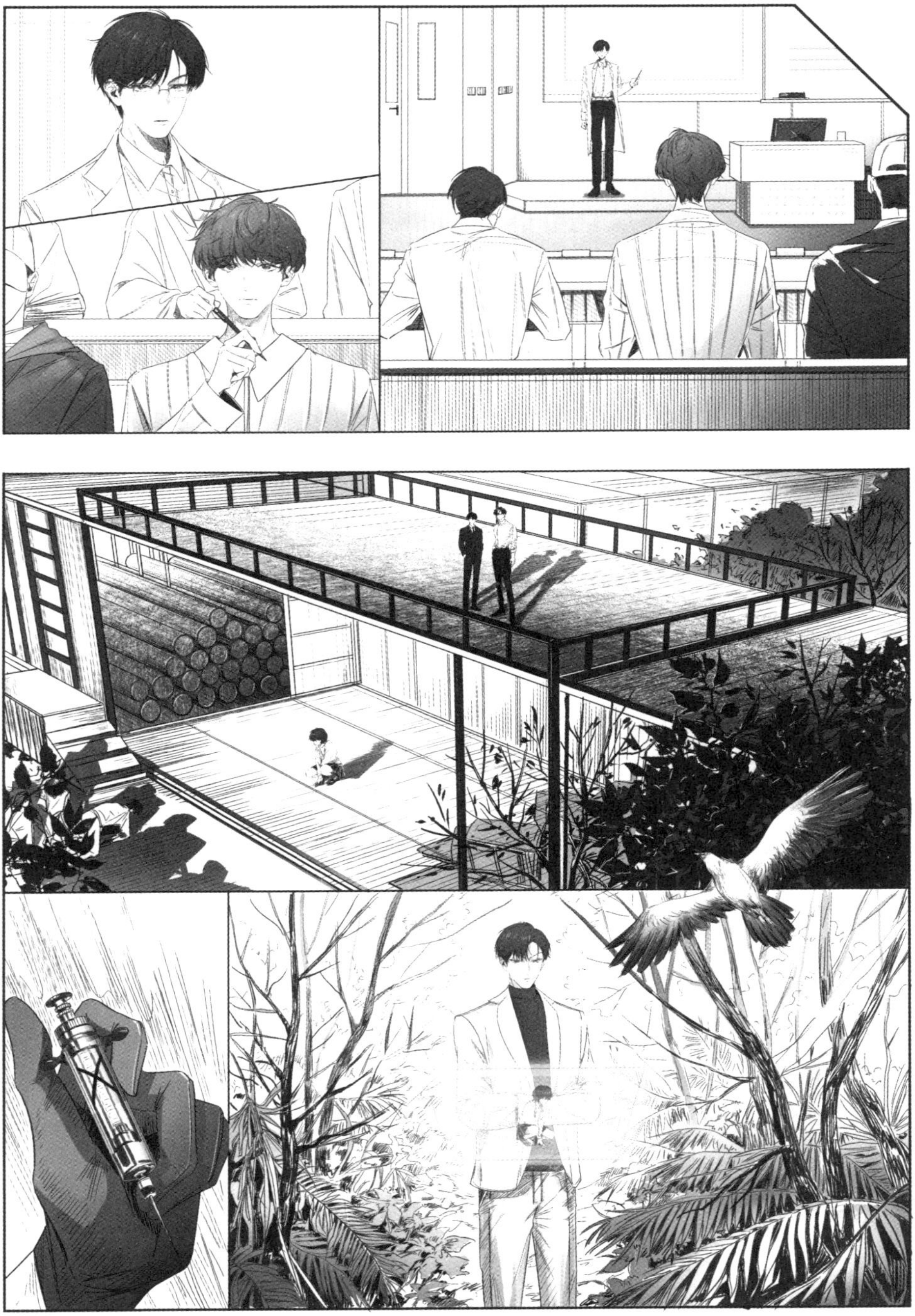

洞天

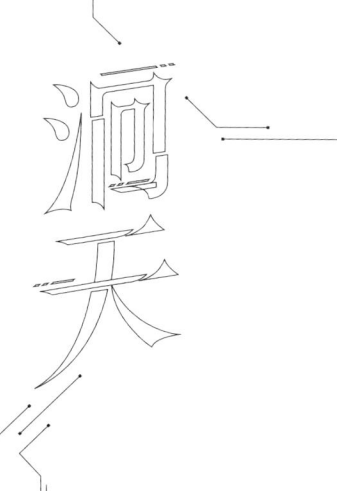

一个三十岁出头、穿着灰色衣服的男子拎着外卖袋，转过满是灰尘的低矮楼道，三步并作两步登上楼梯，停在了自家防盗门前。

门缝里传来犬类细微的呜咽声，应该是他前天从救助群里领养来的两只狗在叫唤。可惜送养人是个大妈，一把年纪了，就算讹到照片也卖不出钱来。不过这两只都是大型犬，大型犬虐起来才得劲儿。这年头定制视频的金主都不喜欢看虐杀小狗了，越大才越好卖钱……

今晚得叫黄凯奇早点儿过来把狗领走，男子心想，毕竟我只是个搞策划的，不亲自动手干活儿，隔壁邻居要是老听见狗叫会生疑的。

他心里盘算着该怎么"料理"这两只狗，脑子里掠过好几种新奇残忍又能赚钱的玩法，一时间神经都亢奋起来了，哼着小曲儿推开门，下一瞬却脚步猝止。

"什么人？"

客厅里，一个穿着高中校服的少女坐在沙发上。两条瘦骨嶙峋的大型犬依偎在她脚边，满身的累累伤痕都已经被包扎好了，正亲昵地冲她摇着尾巴。

"你……你是……"

少女眼皮一抬，目光冰冷清明："张宗晓？"

她的面容白皙清丽，刹那间张宗晓认出了她——前几天被他们讹出了照片的那个送养小姑娘！

怎么找上门来了？！张宗晓登时大乱，但紧接着，惊慌被凶狠蛮横所取代，他顺手从门边拎了根撬棍揣在手上，瞅着少女阴冷一笑："哟，这么想念哥哥，上门来找哥儿几个玩？正好今儿个有闲，就陪你……"

撬棍突然脱手而出，像被无形的力量操纵着，迎面闪电一甩——啪！

张宗晓口鼻喷血，一头重重砸在了门上。

这一下可真是太狠了，说不清是过了几秒还是几分钟，他才从剧痛的眩晕中勉强恢复意识。鲜血源源不断地从鼻腔和嘴里奔涌而出，他满嘴都是自己的牙齿碎片。

他全身剧烈颤抖，竭尽全力想爬起来，但紧接着面前伸来一只脚，将他当胸踩回了地上。

少女把那根撬棍在手里掂了掂，打量着上面发黑的血锈，仿佛看见了无数幼小生灵在这根铁棍下绝望挣扎、脑浆迸裂的惨状。

她笑了一下："知道什么叫同态复仇吗？"

张宗晓张了张口，但除了断断续续的痛吟外根本发不出任何声音。

当然发不出来，他的两排牙完全碎了，透明的液体正不断从鼻管里流淌出来，是脑脊液。

"公元前1776年，《汉谟拉比法典》被古巴比伦人刻在玄武岩柱上——损坏他人之眼，应毁其眼以还，击落他人之齿，应击落其齿以还。一千三百年后，古罗马人在十二铜表法中对同态复仇做出了改良，认为损坏他人肢体者，当被折断四肢，才算血债血偿。

"只有一点。"少女俯视着脚底惊恐颤抖的男子，"同态复仇一般只发生在同阶层之间，但你们实在不能与无辜的禽兽相提并论。"

张宗晓发出绝望的、含混不清的求饶声，瞳孔中映出撬棍锋利的尖头。

楼道阴暗凌乱，各家铁门紧闭。几秒钟后，一声撕心裂肺的恐怖惨叫划破寂静，垃圾桶边的耗子瞬间惊起溜了。

呜哩呜哩——尖锐的鸣笛声由远而至，监察处的两辆车如利箭般驰进小区，还没在尖锐的刹车声中停稳，陈淼就亲自带人冲下了车。

"一队堵前门，二队堵后门，各分两个人去守电梯和消防通道。"陈淼边走边吩咐，"那姓张的孙子家住1505，其余人跟我上！"

"是！"

训练有素的监察员分头而动，陈淼一马当先冲进居民楼道，眉头紧锁着，先前从沈酊手里接过的那份资料档案再次从心头浮现。

张宗晓，家住甘井子区，常年混迹在各个救助群，通过在社交平台冒充宠物医生来骗取救助者的买药钱，实际是虐杀视频的主要制作者。张宗晓负责领养猫狗和设计虐杀方案，黄凯奇负责实施，汪平负责联络买家，这三个人属于同一个虐杀团伙。

"但这个姓张的并不重要——"出发前，办公室里，沈酊翻开资料的

第二页，少女的照片从脖子以下被遮挡住了，只有一张雪白的面孔冷冷地盯着陈淼，"重要的是她。"

"为什么？"陈淼满心疑窦。沈酌没有直接回答，只头也不抬地招了一下手。

正跷着二郎腿斜靠在办公椅上的白晟立刻从口袋里摸出个录音器，态度很好地双手递上。沈酌接过去按下播放键，里面传出监察员的声音："你确定她不是？要不再看一眼？"

博沂中学校长的声音传了出来："您听我说，真不是，我们已经排查了两遍……"

监察员有点儿急了："可是今天中午事故发生时这个女生就在你们学校门口，穿着你们学校的制服，还背着书包！"

"哎呀，她真不是我们的学生，"校长恨不得赌咒发誓，"我们学校所有老师都被安排过来做辨认了，没有一个人能认出她，甚至那些休假在家的老师我们都去问了！您听我说，谁知道这校服、书包是她从哪儿搞的，她真不是我们学校的人！"

"什么，这小姑娘是冒充的学生？"陈淼的头皮差点儿炸了，"那岂不是说……"

"对，一切都是设计好的。"

沈酌轻轻把录音器丢还给白晟，语气倒并不意外："时间地点、场景人设、袭击经过，所有细节都设计得完美无缺。她选择了今天中午的闹市街口，离申海市监察处仅仅几百米的地方，甚至在被袭击后还气定神闲地来跟我道了个谢，顺便提示了我们关于动物毛发的细节。"

陈淼震惊地张了张口，才挤出声音来："可是……可是为什么呢？"

沈酌的十指在黑色手套的包裹下显得十分细长，他轻轻合上资料夹："目前还不能确定，但有一点是肯定的，她想要引起我们的注意。她是冲申海市监察处来的。"

"1505！"

"在这儿！"

陈淼脚下一顿，戛然停在门牌号1505的防盗门前，几个监察员对视一眼。

"张宗晓？"陈淼敲了敲门，发出哐哐的声响，"张宗晓！"

无人应答。

没有任何迟疑，陈淼又用力拍了拍门，直接问："妹妹，我们没有恶意，

你在里面吗？"

楼道里，有几家人好奇地探出头，结果一看陈淼他们身穿监察处的白色制服，还戴着进化者的金属项圈，立刻惊跳起来缩回头，忙不迭把门关上了。

"陈哥，"一个监察员几乎无声地问，"怎么办，破门进去？"

陈淼回头低声道："杨小刀？"

少年面无表情，从人群最后被推上前来，手里还拎着出发前白晟一脸父爱地塞给他的晚饭——干脆面配一袋榨菜，那便宜爹甚至忘了给他加两根火腿肠。

哐！哐！陈淼最后拍了两下门，朗声道："妹妹，我们要破门了，如果你在门后的话躲远点儿！"然后冲着杨小刀一指防盗门，意思是"上吧"。

传统的液压破门器具有很多不便之处，比方说需要充电、需要搬运，不适合复杂的地形等。如果是用异能的话，例如冰冻、雷电、火焰等，难免会造成连带伤害，像陈淼的冰箭会留下满地冰碴子，事后收拾起来也很麻烦。

但使用绿色健康、环保节能的杨小刀就没有这些顾虑了。只见少年不负众望，木着脸抬起脚，下一瞬——砰！整个防盗门像炮弹一样飞了出去，轰隆一声巨响，砸进了客厅里。

"不许动！"

"申海市监察处！"

"别动，举起手来！"

众人顶着烟尘一拥而入，陈淼箭步冲进玄关，举着枪在满地狼藉的客厅里来回一扫，没人。

几个方向同时传来监察员的汇报："书房没人！"

"卧室没人！"

"厕所空的！"

整个房子早已人去屋空，空气中弥漫着袅袅灰尘以及一丝残留的血腥气。这时众人身后传来杨小刀的声音："喂。"

陈淼一回头，顺着杨小刀示意的方向望去。大门后的地砖上赫然是一摊淋漓鲜血，上面还浮着星星点点的白色碎齿。

"事情就是这样。"半小时后，陈淼无奈的声音从电话对面传来，"张宗晓被暴打了一顿，然后在昏迷中被带走了。从小区监控录像来看，带走他的人就是那个穿校服的小姑娘……"

监察处办公室里，沈酌坐在宽大的办公桌后面，无声地呼了口气。

"知道了。"他淡淡地道，"让王局协助排查监控，你们撤吧。"

"是！"

其实沈酌倒不意外。一个背景和来历不明但手段缜密细致的小姑娘，明显智商很高，不可能那么容易被抓到，更何况动物毛发这条线索还是她故意留下的。

如果监察处没能通过那几根狗毛发现蹊跷，如果他们没能通过黄凯奇顺藤摸瓜挖出虐杀团伙，估计她还得再想办法多给点儿提示，好让监察处尽快注意到她的行动。

小姑娘显然很希望监察处追着她跑，但为什么呢？她打算把张宗晓带到哪里去？

沈酌处理完今天最后一点儿杂务，大致浏览了一下最近半个月来申海市关于进化者违法犯案及民事纠葛的记录，在报告书上逐一批复好，已经8点多了。

他关上电脑，却没有起身离开办公室，而是再次伸出手拿起那本案卷，靠在扶手椅里一页一页地仔细翻阅琢磨过去。翻到虐杀团伙聊天记录的时间线那一页时，他突然感觉到一丝微妙的违和。

他正要仔细往下看时，办公室门叩叩两声，紧接着传来一个熟悉且调侃的声音："哟，沈监察，干吗呢？还没吃呀？"

沈酌一抬头。白晟斜倚在办公室门框边，年轻精神、俊美非凡，两只手各拎着一个巨大的外卖袋，琳琅满目，不下上百根铁签立在外卖袋的口子外面，烧烤特有的香味飘满了整个办公室。

沈酌说："你可真是宾至如归呀，白先生。"

"那当然。"白晟走进办公室，用脚勾开办公桌前的大扶手椅，微笑道，"我一直是把自己当作这里未来的一员来看待的。"

整个监察处上下目前最担心的就是哪天沈酌翻车，大家从此失去白哥这个S级金大腿，因此背地里极尽讨好之能事——陈淼买奶茶都知道给白哥带一杯，白晟进出监察处甚至不用刷门禁卡，警卫们会争相帮他开门。

"吃吧。"白晟把烧烤摆了满桌子，满目的鲍鱼、生蚝、和牛、螃蟹，甚至还有一海碗游水龙虾粥，"人是铁饭是钢，饿着对身体多不好。来，尝尝这两串。"

沈酌说："我不……"

"专门给你点的，羊腰子。"

空气一片安静，沈酌望着白晟手里那两串烤羊肾，半晌礼貌地回答："谢谢，我的腰肾功能没问题，不用补了，你自己补吧。"

"想什么呢，沈监察？"白晟瞬间露出了一个无比无辜、震惊和迷茫的表情，"羊肾富含铁质，可以保证红细胞数量，提高血氧和大脑思考效率。你怎么对腰肾功能那么敏感？"

沈酌无言良久，望着白影帝无比真诚的脸，终于缓缓道："有件事我困惑很久了。"

"嗯哼？"

"你在没进化成Ｓ级之前，是怎么活到成年还没被人打残的？"

白晟戏谑地眨了眨眼睛，亲手给沈酌盛了一碗龙虾粥，微笑道："我很有钱。"

白河集团大公子白晟，身为庞大的家族信托的唯一继承人，根据他父母的遗嘱，如果他不幸没了，那么绝大部分财产都将被捐出去。

因此从小身边人对白晟唯一的要求就是：挺住，别死。

这对正常人家的小孩儿来说也许不算什么，但对白晟来说就太有难度了，概因他天生嘴欠，五行缺打，从小就是上流社交圈里出了名的社交大牛，幼儿园时曾经带着一帮富家小孩儿排队玩电门。走路上看见两帮小混混打架他都忍不住要上前撩两句，气得人家最后架都不打了，两帮人合起伙来追他一个。

他全靠家里有钱，请得起专业保镖三班倒，才能顺利长大而没被人拎着板砖打死，就这样还差点儿把他亲舅舅折腾出心脏病来。

事实证明，为人太欠是会遭报应的。五年前白晟自驾去山里徒手攀岩，人家都爬到半山腰，他非要牛哄哄地爬到山顶。结果半夜一颗从天而降的陨石穿透三层露营帐篷，弹起来正好砸中了白晟的后脑勺，当场把他砸成了生活不能自理。

那要不是一颗进化源陨石的话，他的头当场就该没了，就这样白晟都在医院抢救了半个月才醒，醒来就进化成了罕见的Ｓ级。

多年煎熬，苦尽甘来，信托公司所有投资人都开心得哭出了声——虽然这混账玩意儿能进化是真的让人不爽，但这一下他总算不会因为嘴欠而把自己活活欠死了。

白晟是个标准的食肉动物，可能是进化成Ｓ级的缘故，对于肉的需求简直就是没有上限的。他以一种乍看之下十分优雅，实则风卷残云般的残暴速度扫清了大半桌烧烤，抬头一看，沈酌还在慢条斯理地一边喝那碗粥，一边翻阅着桌上那本案卷。

"你看你，饮食习惯真差劲，吃个饭还三心二意。"白晟从长裤口袋里

摸出两瓶奶，亲自递给沈酌一瓶，笑嘻嘻问："餐后甜点，喝吗？"

沈酌狐疑道："哪儿来的？"

"跟烧烤店老板家小孩儿比赛扔石子打水漂赢的。"白晟摇晃食指强调，"特地赢了两瓶哦！"

"不要，谢谢。"沈酌面无表情，"附近三条街只有那一家烧烤店，整个监察处的人都去他家订夜宵。明天记得叫陈淼买两瓶还回去，不然你的照片会被他家老板挂在门口示众一年。"

白晟完全不在意自己三百六十度无死角的完美照片被示众一年，甚至已经跟他新交的朋友约好了下次还比打水漂。他吱吱吸完那瓶奶，伸头一看沈酌还在看案卷，感兴趣地问："有什么发现吗？"

沈酌放下勺子，向后靠在椅背里，眉微微蹙着："我总觉得有点儿违和。"

白晟倒不意外："因为照片是合成的？"

沈酌瞥了他一眼，意思是"你怎么看出来的"。

照片确实是合成的，但黄凯奇的电脑被王局拿走之后，这张照片就被做了遮挡处理，没人有机会去仔细观察。唯一的可能是S级的动态视力太可怕，在黄凯奇家打开聊天记录的那千分之一秒内，他就已经从照片上看出了合成的痕迹。

但以白晟的为人来看，他的第一反应应该是回避视线，根本都不会去观察有没有合成的痕迹。

"猜的。"果然白晟耸了耸肩，"这小姑娘太聪明了，我猜她一定有很多种办法来处理不同的问题，何况合成一张图又不是多难的事。"

沈酌点了点头，十指松松地交叉在桌上："所以我觉得违和。"

"怎么？"

"太急了。"

两人隔着一张办公桌，从这个角度来看，沈酌从下颌到脖颈的线条一路延伸，于光影中优美雅致，直至隐没进锁骨深陷的阴影里。

白晟托着腮，问："哪里急了？"

"三天、三个人、三个不同的时间地点，这小姑娘从谋定到行动没有一丝一毫耽搁，效率高得惊人。但与之相对的是，黄凯奇的聊天记录显示张宗晓是在二十天以前伪装成爱心者从小姑娘手里骗走流浪猫的，紧接着就开始讹诈照片了。也就是说，从意识到对方是虐杀团伙到利用异能惩罚他们，这小姑娘足足等待了半个月。这不像她。"沈酌斜靠在扶手椅里，摇了摇头，"何况这期间她还发过一次合成的裸照，明显是为了拖延时间。"

先前百般设法拖延，现在又突然迅速报复，这么一对比何止有点儿违和，堪称是大相径庭了。

"唔。"白晟心不在焉地思考片刻，问，"会不会是因为她之前一直没下定决心，直到三天前终于意识到小猫已经被虐杀了，这才雷厉风行地开始报复？"

"没下定决心。"沈酌一哂，"她的异能这么强，直接上门夺猫得了，为什么一直下不定决心？"

白晟若有所悟，终于品出了一点儿意思："所以你是觉得……"

"我觉得她的异能不太对。"沈酌顿了顿，说，"两种可能，第一种是汪平与黄凯奇的'狂犬病'不是她干的，之前的半个月她是在找帮手。但从她独自一人去找张宗晓来看，这种可能性不高。"

白晟感兴趣地问："第二种呢？"

沈酌沉吟片刻，缓缓道："第二种，两人的'狂犬病'是她干的，但之前那半个月……她还不具备这种异能。"

两人四目相对，都知道对方心里想起了同一个人——刘三吉。

"不至于又是二次进化吧？"白晟摩挲着下巴，似乎有点儿惊奇，"能让人突然拥有异能的我只知道姓荣的一个人呀，难道这次又跟你的狂热追随者有关？"

沈酌深吸了口气，这个动作充分展现了他惊人的涵养。然后他心平气和地再次重复道："好好说话，不要发癫。他不是我的追随者，我根本就没有那么多——"

桌上的内线电话响了，是值班秘书室。

"喂？"

"监察官，我们收到一个虚拟会面的通信密匙，中心监察处想即刻申请与您会面……"

"谁？"

"呃，是岳处长。"

空气安静一瞬，只见白晟露出一个比表情符号还标准的微笑，抑扬顿挫地道："根本就没有那么多追随者。"

沈酌用一只手捂住听筒，抬眼瞅着白晟，后者迎着他的视线一摊手，然后满脸无辜地跷着长腿往后一靠，意思是"我不会回避的，我不怕见人"。

沈酌捏着鼻根对电话道："接进来。"

办公室天花板上的一个投影器自动探出，无数道微光随即显现，在半空中纵横交错，构成了以假乱真的三维虚拟投影。

白晟以堪称影帝下凡、睥睨众生的姿态坐在办公桌前，双手抱臂吊儿郎当，两条大长腿肆无忌惮地叉开，每根发丝都完美得可以去拍时尚杂志封面，把那张年轻俊俏、写满自信的脸放到夜店，怕是直接就能火成头牌。

下一刻，岳飑制服严整、一板一眼的身影出现在办公室里："沈酹……"他紧接着一愣。

"哎呀，不好意思，不好意思。"白晟奇迹般一秒变脸，麻溜地收腿站起身，满面诚恳地小心道歉，"我只是碰巧来的，沈监察忙了一天没顾上吃饭，我实在太担心，才过来送点儿吃的。"

然后他转向沈酹，眼底闪烁着年轻人特有的认真和羞涩："都是我不好，担心沈监察工作太忙，累坏了身体。啊，岳处长一定有很多工作上的事要麻烦沈监察吧？你们聊你们聊，沈监察忙完记得早点儿休息呀，回头见！"

岳飑："……"

千言万语哽在岳处长的喉咙里，他无助地张了张嘴，什么都说不出来。

沈酹扶额咬牙冲白晟道："你给我坐下！"

白晟就在等这一句，他立马从善如流地坐了回去，正襟危坐挡在岳飑面前，双手搁在大腿上，端庄、和善、宽容地问："请问您找沈监察有什么事呢，岳处长？任何不重要的杂务都可以由我代劳哦。"

恍惚间，岳飑再次生出了那种刘姥姥进大观园一般的眩晕感。

他闭上眼睛，强迫自己深呼吸五次，内心默数到十，终于从眼前这个S级那华丽到恐怖的光芒中挣脱出来，勉强恢复镇定，用力咳了一声，道："中心区进化者专科医院的监控发现，三天前那个晚上，荣亓和他的几个手下曾经出现在医院门口。根据监控分析，荣亓可能……去过苏寄桥的病房。"

录像时间，三天前。中心区进化者专科医院，晚上 8 点 36 分。

几道背影仿佛凭空而降，突然出现在了医院大门前。紧接着，为首那个身着黑衣的修长身影回过头，对上方的监控镜头微笑着挥了挥手。

沈酹按下暂停键，放大。荣亓的面容在电脑屏幕上非常清晰，眉眼乌黑，眸光柔和，胸前被沈酹活活掏出心脏造成的重创已经完全消失了，他仿佛在透过监控含笑凝视此刻屏幕后的人。

沈酹一言不发地关上了电脑。

离 B 市还要飞两个小时，机舱地面在脚下微微摇晃。沈酹站起身，去吧台边倒了杯威士忌。琥珀色的酒液中，冰块发出轻微的碰响。

他啜了半口，一只手插在黑色西裤的口袋里，眉目清冷深邃，瞳孔中映出专机窗外的云层，耳边再次响起昨晚办公室里岳飑的话："监控不明原由地残缺，当天晚上的值班警卫也失去了部分记忆，应该是荣亓的异能导致的。现在我们想要知道荣亓在苏寄桥的病房里做了什么，只能请你们来中心区，借助伊塔尔多魔女的力量进行时空回溯了。另外……还有件事。"

岳飚吸了口气，语调多少有点儿干涩："之前你说三年前傅琛与苏寄桥可能是分别请假，再私下结伴出行的。当时我觉得不可能，但后来还是找当年苏寄桥的手下查证了……发现确实有这回事。这是因为苏寄桥说要请傅琛帮忙。"

"帮忙？"当时白晟跷着二郎腿坐在办公桌前，闻言伸头挡住了岳飚看向沈酌的视线，"帮什么忙？"

"苏寄桥说自己老家有亲戚病危，请假回去探望，一天后打电话回来说自己一个孤儿，年轻不经事不会办，请傅学长请假过去帮他操持。"岳飚自己似乎也感觉有点儿不对劲，停顿了一下，才道，"他说……因为在他心中傅学长特别厉害特别可靠，像是……哥哥一样。"

"噗——"白晟差点儿笑场，幸亏立刻忍住了。

沈酌对白晟的一切不正常行为都容忍度极高，换句话说就是当没看见，蹙眉问岳飚："当年知道这件事的人多吗？"

"很少。"岳飚困惑地皱着眉头，"当时苏寄桥说，他觉得沈主任一直不太喜欢他，怕沈主任知道之后产生误会，让傅学长左右为难，所以请其他人不要把傅学长帮忙的事说出去，当年知道他俩请假单独外出的人也就几个而已。"

沈酌不置可否，只问："苏寄桥老家在哪里？"

"正是泉山县附近。"

"荣亓真的是他亲戚吗？"

"完全不是，已经查过了。"岳飚说，"苏寄桥自幼父母双亡，两边亲戚找不出一个姓荣的。而荣亓的身份、来历、病症、户籍也完全不可考，可以说两人之间一点儿联系也没有。"

沈酌无声颔首，眼神多少有点儿耐人寻味："两人之间一点儿联系也没有……苏寄桥却能撒谎请假，带着傅琛结伴回老家，一起去泉山县卫生院探望他。"

"那个，沈酌。"岳飚有点儿迟疑，但想了想还是辩解道，"我不知道苏寄桥为什么要撒谎说荣亓是他亲戚，也不知道苏寄桥为什么要跑去探望荣亓，但对傅琛我是很了解的。傅琛对朋友都很照顾，称得上是有求必应，尤其苏寄桥年纪小、性格弱，当年不只傅琛，其实所有人都挺照顾他……"

沈酌的唇角一勾，那是个毫不掩饰讥诮的弧度："性格弱。"

岳飚略微哽住。

苏寄桥当年确实有着几乎完美的形象：心地善良、温柔腼腆、人气超高、天才少年。他二十岁出头就以优异的成绩拿到了硕士学位，随后进入监察处工作，像一朵乐观坚强积极向上的小白花。

毫不夸张地说，苏寄桥在监察处工作的那几年，简直是人人喜爱、交口称赞，与当时人人敬畏、腹背受敌，还被全球进化者抗议了好几次的沈酌相比，完全是相反的两个极端。

"我有时候对你们这帮进化者的智商感到颇为绝望……"沈酌眼底闪动着一丝怜悯，"不过算了，苏寄桥在我眼里一直是你们的智商测试表。"

他从办公桌后站起身，身材清瘦但腰背挺拔，语气和形象都完全恢复到了公事公办："我知道了，我会去处理的。"

岳飚习惯性地道："如果你需要任何帮忙的话——"

他的话音戛然而止，似乎意识到自己现在说这话已经没必要了，叹了口气。

"我没有帮苏寄桥说话的意思，只是想解释一下傅琛当年对待苏寄桥真的没有什么特别的。"岳飚的喉结上下一滚，大概是顾忌白晟，他艰涩地咽下了后面的话，"你知道就好。"

沈酌头也不抬地挥了一下手。那是"谈话已经结束，你可以走了"的意思。

岳飚对沈酌那种无懈可击的、拒人于千里之外的姿态一向无可奈何，只能按下退出键，消失在了监察处的办公室里。

专机破开云层，向着B市方向平稳飞行。沈酌放下酒杯，刚转身就差点儿撞上了一个精悍的胸膛，紧接着就被来人拦住了。

"监察官，"白晟满眼揶揄，"怎么一个人喝闷酒哇？"

沈酌问："你被什么脏东西附体了吗？"

他一推白晟，想要走开，却被白晟闪电般拽了回来，那动作简直又快又重，与平时大相径庭。

"从昨晚开始我就有个疑问，"白晟含着笑，微低下头，看着沈酌的眼睛，"为什么苏寄桥请他的傅学长私下帮忙，要担心沈主任知道了误会呢？到底还有多少我不知道的前情往事呀，沈主任？"

白晟的日常风格是休闲那一挂的，光看脸会给人一种开朗阳光的大学生的错觉。但S级雄性的身体素质可绝对不像大学生，一米九的个头在机舱空间里极具压迫感。

"我以为凭你对我那不合理的感兴趣程度,早就已经从那个监察官内部论坛上搜罗清楚了。"沈酌仰头嘲道,"怎么,你有亲耳听人回忆过去的奇怪癖好?"

"这种事,当然是听当事人自己解释才更有趣了。"白晟挑眉道。

沈酌一言不发。

专机后舱没有人,不远处薄薄一门相隔之外,可以听见机组人员特意放轻的脚步声和交谈声。

"只是当年监察处和研究院需要合作,"半晌,沈酌冷淡地道,"仅此而已。"

"所以苏寄桥讨厌你?"

沈酌不置可否。

"那你为什么讨厌苏寄桥呢,沈主任?真的跟傅琛无关吗?"

这个举世公认"脾气最好"的Ｓ级,脸上还是跟往常一样带着笑,但眼神异常发沉,仿佛平时藏得很好的本性要压不住了。

"为什么所有人都知道你那么讨厌苏寄桥?"白晟直勾勾地盯着沈酌的瞳孔,一字字问,"岳飚昨晚那几句话到底是什么意思?"

沈酌少顷才开口道:"跟傅琛没关系。"

他的语调很冷静,每个字音都极其平稳,有种镇压性的、柔和的力量:"是因为苏寄桥对我的攻击性一直很强。我不喜欢攻击性太强的人。"

白晟紧盯着沈酌,瞳底微微闪烁,眼神变幻莫测,仿佛脑海中在激烈地权衡什么。

即便是一头躁动的雄狮,也会反复掂量是要顺着本能不管不顾地直接扑上去,还是忍耐下来俯身呜咽,以期获得自己想要的安抚。

机舱里的空气凝滞了,虚空中仿佛有一根弓弦一寸一寸绷到了极限。良久,只见白晟眉眼一动,若无其事地笑了,刚才掩饰不住的凶躁消退得干干净净。

"哎呀,开个玩笑嘛,说什么攻击不攻击的。"他顺手一拂沈酌肩头并不存在的灰尘,又笑嘻嘻地把手收了回去,"其实我也感觉那姓苏的'小绿茶'有点儿烦,难怪你讨厌他。哎,正常。"

这时,呼的一声门被推开了,司机罗振端着水杯:"沈监察——"

他一愣。

白晟探身从罗振手里接过水杯,勾着沈酌肩膀做了个哥俩好的姿态,一脸春风拂面:"没事,我跟你们沈监察闹着玩呢。"

沈酌平静地道:"出去。"

233

罗振一声不吭，低头退出后舱，妥善地关上了门。

咔嗒一声轻响，后机舱只剩下了他们两人。沈酌顺势拉开距离，抽身退出两步，坐在了一旁的单人沙发上。胶着的空气总算恢复了流动。

白晟完全恢复了有点儿戏谑和漫不经心的常态，斜靠在吧台边上喝了口水，像一头重新躺回窝里，懒洋洋打着哈欠的雄狮，随口问："所以苏寄桥也在研究院上过学？"

沈酌"唔"了一声："天才少年，在研究院本硕连读。"

白晟心说这世上绝大多数"天才少年"在你面前都有水分，那姓苏的怕是也不例外。

"他当时就开始对你有攻击性……他当时就开始对你'茶里茶气'的啦？"

沈酌瞟了他一眼，没搭理。

"哎呀，你看你，还记仇呢。"白晟笑吟吟地从吧台走过来，不客气地坐在沈酌身侧的扶手上，那张阳光开朗的俊脸简直让人无法拒绝。他殷勤地把沈酌刚才被揉乱的衬衣领整了整。

沈酌一偏头，避了过去。这是个明显冷漠的拒绝姿势，但白晟毫不介意，就这么挤着沈酌坐在那儿，笑问："那是哪一年的事呀？"

沈酌淡淡道："八年前。"

"上次听他喊你沈学长，他跟陈淼一样也是你学弟吗？"

这个问题真是白晟顺口溜出来的，但话音刚落他就意识到不对——苏寄桥再天才少年，也不可能跟沈酌是同一辈人，就像陈淼在研究院跟沈酌也差了辈分一样。

陈淼能喊学长明显是因为傻孩子被偏爱，而这份偏爱苏寄桥做梦都别想有。

果然，沈酌挑起眼睫，半笑不笑地一瞥："谁说我是他学长？他这么喊只是为了恶心我。"他冷冷地道，"因为我是他的老师。"

白晟："啊？"

"这些都是今年院里新招进来的研究生，当然跟小沈你没法比，但也是被寄予厚望的栋梁之材呀，哈哈哈……"

那年开学，暑气未退，年轻的天之骄子们打闹着跑过操场。沈酌从窗前回过头，看见一个穿白衬衣的少年站在面前，秀气的面孔略微涨红："沈……沈老师。"

"这就是我跟你说的苏寄桥，出名的天才少年。"老院长笑眯眯地拍着少年的肩,然后向他指着沈酌,"叫老师多生分,就叫他沈学长吧!沈酌你也要记得照顾后辈,你俩平时多亲近亲近,多走动走动……"

"沈学长,"少年眼底有一丝怯生生的羞赧,"我听说您的名字已经很久了。"

十八岁的苏寄桥比沈酌矮一点儿,没长开,那种奶气的清秀很讨人喜欢,并且似乎知道自己什么角度看上去能更讨人喜欢。

沈酌只瞟了他一眼,便收回视线对着电脑:"哪两个字?"

"'寄语河边鹊,明年莫架桥'①的那个寄桥。"

沈酌点了点头,表示知道了。

苏寄桥的语调里满是真诚:"沈学长,我从念本科的时候就非常仰慕您,一直希望能尽早毕业,这样就能有机会跟在您身边多多学习。我特地打印了您的所有著作,您看,这是我做的笔记——"

"不用申请,我不带学生,也不适合你的研究方向。"沈酌打断了期期艾艾的清秀少年,站起身合上电脑,把刚打出来的名单交给老院长,"这几个博士生可以进我项目组试一试,其余的都不要,退回去吧。"

"啊?"老院长颇为意外,"这么出类拔萃,全都退回去呀?"

沈酌直截了当:"水货。"

他看了一眼时间,夹着电脑匆匆走向实验室,连头都没回,在苏寄桥的注视中消失在了走廊尽头。

来自世人的仰视、爱慕或憎恨,都是沈酌眼里最习以为常、最一文不值的东西,苏寄桥很快就意识到了这一点。

如果天才少年能早点儿接受自己只是芸芸众生中的普通一员,那他也许还来得及换个途径,甚至换个人设,以更妥帖圆滑的手段靠近自己的目标。

但他没有。

学生时代人人喜爱的苏寄桥,很快就以最惨烈、最难看的方式,狠狠撞上了沈酌这块冰冷的铁板。

由于很多方面的原因,当年二十岁出头的沈酌已经在 HRG 项目组里占据了举足轻重的位置。毫不夸张地说,当时这个专业里有一半学生想进他手下最尖端的攻坚组,本科生哪怕是去洗个试管、刷个脸熟都行。

苏寄桥是当时年纪最小、最受关注的研一新生,他想去刷个履历不足为奇。但人和人之间的际遇就是这么奇妙——他不讨沈酌喜欢。

---

① 出自《七夕词》——明·胡奎。

洞天

　　八面玲珑、手段了得的苏寄桥，人人交口称赞的苏寄桥，本科时代所向披靡的苏寄桥，从第一次见面开始，就被沈酌直接划到了不感兴趣的那一堆里。

　　苏寄桥不明白为什么，但他觉得自己能理解。

　　沈酌在他自己的领域里是绝对说一不二的。这就跟小说里修仙大能收入室弟子一样，纵然你天赋卓绝、百般讨好，他不喜欢你，就可以不收你；相反，即便你资质普通甚至愚笨懵懂，只要他觉得这个学生投眼缘，就愿意手把手地从基础教你——那个被钦点去HRG实验室里洗了大半年试管的本科生陈淼就是个最好的例子。这人最出名的事例就是第一次上沈酌的公开课时，三次举手打断沈酌，说："老师你讲得太难了，我们都听不懂，你能不能再放慢点儿？我是卡着分数线进来的，再这样下去我要挂科了！"

　　只有两种人可能会被沈酌另眼相待，一种是清澈的傻子，一种是真正的天才。以当年研究院的风气来说，前者是稀罕物，但后者却层出不穷，每届都有。

　　想进HRG的博士生那么多，苏寄桥没有任何硬件上的优势，他才刚念研一而已，所幸他是个很善于借力打力的人。

　　第一眼不投缘，从别的途径迂回一下就行，苏寄桥向来精于设计这个。

　　"沈老师，沈老师！"第一个学期结束时，HRG项目里的一个年轻气盛的学生组长在实验室门口拦住了沈酌，多少有点儿义愤填膺地质问道，"我有个问题，请问您为什么不让苏寄桥进您的项目组？"

　　沈酌站住脚步，毫无表情地盯着他，那眼神颇有点儿像正常人看精神病人。

　　抛却项目的含金量不谈，沈酌本身并不是个很受学生欢迎的老师——他刻薄、直接，说话做事从不留情。当然研究部也有人狂热地追捧他，不过在学生当中，喜欢他的人是少数，大部分都只是迫于威严当小白鼠，打卡、拿学分而已，胆敢这么跟他说话的还是第一个。

　　"您看！"那学生组长涨红了脸，举起手里厚厚一叠文献资料，"这是苏寄桥私下帮咱们做的文献参考，他自己一个人偷偷做的，甚至都瞒着我们，您却因为成见就坚持不让他进课题组，实在是太不公平了！"

　　沈酌微微眯起了眼睛。

　　学生组长急了："沈老师您——"

　　沈酌终于提出了第一个问题："我对他有什么成见？"

　　学生组长下意识想说苏寄桥太单纯，又优秀，容易惹人嫉妒，但突然意识到眼前这位是沈酌，所有的话瞬间堵在了喉咙口。

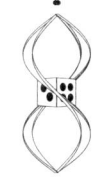

沈酌又问："他做这些文献谁都没告诉，那你又是怎么知道的？"

"是……是我无意中发现的，苏学弟从来都遮遮掩掩的，不让人看，我也是一时好奇，才……"

沈酌对这种经典套路已经懒得再给眼神了，直接打断对方，提出了最后一个问题："我就是不让苏寄桥进课题组，你又能怎么办？"

学生组长没想到这位沈老师真如传说中一样刻薄又不近人情，一时间愣住了。

紧接着年轻人的所有激愤都化作了慷慨激昂，他挺起胸大声道："既然您这样固执己见，那为了求一个公平的对待，我只能告诉您如果缺少苏寄桥的帮助，我们这个小组是不能按时完成进度的，请您谅解！"

沈酌用寒潭般沉黑的双目盯着他，须臾点头说："好。"

他拿出手机，拨了个号码。对面几乎立刻就接通了："喂？"

"杨导，麻烦从研二调个小组到我手里来，明天到位就可以，跟他们说今天不用急着来报到……没事，我把一个小组用废了——"沈酌停了停，简洁地评价道，"试验耗材。"

他挂了电话，收起手机，轻描淡写地说："你们一个组被开了。"

学生组长简直难以相信这个结果，有那么几秒钟他还以为自己听错了，过了几秒才如梦初醒："沈……沈老师？"

沈酌径直擦肩而过。

学生组长如坠冰窟，跟跄扑上去挡在沈酌身前，徒劳地伸出手不让他走："沈老师，您不能这样！我……我不是那个意思，我们可以完成进度，我们——"

下一刻他面颊一紧，被迫仰起头。

沈酌单手卡着这个并不比自己矮的年轻人的下颌，不让他的手碰到自己，语气却是平稳的："你知道我最烦什么人吗？"

"……"

"愚蠢、暴力，狂怒无能的声讨，一钱不值的义愤。"沈酌说，"你们在我眼里甚至还不如耗材。"他一甩手，可怜的年轻人被甩了个趔趄，难以置信地哆嗦着，眼睁睁注视着沈酌抬脚走出了实验室。

沈酌的步伐无论何时都是稳的，面容镇静毫无波澜。他疾步流星地转过楼道的拐角，直到被疾奔而来的一道身影迎面挡住了去路。

"沈学长，沈学长对不起！您听我解释！"苏寄桥停在下一层的楼梯上，可能是马不停蹄赶来的缘故，一张小脸红红白白，边喘气边抬头恳求地看着沈酌，"我真的不知道事情会发展成这样，我真的不知道组长他竟

然看到了那些资料，其实我只是想等做好后拿出来打动您！学长您一定要相信我——"

"苏寄桥。"沈酌打断了他。少年一下子噤声，嗫嚅着不敢张口。

沈酌的声音轻缓却沉冷："你那些不入流的小伎俩让一整个小组都被开掉了，而你赶来对我说的第一句话是什么？"

苏寄桥猝然僵住。

"你真的不知道事情会发展成这样？"

少年哑口无言，只能维持着这个仰脸的姿态，无辜胆怯、楚楚可怜，任何人看了都只会觉得心疼。

"回去吧，你打动不了我。"沈酌说，"以后不要单独来见我了。"他越过苏寄桥，顺着台阶走下楼梯。

他身后的苏寄桥猝然回头，这次是真急了："可是沈学长！我——"

沈酌侧身一抬手，少年战栗的声音戛然而止。

"叫我老师，"沈酌冷淡地道，"我们不是那么亲近的关系。"

虽然只是 HRG 大项目里一个非常边缘、毫不重要的学生课题，但这件事后来闹得很大，足足半个月才风波稍停。苏寄桥一直苦心维持的完美形象也遭遇了最惨烈的一次滑铁卢。

半个月后，沈酌让人彻底查清了是谁把课题进度透露给苏寄桥好让他做文献的，然后重重惩罚了相关人员，把被开掉的那一组学生安排去了新的项目里。

苏寄桥没放弃。

苏寄桥是个坚信水滴石穿的人，那天下午之后他又做了很多努力，甚至把其他导师都打动得纷纷去找沈酌求情，能做的、不能做的全都做了个遍，只差没像后来的金斯顿一样装疯去闯沈酌的办公室了，但他始终没能融化坚冰。

他能八面玲珑地把那一整组因为他而被开掉的学生都给哄好，却自始至终无法再跨进沈酌的办公室的门。在这个世界上，沈酌不一定想见谁就能见谁，但他如果不想见谁，就一定能让那个人见不到他。

楼梯间那次擦身而过时掀起的冷风，在后来很长一段时期内，成了苏寄桥对沈酌最后的印象。

"第二年我就出国了，拿我的第二个学位，同时也在其他大学继续教书。"沈酌坐在专机的单人沙发上，眼底映出窗外的蓝天白云，语气随意散漫，"当时 HRG 计划陷入了瓶颈，我想接触一些新的思路，以为能在海外发现很多很多的人才，谁料只是发现了很多很多的比利·金斯顿。"

白晟坐在他对面，忍俊不禁："金斯顿那小子也是个水货吗？"

"看你如何定义水货了。"沈酌说，"在我看来 99% 的金斯顿们都是水货。我不喜欢那种特地跑来跟老师说'这次考卷真的太简单了，我根本没复习，我也不知道为什么其他学生不能像我一样随便考考拿到 A'，实际上却连前一天晚上通宵的难看脸色都不知道遮一遮的学生。"

白晟忍不住问："你有很多学生都这样吗？"

"很多。"沈酌说，"他们想被赞誉为天才，却没有相应的实力。我也不知道他们为什么如此渴望得到老师的认可，我只能劝他们多关注自己。"

虽然白晟一向很烦金斯顿，但这一瞬间竟然神奇地对当年沈酌手下那些金斯顿的绝望感同身受了："那……苏寄桥呢，算不算水货？"

出乎意料地，沈酌摇了摇头："苏寄桥是另一个极端。"

白晟不明所以地挑起眉。

"苏寄桥是那种根本不用复习，第二天就能轻松拿到 A 的学生，但他会对所有人都害羞地声称自己头悬梁锥刺股、彻夜通宵呕心沥血地复习，哪怕硬生生熬出病来也不肯请假，强撑'病体'跑来上你的课，并且一定要坐第一排。"沈酌笑了一下，尽管唇角是个讥讽的弧度，"我当年一直好奇如果把金斯顿和苏寄桥放在同一个班里会怎么样，可惜没机会试试。"

白晟脑内设想了一下那个画面，"噗"的一声，差点儿失笑。

"你拿到学位之后就回国了？"

沈酌"嗯"了一声。

"哪一年？"白晟感兴趣地道。

"五年前，进化刚发生的时候。"沈酌呼了口气，侧影的轮廓在窗外天光的映衬下，有种突兀的清晰，"当时很多陨石都被送到了中心研究院，全院上下都笼罩在高强度的辐射中，基因能够进化的学生都进化了……苏寄桥就是那时成了 A 级。"

说到这儿，白晟突然想起一事，忍不住好奇道："话说回来，苏寄桥的异能是什么？"

沈酌没有立刻回答，而是沉默了片刻，眼底有种难以言喻的微妙。

"苏寄桥这个人，在好几个方面都有进化……其中最主要的是精神系。但精神系异能具有不可探查性，除非他自己愿意说，探测仪是无法展示异能的具体效果的，我只见过他让人一瞬间陷入昏睡。除此之外，因为他有一种'必须得到周围所有人的喜爱和关注'的执念，所以……还产生了一个非常特殊的进化方向。"

白晟："？"

沈酌缓缓道："脸。"

沈酌再次见到苏寄桥的第一反应是他整容了？

苏寄桥本来就是那种很清秀、很讨人喜欢的少年，进化后更是登峰造极，精致完美得挑不出一点儿瑕疵，光是站在那里就有种温柔如水、玉树临风之感。

可苏寄桥一开口，沈酌的感想就变成了"还是当年的那个他，没有一丝丝变化"。

"沈老师，您什么时候回来的？真是太好了！"苏寄桥表现得异常惊喜，甚至称得上是雀跃了，完全看不出一丝作伪，"我一直盼望着您能早日回来，这一路顺利吗？您好好休息过了吗？"

根本不待沈酌回话，他转向身边的监察员同事，带着些许自豪地介绍道："这位就是沈酌老师，已经是领域里最厉害的导师了，以前念书的时候非常照顾我。怎么样，百闻不如一见吧？"

研究院大门前的空地上，气氛一时十分古怪，几个进化者打量沈酌的表情都非常微妙，不用看都能知道他们心里在想什么——这就是那个出名刻薄、不近人情，临走前还没忘记刁难苏寄桥，为了不让他进课题组而大动干戈的沈酌？

沈酌的气色根本不好，眉眼明显憔悴，因为回程一点儿也不顺利。全球进化刚发生时他就想动身回国，却被当地政府软禁在了大学里，好不容易脱身出来绕道回程，又被欧洲某国扣在机场酒店长达一个月。国际监察总署知道他的价值，各种利诱招安未果，差点儿把他灌了药弄到S国去，最后还是经多方交涉才把他放回来的。

所有人都知道他这趟飞得有多颠沛流离，他披星戴月、昼夜兼程，几乎绕了大半个地球。他不想给苏寄桥借题发挥的机会，只点了一下头就抬脚往前走，错身时却被苏寄桥伸手一拦："沈学长！"

沈酌的脚步一顿。周遭安静数秒，浮动着尴尬和难堪的气息。

"我能单独和您说几句话吗？"苏寄桥诚恳地问。那几个进化者对视一眼，从表情上看他们明显很担心沈酌背地里抬手呼苏寄桥一巴掌："呃，可是……"

"沈学长当年出国后，我一直特别想念您，直到后来离开研究院都一直惦记着您。"苏寄桥语气柔软，姿态极低，"我想单独跟您说几句话，可以吗？"

那几个进化者迟疑着告辞了，走出去老远还忍不住担心地回头张望。直到那几个人的背影彻底消失在远处，苏寄桥刚开口想说什么，却被沈酌直接打断了:"我说过要叫我老师吧?"

"您一点儿也没有变,沈老师。"苏寄桥多少有点儿感慨地笑了一下,说,"我想请教您一个问题。"

沈酌蹙起眉盯着他,只听苏寄桥缓缓开口问:"您为什么没有进化呢?"

全球只有十万名进化者,但并不代表只有十万人的基因能进化,只是因为各国及时把进化源陨石收集起来封锁住了而已。如果放开了让所有人去接触陨石的话,恐怕进化者早就已经突破数百万了。到时候,种族冲突会更剧烈、更难以调和。

不过沈酌倒真不是因为没接触陨石才没进化的。事实上以他的地位,他是最早接触进化源的顶级专家之一,因此外界公认他没进化纯粹就是因为不能。

不能就是不能,从来没人特地跑来当面问沈酌为什么他不能进化。因此沈酌对这个问题颇感莫名其妙,眉蹙得更深了。

"你是把进化当作基因优越的证明了吗?"

苏寄桥直勾勾地盯着他:"难道不是吗,老师?"

少年的攻击性一直含蓄而隐蔽,直到这时才终于露出了锋芒:"难道自古以来的进化不是都优胜劣汰的,难道不能进化的劣质基因不该从地球上消失吗?"

沈酌意外地站在那里,面对苏寄桥这样不加掩饰的注视,终于意识到了一个其实相当明显、但长时间以来都他被忽视了的问题:眼前这个少年不是讨厌他,而是憎恶他。

如果不是因为在研究院遇到了沈酌,苏寄桥从一开始就是唯一的那个天才少年;如果不是因为沈酌的漠然轻视,苏寄桥光鲜亮丽的学生时代不会那么灰头土脸地结束,甚至差点儿留下完美主义者不能忍受的污点。

一个迫切想得到全世界喜爱和认可的人,如果屡次三番地拒绝给他注意力,他就会从低姿态的讨好转变为忍无可忍的攻击——尤其是如今苏寄桥还拥有了A级进化这么一个强劲的资本。

"进化和淘汰都是自然选择的过程,不代表生命意义上的不平等。从社会意义上说,也许会造成暂时的阶级壁垒,但生态总会不断自我调整,终有一天再度达成'生来平等'的相对局面。进化不是无代价的,不能像中了彩票一样穷奢极欲地挥霍。"沈酌直视着苏寄桥,缓缓道,"我劝你能尽早认清这一点。"

他不再与苏寄桥多费口舌,抬脚就要往前走,下一秒却被苏寄桥抬手拦住了,那动作少见地强硬:"您这么说只是因为——"

一个学生猝然转出走廊，当头撞见此景："苏前辈？"

苏寄桥的动作微顿。

场面霎时变得僵持，沈酌正要趁隙抽身，却见苏寄桥无奈地叹了口气，对那个学生柔和地道："我先送你去别处逛逛，好吗？"

话音刚落，一股难以言描的力量从他身上散发出来，那学生甚至来不及反应，整个人就僵在了原地，眼神涣散迷茫，仿佛一下子陷入了梦游。

沈酌猝然转身："你在干什么？"

"无害的白日梦而已。"苏寄桥轻描淡写地道，"没事，很快就会醒来的。"

这根本就不是无害不无害的问题，沈酌内心顿觉荒谬："这就是中心区监察处的管理现状？你们进化者现在可以随便向人类使用异能吗？"

苏寄桥笑吟吟地看着他，不吭声。

沈酌扭头大步走向那个学生，紧接着手腕从身后被一下攥住。苏寄桥柔声道："没关系的，沈老师，我的异能是不会在现实中留下痕迹的，不用担心他醒来后去揭发我。"

沈酌语气微愠："你……"

"不信吗？"苏寄桥仔细端详沈酌，似乎终于从对方的愠怒中感觉到了一丝愉悦，眉眼弯弯地笑了起来，"您想体验一下进化的感觉吗，要不我把异能借给您试试？"

出借异能闻所未闻，而且这话说得实在太像挑衅了，沈酌只觉不可理喻，一使力令手腕挣脱出来，道："我不想体验那种东西。如果你以后再随便对人类出手，我就……"

这时不远处出现了人影，是刚才那几个监察处的进化者不放心，竟然又转了回来。沈酌收住话音，盯着苏寄桥的瞳孔。

"基因进化和生命价值是两回事，"他一字一句地道，"如果你真那么渴望得到所有人的认可，先把注意力放回到自己身上吧。"

苏寄桥好像没料到他会这么说，愣了一下。

沈酌冷冷地道："把那个学生唤醒，送实验室做身体检查。"他没再给苏寄桥阻拦的机会，向后退了半步，错身径直走向了前方。

苏寄桥的嘴唇动了动，似乎想解释什么，但没有说出口。他一直站在原地没动，直到沈酌转过道路的拐角，都能感觉到身后的视线如影随形，仿佛在目送他走远。

"苏寄桥！"

平稳飞行的专机上，沈酌蓦然睁开眼睛，神情微微变色。时隔五年，他终于意识到当年那段记忆里到底发生了什么。

两人四目相对，白晟不由愕然。

"苏寄桥说'我的异能是不会在现实中留下痕迹的'，也不怕那个学生醒来后去揭发他，是因为他用异能把那个学生送去了白日梦的世界，现实中的检测仪对他而言没有用……"

他俩看着彼此，同时想起了那两个受害人梦游般疯狂的自残举动以及根本测不出丝毫异常波动的检测仪。

"也许他不是在挑衅你，他的异能真的可以出借。"白晟的语气略微不可思议，喃喃道，"所以四天前……荣亓去了他的病房。"

剧痛，摇晃。张宗晓勉强睁开一只眼睛，昏沉中他以为自己身在暴风雨中摇曳的船上，然后才发现身下颠簸的是车，车窗外是黑沉广袤的雨夜。

他竭力想求救，却只发出了黏腻的不明音节，想抬手却发现自己被严严实实绑在车后座上。昏暗的车厢里，只有他和那个穿校服的少女。

少女熟练地开车，嘴唇微微嘟着，有点儿天真的意思，但此时那娇憨的情态在张宗晓眼里看来简直跟恶魔无异。

"饶……命……求求……"

"醒了？"少女慵懒地瞟了他一眼。张宗晓剧烈地颤抖起来，不顾一切想要去扒车门，但事实上他除了全身颤筛之外什么也做不到。

怎么就招惹了这个瘟神？！他满脑子只有这一个念头，明明看着就是个软弱无能的小丫头哇！

"噢，对了，我没来得及告诉你一件事。"少女望着前方大雨倾盆的路面，撑着下颏淡淡地道，"被你骗走那只流浪猫的送养人不是我，是个七十岁的老太太。"

张宗晓仅剩的那只眼睛里，瞳孔霎时紧缩。

"她只是个做救助小院的孤寡老人，不会用网络，不懂求助舆论，也搞不明白你们这些人的小爱好。"少女挑了挑眉，"所幸，她认识我。"

"我真是个老糊涂、老废物呀！我怎么就信了那畜生，他说他特别爱猫，其实他是个用开水烫猫的变态玩意儿呀！"老太太白发苍苍，蹲在小院的石砖上大哭，两只满是皱纹的手拼命拍打着泥地，几只狗急得围在她身边团团转。

志愿者们一筹莫展，有人在抹泪，有人在骂，有人跺脚要报警但又没证据，正乱成一锅粥的时候，人群后传来少女清亮镇定的声音："把联系方式给我。"

志愿者们纷纷回头，一个阿姨脱口而出："小雁？你有办法吗？"

243

"是呀是呀，小雁是最聪明的，小雁一定能想到办法！"

"不管怎么样，先找到那个人把小咪要回来呀！"

穿蓝裙子的少女走上前，从老太太颤巍巍的手里接过了"领养人"留下的身份证复印件，上面大部分信息都是合成的。

"变态通常结群，这人只是个联络者，就算找到他也不管用。"少女慢慢地、一点点儿地把纸攥在掌心，指骨的青筋突起，声音却低而冷静，"我要将他们都找出来。"

"我……我错……饶命，饶命……"

血泪从张宗晓空洞的眼眶里滚滚而出，可惜被打掉了半列牙齿的嘴吐不出成句的求饶。少女微笑起来，讥诮地扬起眉，道："别担心，不会现在就要你命的，鱼饵的价值还没用尽呢。"

张宗晓还没明白鱼饵是什么意思，只见少女在红灯前刹车，从储物匣里拿出他的手机，在他面前一照解了锁，轻车熟路地登录了聊天群。

仿佛已经在脑海中打好了草稿，她迅速编辑好一条消息，按了发送。

目睹这一切的张宗晓霎时意识到什么，惊恐万状地拼命扭动起来，然而所有的挣扎都注定是徒劳的。少女随便地把手机扔回储物匣，恰好此时绿灯亮起，车子在茫茫雨夜中孤舟一般驰向前方。

中心区，进化异能专科医院。

"我说，不会出什么事吧？"特护病房门前，一个换班的守卫看了一眼时间，不由有点儿担心，"听说那个沈监察当年跟苏科长的关系可差了，岳处长却要带他到这病房里来探视……"

年纪大点儿的同事明显更老练些："没事，天塌下来有那些监察官顶着，我们站这儿守门就行，关我们什么事？"

"也是呀。"前者安心了些，想了想，又忍不住八卦道，"哎，你见过那个沈监察吗？都说他当年特别有名，他到底长什么样？"

他的同事的脸上浮现出有点儿玄妙的表情，似乎在思索用什么语言形容，半响才慢吞吞地说："长得……你一眼就能认出他。"

"啊？"

"不管在场有多少人，只要你看见他，就一定能知道那是他。"老资格的同事摇了摇头，颇为唏嘘道，"差不多就是那样的长相。"

年轻的守卫非常疑惑，正当这时，走廊尽头电梯灯一亮，两扇金属门缓缓地打开了。

两个守卫同时噤声站直。

只见岳飐沉着脸头一个走出电梯，随后是申海市监察处的几个人，以及趾高气扬闪闪发光的伊塔尔多魔女。一众人穿过长廊向特护病房走来，守卫好奇的目光向人群最后望去，同时看见了两个人。

白晟走起路来没个正形，那长腿一步能顶人家两步，笑嘻嘻地把左手插在裤兜里。他的右手搂着另一个人的肩膀，动作乍看十分自然，但仔细观察会发现他手指向内扣并蓄了力，那是个下意识的动作。

只有本性中有着极强的占有欲的人才会流露出这一动作，外表再精心掩盖都无济于事。

守卫好奇地向他身侧那个人一瞟，霎时明白了什么。

"只要你看见他，就一定能知道那是他。"

在进化者中恶名昭著的大监察官沈酌，有一种言语难以描摹的气势和风度。任何人第一次见到他时，都很难去仔细观察他长着什么样的五官、什么样的脸型，因为当他抬眼瞥向什么人的时候，就像明珠流转微光而来，让人心中只有一个念头：啊，我被他看见了。

他看见你，但又不会看着你。他从不真正地看任何人，转瞬擦肩就过去了，不会留下一丝一毫情绪的波澜。

"岳……岳处长！"

守卫猛然醒过神来敬礼，岳飑只一点头，推开了病房门，一众人鱼贯而入。

守卫不敢再偷觑沈酌，只从眼角瞥着地面，看着申海市监察官的鞋从身侧经过，未有丝毫停留，直接进了病房。

就在这时，突然从门里探出了一个影子，年轻的守卫吓了一跳，只见是白晟。他上半身往后仰着，揶揄地瞅着他："确实一眼就能认出来，对吧？"

他听见了？！他在电梯里听见了？！守卫瞠目结舌，却见白晟戏谑地眨了眨眼，笑嘻嘻地转回病房，咔嗒顺手带上了门。

病房是个宽敞的套间，放眼望去一片雪白，数不清有多少台生命维持仪器围绕着病床，中间静静地躺着一道身影。

他的面颊轮廓十分柔和，睫毛安静地覆盖着眼睑，看上去好像只是睡着了，只有几乎完全平直的脑波曲线无声显示着一个事实：他是个植物人。

当年的中心监察处第二科长，A级进化者苏寄桥。

"医院每三个月给他做一次会诊，没有任何苏醒的迹象。"岳飑站在病床前，语气有点儿沉重，"从监控里发现荣兀的时候，我还以为他是想把苏寄桥唤醒，紧急安排了一次脑部扫描……但没发现任何异常。"

"可能他根本不需要把苏寄桥弄醒。"沈酌淡淡地道，然后扭头吩咐道，"伊塔尔多。"

伊塔尔多魔女挎着一个铂金包，态度明显比上次友好，甚至有了点儿商量的意思："叫我来做什么？弄死谁？这小子吗？可以可以，弄死以后我可以吃吗？"

"这人是中心监察处重点关怀对象，可不敢让他死。"沈酌嘲道，"重现场景就可以了，尽量倒带到四天前的晚上8点。"

魔女一听既不能弄死也不能吃，基本需求无法满足，顿时兴味索然，道："唉，好吧。"

她无奈地放下铂金包，把手按在苏寄桥额头上，就像上次在泉山县卫生院一样，再次念出了那句生涩沙哑的咒语。

时空倒流的画面如洪流般扑面而至。窗外的日夜迅速交替，光影哗哗往前翻，值班地医护机械地进来又退出。

墙上的时针一圈圈倒转，直至某一时刻，轰然急停——

针尖指向8点11分。

时空回溯有随机性，越久远越难以精确控制，四天前的场景能定位得只差十一分钟已经不错了。

病床前出现了两个人，其中身材修长的年轻男子正是荣亓，而另一道身影穿着蓝色连衣裙，是个短发少女，白皙清丽的面容非常眼熟，正是那个把张宗晓暴打一顿拖走的小姑娘。

沈酌心里早有预感，抬头与白晟对视一眼，两人的眼神里都带着一丝了然。

"那么，就这么说定了。"只见荣亓望向少女，语气非常温和，"我把这个叫苏寄桥的人的异能借给你，作为交换，你也尽量帮我一个忙，好吗？"

中心区一众监察员不由纷纷疑惑："出借？"

"异能可以出借？"

"他说帮忙，姓荣的要叫人帮什么忙？"

岳飏做了个噤声的手势，众人立刻安静下来，只听少女清冷地回答："我明白了。"

她只有十五六岁，在明显比自己高阶的进化者面前维持着镇定，语气恭敬但并不卑微。

"虽然我的能力有限，但为了感谢您，不管怎样我都会尽力去尝试的。"

荣亓欣然点头，然后伸手探向病床，掌心悬在苏寄桥的心口上方。

明明只是时空回溯，但伴随着他这个动作，一股强大的、不可形容的，仿佛能直接触及灵魂的吸力骤然来袭，除了白晟以外，在场的所有进化者同时寒毛倒竖，好几个人甚至不约而同地疾退数步，触电般按住了心脏的位置。

"这……这是什么——"

仿佛体内深处甚至骨髓里的某种力量，都要被活生生吸出体外！一直懒洋洋搂着沈酌肩膀的白晟的脸色突然变了，他疾步上前沉声吩咐："退后。"

紧接着他抬手重劈，透明屏障从虚空轰然划下，可怕的吸力瞬间随之一消！所有人的压力骤松，有人趔趄站稳："刚才那是怎么回事？！"

白晟的神情似有一丝冷峻，向病床那边扬了扬下巴。只见几丝幽蓝的光点从苏寄桥体内挣脱而出，汇聚在荣亓掌心，形成一个硬币大小、不住高速旋转的光团。

"异能。"沈酌喃喃道。

苏寄桥的异能竟然化作了某种高纯度的能量，被荣亓吸附而出，继而他转手在少女头上一抚，仿佛只是长辈慈爱地摸了摸孩童的头发。

幽蓝光团随之化作无数光点，瞬间没入了少女全身。

有人震惊道："他……他能把别人的异能转移走！"

"不，那只是因为苏寄桥本身就拥有'出借'的能力，荣亓强行帮他完成了'出借'的行为而已。"白晟捏着下巴轻声道，"没有出借能力的进化者不会被吸走异能，只会感到非常难受。不过……"

不过能跨越时空，让四天以后来到现场的这么多进化者都觉得窒息，那是怎样恐怖的力量？荣亓没有撒谎，他确实还在进化，他的能力竟然还在增强！

"苏寄桥的异能其实很简单，叫'白日梦'。"荣亓的态度很谦和，完全不因为对方年纪小、等级低就不耐烦，"施术者可以自由制定梦境内容，可以是风平浪静的美好幻觉，可以是无限循环的恐怖场景，也可以是做梦者最不堪回首的人生记忆。当梦境痛苦、恐怖到极致时，做梦者的大脑会受到严重的损伤，甚至产生自残行为，永远迷失在醒不过来的梦境里。

"这种异能有个非常大的优点是隐蔽，无法用仪器探测出异能残留。做梦者很容易被人误以为是癔症发作或精神错乱。只有用专门的异能检测仪做脑部扫描，才能发现精神攻击留下的残迹，但这时往往已经来不及救治了。"

少女低头望着自己的手，十指微微战栗。

"有两点你要特别注意。"荣亓说，"第一，借来的异能最多能用四次，四次后它会自动失效。第二，你自己只有 B 级，白日梦也只能发挥出 B 级的效果，不过惩罚那些虐杀者应该是足够了。"

病房里一片安静。

"非常感谢您的帮助。"良久,少女用力握紧手掌,抬起头望着荣亓,"作为交换,您交代的那件事我也一定会竭尽全力……"

谁料荣亓轻描淡写地说:"不用,稍微尝试一下就行。"

少女一怔。

"你能帮上忙最好,帮不上也无所谓,我本来就不报太大指望。"荣亓顿了顿,温和地道,"最重要的是我不希望一个小孩儿因此冒险。"

"为什么?"

"我一直很喜欢小孩子。"荣亓在少女疑惑的视线中微微笑了一下,"曾经有好几年时间,我在这世上唯一能接触、能观察到的人就只有一个孩子,后来才发现那段时光是最值得珍惜的,人长大后会改变很多。"

少女不明所以。

"去吧,褚雁。权当我随手满足了一个孩子的愿望。"

原来这小姑娘名字叫褚雁。沈酌扭头轻声吩咐陈淼:"去查这个名字。"

"是!"

"谢谢您。"少女迟疑片刻,低下头去,重复了一遍,"真的非常感谢。"

荣亓一摆手,示意她可以走了。少女欠了欠身,然后才倒退着一步步出了病房,咔嗒一声轻轻关上了门。

安静的空间里只剩下了荣亓一人。所有人都盯着他,下意识屏住了呼吸。

荣亓没有动,没有任何要离开的意思。众目睽睽之下,他站在病床前,一动不动地盯着毫无意识的苏寄桥,眼神完全隐没在阴影里。

突然,白晟微微眯起眼睛,敏感地察觉到一丝异样。但他还来不及抬脚上前,只见荣亓竟然伸出手——他掐住了苏寄桥的喉咙。

这个动作让他的眼神终于暴露在灯光下,眼底闪烁的赫然是厌恶!

在场众人同时愕然。

"怎么回事?"

"他在干什么?"

"他想杀苏科长不成?"

白晟和沈酌同时看向对方,两人都目光讶异,姓荣的跟苏寄桥有仇不成?

空气仿佛凝固了,短短的几秒变得无比漫长,直到荣亓闭上眼睛,深深吸了口气。

他仿佛借着这个动作,克制住了内心某种不为人知的憎恶,慢慢地、

一寸一寸地强迫自己松开手，然后转身走向门外。

那其实是很奇妙的一幕，回溯时空与现实病房互相交错，人人都想知道他刚才为什么突然想杀苏寄桥，但没人能从荣㐌的行动中探究出答案，只能眼睁睁盯着他穿过人群，伸手去开病房门。

就在这时，他仿佛突然察觉到什么，动作停顿了一下。

"是你在看着我吗，沈监察？"

一瞬间，仿佛连时间都静止了。他略偏过头，用目光逡巡整间病房，笑了起来："又是时空回溯吗？"

众人简直不敢相信自己的耳朵，连伊塔尔多魔女都呆住了，沈酽瞳孔无声缩紧。

"你看见我没杀苏寄桥，也感到很遗憾吧？"荣㐌唇角的弧度在光影中加深了，那是个看上去有点儿怪异的微笑，语气中竟然还带着安慰，"没事，以后总有机会的，我也想让他死。"

他轻轻一挥手。哗然如潮水声响，回溯时空如退潮散去，卷走了荣㐌的背影，露出了现实中的墙壁和地面。

病房安静得连一根针掉在地上都听得见，良久才有人颤声问："他……他能隔着时空感觉到我们在看他？"

"这姓荣的到底是什么来头？"

"他简直不是人，我们怎么可能跟他作对，根本没法打呀？！"

虽然在场的都是监察员，但低阶进化者对顶级同类的敬仰、畏惧和臣服是刻入本能的。尤其是荣㐌刚才表现出的强大不合逻辑，简直颠覆了一般进化者的想象，一时间人人惊慌，交头接耳声四起。

连岳飑都脸色凝重，回头看了沈酽一眼，刚开口想说什么，只听白晟突然沉声压住了所有议论："没什么好奇怪的，他只是猜到了我们会用时空回溯而已。"

众人纷纷回过头，只见这个年轻的Ｓ级一反平时不正经的模样，出乎意料地稳重沉静，语气里有种不可抗拒的力量："这个荣㐌来过我们申海市，对申海市监察处是有了解的，甚至跟伊塔尔多魔女都交过手。他知道我们拥有时空回溯，自然也能猜到我们会用在这里，完全不足为奇。"

Ｓ级信息素的影响力几乎是不可抗拒的，尽管知道没那么简单，众人心底还是生出一丝虚幻的安慰："是……是这样的吗？"

"难道他只是在试探我们……"

"是的。"白晟平静道，"不要多想，疑心会生暗鬼。"

白晟这个人，平时跟所有人都你来我往、打成一片，跟打水漂的小孩

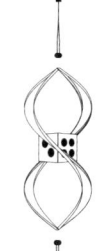

儿都能玩到一起。只有当真需要有人出来稳定局面的时候，他才会从那嘻嘻哈哈的表象之下，露出S级头狼冷静的真容。

虽然没有完全释怀，但大部分人都稍感安慰，一时间，恐慌的议论被完全压了下去。

只有沈酌抿紧唇角，在光影中露出冷峻的神色。

白晟搁在他肩头上的手紧了紧，刚想凑在他耳边低声安慰什么，外面走廊上传来一阵急促的脚步声，是刚才奉命出去紧急调阅档案的陈淼回来了。

"学长，我们刚才去调查褚雁这个名字时接到王局那边的电话，张宗晓的社交账号有动静了！"

张宗晓已经被打了个半死，不可能还拿着手机，现在登录他账号的一定是那个叫褚雁的少女。

白晟问："她发了什么？"

陈淼站住脚步，亮出消息截屏，表情难以形容："她在群里以张宗晓的名义组织了一个线下活动，无偿邀请所有人去现场录制视频。"

申海城郊，兴业村后山，废弃造纸厂。

面包车接二连三地停在空荡荡的厂区大门前，随即车门打开，几个不同的团队分别把自己的拍摄器材搬下了车。

"得亏还是之前找了这么个好地方，山高皇帝远，'大畜生'处理起来方便。"一个"制作人"叼着烟，一边轻车熟路地往厂房里走，一边跟摄影师唠嗑，"可惜现在拍'大畜生'的机会少了，什么牛哇、羊啊，都没人敢弄。上次找了个妞来处理一只大狗，妈呀，那妞死活下不了手，活该是赚不了大钱的命……"

"嘻！"摄影师扛着器材，感慨地摇了摇头，"现在拍小东西能赚什么钱？踩死个金鱼、乌龟啊，兔子、猫、狗哇，谁还花钱买那个！也就上次老张找人现场活掏了一头母牛，热腾腾内脏掏出来那牛还痛得叫，小牛跪在边上也叫——那片子可以，卖了好几万！"

后面几个人都笑起来。

"老张一向有点子，这次也是。"旁边有人接上了话头，"他说那什么，长度一米七、体重百来斤，我还当是个人呢，吓得我赶紧点进去一看，原来是他搞了匹矮脚马！哈哈哈……"

制作人眉飞色舞："不懂了吧，这叫噱头！回去咱们就用这个当标题，流量密码给他玩转了……"

拉拉杂杂几十个人走到院门前，制作人把门一推："老张，老张！人都来齐了，你赶紧——"

他话音一顿。

只见破败的厂院里，一个少女背对着他们，站在不远处的一道门前，闻声回头向众人嫣然一笑："来啦？"

"哟，哪来的妹儿？"一帮人顿时兴高采烈起来。

"老张请来的演员吗？"

"制服裙配白袜啊，这波赚海了！"

"妹儿怎么入行的？老张呢？"

一帮人拥进院子里东张西望，却见少女笑吟吟地望着他们，颇有些天真甜美的意思："张宗晓吗？"

她一扯手里的锁链："在这儿呢。"

只听铁链哗啦作响，那道门里便传来什么东西跌跌撞撞的靠近的声音，像猪狗牛羊，或是他们今天打算拍的那匹矮脚马。

所有人都怔住了。一个影子从昏暗中浮现出来，四肢跪在地上蹒跚爬行，只能发出绝望的呜呜声。

那是张宗晓。

尖叫、惊呼与怒吼同时爆发出来，有人冲上前，有人往后退，更多的人下意识就想逃跑。然而他们根本来不及冲出厂院，铁门就轰隆一声关上了，仿佛一股看不见的力量在门上重重落了锁。

"别急着跑哇，"褚雁转过身，少女娇憨的笑意已经消失了，声音冷酷，居高临下地道，"你们不是就喜欢这个吗？"

"褚雁，B级，十六岁。"陈淼的声音从降噪耳机里传来，压过了直升机螺旋桨的呼啸，"原中心研究院少年班学生，半年前休学，开始在救助团体做义工。性情平和温柔，喜欢小动物，长期帮忙照顾福利院里的老人和孩子。进化标识在左胸处，对外隐藏自己进化者的身份，喜以普通人类的方式生活。"

直升机飞越山岭，脚下是一望无际葱葱郁郁的大山，褚雁组织的那个线下活动的地址应该就在前方不远处。

"造孽呀——"白晟跷着腿坐在直升机后排，习惯性地想伸出去一只手碰沈酌，被沈酌面无表情地闪身避开，只得悻悻地缩回来翻褚雁那本调查档案，翻得纸张哗啦啦响，"能把一个'平和温柔'的小姑娘逼成这样，这帮人得猪狗不如成什么样啊？"

沈酊问："她的异能是什么？"

陈淼这次没跟来，跟魔女一起镇守申海市监察处。学长不在他就是一只自由奔放的大金毛了，大摇大摆地把腿搁在办公室桌上喝奶茶："嗯，问题就出在她的异能上，开始我还以为她有智商异能，查资料才发现原来是跟动物共情。"

智商异能跟智商进化还不同。每个进化者的 IQ 都会或多或少地提高，这跟身体素质增强一样属于基础进化。但智商异能是一种非常罕见的、特有的能力，该项异能发动时，可以把杨小刀原地置换成沈酊，天堑之距由此可知。

褚雁确实是个能让人误以为她有智商异能的孩子。她的所有成绩都能用璀璨耀眼来形容，上学时她连跳四级，十五岁就因为拿了国际大奖而被研究院破格录取，成了当年最小的新生，可以说是备受众望。

然而半年后她就申请休学了，原因是异能让她不堪重负。

研究院里有太多实验动物了。

研究院最强的专业是基因进化工程，这个专业不拿动物做实验是不可能的，那对她来说简直是凌迟般的酷刑，根本不可能念下去。不过对这种智商的孩子而言，即便休学了，她的人生也有很多条路可以走。导师建议她改学核物理，中心监察处也派人去接触过她，希望她能进特殊情报部门，利用与动物沟通的能力去做情报工作。

褚雁拒绝了所有邀请。

她回到申海市，隐姓埋名，像普通人一样生活，做义工照顾福利院的老人和孤儿，帮助民间救助团队照看流浪动物，过着与世无争的平淡日子。

一些智商殊异、高敏感的人有时确实会产生没人理解的无助和迷茫，尤其褚雁只是个十六岁的孩子。如果这种简朴、踏实的生活无人打扰，这个温柔平和的小姑娘很快就可以重获平静，找回未来人生的方向。

然而半个月前，自寻死路的虐杀者撞在了她手上。

张宗晓冒充领养人，从褚雁一直帮忙的救助小院的老太太手里骗走了一只小流浪猫，敲诈金钱和暴露照片，还将小猫残忍虐杀，贩卖血腥视频以牟利。

这伙人点爆了她长久以来的压抑和怒火。

"她是怎么跟荣亓联系上的？"沈酊蹙眉问。

"不好说，我们顺着她的行动路线排查了很多遍，目前还不知道她是怎么找上荣亓的。"陈淼一边吸奶茶，一边迅速浏览着电脑上密密麻麻的数据资料，说，"最坏的猜测是荣亓为了招揽手下，已经在低阶进化者中发展出了一个秘密网络。那些与他理念相同的进化者、极端社会达尔文主义者，或者像褚雁这样需要报仇又无能为力的孩子，只要有心搜索，都能找到荣亓留下的蛛丝马迹，然后被他吸引过去。"

荣亓本身就有非凡的蛊惑人心的能力，再加上低阶进化者对顶级同类的本能顺从，他想招揽同党简直太容易了。

"继续往这方面调查。"沈酌吐出一口气，说，"必须斩断他扩大势力的途径，他的力量不能再壮大了。"

"是！"

"我说，怎么就让姓荣的捷足先登了呀？"白晟哗啦啦地把档案翻来翻去，发自内心地感觉心痛，"这种小事完全可以来找我们哪，只要她愿意帮杨小刀辅导作业，惩罚那些变态哪儿用她自己动手，吹声口哨杨小刀就冲出去了，是吧？"

杨小刀从副驾驶座回过头，显然对自己有着清醒的认知："你确定到那时她更想弄死的不是我？"

沈酌把那本档案从白晟手上拿走，放在自己身边不让他玩儿了，又道："我劝你还是先想想荣亓到底跟褚雁交换了什么。"

白晟高高地扬起眉毛："能交换什么，交换申海市监察官的偷拍照？"

沈酌说："不要以己度人，荣亓想得到的是 HRG，最大的阻碍倒确实是你。他的一切行为都脱不开'压制因果律'这个目的，你小心他让褚雁来对付你。"

白晟震惊且有点儿感动，顺势伸出手："沈监察，没想到你这么关心我……"

沈酌立刻竖起一根食指，以示保持距离。

"我死了也心甘情愿了。"白晟从善如流地用双手握住沈酌那根食指，真挚地表示。

前排的杨小刀捂着眼睛，一脸不堪入目的扭曲表情，驾驶座上的罗振同情地拍了拍他。

"褚雁特意在前两个人身上都留下猫狗毛，诱使我们发现张宗晓，继而一路追到这里，她很希望我们去见她。"沈酌用力从白晟掌中夺回自己那根手指，甩了甩手腕，说，"这小姑娘思维缜密、行动快速，我建议你还是别不把她放在眼里。"

"啊？没有没有。"白晟笑嘻嘻跷着腿，"小姑娘已经用行动证明了轻视她的人迟早有一天要跪在她脚下哭泣，而我比较放松是因为……"

他歪头一笑，阳光灿烂，白毛嚣张地竖在头顶："哲学系进化者对精

神攻击有抗性，A级以下完全免疫。"

很好，很白晟。

沈酌说："对方是荣亓，你还是谨慎一些比较好。"

他顿了顿，刚要叮嘱两句，突然一眼瞥见直升机外面，眼神微微凝住，顺手拍了一下白晟："那是什么？"

顺着他示意的方向，远处群山起伏，葱葱郁郁。

白晟看都不看："我对你野蛮生长的思念。"

杨小刀："……"

罗振："……"

沈酌冷静道："我看你这辈子都只能思念而已。"

白晟吓了一跳，立刻不抖脚了，赶紧坐正定睛望去。只见远处的大山腹地，有一片山林隐约闪烁着幽蓝微光，在日光下几乎难以用肉眼看出来，与此同时微妙的能量波动从前方传来。

是异能导致的。

白晟脸色微变，也不提他的思念了："转向转向，快。"

罗振应声掉转直升机的方向，白晟紧盯着渐渐靠近的山林，凝神仔细感受片刻，须臾道："精神系异能感应，攻击性非常强，小姑娘动手了。"

罗振立刻通过无线电呼叫附近其他两架直升机，确定方位后回头大声地道："监察官放心，我们这就加快速度飞过去！"

"这个距离你再加快也得有一会儿，再等降落黄花菜都凉了。"白晟咔嚓一声解开安全带，罗振惊问："白哥你干吗？"

"我能干吗，我去锻炼身体呀。"白晟一手拉开直升机舱门，一手伸向沈酌，阴阳怪气地问，"请问这位尊敬的监察官，民间志愿者能有这份荣幸，让您搭一趟不用给编制也不用付工资的顺风车吗？"

沈酌面无表情地转向前排："带我进一趟山，现在。"

杨小刀："好。"

白晟一把拽过沈酌的胳膊，难以置信地问杨小刀："你有没有点儿市场经济意识，就咱们两个人你都能卷？！"

杨小刀忍无可忍："有没有一种可能，我只是个脑子没毛病的正常人？！"

白晟："你这辈子都找不到老婆！"

杨小刀："我还是个未成年人！我……"

少年的怒吼一瞬消失在身后，白晟单手搂着沈酌，从直升机上一跃而下，百米高度呼啸而过，他唰地落在一棵古松顶端，然后利箭般扑向了深山。

山林松涛如海，茂盛的树冠从脚下疾速退后。

白晟对杨小刀始终有种头狼对小狼的戏弄心，一边单手把沈酌扣在怀里一边脚下发力飞掠，有意不让杨小刀跟上，却又不把他彻底甩开，每次看到他落远了就故意慢几步，一看少年气急败坏追上来又突然加快身形，一荡跃过山涧，只留下一个嚣张的背影。

"别玩了，你跑过了！"沈酌在风中冲着白晟的耳朵大声道。

白晟低头一看，立马"哟"了一声，在半空中一个急刹，原路返回，把措手不及的杨小刀迎面从树上撞了下去。

不远处的地面上，一座破败的厂房坐落在山路与溪流交叉处。白晟从废弃的高压电线上一跃而下，如鹰隼般落在厂房的屋檐上，低头往脚下看了一眼，确定沈酌已经站稳了才松开手。

空旷的厂院中有几十道人影，他一眼望去，不由："咦？"

没有厮杀流血，也没有自我啃食。

满是尘土的水泥地上，风尘仆仆的一群人背着摄像器材，或坐，或站，或跪倒在地，个个双眼大睁、神情恍惚，就像几十座凝固的石像。

唯一能动的人是张宗晓，他嘴里被塞着马嚼子，发出呜咽不清的求饶。

一个穿着制服裙的少女盘腿坐在屋檐下，清瘦、白皙，鼻头微翘，有种天真娇憨和冷漠混杂起来的神韵，垂落眼帘，望着满地的人，眼底看不出丝毫喜怒。

"褚雁。"白晟眯起眼睛轻声道。

"我在这里等了你们好久，一直在想如果你们找不到我的话，我该怎么办。"

褚雁用一只手撑着地站起身，拍了拍制服裙摆上的灰，回头望向厂房屋顶上的白晟和沈酌，眼睛清澈、黑白分明："还好，你们终于来了。"

"偶尔也要相信一下大人的智慧嘛。"白晟一只手勾在沈酌的肩上，两条长腿斜斜站着，笑吟吟地问，"是荣亓让你引我们到这里的吗？"

被撞下树的杨小刀灰头土脸地爬上屋顶，像一头站在族群最前端放哨的小狼，警惕地向四周张望，生怕传说中的荣亓突然出现在某个角落，当他监护人发动因果律的时候他好立刻跟进幸运值。

但出乎意料的是，荣亓并不在，遥望远方，山林茫茫，完全没有丝毫异常的气息。

"不，那个叫荣亓的人只是跟我做了一笔交易。"褚雁出乎意料地镇静和坦诚，说，"他借给我异能，作为交换条件，希望我尝试用白日梦对S级进化者白晟做出精神攻击。"

洞天

白晟视线斜里一瞟，与沈酌短暂地交换了一个眼神。

"但我有我自己的计划，"褚雁顿了顿，说，"我想见沈监察。我想跟沈监察做一笔您绝对不会亏本的交易。"

沈酌微蹙起眉，并没有要开口的意思，倒是白晟升起了巨大的兴趣："什么交易？"

"救……救……呜……"

张宗晓在地上爬动，竭力抬头向沈酌和白晟发出绝望的呼救，黑洞洞的左眼眶流出血泪。但下一刻，少女面不改色，一脚把他死死踩在了地面上！

"啊啊啊——啊！"

虐杀者的惨叫响彻山林，但少女置若罔闻，只仰头看向高处的沈酌，语气像小女孩儿索要一个水果或一块甜点那般平静从容："您想杀掉那个叫荣亓的人吗？我知道他的藏身之处，我可以协助你们除掉那个有着恐怖野心的战争贩子。作为交换，我真的很想得到二次进化，我希望能有幸进入您手下那个曾经被搁浅的 HRG 计划。"

——HRG 计划。

白晟有点儿诧异，但沈酌显然并不意外，开口问了他来到这里之后的第一句话："为什么？"

废弃的厂院中突然传来一阵轻微骚动，应该是梦境突然进行到了极端恐怖的状态。随着扑通扑通几声响，好几个人因为过度惊恐而跪倒在地，全身乱战涕泪横流，像败家犬一般向后连滚带爬。

少女终于施恩般抬脚，轻描淡写地把张宗晓的脑袋踢向旁边。

虐杀者已经无力发出惨叫了，扭曲的身体在地上濒死抽搐着，一股一股冒出血来。

"因为我很害怕他们。"褚雁平静地道，声音非常清淡，"我害怕那些人类，他们拥有伤害一切的能力，大到地球，小到蝼蚁，无所不包，无所不能。异能迫使我听见大象在偷猎者的枪下发出痛苦的嘶吼，感受到海洋馆里的虎鲸日复一日的绝望哀鸣，却只能眼睁睁看着，对发生在自己身边的一切都无计可施。"

"因为我的进化不伴生任何攻击型异能，"她说，"我保护不了任何生命，甚至没能救下一只又饿又害怕，被虐杀者活生生肢解，被拍下血腥录像用来卖钱的小猫。"

白晟想起自己在那堆奇形怪状刑具上看到的小猫爪，想安慰她两句，但开不了口。

"我花了半个月时间到处搜索，最终在进化源黑市上打听到了线索，他们说有个叫荣亓的基因复生型进化者可以让低阶同类二次进化。我找到他之后，他告诉我那是有风险的，不久前，有个姓刘的 D 级强行越级到 A，很快就基因撕裂而死了。

"无奈之下我只能想到最后一条路径，就是 HRG 计划。所幸，我在中心研究院上学的时候就是这个专业的，当时我一直留心向导师打听，知道它离成功曾经只有一步之遥。"

沈酌迎着少女的视线，脸上看不出任何情绪的端倪。褚雁向上伸出白皙的掌心，恳切地仰视着他。

"求求您，我只想拥有直面暴力的勇气，以及保护其他弱小生命的能力。作为交换，我可以立刻就告诉您荣亓的藏身之处，哪怕不惜一切代价，我都愿意帮助你们除掉他。"

偌大的厂院安静无比，只有地上血葫芦一般的张宗晓不住抽搐，森森白骨与水泥地面擦刮，发出瘆人的声响。

良久沈酌开了口，语气不见喜怒："如果我拒绝呢？"

短短几秒钟仿佛变得无限漫长。

褚雁直勾勾地看着他，抬手指向身后那群虐杀者："那您可以亲眼见证接下来的一切。杀戮永远比保护简单，如果我无法拥有保护的能力，起码能以暴制暴，血债血偿。"

偌大的山林蓦然静止，空气诡谲安静，没有一丝风声。

这时一个背着摄像头的男子突然动了。他像梦游一般，慢慢地低下头，望着自己的手臂，似乎突然变得十分饥饿，几次张嘴欲咬，但又好像无法下定决心似的，没有真正地咬下去。

紧接着，好几个人都出现了同样的反应，人群中接二连三传来了瘆人的吞咽口水的声音。

很多人就是嘴上说说狠话而已，但褚雁明显不是。这个"平和温柔"的十六岁小姑娘，进化标识却不在手上而在心口，无形中已经说明了很多问题。何况她已经被异能折磨了这么久，即便是个成年人，都早该疯了，别说是个孩子。

沈酌不动声色地盯着她，仿佛过了整整一个世纪，才终于开了口："HRG 计划不是为了这个目的而存在的，褚雁。"

他的声音非常温和，像长辈那般连名带姓叫出了少女的名字，但听不出任何心软："关于我，有一件事你误会了。我从不跟任何人做交易，不会为你破例，更不会允许你今天站在这里，用人命来威胁我。"

褚雁的瞳孔遽张:"难道在您心中这些人还算人吗?!难道——"

"不,他们不重要,但让你这样的孩子双手染血是我们成年人的失职。"

沈酌一手从胸前内袋里取出微型金属注射管,透明管壁里赫然是几毫升淡蓝液体,金属盖上烙印的却并不是 S 或者 A、B、C、D,而是一个字母 X:"所幸我提早想到了这种情况。"

褚雁意识到什么:"这是……"

"荣亓的血清。"

霎时少女脸色剧变,白晟也意外地看向沈酌,电光石火间想起了那天发生的一切——

监察处负一层,假死的沈酌蓦然睁开眼睛,左手闪电般刺进荣亓胸腔,在所有人难以置信的惊喊声中活生生掏出荣亓的心脏,毫不留情地攥成了血泥。

下一刻,所有人员紧急撤离的监察处大楼外,白晟怀里紧紧扶着受伤的沈酌,混乱中他看见有穿着白大褂的监察员迅速奔上前,用一支特制冷藏管取走了沈酌左手滴答而下的鲜血。

白晟一把按住沈酌,低声问:"会反噬吗?"

"不会,这玩意稀释了几百倍,只能维持十秒。"沈酌大拇指挑开盖子,一针扎进自己的侧颈,干净利落地把所有血清打进血管,"你离远点儿。"

一股磅礴的冲力从沈酌脚底勃然而出,几乎就在同一时间,褚雁疾步退后,但已经来不及了。

利用荣亓血清合成的基因干扰素全部被注入沈酌的体内,在短短数秒间让他完成了临时进化。沈酌隔空一抬手,难以想象的恐怖吸力让褚雁整个人跟跄向前,紧接着,无数幽蓝的光点从她的心脏部位挣脱而出,如流星破空而来。

唰!

异能白日梦在沈酌掌心凝聚为一个灿烂的光球,跟那天晚上病房里,荣亓强行借走苏寄桥的异能时一模一样!

顷刻之间,情势倒转,那些被异能控制住的人同时定住了动作,有几个正张嘴撕咬自己的胳膊的,此刻牙齿一下凝固在了肉里,鲜血顺着下巴滴落,迅速在他们的脚下积成了血洼。

十秒清零,进化结束。螺旋桨的呼啸声由远而近,直升机裹挟着大风降落房顶。监察员们迅速冲出机舱,包围了这座废弃厂院,开始用担架搬运这几十个精神恍惚的人。

罗振扬手扔来一物:"监察官!"

沈酌一把接住，只见那是个火柴盒大小的金属装置，精巧异常，打开后寒气袅袅，应该是个仿照异能生态箱制作的能量储存器。

"这小姑娘知道荣亓的信息。"沈酌把那团幽蓝荧光放进储存器里，向褚雁的方向扬了扬下颌，"把她带回监察处，安排房间住下，回头我亲自问询。"

"是！"

白晟一只手把沈酌的肩膀扳过来，上上下下打量了他几圈，从头发丝到脚后跟都没放过，多少有点儿难以置信："你真没事吗？"

"别乱动。"沈酌把白晟的手拂开，"姓荣的血清本来就没收集到多少，药剂都是按 1 比 600 来稀释的，不够产生副作用。"

白晟悻悻地把手收回来："你可真是算无遗策，节能标兵，一滴血都不浪费呀，沈监察。"

"过奖，我们有编制的人就是这么精打细算。"沈酌向他微微一笑，"以后要是削苹果削到手记得给我打电话，我让人上门先收集个 200CC。"

白晟："……"

沈酌把那个储存器转手交给监察员，吩咐道："回去送到实验室，放进异能生态箱。白日梦有极大可能性会消失，自动回到苏寄桥身上，安排人二十四小时盯紧点儿。"

"是！"监察员一点头，接过那个小巧的金属盒。

同一时刻，千里之外，大山之上苍穹广袤，一只孤鸟划过天际，映在荣亓漆黑的眼底。

"与动物共享感知……原来就是用这个办法得知我所在之地的吗？"他似乎感觉挺有意思，摇头笑了一笑，带着大人对于聪明孩子的无奈和纵容，"不过没关系，至少还是按计划走到了这一步。"

这是临湖山庄里一座巨大的厅堂，野田洋子与几十名进化者肃立，四面八方的视线投向荣亓摊开的手掌，只见他掌心上一团小小的蓝色幽光——白日梦，正轻盈地跳跃。

荣亓一展手掌，光团在半空中定住了，随即四射暴涨。

"实际借走异能的可是我呀，你们怎么会觉得我忘了保留控制权？"

厂院中，监察员手里的金属方盒突然光芒迸射，能量光团急剧膨胀。

那仅仅是两三秒间的事，只有沈酌第一个意识到发生了什么。他当机立断，啪地一下把金属盒从监察员手里打飞："快退后！"

金属盒划出一道抛物线，紧接着在半空——砰！

碎片当空迸溅，扑面而来的冲击力让所有人跟跄摔倒，措手不及的监

察员失声道:"怎……怎么回事?"

甚至不用仪器来测,针刺般的辐射让皮肤都能感受到越来越强烈的灼热感。被女监察员搀扶着的褚雁愕然回头:"不是我,我操纵不了它,难道是……"

话音未落,沈酊陡然心生不妙,暴增的异能光芒清清楚楚映在了他的瞳孔中。

"哲学系进化者对 A 级以下精神攻击免疫。"荣亓喃喃道,"那超 S 级呢?"

就在那瞬间,白日梦如流星般跨越长空,竟然完全无视白晟,迎面直扑向沈酊。哪怕再多半秒,沈酊都能意识到蹊跷,但就在这一刹那间,一切已经太迟了。

白晟一把拽住沈酊,猝然发力推开他,那完全就是危急时刻压倒一切的保护者的本能。紧接着,迟了半步的白晟被异能精确命中,千万碎光飞溅而起!

致命的幽蓝碎光笼罩了白晟全身,随即,光芒全部没入了他体内。

那一瞬间变得空白、安静而漫长,沈酊脸上罕见地出现了那样的神色,他转身向白晟伸出手,两人的瞳孔中都清清楚楚映出了对方惊愕的面容。

砰!

S 级颓然跪地,一头向下栽倒,被沈酊一把扶住。

"白晟?!"

"超 S 级精神攻击,白日梦。"荣亓站在窗前,注视着半空中因为吞噬了入梦者而变成猩红色的光晕,像俯视掌中一只温驯的小宠物,"唯一破解方法是入梦者须用 S 级以上破坏力,在二十四小时内将梦境从内部瓦解……一旦超时,大脑会受到不可逆的损伤,精神永久失常。"

因果律武器是无法破解、无法克制、无法剥离的,但发动哲学系异能有个重要的前提,就是进化者本身要拥有自我认知和思辨能力。

如果是拥有水、火、雷、电等自然系异能,进化者即便精神错乱也可以发动,只是会成为危险性极大的武疯子,但哲学系异能完全不同。如果进化者本人智力受损、无法思考了,那么哲学系进化就失去了先决条件。即便因果律仍然强大,也只能成为被锁在白晟大脑深处,永远无法被启动的终极武器而已。

"可是还需要二十四小时才行,"野田洋子不禁有些担忧,"那个白晟就是 S 级,万一他在梦境中发动因果律……"

荣亓微笑起来,那光晕映得他眸光如血。

"造梦者法则第一条，入梦者将循环重复一生中最痛苦的经历，直到大脑神经完全坏死。造梦者法则第二条，"他顿了顿，一字一字轻声道，"入梦者将完全忘记自己曾经进化，拥有异能。"

冲天大火轰然而起，白晟睁开眼睛，面孔被扑面而来的热浪映红，愕然看着眼前的一切。

一辆汽车撞在桥柱上，车身已经变形，熊熊大火裹挟黑烟，车身里面却还传出微弱凄惨的呼救声："救命……救命……

"快来人哪，救救我们吧，救救我们哪——"

几乎在刹那间他就认出了那熟悉的声音。那在车里挣扎的人影是他在濒死之际绝望求救的父母！

滚滚黑烟外，不知何时冒出了许多魔影，它们扭曲摇摆，不成人形，却能发出诡异的尖声大笑："哈哈哈哈哈——"

"没有人救你们，去死吧！"

"去死！"

"活活烧死！"

白晟俯下身，用力捂住耳朵，但无济于事。他的身体已经重新变回了那个八岁大的孩子，灵魂挣扎惨叫、痛苦翻滚，然而泣血的求救声和哈哈大笑声越尖锐响亮，他的神志就越迷茫混沌。

我是谁？我在哪里？为什么你们都在大笑？为什么你们不去救人？

烈焰噼啪，遮不住凄厉的哀鸣，像魔鬼从四面八方而来，将无数滚烫的钢针刺入他的耳膜："救救我们，我们还活着呀！

"我们是你的爸爸、妈妈呀！

"白晟——白晟——"

爸爸，妈妈。

最后一丝神智泯灭，八岁大的白晟踉跄着起身，单薄的胸膛剧烈起伏着，表情如死亡般苍白僵硬，随即不顾一切扑向了冲天大火——

EVOLUTIONARY PEOPLE
DATA SYSTEM

▶ **进化者** 数据系统

CHAPTER 08 >>>
白日梦

NAME　　傅琛 / 苏寄桥

查询结果
SEARCH RESULT　A级 / B级进化者

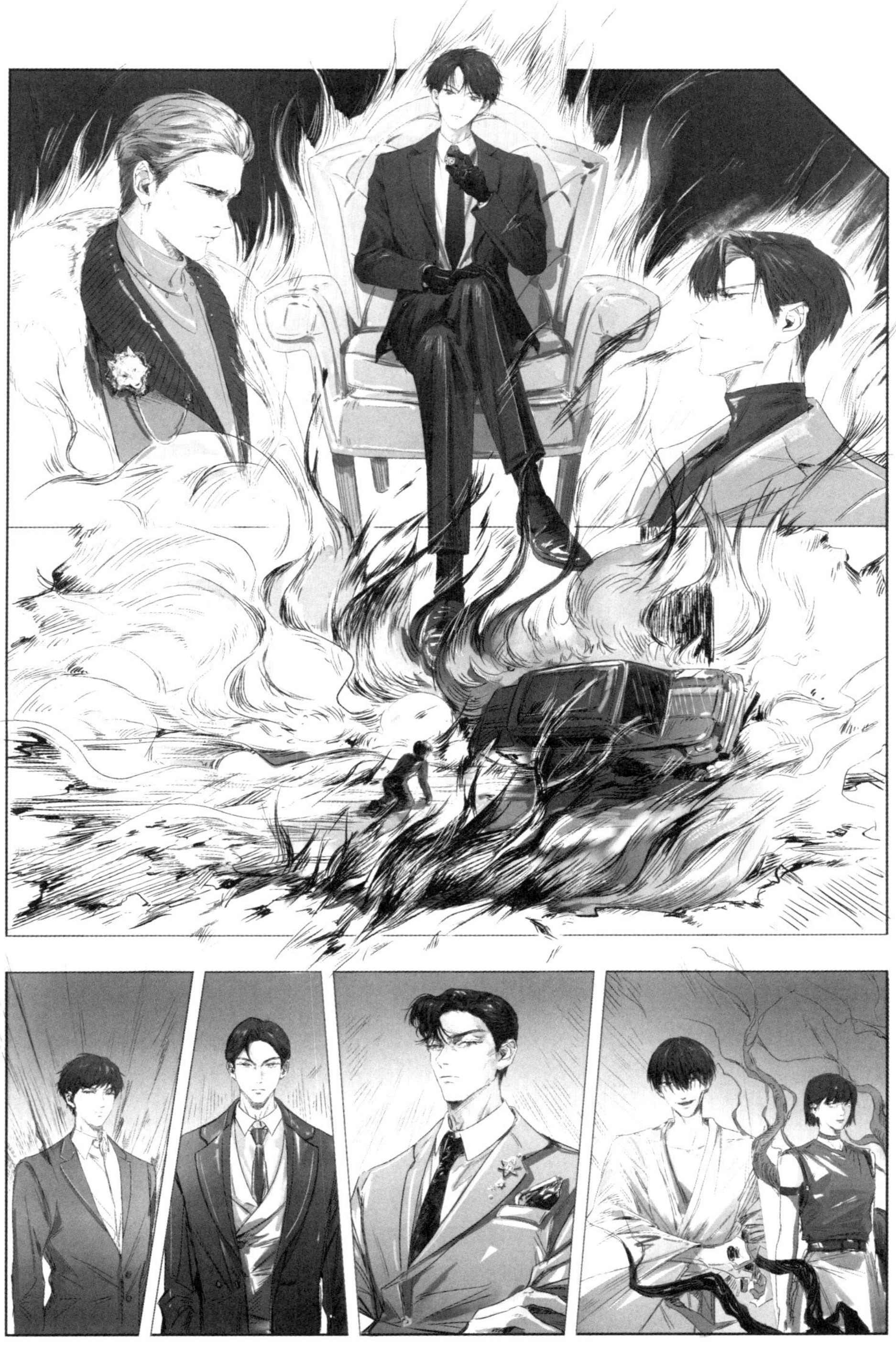

洞天

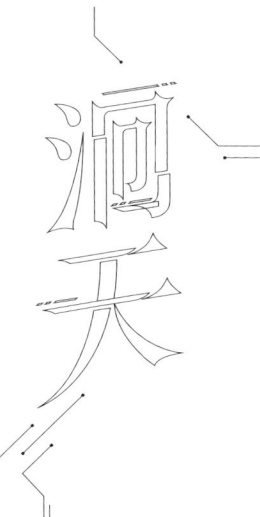

"异能辐射突破上限，超出可测量最大值！"

"根本无法为伤者进行脑部扫描，精神攻击太强了！"

"伤者无法自主呼吸……血氧又在报警了！快快快——"

所有人都在喊，所有人都在跑。

急救担架呼啸着驰过走廊，风驰电掣地冲向抢救室。

白晟躺在上面，双眼紧闭，全身肌肉因为神经中枢的强烈抽搐而阵阵痉挛。

他已经完全失去意识了，唯有一只手死死握着担架边上沈酌的手，就像在无意识中握着救命稻草，手臂因为用力而青筋暴突。

"学长，学长！"陈淼从走廊尽头狂奔而至，跟在疾驰的担架后奔跑，手里拿着卫星电话，"国际监察总署第三次来电，尼尔森总署长在线上等待与您通话——"

担架飞驰到抢救室前，早已枕戈待旦的医疗进化者冲上前，七手八脚地帮沈酌把被掐了整整一路的手强行挣开，急救担架利箭一般冲进抢救室。

砰的一声闷响，辐射隔离门重重闭拢，随即亮起了"抢救中"的红灯。

沈酌站在抢救室门前，红色的警示灯映在他黑沉的眼底。

旁边早已惊恐万分的监察员们纷纷冲上来，脱下他的右手套一看，只见整个手背都呈现出可怕的瘀紫，小指已经脱臼了，是一路上被活生生握成这样的。

沈酌脸上倒没有任何痛苦之色，任由他们治疗自己的右手，同时用左手接过陈淼手里的卫星电话，却根本没理等在线上的尼尔森，看也不看就直接挂断了。

"学……学长？"

"我的保密数据平台呢？"

"啊，在这儿！"陈淼立刻从挎包里抽出一台平板电脑递上前。

十大常任监察官都有国际总署配发的数据平台，只有用这个电脑才能连上总署的机密数据库。全球各地绝大部分进化者的姓名、住址、异能种类、克制方法都在上面。

连金斯顿那样的辖区监察官都没有登录通行证，只有十大常任监察才拥有查看权限。

"学长，你想进数据库查看白日梦的破解方法吗？"陈淼看着沈酌迅速登录数据库，满是疑惑道，"可是精神异能有不可查探性，除非进化者自己愿意坦白，否则无法准确备案，苏寄桥前辈根本都没跟人说过他的异能是白日梦啊！"

咔的一声轻响，医疗进化者帮沈酌把指骨复原，还没来得及再做止痛处理，就见申海市监察官一摆手，示意不需要了，然后收回手在平板上迅速地搜索着什么。

"监察官……"

那医疗进化者想说您手上那大片可怕的瘀血现在不处理，到明天会更疼痛、更惨不忍睹，但看着沈酌寒冰一般冷静专注的侧颜，只得强行忍下话音，轻手轻脚地退出几步，转去抢救室帮忙了。

"苏寄桥再隐瞒也没有用。"沈酌迅速在总署数据库的千百条结果中逐一排除无用的，冷冷地道，"他只是 A 级，白日梦不是 Fatal Strike。"

陈淼醍醐灌顶，立刻明白了他学长的意思："原来如此——"

只有 S 级的 Fatal Strike 才是独有异能，像白晟的因果律、尼尔森的暴君、阿玛图拉的真主之轮，这些必杀技天上地下独一无二，除了他们自己，世界上没有其他人拥有同样的能力。

独有异能是区分 S 级与强 A 级的关键因素之一。也就是说，苏寄桥的白日梦不可能是独有异能，世界上肯定存在着其他拥有白日梦的进化者，只是等级可能不如他，也许是 B 级，也许是 C 级，攻击性根本不强。

但那无所谓，因为同一种异能的破解方法是相同的。只要有任何一名拥有白日梦的进化者曾经在数据库里备过案，那么就能直接照搬破解方法，把白晟救出梦境。

陈淼失声："有了，这里！"

沈酌手指一停。他在眼花缭乱的搜索结果中准确点击，赫然是一条进化者犯罪记录。

两年前，欧洲一名 B 级精神系进化者用白日梦袭击了一名人类女子，受害者很快濒临脑死亡。但在二十四个小时的救治黄金期之内，身为 C 级进化者的受害人丈夫设法救回了妻子，并成功越级反杀了加害者。

沈酌的手指往下一划,他刚要详细查看这条犯罪记录,突然屏幕一黑。紧接着,屏幕再度亮起,网页却变得一片空白,跳出一条德语弹窗。

对不起,您无权限查看内容。
强制登出。

"无权限?"陈淼一头雾水,"什么鬼?"

电光石火间,沈酌意识到了什么,神情微微难看起来。他重新打开登录页面,却没有用自己的生物信息登录,而是熟练地手动输入了尼尔森的名字和一串密码。

"学……学长,你连尼尔森总署长的登录密码都有啊?!"陈淼大惊。

然而下一刻,页面唰然变红,弹出了"密码错误"的提示。

沈酌迅速叉掉提示,堪称是争分夺秒地输入了岳飏的密码并点击登录。陈淼在旁边已经惊到麻木了:"怎么连岳哥也把他的密码给你了呀,你到底有多少密码呀,学长?!"

密码错误。
重试。

红色的叉号映在沈酌的眼底,长睫下那双瞳孔沉冷得可怕,他抬头呼地吐了口气。

"是尼尔森。"沈酌沙哑道,"他刚才把我的数据库权限取消了,又立刻改了他自己和岳飏的密码,我只知道他们两个人的。"

陈淼脱口而出:"怎么,就因为您挂了他的电话?"

下一刻,仿佛心脏浸入冰水,陈淼看着沈酌森寒的脸色,如梦初醒般明白了什么:"总署长他……他不想让你知道能救白哥的方法……"

为什么?用如此明显、急躁、愚蠢的手段置另一个S级于死地,根本是极其严重而且没有狡辩余地的罪行,即便是尼尔森也会遭到进化者内部的强烈弹劾。

难道白日梦的破解方法隐藏了什么秘密,让尼尔森要出此下策?

呼的一声,辐射隔离门被推开了。

一名B级医疗进化者大夫快步而出,神色很不好看:"监察官,伤者白先生受到的精神攻击超出了我们能测量的最大值,异能辐射严重到我们无法进行任何治疗,他的大脑已经开始——"

"能坚持多久？"

大夫一怔，却见沈酌面容森白，全无一丝血色。那张秀美清晰的面容像用一整块冰雪冻成的，似乎连牙关都隐隐散发着寒意。

"任何精神异能攻击，二十四个小时内都是黄金救治期。"大夫干涩地咽了口唾沫，低声道，"二十四个小时之后，便会对大脑造成不可逆的严重损伤，甚至有可能导致……自主意识与智力受损。最严重的后果，是他会成为植物人。"

"岳处长！"中心监察处的白石大楼前，秘书快步追下台阶，将卫星电话递给岳飑，轻声道，"尼尔森总署长在线上。"

尼尔森？岳飑心中生出一丝疑惑。他在大楼前的空地上站住脚步，抬手示意专车边的司机和警卫稍等，然后接过电话，换了一口流利的德语道："您好，尼尔森总署长？"

从通话对面的背景音听来，尼尔森应该正坐在一辆疾驰的车上，不知是要赶去哪里，但他的语调非常平稳迅速。

"我刚才让人把你的监察官通行证密码改了，新的通行证会在三天内发到 B 市中心监察处。"

岳飑的第一感觉是荒谬："我能请问一下您这种逾矩的行为是出于什么原因吗？"

尼尔森似乎感觉很有趣，短促地笑了一声，带着一丝不加掩饰的调侃，道："你曾经把密码给过沈监察吧？"

岳飑登时微哽。

"没什么不好意思承认的,意志力薄弱是人之常情。"尼尔森微笑道,"其实我也曾经主动把密码告诉过沈监察，因为那段时间他大概连续施舍了我三四天的好脸……我每天都晕晕乎乎地好像在做美梦，其中有那么一两次我差点儿就相信那是真的了。话说回来，国际总署至今还没搬去申海市大概真的要感谢沈监察高尚的自我道德约束吧。"

岳飑无奈地掐着鼻根："您既然早知道了，为什么到今天才突然改密码？"

"我以为你很聪明，飑。"尼尔森反问，"难道你不知道申海辖区刚刚发生的事吗？"

那么大的事根本不可能瞒得住，何况白日梦异能还是被荣亓从中心区强行借出去的，岳飑当然在第一时间就得到了消息。

"S 级进化者白先生遭到了精神异能攻击？"

"是的，沈监察在到处寻找白日梦的破解方法。"尼尔森顿了顿，语气变得肃然沉凝，"我希望你这一次能坚守原则，不要告诉他任何线索。"

岳飑皱起眉头："为什么？"话音刚落，他的私人手机在口袋里一振，收到了尼尔森从私人邮箱里发出的一封邮件。

是从机密数据库中下载的一条异能犯罪记录。

尼尔森缓缓道："因为我们无法承受失去沈酌的代价。"

岳飑打开那封邮件，是两年前一个 B 级进化者用白日梦袭击普通人，却被 C 级进化者越级反杀的记录。开始他有点儿疑惑，但一目十行扫到最末尾，刹那间瞳孔扩张："难道……这是……"

"是的。"尼尔森说，"我钦佩那种舍己为人的勇气，但总结一下来说，就是极限一换一。"

空地上，专车还在等着，警卫和司机都肃立在一旁。

岳飑很少在手下人面前流露出迟疑不定的情绪，但此刻他张了张口，才听见自己的声音就好像飘浮在半空中："沈酌……他就算知道了，也不可能为了任何人……"

"是吗？"尼尔森淡淡地道。

他抬眼向车窗外望去，雨天的军用机场灰蒙蒙的，带着水汽的玻璃映出了他如阴霾天空一般灰蓝色的瞳孔。

"沈酌明确知道自己的价值，但有些时候，我感觉他对死亡怀有某种隐秘的向往。"尼尔森眯起眼睛。

"不仅是在上次他为了保护半径三公里内的平民而打开逆十字时，我之前还注意到很多细节……我不知道他这种隐秘的向往是从何而来的，也许真正的天才注定就不会被我们这些人所理解。

"但有一点是很确定的，飑。"尼尔森凝重而缓慢地道，"我们不能失去这个手里握着达摩克利斯之剑的人类，进化者族群需要他站在我们这一边，为此牺牲一两个 S 级是可以接受的。"

手机那头沉默着，能听见岳飑深长不稳的呼吸。

"我希望你能明白族群的立场。"尼尔森没再多说，挂了电话。

专车在潮湿的路面上戛然而止，地勤人员撑伞小跑上前，恭敬地打开车门。

尼尔森钻出车门，正要顶着风走向不远处停机坪上的专机，突然怀里另一个手机响了起来。

是沈酌打来的。

国际监察总署长止住动作，拿着手机，眼底出现了一种非常微妙的表情。

足足好几秒他都没接，少顷才沙哑地笑了一声，不知是讥讽还是自嘲道："也只有在这种时候你才会打我这个号码了……"

地勤不敢接话，撑伞低头站在那里。

所幸尼尔森没再让手下人担惊受怕，他一边举步向前一边按下接听键，在接通的瞬间语调陡然一振，竟然完全听不出丝毫异样。

"喂？沈……"

"你知道三个月后就是总署长换届选举期了，对吧？"

尼尔森的声音猝止。

"不是你想的那样，沈酌。"少顷他才再次开口，声音如往常一般温和，"S级进化者是我们珍贵的资产，但凡有可能，国际监察总署是绝对不会坐视在旁而不伸出援手的。"

手机那边声音喧杂，仔细听应该是各种医疗机器在报警，沈酌完全没有给他任何虚与委蛇的机会："白日梦的破解方法是什么？"

"……"

"我问你白日梦的破解方法是什么，弗里奇·尼尔森！"

在场没人见过传说中那位美貌惊人的沈监察，但他的呵斥声实在太严厉，也太响了。

尼尔森周围所有人都噤声低头，不敢言语，竭力装作没有注意到总署长难以形容的脸色的样子。

"最快速的破解方法永远是直接杀死施术人。"足足过了半晌，尼尔森才重新开了口，缓缓地道，"但目前来看显然是不可能的。除此之外，入梦者如果能保留清醒的自我意识，也可以用异能将梦境从内部破坏瓦解，从而毫发无伤地脱离，但这里有个悖论。"

尼尔森顿了顿，才道："如果施术者足够强大，就可以制定'入梦者忘记一切'的世界规则，那么白先生在忘记身份的情况下是不可能去尝试使用异能的，自然也就无法逃离了。"

通话对面陷入了安静，只有生命监测仪嘀嗒嘀嗒，发出单调的声响。

"不。"良久手机里才传来沈酌冰冷的声音,说，"一定还有第三种办法。"

尼尔森没吭声。

"数据库里那条异能犯罪记录，受害者的爱人是怎么把她从梦境中救出来的？你到底在隐瞒什么？"

尼尔森在舷梯上停住脚步，站在打开的专机舱门前，瞳孔映出远处铅灰色广袤的天穹，长长地、无声地叹了口气,仿佛裹挟着平原上萧索的冰雪。

269

"我不会告诉你的,沈酌。"他柔和地道。"我不希望看见奋不顾身这么愚蠢的词在你身上出现……请相信我只是想保护你。"

病房里,沈酌眼神冰冷,一言不发地挂断了通话。

尼尔森保持着那个姿势站了许久,才慢慢放下手机,深吸一口气,在周围手下躲闪的视线中挺直后背,抬脚跨进了舱门。

"最后一次确认航线,飞申海市。"他头也不回地吩咐机组,声音如寒风般冷漠,大步走向客舱。

嘀嗒,嘀嗒,嘀嗒,时间在一分一秒地流逝,病房墙上的挂钟于午夜三针重合,又毫不留情地继续往下走去。

明明病房是恒温的,但窗外无边无际的夜色仿佛能从每一丝窗缝、每一条墙缝中侵袭进来,弥漫不去,让人从脊椎里泛出透骨的冰凉。

沈酌轻轻把手机搁在一边。

病床上白晟已经不再痉挛了,他闭着双眼,牙关紧合,昏暗中也可以看见全身肌肉呈现出不正常的僵绷状态。

数十条电磁线从他的头颅和身上延伸出来,连接着周围各种生命体征监测仪。

病床边不远处,一台屏幕上显示着大脑扫描实时成像,其中侧颅一块区域红得发紫。那代表他正经历着极端的痛苦、恐惧和挣扎。

沈酌站在病床边,一手从裤袋里抽出来,握住了白晟骨节分明、冰凉微湿的左手。

你梦见了什么?他想,是你灵魂背面那场十九年前一直燃烧到现在,从未有片刻停息的大火吗?

"对不起……"病房角落传来少女艰涩的声音。

褚雁站在阴影中,低头望着脚边的地砖缝,眼眶里满是生熬出来的血丝。

沈酌没有看她也没有回答,只凝视着白晟昏睡不醒的面容,少顷低沉道:"不能怪你。"

"我没想到……异能会被荣亓远程操控……"

沈酌说:"你只是个孩子,想不到很正常,该怪的是我不谨慎。"

病房里没人出声,杨小刀默默守在门边,褚雁低头站在角落,良久沈酌缓慢地摇了摇头。

"荣亓从一开始就知道,哪怕用超S级的白日梦直接攻击白晟也是根本击不中的,他只能伴装攻击我,才精确击中了白晟唯一的弱点……如果我能早点儿摸透他的计划，这一切都不会发生。"

他呼了口气，喃喃道："就差那半秒。"

褚雁抱着一丝希望抬起头："我能通过蚊虫、蚂蚁的触觉感受到荣亓的大概位置，白先生的黄金救治期还剩十三个小时，如果我现在立刻领着你们去找他，直接杀了他的话——"

"做不到。"沈酌淡淡道，"这世上为数不多确定能杀死荣亓的人就躺在这里。"

病床上白晟起伏的侧影一动不动，双目紧闭，呼吸短促。

沈酌闭上眼睛，复又睁开，短短顷刻间恢复了冷静的常态："杨小刀。"

守在病房门前的少年蓦然抬起头，就像一头绷到极限而神经质的小兽，死死地攥紧了拳头，整条手臂肌肉筋骨暴起。

"送褚雁回监察处，然后你彻夜守在那里。"

沈酌的语调稳定平和，有种镇压一切的力量。

"我需要你们极其冷静、克制，杨小刀协助武装警备队镇守监察处，褚雁注意一切异常的风吹草动。在黄金救治期结束之前荣亓是不会轻易踏入申海市的，但十三个小时之后就未必了，你们必须做好直面一生中最强大敌人的准备。"

急促嘶哑的喘息之后，杨小刀终于挤出几个字："我知道了。"

"当大人倒下时，你们就是大人了。"沈酌伸手向外摆了一下，简洁地道，"去吧。"

杨小刀几乎是强迫自己收回视线，推开了门，两个孩子一前一后地走出病房，站在走廊的惨白灯光下。

就在回手关门的时候，杨小刀突然停下了动作，站在原地望向昏暗的病房，嘴唇微微战栗片刻，才沙哑地问："沈监察，你会想办法救回我爸的，对吗？"

沈酌没有动，甚至没有抬头。门缝的光带顺着地面延伸，映出他半边侧影，清瘦苍白而挺拔，优美的侧颜一动不动凝视着白晟。

"不是会。"他平静地道，"我一定能。"

少年像终于找到了主心骨，终于一点点松开自己被掐得血肉模糊的掌心，低下头轻轻地关上了门。

房间再度恢复安静，只有床头灯一点儿晕黄的光，窗外的黑暗无边无际，像夜色中一望无尽的大海。

床头柜上的手机屏幕不断亮起，那是纷至沓来的各路消息。

从沈酌手中散布出去的天罗地网在不断打听两年前欧洲那起异能案件

的线索，最快的情报触角已经伸进了万岛之国，但仍然没有传来任何柳暗花明的迹象。

外面天翻地覆，暴风雨中心的这间小小的病房却昏沉而安静，仿佛全世界只剩下了他们两人。

沈酉伸出右手，轻轻抹去白晟额角被冷汗浸透的痕迹。那么嚣张、轻佻、不正经的人，竟然也有如此安静的时候，像永远不会再醒来了一样。

他突然没来由地想起，申海市进化专科医院的这间特护病房，正是上次他自己注射S级进化药之后遭到反噬，白晟一直守在榻边直到他醒来的地方。

当时他躺在这张病床上，而白晟坐在墙边扶手椅里，慵懒强大、漫不经心，巡视着脚下这庞大都市的每一个角落，像凌驾于一切魑魅鬼魅之上的雄狮。

而在那之前，当他第一次在高架桥上遭遇截杀，差点儿被刘三吉掳走，眼见着不得不打A级进化药的时候，也是这个叫白晟的人如神兵天降一般突然跳了出来，成功打退荣亓手下那拨人，然后一把将他扛回了自己家。接下来的那三天他被严密看守、精心照顾，那个明明满嘴跑火车的人，行为却缜密谨慎至极，没有给荣亓留下一丝可乘之隙。

当然，同时也换着花样各种角度拍了三天的vlog（视频日志）。

"哈欠——大家看，今天也是春光明媚阳光灿烂的大晴天，沈监察昨晚激动地闹了我十八次之后终于睡着了，让我们来近距离欣赏一下他核弹级别的高清美颜……啊！醒了！怎么又醒了！"

噼里啪啦一阵乱响，毒素未清的沈酉痉挛起身，镜头被撞翻在床上，手机记录下了白晟急匆匆的画外音解说。

"大家好，这是沈监察在过去十个小时内的第十九次闹觉，我每次靠近他他都超开心、超激动……"

虚空中仿佛能响起白晟欢快开朗的声音，永远带着熟悉又不正经的笑意。那么轻佻，那么跳脱，与他真实而坚定的一面截然相反。

沈酉闭上了眼睛。

"我一直想追随你，从当年第一次在报纸上看到你的时候就这么想了……

"当风浪席卷大坝，人潮汹涌后退，唯他持剑逆流而上，我愿成为他身前的盾……

"可以做到吗，沈监察？"

"你这混账。"沈酉轻声喃喃道。

那个混账躺在雪白的病床上，眉峰微微蹙着，睫毛不断战栗，身体反复绷紧挣动，一只手如同溺水般，痉挛地死死握着沈酌的左手。

他在幻觉的大火中痛苦煎熬，但本能让他竭力向那个人求救。

"回来，白晟，不要扑进那场火里。"

沈酌将五指插进白晟凌乱的头发里，用力把他的头搂向自己，俯在他耳边一字字低声道："你的父母已经死了，他们希望你好好活着，不要去救了好吗？"

昏迷中的人嘴唇翕动，却挣扎着发不出声音。

"你早已强到足够战胜那场大火了，让它熄灭吧，好吗？"

——回来，白晟。

——回来。

瘦小的四肢被烈焰焚烧，焦黑的皮肉血痕累累，一次次扑向大火的孩子却无法停下脚步。

四面八方的尖声大笑逼得他发疯，烈焰中不断传来的呼救却又诱使他不断向前，然而他每次在焚烧的剧痛中抓住的父母求救的手，都会在最后一刹那间滑脱。

他已经不知道自己在坚持什么，只有无尽的愤怒和痛苦在胸中燃烧。烧焦的皮肉不断从全身落下，直到露出苍苍白骨，他还在踉跄着往火场中奔跑。

——你忘了自己已经变得足够强大了吗，白晟？醒来回到现实吧，好吗？

年幼的白晟睁大眼睛，他感觉到虚空中一股力量紧紧握住了自己的手，温柔、坚定、不容置疑，拦住了他再一次扑向烈焰的脚步。

你是谁？他混乱地想。

紧接着，熟稔的触感迎面而来，那仿佛是一个有力的拥抱。

就在这一瞬间，火场外所有不怀好意的尖笑被完全压倒，数不清的鬼魅魔影扭曲消失。

世界在那温柔的怀抱中渐渐安静，化作血与火交织的、漫长无声的空白。

"不要再往前了，"剧痛中他听见耳边响起一个沉静熟悉的声音，"醒来吧，我还在等你。"

晚霞斜斜越过彩绘玻璃窗，巨大十字耸立在上。

空旷的教堂正中，一座白绿相间、气势宏伟的大理石圆桌平地而起，

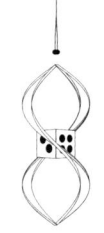

描金的鹈鹕苹果图案在夕阳中闪闪发亮。

轰然一声闷响，大门被推开了。

一个年轻的进化者匆匆奔进教堂，从年龄和打扮来看应该还是个学生。他快步越过一排排空荡长椅，来到教座前欠了欠身："教授。"

外界传说纷纭的"圆桌会"的创始人托恩，实际是一名白发苍苍的Ｅ国物理学教授，戴着一副老式的圆眼镜，看年龄怕是有近八十岁了，病气萦绕着衰老的面容，满是皱纹的手背上弥漫着一层青黑。

他觅声回过头来，还没来得及开口，却只听身侧另一个声音率先发问："打听清楚了吗？"

抢先说话的是另一名老者，满头银丝整整齐齐梳向脑后，看着年轻几岁，健康得多，但削瘦的面相多少有几分严厉。

"是的，帕德斯先生。"进化者学生又转而向说话的这位老者行了个礼，礼貌地回答，"从欧洲各地监察处传来的消息已经完全散开了，申海市监察处在极力寻找破解精神异能白日梦的方法，那个叫白晟的Ｓ级可能已经到了性命攸关的地步。"

年迈的圆桌创始人颔首沉吟，半响开口缓缓道："那个孩子在生死线上挣扎，我们应当去挽救他。"

"为什么？"面相严厉的帕德斯却把眉头一皱，毫不犹豫地出言反对，"那个白晟从没真正加入我们，一直对圆桌会的命令阳奉阴违，有什么必要去救他？"

"我们从未命令过他什么，我的弟弟。"托恩温和地反驳。

"难道没有吗？他在回申海市前向我们保证，会极力去接近沈酉，会去调查当年Ｓ级傅琛被害死的真正原因，会为我们调查沈酉那些反人道实验的真相，但迄今为止我们收到的情报却寥寥无几，他并没有把圆桌会当一回事！"

托恩面对自己亲弟弟的激烈态度多少有些无奈，长长地叹了口气。

"帕德斯，"他缓缓地道，"你不可能去'命令'一个Ｓ级为你做什么，因为年轻头狼有自己的判断。如果他觉得关于沈酉的情况没必要告诉我们，那他就什么都不用说，我们这些老家伙早就应该学会信任和放手了。"

帕德斯似乎还是很不服气，但托恩一抬手，打断了亲弟弟的反对："即便他未曾真正加入我们，我们也不能对同类见死不救，这是违反圆桌会精神的。

"请帮我联系他。"托恩转向那个年轻学生，和蔼地吩咐。

学生显然对托恩更加恭敬信服，立刻退后半步俯身："是。"

凌晨3点20分,手机铃声响了。

正是长夜最黑暗的时候,呜咽风声撞击着病房的玻璃窗。沈酌蓦然回头,却见床头灯下自己的手机安静地躺在那里,不是情报人员从万岛之国传来了最新消息。

紧接着他意识到铃声是从病床另一侧而来的,是白晟的手机。

沈酌一只手仍然被白晟在昏迷中紧紧攥着,他探身用另一手拿起手机,只见屏幕上是未知属地未知号码,应该是用技术做了隐藏。

虽然不知道对方具体是哪个组织,但果然不出意料,当初那些把白晟派回申海的人不会坐视不管的。

沈酌无声一哂,然后按了接通键,声音疲惫但清醒稳定,用英文道:"我是申海市监察官沈酌,请直接说。"

通话对面大概没想到他如此单刀直入,足足静了片刻,才传来一个有点儿学生气的年轻声音,带着经过掩饰的英语口音。

"您好,沈监察。我们经过一些渠道得知您正四处询问精神异能的破解方法,而我们恰好搜集过各种异能的资料,其中包括一些您可能感兴趣的……"

沈酌不耐烦地打断了他:"还剩不到十个小时,说重点,怎么破解?"

那可怜的年轻学生被说愣了,几秒钟后,电话大概是被另外的人接了过去,随即响起一个衰老、沉重的声音,这次终于开门见山了:"沈监察,您需要做到两点。第一,找到一个心理素质与精神力都非常强大的人。第二,再次触发白日梦。"

病床边,沈酌眉心微微一蹙。

"白日梦最大的破绽是一次只能形成一个梦。也就是说,当出现第二个入梦者时,只要这个人的精神力强悍远超第一个人,梦境就会自然发生转变。第一个入梦者最恐惧的场景将不复存在,转而构建出第二个入梦者最痛苦的场景。在这个转变的过程中,第一名入梦者有极大的机会清醒过来,逃出梦境。

"两年前万岛之国的那起异能犯罪记录,就是身为C级进化者的丈夫设法进入白日梦,迫使梦境发生转变,从而唤醒了妻子。之后这位丈夫梦见了自己一生中最恐惧的战争,但他在梦中熬过战场并得以凯旋,由此将白日梦彻底瓦解了。

"当白日梦被摧毁时,施术者会遭到严重反噬,所以那个B级精神进化者才会被越级反杀。但是,我必须提醒您,这是非常、非常罕见的情况,因为在大多数案例中,第二个入梦者都永远沦入了恐怖的深渊,再也未能

275

醒来。所以,基本上这就是一换一的极限运作。

"您现在最大的困难,就是要立刻找到一个精神力强大到无与伦比,并且自愿为白先生以命换命的人。明白我的意思了吗,沈监察?"

医院顶楼,风声呼啸,直升机在短短数分钟内已整装待发,一支特殊行动小组严阵以待。沈酌拿着手机快步上前,西装外套在螺旋桨掀起的大风中飞扬而起。他朗声道:"太巧了,我现成就知道有这么一个精神力强大到无与伦比的人!"

手机那边苍老的声音顿了一下,可能怀疑自己听错了:"您说什么?"

"监察官!"罗振小跑迎上前,"已经做好起飞准备,我们现在去哪儿?欧洲北部那边传来好消息了吗?"

沈酌抬手示意罗振稍等,对着手机大声道:"最后一个问题。你们是在国际监察总署里备过案的民间组织吗?"

通话那边不明所以,缓缓回答:"您不用打听我们组织的身份。我们只是……"

"你们有编制吗?"

"啊?编制?"对面被他问愣了。

沈酌毫不掩饰嘲意:"没有编制白晟是不会真正听你们指挥的!"

通话对面久久无言,显然陷入了怀疑人生的状态。

沈酌随手挂断通话,把手机丢给罗振,弓腰钻进直升机舱:"先去监察处带上杨小刀,万一跟中心区起冲突需要他拖住岳飚。通知水溶花,跟她说让实验室做好准备,一旦我们从中心区把苏寄桥的血清带回来就立刻开始培养 HRG 异能促进剂,必须再次触发白日梦,我也要进去一趟。"

"啊?"罗振从驾驶座回过头,傻眼了,"我们要去抽苏科长的血清?您也要入梦?真的吗?!"

沈酌没有回答,迅速扣上安全带,磨牙冷笑一声。极限一换一,怪不得尼尔森故作高深,岳飚也跟着欲言又止,一个两个都在那儿装神弄鬼。

直升机在狂风中离开楼顶,向着黎明前最黑暗的夜空飞去,大地在脚下越去越远,直升机窗映出申海市监察官冷秀锐利的面容。

只要第二重梦境被破解,施术者就会遭到严重反噬,甚至被越级反杀。

"既然姓荣的那么自信不会被反杀……"沈酌垂目望向脚下广袤的夜幕,充满嘲讽地轻轻一哂,"那就让他用命来换教训吧。"

早晨 6 点 30 分,中心区进化者专科医院。

呼的一声玻璃门被推开,值班大厅内寥寥无几的工作人员愕然抬头。只见一支全副武装的人马疾步冲了进来。为首那人黑西装白衬衣,精悍干

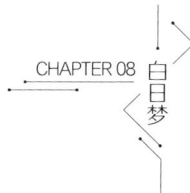

练而面容秀美，正是申海市监察官沈酌。

"这……你们这是做什么？"

"这里是A级防卫重地，沈监察您不能上去！"

值班守卫们回过神来，立刻围上去全力阻拦。然而沈酌一言不发，大步流星走向楼梯，他身侧的行动小队不由分说推开守卫："让开！"

"执行公务！"

"这是中心区，不是你们申海，你们不能硬闯！"

"快！紧急汇报中心监察处，快！"

空旷安静的值班大厅顿时乱做一锅粥，有个守卫扑向警报电话，然而还没抄起听筒，远处的沈酌拔出枪来，头都没回——

砰！电话碎片四溅，混乱霎时一静。

"十大监察全球执法，阻碍公务一律就地羁押。"沈酌疾步上楼，同时扭头吩咐手下，"封锁医院，严禁有人出入，直升机备降楼顶。"

"是！"

这座常年安静、戒备森严的进化医院，顷刻就被完全攻破了。

收到防空警报的中心区监察处还在一路鸣笛风驰电掣，医院的各个通道早已被荷枪实弹的申海市监察处的人马迅速把守。凌晨昏暗的天幕中，轰鸣声由远而近，一架涂着申海市监察处标识的巨大直升机缓缓地降落在了医院楼顶上。

一阵急促的脚步声从消防楼道迅速上来，随即门被重重推开。沈酌带着罗振和杨小刀大步流星穿过走廊，前方尽头的一号特护病房门口贴着姓名标签——苏寄桥。

罗振却突然"啊"了一声："那不是……"

病房门前长椅上，一道侧影缓缓起身，是岳飑。

"我猜你差不多会这时候来。"岳飑淡淡地笑了一下，"尼尔森再千方百计阻拦也没用，你一定会找到救回那个白晟的办法。"

可能是因为头顶惨白的灯光，岳飑的脸色看起来有些萧索，但沈酌视若无睹："你想继续阻拦我？"

"我只是不希望你冒险。"岳飑深深地看着他，目光中似有一丝痛苦，"沈酌，我认识你五年了，从没见过你为了一个人这么豁得出去……"

沈酌冰冷打断道："我现在一定要进去抽苏寄桥的血，你又能怎么办？"

岳飑陷入了沉默，背着光的那一面仿佛棱角分明的石像。少顷，他缓缓道："那我就只能动手了。"

沈酌不再跟他废话，扭头吩咐："杨小刀。"

洞天

　　杨小刀一言不发，随手把肩上那个一向大到离谱的书包扔在脚下，水泥地面轰然一震。

　　岳飐微微眯起眼睛，只见少年神情有种沉默的桀骜，体型是发育期特有的精瘦，但肌肉线条深刻，体脂率低得可怕。他打开书包，从里面拎出两个沉重的东西，随意地掼在地上。

　　哐！哐！灯下，那两个东西反射出森寒锋利的光，赫然是一副钢铁打制的半指拳套。

　　少年戴上拳套，屈伸了几下手指。

　　砰的一声震撼人心的重响，是他双拳悍然一撞，两个拳套中间顿时拉出了一道噼啪惨亮的恐怖电弧！

　　沈酌一指岳飐，冷冷道："拦住他。"

　　话音未落，少年如利箭般凌空而至，岳飐瞬间侧身避让，只见咆哮电流擦身而过，如出闸的毒龙，把整座病房门打飞了出去。

　　"不自量力。"岳飐低声道，轰然接住了迎面而至的第二拳，脚下地面飞暴而起，巨大的斫口一路延伸到了走廊尽头！

　　整个医院都在两个强Ａ级贴身肉搏的巨震中摇撼，沈酌穿过滚滚烟尘，大步走进病房。

　　病床边的生命维持系统在地面抖动中不停震颤，发出哔哔哔的急促报警声。

　　病床上，苏寄桥静静合目，全无知觉。

　　他是那种一看就让人觉得柔和善良的面相，面颊如玉，黑发微卷，在青海试验场爆炸中所受的重伤已经完全看不出痕迹了，三年的时光在他身上凝固，仿佛未曾向前。

　　这人不愧是Ａ级进化的脸，医护人员每天过来的时候动作都会下意识轻柔点儿。然而罗振完全没有丝毫怜香惜玉之情，他熟练地从采血包里取出针管："监察官，咱们取多少？"

　　沈酌居高临下俯视着这张无辜的面容，少顷轻声道："我要是早把他抽成人干，就不会有后来这些事了。"

　　罗振识相地不再问，一针扎进苏寄桥手臂静脉，源源不断的暗红液体顺着软管迅速流进血袋，很快抽到血袋完全鼓胀，随即只听轰隆一声巨响！

　　巨响中杨小刀横飞进门，整个人撞塌了半面墙！

　　尘烟袅袅中岳飐箭步而入，迎面一把薅住当头扑来的杨小刀。他显然已经被揍出了怒火，但面对未成年又本能地不想下重手。

　　仅仅千分之一秒的犹豫间，他就被杀红了眼的杨小刀一拳狠狠击中面颊，骨骼喀拉一声，一口血沫顿时从牙关里迸溅出来。

呜哩呜哩呜哩——窗外，中心监察处的车辆鸣笛声由远而近，沈酌一把拔出采血针："走！"

罗振手疾眼快收起血袋，岳飑一眼瞥见，劈手要上来夺，但身形刚一动就被杨小刀迎头拦住。少年就像一头凶性勃发的野兽，通红眼眶里满是骇人的血光。

就在那三秒僵持间，半空中传来直升机迫近的轰鸣声，窗外唰拉一声放下了绳梯。

砰！沈酌果断一枪打碎玻璃，罗振配合默契地挎着采血包，凌空跃出窗户，一把抓住绳梯爬了上去。沈酌紧接着把枪指向岳飑，喝令杨小刀："走！"

然而初次噬血的野兽竟然置若罔闻，眼底凶相毕现，脖颈血管剧跳，死死盯着岳飑不动。

砰的一声，沈酌一枪打在少年脚边，厉声道："杨小刀！"

杨小刀如梦初醒，这才意识到自己在干什么，二话不说翻出窗外，很快爬上了直升机。

一片狼藉的病房里只剩下岳飑和沈酌，后者举着枪一步步退到窗前，而岳飑已经全然没有了要去追的意思。这个公认年轻有为、前途无量的中心监察处长站在满地废墟中，用虎口拭去唇边大片血迹，苦笑了一声，举起手示意自己已经放弃了。

"你当真就那么笃定自己不会死在第二重梦境里吗？"他颓然道，"还是说你为了破解白日梦，连以命换命的风险都顾不上了？"

沈酌收起枪，淡淡地道："为什么你跟尼尔森都那么笃定我一定会死在第二重梦境里？"

岳飑徒劳地说："你是十大监察官之一，你的生命安全比一个S级重要得多，你对目前和平局势的重要性……"

"是吗？"沈酌打断了他，似乎感觉有点儿可笑，"原来你刚才那番阻挠完全是出于对和平局势的考虑，一点儿私心也没有吗？"

医院大楼下，中心监察处的车一辆辆戛然而止，红蓝色的车灯光此起彼伏。风从窗外灌进来，扬起了岳飑的头发。

"如果没有私心的话，"良久他终于低沉地道，"我就不会瞒着所有人，一个人彻夜在这里等你了。"

"那你呢？"男人顿了顿，抬头看着沈酌的眼睛，"你为了破解白日梦不惜去死，难道你只是舍己为人，一点儿私心也没有？你的私心又是什么，

沈酌？"

"那边！"

"从那边上去！"

"包抄所有出入口！"

中心区一众追兵从四面八方包抄而来，紧接着冲上顶层，从半坍塌的走廊尽头狂奔而来，紧接着纷纷都惊呆了："沈……沈监察？"

"岳哥？！"

"你们这是……"

众目睽睽之下，沈酌没有回答岳飐的问题，只转身抓住窗外的绳梯，冷淡地道："白日梦而已，别跟我在这儿死来死去的，不要以己度人。"

在场的中心区监察员都一头雾水，只见半空中直升机立刻拉升，掀起呼啸飓风，迅速把沈酌拽向了高空。

"等等——"然而众监察员还没来得及拔脚扑上去，岳飐一抬手，声音疲惫，"算了。"

他没有解释这满地狼藉的局面是怎么回事，也没力气应付手下的关切和恐慌，更不想去看病床上不知道被抽了多少血的苏寄桥，只向后靠在一堵半塌的墙上，顺着墙慢慢滑坐在地，把脸埋在手掌里。

他曾经以为沈酌对傅琛是不同的。沈酌会对傅琛微笑，会用耐心的眼神看傅琛。

当时岳飐还可以安慰自己，毕竟傅琛那么出色，毕竟傅琛是 S 级。

但直到今天，他才意识到，沈酌真正对一个人"不同"时，原来是这么奋不顾身的模样。

跟对方是不是 S 级无关，出不出色也无关。哪怕白晟有极大可能性根本救不回来，哪怕自己下半辈子当真变成无知无觉的废人，沈酌还是愿意为了他以身涉险，毫不计较、毫无条件。

岳飐无法再欺骗自己，他不是输给了 S 级的傅琛，而是输给了沈酌。

"岳哥，岳哥你受伤了！"

"岳哥你脸上是怎么回事？"

岳飐嘴角破了一大块皮，看上去有点儿狼狈。他疲倦地摆摆手，谢绝了惊慌失措要帮他上药的手下，拿出手机打开邮件，手指在屏幕上悬空片刻，还是输入了两句话：

目标血清已被沈监察取走。我让他取的，是我的责任。

收件人，尼尔森总署长，六小时后发送。

尼尔森作为总署长的权限是很大的，哪怕他的专机还在天上，也足以调动地面力量对沈酌做出阻挠，这延后发送的六个小时足够为沈酌争取时间了。

岳飐随便地丢掉手机，用力搓了把脸，深深呼出了一口酸楚的、滚烫的血气。

呼的一声重响，沈酌爬到绳梯尽头，紧接着被杨小刀一手拉进直升机舱，舱门在身后重重关上了。

"血袋呢？"沈酌一落座立刻问。旁边的监察员探身迅速帮他扣好安全带。

罗振从前排把采血包递过来，沈酌打开看了一眼，脸色稍微放松，吩咐道："通知 HRG 实验室立刻开始做准备。医院那边传来消息没有？"

监察员早已了如指掌："白先生情况稳定，脑部扫描从昨晚 3 点起就没再恶化过，虽然没法解释，但大夫说是件好事。"

沈酌没有流露出丝毫感情，只简单一颔首，然后扭头问杨小刀："你怎么样？"

少年已经卸下了精钢拳套，蜷缩着身体坐在后排一角，身上带着尚未散尽的、铁和血混杂起来的味道。

闻言，他沉默地摇了摇头，表示自己没受伤。

沈酌却把他的黑 T 恤一掀。

衣底下是精悍的腰肌，侧腹赫然一块拳头大血淋淋的擦伤，应该是被岳飐拳风活生生撕裂开的，所幸没有深及内脏。

"回去让医生帮你包扎一下。"沈酌随手拍了拍他的后脑，"不错了，足足拖了三分多钟。岳飐的心肠其实比一般进化者软，不是个忍心对孩子下重手的人。"

杨小刀像头毛发凌乱的小兽，如果他有尾巴的话此刻已经耷拉下去了，半晌才倔强地憋出来一句："我以后会比他强的！"

沈酌未置可否，不由莞尔。

这孩子不愧是被白晟一手带大的，蔫头耷脑地在那儿坐了半天，好像突然回过了什么味来，狐疑地抬头看着沈酌："所以那个岳处长……"

沈酌："？"

"尼尔森、荣亓，还有那个岳处长……"

沈酌一秒变脸，冷漠道："闭嘴。"

直升机呼啸着划过清晨的天穹，硝烟未尽的进化医院越去越远。杨小刀悻悻地缩在沈酌身侧，不时用纯洁、正直而批评的眼神偷瞄他，但从表情看明显是只敢腹诽不敢言。

申海机场，伴随巨大的轰鸣声，国际总署的专机向跑道俯冲降落，几分钟的滑行后，银蓝色的远程喷气式公务机缓缓停在了停机坪上。

"我是申海市监察官沈酌，我现在不能接听，请在稍后留言……"

尼尔森挂断电话，面沉如水。身边的秘书低声劝道："也许沈监察待会儿就接了。现在他还在气头上……"

"不可能。"尼尔森冷冷道，"沈酌从不在我身上浪费那些无用的情绪。"

秘书一时语塞。

"他一定是做什么去了。"尼尔森狐疑地眯起眼睛，"但不至于……十大监察都被下过封口令了，没人会告诉他那个办法……"

白日梦的破解方法是不可能永远瞒着沈酌的，但幸好他也不用永远瞒着，只要拖过二十四个小时的黄金救治期就可以。之后即便白晟真的死了，他也有绝佳的说辞能面对联合国安理会，毕竟他保下了沈酌的命——卡梅伦那老狐狸搞不好还得上门来谢谢他。

唯一棘手的是沈酌。

即便是奥丁之狼也不能接受与沈酌翻脸的风险，不论是从权力地位角度上来说，还是从全天下人都以为他根本没有的私人感情上来说。

白晟死亡的那一刻，那个叫荣汀的进化者肯定会立刻来犯。

他必须亲自陪在沈酌身边予以保护，那将是他挽回沈酌信任的唯一机会。

专机舱门打开，尼尔森带着随从走下舷梯，第一眼就看见了停机坪上前来迎接的车，以及车门边面带微笑的年轻B级进化者。

尼尔森认识他，这人的名字叫陈淼。

国际总署里有几百个A级进化者，很多人甚至都没有在总署长面前留下名字的机会，但尼尔森却清清楚楚知道陈淼的年龄、异能、毕业院校，以及这个年轻人每次去S国出差时最喜欢逛的那家甜品店。

不仅是尼尔森，国际总署里很多身居高位的长官也都对这个年轻的B级亲热客气有加。

原因很简单，这个人是沈酌亲手带出来的学生之一。

讨好他不一定能讨好到沈酌，但得罪他一定会把沈酌往死里得罪。

"总署长！"陈淼快步迎上前，作势就要敬礼，以流利的英文寒暄道，"真是太抱歉了，我们也是半个小时前才知道您大驾光临的消息，监察官立刻就派我来专门迎接您……"

尼尔森迅速按住了陈淼要敬礼的手，微笑着紧紧一握，任谁见了奥丁之狼这副和蔼可亲的面孔都要怀疑自己的眼睛出了问题。

"你们沈监察人呢？"

陈淼真诚地道："鄙辖区唯一的Ｓ级进化者遭遇不测，监察官十分自责，觉得自己没有行使好保护进化者的责任。"

尼尔森笑容微凝。

风刮过停机坪，众人都陷入了难以言喻的沉默。

"所以监察官开会去了。"陈淼满怀歉意道，"明确管理、深耕细则，关于如何更好保护辖区内进化者人身财产安全的全体研讨会。"

尼尔森大概用了好几秒才理解这段英文中的每一个单词，那双冰蓝色的眼珠慢慢变成了风雨欲来的阴灰。

他张了张口，缓慢地、一字一句地加重语气问："你们沈监察到底干什么去了？！"

手机嗡的一声响。秘书低头一看，脸色剧变，快步上前低声道："总署长，是岳监察发来的通知。"

尼尔森心里已经有了最坏的预感，他拿起手机一扫，霎时闭上了眼睛。

目标血清已被沈监察取走。我让他取的，是我的责任。

陈淼完全不用看就知道那消息是什么，笑吟吟地面对着眼前这个凌驾于全球进化者之上的总署长，甚至连嘴角礼貌的弧度都没变化半分。直到尼尔森深吸一口气睁开眼睛，几乎是从牙关里挤出一句话："你们这样做会害死沈酌，知道吗？！"

"总署长，"陈淼从容回答，"我是学长的人，我无条件信任并遵从学长下达的一切命令。"

尼尔森深吸一口气，终于明白自己无数次都没法把钉子插进申海的原因是什么了。

"沈酌到底在哪里？"

"实验室。"陈淼抬手看了眼表，挑眉劝道，"不过您不用赶过去了，白日梦异能药剂应该已经培养出来了。"

"学长说他能做到，他就一定能做到。"年轻的Ｂ级进化者站在尼尔森面前，语气十分平静，"他一定能带白哥平安回来，就像他一直竭尽全

力保护着我们所有人。"

扑哧一声轻微声响,寒气在培养箱被打开时一涌而出,研究主任小心翼翼地捧出一支混杂着幽蓝色光点的血清。

那是利用苏寄桥的血清培养出的、能使人产生A级进化的基因干扰素。

"正常的A级基因干扰素可以维持四十分钟以上效果,但这支药剂的培养时间太短,属于阶段性临时产品,效果大概只有三十秒。"研究主任将血清递给水溶花,不由还是感叹了一句,"药剂只能作用于人类身体,幸亏水医生现在是人身,不然还得临时去找个人来……"

水溶花面无异色,接过药剂,再一次向沈酌确认:"您准备好了吗?"

申海市的HRG实验室坐落在进化专科医院地底,规模与当年在研究院时不可同日而语,用业内眼光来看几乎称得上是可怜了。

不过也幸亏如此,这座微型实验室才没有招来外界众多居心叵测的目光,得以在申海市监察处的保护之下残喘至今。

白晟已经从特护病房里被转移下来了,双目紧闭,沉沉昏睡,躺在实验室正中的一张病床上。

幸亏S级的身体素质强悍,持续二十多个小时的幻觉折磨并没有对中枢神经和心肺系统造成太大影响,换作A级的话,就算能从梦中醒来,身体上的后遗症也足够影响今后的生命质量。

沈酌没有回答,反手脱下西装外套,坐在病床边一张扶手椅里,单手把白衬衣纽扣一颗颗解开。

众研究员早已训练有素,把各色导线和电极片贴在他身上,连接生命监护装置和实时脑部扫描。

最后,主任亲自往他的手背上扎了一枚静脉输液针,输液袋里赫然是一种血色不明液体。

水溶花奇道:"这是……"

"神经元刺激剂。"沈酌道,他的衬衣只系了两个扣,修长脖颈线条蜿蜒,锁骨向下隐没进阴影里,"当年HRG的衍生产品之一,一旦监测到大脑进入某种深度幻觉状态就可以开始滴注,六十秒内对大脑皮质造成强烈刺激,从而减轻幻觉影响。"

"会有后遗症吗?"水溶花忍不住问。

"会。95%的受药者会在三天内突发性情大变。"沈酌说,"如果到时候我强迫你们加班,或者无理由取消你们的季度奖金,请你们勇敢地站起来反对我。"

众研究员都笑了起来。

水溶花松开衣领，一针扎进自己侧颈血管，干净利索地将血清按到底，微笑回答："我们会等你醒来发三倍季度奖的，监察官。"

一股属于苏寄桥的力量迅速笼罩她全身，异能辐射急剧提升，监测仪发出嘀嘀嘀的狂响。

沈酌伸出那只扎着针头的手，用力握住病床上白晟的一只手掌，平静地注视着水溶花。

下一秒，女医生五指向沈酌唰然展开，幽蓝光芒半空暴起，强悍无形的精神力扑面而来！

——A级异能白日梦触发。

千万碎光笼罩沈酌全身，瞬间他向后仰倒、五感抽离，现实中光芒雪白的实验室如退潮一般迅速远去。

他的意识向下疾速坠落，沉进了熊熊燃烧的烈焰地狱。

四面八方，铺天盖地，都是恐怖的冲天大火。

小男孩儿躺在地上，茫然注视着眼前因烧灼而开裂的地面，半边身体已经被烧成了焦黑的骷髅，手指的血肉烧煳脱落，只剩下光秃秃的焦骨。

"救命啊……"

"救救我们……"

不远处那辆撞毁的汽车里仍然断断续续地传来呼唤，火焰中甚至传来拍打车窗的绝望声响，然而他真的走不动了。

真的太痛了。

有没有人来救救我？他迷迷糊糊地想，有没有人拉我一把，有没有人会来救我？

死亡突然变成了一个充满诱惑又近在咫尺的选项。它那么舒服，那么轻易，只要堵住耳朵不再听，闭上眼睛不再看，只要停下脚步沉沉睡去，就再也不会感觉到痛了。

"对不起。"小男孩儿喃喃道，干裂流血的眼皮越来越沉。

我那么努力地想改变因果，但我太弱了，我救不出你们……对不起。

"我们还活着，我们还活着呀！"

"我们是你的爸爸、妈妈呀！"

"白晟！白晟！白晟！"

仿佛一根滚烫的钢针刺进心脏，五脏六腑剧痛痉挛。白晟遽然睁开眼睛。

他喘着气，再一次摇摇晃晃地从地上爬起来，跟跟跄跄地向前走去。

碳化的脚骨在身后拖出焦黑痕迹，每一步都痛彻心扉。但与生俱来的疯狂、耿耿于怀的悔恨、刻进骨髓的执念，都在脊梁中支撑着他，哪怕最后一刻被烧成炭也不能停息。

不能倒下，不能倒下。

八岁那年，血色长街尽头，孩童用稚嫩的声音发誓此生永远不站在围观人群之后，哪怕未来刀山火海，他也要站出去，伸出第一双施救的手。

"往前走哇！"

"去啊！"

"就是这样！"

火场外，不知何时重新出现的众多魔影发出一声声怂恿的尖笑。

"去活活烧死吧！"

"去烧成灰吧！"

"哈哈哈哈——"

群魔乱舞，遮天蔽日，兴奋无比，但白晟已经听不见了。他全身上下被烈焰包裹，幼小的身体被烧成了个火人，跌跌撞撞地来到车门边，用生命最后的力量向车内伸出手。

就在这一瞬间，前方破开一道璀璨白光，势如破竹、摧枯拉朽，将所有魍魉鬼魅一扫荡平，四面八方的魔影在惨叫中化作了扭曲的灰烟。

紧接着，一道熟悉的身影出现在了白光中。

小男孩儿愕然睁大眼睛，抬头仰视着那个人携光而来，如若神灵。来人拥有难以想象的容貌和镇压一切的力量，踩着烈焰与硝烟一步步走到他面前，自上而下地向他伸出手。

"你要让我等多久，白晟？"

一刹那间，仿佛灵魂醍醐灌顶，小男孩儿的瞳孔猝然扩大。他战栗着抬起手，与神灵十指交扣。

就在两人掌心触碰的那一刻，小男孩儿惨不忍睹的身体迅速长大，皮肉覆盖炭黑焦骨，赤裸的血肉皆尽复原。

白晟像一头伤痕累累的狼王，紧紧拥抱沈酌，发出了一声忍耐了十九年的、嘶哑到极致的哭泣。

漫天大火悄然熄灭，一切惨景化为乌有。

声声呼救终于消失了，扭曲燃烧的汽车如轻烟般散去。十九年前那对夫妇的灵魂得以安息，最后一次温柔地拂过爱子的面颊，然后彼此缠绕盘旋，消失在苍穹下。

时光如迤逦长歌，将那个八岁孩童的恸哭远远带上天际。

"我很想救出他们,但就是做不到……"白晟半跪在地,俯在沈酌肩头,一滴滴滚烫的液体渗进白衬衣里,"我以为自己已经变得非常强大,我那么拼命了,但还是做不到……"

"你知道你为什么能进化成 S 级吗?"

沈酌一手环过白晟的背,另一手按着他后脑乌黑的头发,平静地道:"不是回到十九年前改变因果,而是在未来做一个拥有绝对力量,能够第一个从围观人群中站出来的人。

"是这样的执念才让你脱胎换骨,是因为你自己希望能保护每一个人类与进化者,进化才会赋予你世间最强大的因果律武器。唯有强者才会对弱小生灵常怀慈爱之心。"

世界化作安静的虚空,放眼望去无垠空茫。白晟哽咽的喘息渐停,像个茫然的孩子,紧紧拥抱着沈酌。

"真奇怪,"他梦呓般喃喃道,"我怎么会在你面前哭呢?"

八岁那年开始就没再号啕出声的泪水与怨恨,原来并没有消失吗?

仿佛坚不可摧的盾牌陡然瓦解,打磨多年的铠甲轻易溃散,明明是最想要在对方面前展现力量的那个人,他却在对方伸出手来的刹那间,像风雪中渴望得到庇护的野兽一般,迫不及待发出了委屈的呜咽。

仿佛他早已知道,在这个人面前示弱是可以的。

在这双秀美眼睛的注视下,完全可以收起利爪,摊开皮毛,袒露那些从不示人的难堪伤口以及未曾愈合的淋漓血肉。

白晟跪在地上小声问:"你是来带我出去的吗?"

他感觉到沈酌笑了一下,那笑容很清淡。

"不,我是来送你出去的。"

一个可怕的猜测陡然浮现,白晟的瞳孔无声遽张。下一刻,沈酌轻而易举推开他,站起身来:"回去吧,二十四小时了,你已经没有时间了。接下来是我自己的战场。"

四周场景迅速扭曲、拆解、轰然坍塌,第一重梦境在沈酌强悍的精神力侵袭之下,如被铁蹄踏平的城池,化作了遮天蔽日的齑粉。

一座深渊巨口出现在沈酌脚下,把他整个人拽向第二重梦境,与此同时白晟却不受控制地被推向高空,通往现实的白光从身后笼罩了他。

一个滚烫暗红的 S 重新出现在他心口,那是进化的力量终于开始一丝一丝回到体内。

"沈酌?"白晟眼睁睁看着沈酌毫无反抗,张开双臂任由自己向深渊坠落,难以克制地战栗起来,"你要到哪里去,沈酌?!"

287

"成功了！"

"真的成功了！"

病床边纷纷响起惊喊，只见白晟的大脑扫描图上，被幻觉控制的那块区域的血红色迅速变淡，危险指数直线下降，长久凝固的眼睫微微一颤。

"他要醒了！"

水溶花一眼望向挂钟，凌晨1点16分，距离白晟被拖进梦境正好二十三个小时五十九分钟，堪堪卡在了黄金救命线上。她松了一口气，然而紧接着这口气就没能再吸进去，因为大脑实时扫描图上危险的指数突然毫无预兆凝固住了。

紧接着，它就跟雪崩一样直线急坠，幻觉控制的大脑区域急剧变成一片血红！

"怎么搞的？！"

"怎么回事？！"

"血……血氧在往下掉，病人又陷入了昏迷状态！"

四周一片喧杂，人声脚步混乱，生命监测仪嘀嘀狂响。水溶花的视线从脑部扫描图一寸一寸转向病床上的白晟，终于发出了难以置信的声音："他……他跳下去了……他追着沈酌跟到第二重梦境里去了……"

深渊之上，遮天蔽日，第二重梦境的幻光几乎要吞噬寰宇。但紧接着一道壮丽雷龙咆哮而至，那是S级充满暴怒的一击，将试图把他送出梦境的千万气流一把撕成了碎片！

深渊被完全击垮，天地齐鸣震荡不息，甚至连白日梦异能本身都发出了岌岌可危的撕裂声。就在那灭世般的瑰丽盛景中，白晟冲破天地间无数层阻力，疾速扑向不断下坠的沈酌，在狂风中竭力伸出手——

这次换作我来带你出去。

天地陡然化作一片苍白。

仿佛只是须臾间，又好像过了很久很久。

白晟慢慢睁开眼睛，看见长空之上烈日灼灼，炙热的风穿过沙丘，放眼望去沙海连天，赫然是一片宏伟壮阔的万里大漠。

这是什么地方？他猛然坐起身，因为大脑剧痛而嘶地吸了口凉气，一手掐住眉心。

他的精神被残忍折磨太久了，不可能在眨眼间就完全恢复，刚才那暴怒到疯狂的一击难免对脑力有所透支。

但那都不重要，他现在只有一个念头，沈酌呢？

白晟敏捷地爬起来逡巡四周，突然听见头顶传来直升机越来越近的轰

鸣。紧接着，一架迷彩涂装的军用直升机从天而降，飓风掀起沸腾沙浪，直到缓缓停在了几十米外的沙丘下。

左右舱门打开，两道身穿作训服的人影分别从机舱跃下地面，稳稳站在了沙地上。

隔着那么远的距离，白晟一眼就认出了那两个人。

竟然是傅琛和苏寄桥！

傅琛两手都拎着巨大的工具箱，视线警惕地向周边一扫，放下工具箱向后转过身，然而苏寄桥的动作比他更快。

苏寄桥单肩背着一个迷彩装备包，右手拎着一把冲锋枪，落地第一件事就是转身向高处的舱门伸出手，笑吟吟仰着脸。

顺着苏寄桥的视线往上看，第三个人出现在了机舱门口。

白晟的目光定住了。

那是二十六岁的沈酌。

沈酌穿着黑色冲锋衣，单手拎着银色冷冻箱，在沙漠中白皙得简直耀眼，暴烈太阳把他晒得皮肤发透，从侧颊到下颌的线条都反着光。

他眼底的神情冷漠异常，对苏寄桥向上伸出的手视若无睹，一纵身径直从舱门跃下了地面。

"老师，我们已经飞了几个小时了，您真的一点儿也不需要休整吗？"苏寄桥若无其事地收回手，好像已经习以为常，丝毫不觉得尴尬，在沈酌身后问道。

沈酌大步向前走去，倒是傅琛叹了口气，朗声道："先往前走吧，往南一公里就是青海试验基地了！"

青海试验基地。

这话音一落地，早已隐隐浮现的预感得到证实，白晟终于确定了眼下是什么情况——沈酌的梦境是三年前，5月11日，青海试验场爆炸当日。

他回到了那个真相永远湮没的夜晚。

噔、噔、噔，一声声脚步声从监察处走廊尽头传来，警卫室里，褚雁敏感地回过头，望向敞开的门。

紧接着，一道高大的身影出现在了门口。

那是个非常高大的男人，灰色西装一丝不苟，银色头发梳向脑后，冰蓝的眼睛肃然冷峻，左手背上有个血色很深的字母S。

办公室里几个监察员同时震惊站起身："总……总署长？！"

褚雁垂在身侧的手指蜷了一下。她的感知极为敏锐，从对方身上感受

到了非常不妙的气息,像黑云压城风雨欲来那般冷酷且不悦的气息。

但尼尔森脸上看不出太多情绪。他完全无视了其他人,上前单膝屈下身,平静地望着小姑娘的眼睛:"你就是那个动物共感者?"

褚雁谨慎地没有出声,只点了点头。

随即她看见尼尔森伸出手来,摊开掌心,那是个邀请的表示。

"你愿意带我去找到那个叫荣亓的基因复生进化者吗?我必须尽快去杀了他。"

进化专科医院地下的实验室里,水溶花的手机突然响了,一看来电人是陈淼,她急速接起:"喂?"

三秒钟后,她的眼皮重重一跳:"什么?!"

研究主任觅声回头,一脸不能再接受更多坏消息的窒息表情,却见水溶花怔然挂了电话,缓缓道:"尼尔森去监察处带走了褚雁……"

"啊?"

"他赶去杀荣亓了。"

水溶花表情复杂,研究主任也张了张口,一时不知道能说什么:"这……总署长如果能把白日梦施术者杀死,那梦境倒确实会立刻解开,不过荣亓毕竟是基因复生型……"

进化者的强弱看的不仅仅是谁等级更高,还要看彼此异能的克制属性,比如水系对雷电系的胜算就很低。尼尔森绰号"奥丁之狼",是公认全球排名第一的进化者,但对拥有不死异能的荣亓,实在不好说能否真正诛杀对方。

"话说回来,尼尔森的'暴君'异能从没被完全触发过,据说彻底发动时甚至能克制其他S级进化者,也许是有胜算的。"水溶花蹙眉迟疑片刻,缓缓地道,"现在只能期望尼尔森真的能杀死荣亓,不然沈监察和白晟就……"

顺着她的视线望去,屏幕上正显示着两名入梦者的脑部实时扫描图。

沈酌的指数一直很稳定,他已经陷入了深度幻觉,但大脑中痛苦与刺激的那块区域始终没有被唤醒,也许是因为梦境还没发展到致命的那一步。

但白晟的指数已经很糟糕了。

他在梦境中耽误了超过二十四小时,彻底结束了黄金救治期。接下来的每一分、每一秒他的大脑都非常危险,随时可能爆发神经急性坏死,像雪崩一样毫无预兆。

"快回来呀,"水溶花注视着不断变化的指数,眯起眼睛喃喃道,"你是想追上去把我们的监察官也一起带回来吗?"

CHAPTER 08 白日梦

　　S级异能不会那么快恢复，白晟的大脑却在不断衰竭，一切都如同迷雾中有去无回的豪赌——

　　滴答！黑暗中的水滴闪烁光泽，从高处一落而下，飞溅在白晟脚边。

　　青海试验场，A区。

　　从地面部分来看只是个沙漠岩洞，实际深入岩洞中才会发现升降机，可以一路深入地下十余米的防御工事。

　　狭窄黑暗的甬道里弥漫着难以言喻的气味，傅琛在最前面开路，苏寄桥在末尾断后，两人都扛着几十千克重的装备包。沈酌被保护在中间，只拎着只轻薄的冷冻箱，低头看着脚下崎岖的路面。

　　这座秘密实验基地是二十世纪中期建造的，已经废弃多年，厚重的钢铁闸门锈迹斑斑，地面和墙都因为大片霉灰而难以辨认最初的颜色。

　　半个月前，一块具有强烈放射性的陨石在附近沙漠被发现，黑市团伙试图盗挖，却被闻讯赶来的监察员抓了个正着。

　　犯罪分子慌不择路之下逃进了这座地下工事，与监察员发生激烈交火后被全歼。监察员试图回收进化源时，却发现该陨石具有极其可怕的放射性，很有可能在运输途中发生剧烈爆炸。

　　陨石只能被暂时留在这座地下试验场，随后，沈酌作为这方面的顶级专家，被派来执行回收任务，而傅琛和苏寄桥两人是随行保护他的。

　　"1点方向五十米距离，能量辐射达到峰值，我们要找的那块陨石应该就在附近。"傅琛拎着探照灯，回头向沈酌伸出手，"小心。"

　　然而沈酌一摆手，示意不需要，直接从甬道断裂处跃了过去。

　　谁都没感觉到，白晟站在沈酌身侧的黑暗中，挥手用气流轻轻地托了他一把。

　　沈酌的精神力确实太强悍了，他一踏进白晟的梦境就势如破竹、摧枯拉朽，冲天火海都眨眼夷为平地。

　　而换成白晟在沈酌梦境里，白晟就变成了一个透明的幽灵，没有人能看见他的存在。

　　所幸，他还可以使用异能。

　　白晟无法物理触碰这梦境中的任何东西，甚至不能用手去扶沈酌一把，会直接从沈酌身上穿过去，但使用异能就没有太大限制，这也许是外人强行闯进第二重梦境之后造成的一个bug。

　　大脑深处的尖锐痛苦已经变成了一种疲惫的钝痛，那是S级的强悍脑力在对抗白日梦的全方位绞杀，并逐渐地取得上风。照这个速度恢复下去，使用因果律强行碾碎白日梦是完全可行的，但白晟的脑子却不得不思

考一个关键问题：因果律会不会对沈酌的精神世界造成影响？如何才能100%安全地把沈酌带回现实？

"就是这里了。"这时傅琛停下脚步。

只见眼前豁然开朗，是一座空旷的地底穹隆，应该是个废弃试验大厅。不远处生锈的操作台上，闪烁着一星耀眼的幽蓝荧光，被罩在透明的临时保护装置里。

强烈的辐射就像无数根炙热细密的针扎在皮肤上，根本不用仪器来测，那正是他们此行要找的进化源陨石。

沈酌抽出一副平光镜戴上，简明扼要地吩咐："退后。"

傅琛和苏寄桥都往后退了两步，沈酌上前打开他一路拎在手上的银色冷冻箱，拿出小型勘测设备，然后完全不用任何保护措施，直接徒手打开保护罩，拿出了陨石。

但凡是能进化的人，这种程度的徒手接触肯定已经开始反应了，但沈酌身上确实一丝一毫动静也没有，深邃秀丽的面容在荧光映照下格外清晰。

"Ⅰ类辐射源。"少顷他从设备前抬起头，皱眉道。

傅琛面对沈酌时明显更温和："Ⅰ类是什么意思？"

"对周围急剧变化的能量非常敏感，碰撞、摩擦、强光、突然变化的温度和湿度都不行。"沈酌把进化源轻轻放回保护装置里。

"另外，Ⅰ类辐射源存在某种未知的叠加态，尽量不要用激烈的情绪去干涉它。"

傅琛："啊？"

"Ⅰ类辐射源可以感知周围的能量变化，包括人的生理反应，过度强烈的情绪会诱发它爆炸。所以在接下来的几个小时内请保持情绪稳定，直到我为它做完干扰脱敏处理。"

沈酌做了个"请"的手势，那动作非常冷淡而雅致，示意傅琛和苏寄桥打开一路上硬扛过来的那几个巨大装备包："现在你们可以帮我把设备拿出来了。"

沈酌这个人，应该是从小到大被无数人费尽心思讨好习惯了，排队等着听他差遣的可以围研究院绕一个来回，以至于他使唤起人来特别顺手自然。

所幸傅琛跟苏寄桥都是本专业出身的，对实验设备都不陌生，很快搭建好了临时实验室，沈酌调试出一种高频射线开始对进化源做照射处理。

经过脱敏的进化源可以暂时提高对环境变化的耐受性，从而达到安全带回中心区监察处的目的。这个过程要持续好几个小时，沙漠上的天空很快就黑了。

　　风吹着尖锐的哨子刮过大漠，黑暗空旷的地堡传来细微漏风声，远远听去怪异凄厉，只有探照灯发出幽幽昏暗的光。

　　沈酌独自一人靠在墙角休息，其余两个人负责轮流盯着那个进化源。苏寄桥似乎兴致很高，始终在有一搭没一搭地找傅琛聊天，内容大多是他跟傅琛两个人之前单独出去执行任务的趣事。

　　沈酌没有任何兴致，甚至也看不出他有没有在听，倚在光影交界处合目假寐。

　　白晟从身侧轻轻揽住他的肩膀，虽然没有实质的手臂只能从沈酌肩头虚虚穿过。

　　二十六岁的沈酌跟后来的申海大监察官有很多不同，尤其是闭上眼睛靠在那里的时候。

　　他垂落下来的眼睫极长，有种蝶翼般的轻柔。

　　这时他还不像后来那么瘦削，侧颊线条是尚带缓和的，唇角也没有像后来那么习惯性抿着，而是微微地张开。

　　明明是这么诡谲怪异的环境、危机四伏的现状，但当白晟这样注视着他的时候，却有一丝复杂的情绪涌过心头，连他自己都无法用言语描绘。

　　唯一能踏平火海、迤逦而来的身影，又似乎永远都高高在上，像一尊纯白色的神明。

　　我要把你从这梦境中带走，他想。

　　白晟地视线森冷，望向不远处操作台上的计时器。

　　晚上9点16分，距离那场毁天灭地的大爆炸还有一个多小时，必须要在那之前采取行动。

　　嗖——这时风打着旋穿透墙缝，沈酌在阴影中细微地打了个冷战。

　　不远处苏寄桥的话音突然停止了。

　　少顷他带着笑意道："老师，您是在打冷战吗？"

　　傅琛立刻闻声回头，他应该是没有火系方面的异能，站起身脱下制服外套，就想要过来给沈酌披上。

　　"不用。"沈酌却拂开了，合衣双手抱臂，沙哑道，"惊厥。"

　　他的体温确实不低，因为虚空中白晟搂着他，一直用异能仔细维持着热量。

　　苏寄桥"咦"了一声："梦中惊厥吗，老师被什么吓着了？"

　　傅琛凝视着沈酌，眼神多少有点儿忧虑："前两天研究院里混进了人，往沈主任的杯子里下毒，幸亏警卫仔细才没出事。"

洞天

　　这已经是两个星期以来的沈酌遭遇的第三次暗杀，早就在研究院里传开了，苏寄桥却像刚刚才得知一样，"啊"的一声惊讶掩口道："为什么，因为那个内奸？"

　　HRG项目进度屡次被内奸泄露在高层中已经是公开的秘密了，这个问题根本不用回答，沈酌只淡淡地瞟了他一眼。

　　苏寄桥也是心理素质出色，对沈酌不理他这件事丝毫不觉得难堪，兀自道："真是太可怕了，老师是HRG项目最关键的力量，可不能出事呀！"他想了想，又不由柔婉地蹙着眉，"那个内奸到现在都没抓到吗？那接下来怎么办呢？"

　　这么一说傅琛不由也皱起了眉头，迟疑再三还是没忍住，低声商量："沈酌，等回去以后我搬到研究院里吧。HRG项目再继续下去的话，这种事只会越来越频繁，情报处又始终抓不到那个内奸的线索……"

　　"没事。"沈酌断然拒绝，"对这一点我已经有办法了，回去再说。"

　　情报处沸沸扬扬都抓不到线索，沈酌竟然能想到办法？傅琛想问什么，但眼下显然不是说话的地方，在沈酌明显冷淡的态度面前也只得作罢。

　　三人静静地坐在这废弃试验场中，听着风声如泣如诉穿过幽深隧道，刮向未知的黑暗中。

　　空气中似乎有点儿僵持的味道，谁都没有再吭声，过了会儿只听苏寄桥百无聊赖地托着腮，喃喃道："才不到10点呢……"

　　他突发奇想道："对了，这地下这么冷，我们做点儿其他事打发时间吧！"

　　傅琛问："你想干什么？"

　　傅琛和苏寄桥这两人的对话，一向是苏寄桥发起，傅琛做应答，这样有来有回的，看上去非常自然。

　　但不知道为什么，当白晟以一个外人的视角来审视这段经历时，总感觉有种隐隐约约的、古怪的味道，只是说不出那怪异感是从何而来。

　　他眯起眼睛盯着苏寄桥，只见苏寄桥从装备包内层掏出一小扁瓶酒，看样子是他随身携带驱寒的，又摸出一个骰子、一只铁制的圆勺。

　　"我们来玩个游戏吧。"他笑吟吟提议，"游戏的名字就叫'谁是叛徒'，怎么样？"

　　空气突然凝固了。

　　沈酌视线一抬，傅琛目光定住，隧道黑暗中凄厉的风声突然变得格外清晰。

　　"什么？"良久傅琛眯起眼睛，慢慢地道。

"就是来看看咱们三个人中间到底谁是叛徒,很好玩的。"苏寄桥来回扫视着傅琛和沈酌,兴致勃勃地道,"打发时间嘛,怎么?有谁不玩吗?"

他轻轻一抛骰子,微笑道:"是不敢吗?"

三人都坐在昏暗的地底,身后一点儿莹莹蓝光,是那颗笼罩在射线下的致命的陨石散发而出的。

除此之外,只有昏暗的探照灯笼罩这一小片圆圈,远处巨大的废弃试验场完全没入了黑暗里。

"反正闲着也是闲着嘛,是不是?这长夜漫漫的。"苏寄桥仿佛没有注意到诡谲安静的空气,把酒、骰子、铁勺都放在三人中间的地上,兴致盎然道,"而且玩法也很简单,谁扔出的点数最大谁就是赢家,赢家可以旋转勺子,勺柄指向谁谁就是叛徒。"

他随便用手一转,勺柄就滴溜溜转了几圈:"赢家有权决定是让叛徒回答一个真心话,还是罚一杯酒,简单吧?"

这游戏确实简单得过分了,看起来只是个普通的酒桌游戏。

傅琛皱了一下眉头:"但按规定执行任务时是不能喝酒的,而且干扰脱敏还没完成……"

"又不会喝多,打发时间而已。"苏寄桥惊讶地望向傅琛,"怎么了,傅哥,你真的不敢玩吗?"

傅琛蓦然止住了话音。

"那我可先来了。"苏寄桥拿起骰子,竖起一根食指,"不准用异能哦,那边就是能量监测仪,用异能是会被发现的哦。"

他握着骰子摇了摇,往地上一扔,惊喜地"啊"了一声:"5!"

按座位来看苏寄桥的下家是沈酌,他捡起骰子递过去,眉眼笑弯弯地说:"沈老师,您来吗?"

沈酌的视线瞥向傅琛,又转回苏寄桥毫无异样的笑脸上,深潭般的眼中看不出丝毫端倪。

良久,白晟只见他微微一动,竟然抬手接过了那个骰子,往面前一掷。

"3!手气一般哪,老师。"苏寄桥扭头笑道,"傅哥呢?"

傅琛不再多说,捡起骰子随便一扔,4。

"我赢了!"苏寄桥似乎很惊喜,啪啪啪地为自己鼓了鼓掌,伸手悬在勺子上空,促狭道,"那我这就要指认叛徒啦。"

呼的一下勺柄旋转起来,不知为什么三个人的目光都落在上面,连虚空中的白晟都眯起了眼睛,直到勺柄缓缓停下。

顺着它所指的方向望去,是傅琛。

顷刻之间,三个人的眼神都似乎发生了不同的变化。紧接着只听苏寄桥哈哈哈地笑了起来。

"傅哥,你选真心话还是喝酒?"苏寄桥似乎纯然就是找乐子,眼珠一转又摆摆手,"算了算了,游戏规则是让赢家选,那我就选真心话好了。"

傅琛平静道:"你想问什么?"

苏寄桥笑嘻嘻地问:"傅哥有喜欢的人吗?"

傅琛说:"有。"

沈酌只静静注视着地上那把勺子,似乎对周围一切都视而不见,也一言不发。

苏寄桥双眼亮晶晶地"哇"了一声,说:"是谁那么幸运能被傅哥这样的人喜欢?太羡慕了,下一轮我就要问你那个人的名字啦!"

傅琛淡淡道:"下一轮谁赢还说不定呢。"说着拿起骰子一掷,也是5。

苏寄桥捡起骰子第二个扔,可能是人一得意忘形打脸就来得特别快,只扔出1。

他一边长嗟短叹,一边捡起骰子递给沈酌,沈酌接过来,跟上盘一样又扔了个3。

第二轮的赢家果然变成了傅琛。

"傅哥转勺子时不许用异能哦。"苏寄桥半开玩笑地再次警告,他指了指那个监测仪,"我们这里谁用异能都是会被察觉到的哦。"

傅琛"唔"了一声,用食指将地上那把铁勺子一拨,四道不同方向而来的视线全部牢牢盯在上面,只见勺柄转得不快也不慢,少顷就晃悠悠停住。

指向了苏寄桥。

"啊?打击报复果然来得这么快吗?"苏寄桥好像也并不意外,一手掩口笑了起来,然后抬眼望向傅琛,目光灼灼地直勾勾盯着他,"好吧,那我也承认了,我也有一个喜欢的人哦!"

傅琛的反应却很冷淡:"没有人想问你这个,我只想让你罚酒而已。"

"什么,不想让我说出来吗?"苏寄桥半开玩笑半埋怨地拿起酒瓶仰头喝了一口,拖长声音说,"我不管,我刚才说的也是真心话,而且你们都已经听见了。是不是,沈老师?"

沈酌微垂眼睑,像一尊光影明昧中的雕像,对面前这场唱作俱佳的戏毫无反应。

苏寄桥摊开掌心将骰子送到他面前,柔声道:"老师,该您啦。"

沈酌看也不看,接过骰子随手一扔,2。

他的手气确实太一般了，但接下来的傅琛竟然只投出来 1，苏寄桥一看立刻信心满满要再赢一局，骰子停下时却赫然也是一个点。

　　第三轮赢家竟然顺理成章地换成了沈酌。

　　白晟敏锐地感觉到气氛隐隐变了。

　　傅琛紧盯着地上那把铁勺子，连苏寄桥脸上的完美笑容都因为紧张而不易察觉地淡了下来。

　　沈酌就在这两道密切注视下随便把勺子一转，勺柄在光影中转成一个圆形，仿佛连最细微的风声都清晰可辨。

　　仿佛经过一个世纪那般漫长的几秒，它终于停了下来。

　　勺柄指向了沈酌自己。

　　周围安静一刹，沈酌刚开口想说这盘不算，苏寄桥却突然迅速地反应过来，殷勤地把酒壶递到沈酌面前："转到自己要罚三杯的哦，老师。"

　　沈酌拂开那酒壶："我选真心话。"

　　沈酌的真心话！沈酌的真心话有多刺人简直不言而喻，在场的二人显然都不是傻子。

　　傅琛立刻抬起头，若无其事地笑道："还是喝口酒暖暖身子吧，这里这么冷，都快 10 点了。"

　　沈酌一哂，单手撑地站起来："累了，我去睡觉了。"

　　苏寄桥跟着立刻就站了起来，在擦身而过的瞬间一伸手拦住了沈酌，笑道："老师，咱们好不容易才有一次一块儿组队出外勤的机会，别这么早睡嘛。再说您也不能不愿赌服输，都转到自己了，怎么能不罚上三杯呢？"

　　沈酌脚步被他拦得一顿："现编的规则怎么能算规则？"

　　苏寄桥无辜道："本来就真有这条规则啊，不信您问傅哥。"

　　傅琛眼神幽邃，没有吭声。

　　沈酌有点儿不耐烦："让开，进化源干扰脱敏完成后再去隔壁叫我。"

　　但他还没推开苏寄桥，就被后者一把抓住了左腕。

　　苏寄桥的语气还是很柔婉央求的，手上的力气却大得出奇："老师，您从来没赏光跟我们一道出去喝过酒，以后咱们也未必还有组队出外勤的机会了，万一今天就是最后一次了呢？"

　　被逼酒大概是沈酌此生前所未有的经历，他简直感觉有点儿荒谬："你……"

　　"都说愿赌服输，您却输了就要走，"苏寄桥嘴上温言软语，脸上却是直勾勾地看着沈酌，"这不合理吧，您说是不是？"

　　沈酌一发力，没能把自己的手腕从苏寄桥掌中挣脱出来，混乱中甚至

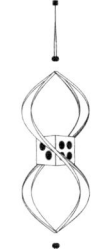

被逼得往后退了半步，背靠到了坚硬的石灰墙。苏寄桥手里的酒瓶口几乎挨上了他的嘴唇："您真的连一次脸都不愿意赏给我吗，老师？"

这一幕如果被其他人看到的话，那一定是极其荒唐的场景。

此刻那个其他人就是白晟。

白晟完全不明白苏寄桥为什么突然发疯，也不知道当年爆炸发生前沈酌是怎么摆脱这个局面的，但他绝对不能坐视沈酌在梦中把当年被逼迫的场景再经历一遍。

虚空中白晟掌刀流窜着锋利的电流，已经从身后悬在了苏寄桥咽喉前，距离不过半寸。只要苏寄桥再迫近半寸，顷刻就要身首异处，从梦境中彻底消失。

空气中仿佛有某种无形的东西一触即发，短短几秒僵持却漫长得窒息。

沈酌眼底说不清是厌恶还是不耐烦，突然一偏头，半笑不笑地勾起唇角，眼梢蜻蜓点水般往苏寄桥身后的傅琛身上一掠。

然后他收回目光，那笑容多少有点儿挑衅，但弧度又很漂亮。

"当然认赌服输，我选真心话呀。我也有喜欢的人，而且很快就会变得非常喜欢了，不行吗？"

连苏寄桥都一愣。没人能料到沈酌的真心话竟然是这一句，一时间废弃试验场里无人出声。

足足片刻后，傅琛才反应过来什么似的，站起身来咳了一声。这次他婉言劝说的对象明显换成了苏寄桥："好了好了，真心话不是也符合游戏规则吗？都是愿赌服输哇。"

沈酌发力一推，把愣怔的苏寄桥推得往后退了半步。

"我去睡了。"沈酌轻描淡写地道。

他似乎对这诡谲莫名的气氛完全无视，径直与苏寄桥擦肩而过，走向试验场外的一条甬道。

白晟微微眯起眼睛，少顷收回了手掌上的电流异能，一边快步追向沈酌，一边回头向后边那两人望去——

傅琛眼神闪动，什么都没说，只站在那里一眨不眨地目送着沈酌走远。而苏寄桥站在阴影中，目光紧紧追随着沈酌的背影，眼底流转着一丝瘆人的亮光。

这座基地里有很多空房间，沈酌提着手电穿过走廊，随便找了间看上去灰尘比较少的宿舍。他把钢丝床上积年的沙土拍了拍，放下睡袋。

门锁还能用，只是安全链已经生锈了。

沈酌开门关门试了几次，确认这根铁链不会轻易断开，才躺进了睡袋里。

他毕竟是人类，深入大漠到现在已经很累了，刚躺下来的时候他还睁着眼睛在想事情，但没多久倦意上涌，明显不太能保持清醒，慢慢地合上了眼皮。

白晟单膝半跪在床边，静静地看着他，脑子里回想着刚才发生的一幕幕。

苏寄桥不可能毫无理由地突然发疯，他为什么说"万一今天就是最后一次了"，难道爆炸前他已经对接下来要发生的灾难有了预感？

现在已经是 10 点出头，沈酌在听证会上说爆炸前最后半个小时他在睡觉，三年来所有人都觉得他是在撒谎，但从眼下的情形来看竟然是真话，那么接下来三十分钟到底发生了什么？

沈酌的呼吸逐渐深长起来，睡颜沉静，安详柔和。

光从表面完全看不出他原来是那么会捉弄人心的人，三言两语就能让人争先恐后地跳出来替他卖命。

沈酌模糊地呢喃了一句什么，在睡梦中翻了个身。他蹙起眉心，好像有一点儿疲惫，把侧脸埋在了自己的肩窝里。

这个时候的沈酌，眉目优柔、面颊如雪，孤立无援地挺直脊梁站在巅峰上，被无数人憎恨算计，历经暗杀腹背受敌。

他没有帮手，也没有人实力强大到足够让他托付后背。除了靠自己穿过众多险恶的幽微人心，他其实也没有太多办法。

白晟怔怔看着眼前熟睡的人，心想，再过不到半个小时，就是沈酌一生命运的拐点了。

那场爆炸之后沈酌重伤昏迷半个月，随即遭受了重重审问和公开质询，甚至被私刑拷打以至于命在旦夕，他付出了巨大心血的 HRG 项目也被迫随之搁浅。

那惨烈的一切绝不能再度重演。要怎么样才能彻底碾碎沈酌的梦境，却又不伤害到沈酌本人呢？

白晟就这么半跪在床边，脑子里一遍遍反复思考，迅速过滤着爆炸的每个细节，在想到傅琛时陡然停下。

一个孤注一掷的疯狂想法从他心头油然而生。

咔嗒——就在这时，身后门栓传来轻响，白晟一回头。

门缝中透出了外面的人影，是苏寄桥。

他来干什么？白晟警惕地站起身，只见苏寄桥从门缝伸进两根手指，捏着安全链一用力，生锈的细链就无声无息地断了。

他推开门，轻手轻脚地走进房间，几乎不发出一丝动静，俯身半跪在钢丝床边布满灰尘的地上，饶有兴味地打量着沈酌。

这一幕简直吊诡，只见黑暗中，苏寄桥的眼神闪烁。

许久他慢慢地低下头，用耳语般的音量一个字一个字地问："你说的那个人，是谁呢？"

白晟紧盯着苏寄桥，瞳孔略微缩紧。

沈酌吐息均匀，双眼紧闭，并没有任何醒来的迹象。苏寄桥也并不期望他醒来给自己答案，就那么停顿了片刻，轻声地自言自语道："为什么？我好恨你呀，沈酌。"

房间四下安静，呼吸清晰可闻。

他又重复了一遍："我真的好恨你。"

白晟眼睁睁见他抬起手，恶作剧一般用食指隔着空，在沈酌鼻梁上一刮。

"我就是要恶心你，就是要让你永远都记在心里耿耿于怀。"

他每个字都说得很亲昵，却又饱含着复杂的恨与恶意："这是我对你的惩罚。"

有那么好几秒白晟不知道他到底是想干吗，但紧接着，S级的敏锐感官蓦然触动，他感觉到了苏寄桥食指上残留的气息——

精神能量波动。

他刚才那个动作，竟然是对沈酌释放了精神异能！

白晟的第一反应是白日梦！难道沈酌在青海大爆炸的那个晚上曾经进过白日梦？！

但他立刻冷静下来并意识到不可能，因为白日梦是不会在现实中留下能量残留的，刚才那一丝能量波动却非常明显，应该是其他类型的精神攻击。

一个精神系进化者可能有好几种不同的攻击方式，苏寄桥最强的异能是白日梦，并不代表他只有白日梦，只是其他的精神攻击方式比较弱，或者并不能造成太大伤害，所以不常用而已。

那他刚才对沈酌释放的到底是什么？

苏寄桥站起身，笑容变得十分古怪，隐约还有一丝兴奋、热切而扭曲的期待。

他就这么一眨不眨地看着床上熟睡不醒的沈酌，一步步倒退出房间，甚至完全不在意满地灰尘上自己的脚印，无声地虚掩上门，消失在了黑暗中。

CHAPTER 08 白日梦

白晟猝然回头看向沈酌，出乎意料的是睡袋中那个身影还是侧躺着，双眼紧闭，呼吸平稳，完全没有任何变化。

一分钟，两分钟，十分钟。

沈酌又小小地翻了个身，仰躺在睡袋里，一只手搁在耳边，身体随着悠长呼吸有规律地起伏，睡得很沉。

如果不是亲眼看见刚才那一幕，白晟简直都要怀疑自己的记忆出问题了，难道苏寄桥刚才偷溜进来放一番狠话然后给沈酌施了个催眠术不成？

他想干吗？帮老师改善睡眠质量？

白晟下意识地看了一眼时间，晚上 10 点 25 分，离爆炸只剩最后五分钟。沈酌没撒谎，他真的是睡到了最后一刻！

难道 5·11 青海试验场大爆炸真的就是傅琛操作失误导致的，一点儿隐情都没有，真相早就已经完全摊开给世人了？！

就在白晟惊疑不定的时候，睡梦中沈酌眼睫跳了一下，看上去只是无意识的抽动。

紧接着，他开始不安起来。这种不安也许形容为躁动会更合适，短短半分钟不到的时间里，他的面颊变得非常红，眼睫不断扑扇，仿佛想挣扎醒来但又无能为力。

他的一只手在睡梦中往自己的脖子上摸索，白晟立刻用异能制造气流强行托住了他的手。可沈酌的神情变得非常痛苦，另一只手也从睡袋里伸出来拽住了领口！

下一刻，沈酌双眼一睁，猝然起身。

他面颊殷红如血，修长脖颈就像被水洗过一样，剧喘着用一手按住额角，咬牙切齿道："你这丢人现眼的暴露狂，苏寄桥——"

白晟宁愿相信苏寄桥智商不高，跑来放完狠话再顺手帮沈酌改善了下睡眠，也好过眼下这足以令人三观重塑的荒唐事实。

苏寄桥的精神攻击是让沈酌做了个两分钟的春梦。

从某个角度来说苏寄桥的话倒一点儿不虚，他确实把沈酌恶心得够呛，而且是在相当长一段时间里都会耿耿于怀不停反胃的程度。

但整件事结合在一起，就让苏寄桥的举动有了一种特别荒谬的、外人无法理解的喜感。

沈酌头脑昏沉，全身发抖，一只手的五指深深插进凌乱的黑发里。

他的另一只手在床边摸索着，从睡袋下摸出了自己的配枪，然后起身跌跌撞撞走向门口，竟然完全没有在意临睡前反锁好的房门此刻只是虚掩着，就这么直接走了出去。

"苏寄桥？！"他厉声道，"给我出来，苏寄桥！"

房间里，白晟的视线落在计时器上，晚上 10 点 28 分。

他突然意识到一件不同寻常的事——沈酌还没完全摆脱精神攻击，否则他绝对不会这么一反常态，直接杀气腾腾地拿枪出门追杀苏寄桥，他的行为和感官还在受影响！

白晟毫不犹豫，拔脚冲出房门。

只见走廊上沈酌一手紧握着枪，跟跟跄跄地转过走廊。

幻觉似乎让他闻到了某种刺激性的气味，可能是铁锈或血腥，这味道毫无疑问加重了他的怒火和杀意，咔嗒一声将子弹上了膛："苏寄桥！出来！"

突然，他脚步一顿，只见黑暗的甬道尽头是一扇门，门缝里透出微许灯光。

是那片废弃试验场的大厅。

此时距离爆炸仅剩最后几十秒，白晟隐约猜到了接下来会发生什么。果然下一刻，沈酌毫不犹豫地迈出脚步，在白晟的紧紧跟随之下穿过走廊，一手推开了那扇虚掩的门。

"苏寄桥你……"他的话音戛然而停。

"傅琛？"

那枚陨石在射线下发出粼粼幽光，实验设备前，傅琛背对着沈酌，身体不停地战栗着，似乎非常痛苦。没人知道发生了什么，除了站在他面前，将双手紧紧地搭在他肩上的苏寄桥。

下一刻，傅琛猝然推开苏寄桥，一回头就看见了门口的沈酌。

混乱中，他的表情简直难以形容，混杂着震惊、茫然和空白："不是，我没有——"

越过傅琛，苏寄桥正面对着门口，向沈酌露出一个毫不掩饰的笑容。

射线下，陨石光芒迅速增强，由幽蓝变为炽热的白光，监测仪上的辐射指数骤增。

沈酌没在看傅琛，甚至没关心苏寄桥。他紧缩的瞳孔中只映出两人身后那枚陨石："它怎么回事？！"

傅琛转身大步走向门口："沈酌你听我说……"

"住口！冷静！"沈酌厉声呵斥，"冷静！不要刺激进化源！"

傅琛已经激动到了极点，从声音到全身都在剧烈发抖："我没有，那是个误会，那根本就不是……"

"没事儿，没关系！你先给我冷静，你——"沈酌的声音被淹没在一片耀眼的白光中。

辐射突破临界值，进化源要爆了。

如果那一瞬间定格，会发现苏奇桥在笑。

他沐浴在致命的炽热白光中，就那样满怀温柔地看着沈酌，像一场辉煌盛大的告别。

但在场没有人注意他，甚至连白晟都没有——因为他计划中唯一的时机终于来到了。

一切都如曾经发生过的那样，傅琛没有任何犹豫，挥手一个真空盾盖住了沈酌全身。

紧接着，他手掌唰然展开，掌心赫然出现了一个黑色逆十字。

S级异能逆转十字，一人扛下全场冲击，一切伤害皆归己身，加真空盾可抵消对沈酌的一切伤害。

白晟等的就是此刻。

他伸出右手把沈酌搂进怀中，左手二指并拢，一星璀璨光辉由修长指尖闪现，映亮了他清晰冷酷的眼睛——

凡吾不允即不存在。

因果律毁天灭地的清光一瞬间覆盖了全部视野。

"谁在那里？"

"什么人？！"

大山深处，人迹罕至，一座庞大山庄耸立在山涧湖畔，大门前十几名进化者守卫同时怒吼失声，抬头望向远处高空。

顺着他们的视线望去，只见对面山巅之上，一个银色头发的男子凭空降临，用冰蓝瞳孔自上而下俯视着脚下这座山庄。

他在众目睽睽之中，一脚迈出山崖。

随着他临空纵身而下，一头顶天立地的狼王幻影出现在他身后，毛发雪白，高达百米，血盆大口如地狱深渊，发出震撼四野的长嗥，一举撕碎了所有人的耳膜！

S级异能——暴君。

破坏镇压型异能，触发到极限时会闪现奥丁之狼，所有被狼嗥声浪覆盖的进化者将一瞬失去所有异能，暂时退化为人类。

退化时长视等级而定，从十五分钟到一个小时不等。

尼尔森当空落地，**脚边是满地血肉**，因为一些低阶进化者承受不住奥丁之狼的嗥叫而当场腹腔爆裂了，剩下的那些人则满地打滚，凄厉惨叫，

放眼望去触目惊心。

尼尔森视若不见。

他稳步穿过尸山血海，跨过山庄敞开的大门。

前方不远处的别墅台阶上，一个黑头发的年轻男子正抬眼望来，白日梦异能在他身侧闪烁着吊诡不祥的血光。

"荣——亓。"尼尔森用生涩的发音一字字冰冷道。

"这就是'暴君'触发到极致的效果吗？"荣亓挑起眉，"真是百闻不如一见，能理解他们为什么让你当总署长了。"

尼尔森停住脚步，站在裹挟血锈气味的风中："上路之前还有任何遗言吗？"

"有。"

荣亓一步步走下台阶，右手掌中光芒闪现，凝成了一把长约半丈、黑光凛冽的长枪，微笑道："我有个疑问，难道你就从没想过为何我一直盯着白晟不放，却始终没搭理过你吗？"

尼尔森呼吸一顿。

只见荣亓将那把长枪举起，遥遥指向尼尔森眉心："因为你们在我眼里都不足为惧呀。"

环形冲击从他脚下爆发，能量如狂潮扑面而来，甚至将尼尔森逼退半步，霎时瞳孔紧缩。

这简直不可能，暴君已经触发到极限了，为何这个荣亓竟然还拥有异能？！

"上路之前还有任何遗言吗？"荣亓戏谑地微笑道。

尼尔森迸出几个字："你……为什么……"

他话没说完，因为这时荣亓脸上神情一变，突然感觉到了什么，扭头望向身后。

顺着他的视线望去，只见超S级异能白日梦飘浮在半空中，此刻陡然光芒四射，紧接着爆发出一片灼热耀眼的清光。

能量辐射像超速到失控一般急剧上升，短短数秒间甚至压过了尼尔森与荣亓此刻的异能总和，甚至还在继续翻倍飞飙。

那根本就不是白日梦本身的能量。

荣亓从那越来越可怕的辐射中感觉到了一股熟悉的、他最不愿意遇到的气息，从牙关里轻轻吐出三个字："因果律……"

白晟竟然在这个时候，从内部将梦境瓦解了！

在宇宙间至高无上的、不可违逆的因果律武器面前，即便是超S级白日梦，也像泡沫那般不堪一击，顷刻被彻底碾成了碎片。

荣亓在那越来越强的光芒中闭上眼睛，他已经知道了接下来会发生什么——白日梦破解法则：梦境解除时施术者将遭到严重反噬，甚至可能被越级反杀。

下一刻，白日梦化作一支血红利箭，宛若流星凌空破风，在尼尔森难以置信的注视下，一箭贯穿了荣亓的胸膛！

世界变成了红黑两色，整个天地都被扭曲的色块所填充。荣亓黑色的侧影向后踉跄半步，扑通一声巨响，跪倒在了地上。

鲜血从他胸前飙射而出。

白日梦完成了对施术者的反噬，利箭从虚空消弭无形，呼啸回归千里之外的原主苏寄桥。

山谷里，荣亓全身浴血，有那么几秒间他看上去就像传说中半跪在血海上的魔神。

尼尔森愕然面对着眼前的一切，突然意识到时机，一抬手从身后唤出了那头蓄势待发的百米巨狼，但紧接着却只见荣亓慢慢回过头。

他喘息着，向尼尔森露出了被血浸透的牙齿，那是一个令人不寒而栗的笑容："你还不快走吗？虽然现在需要费点儿力，但我还是可以杀死你的哦。"

"沈酌……"

"沈酌？"

"沈酌！"

无边无垠的飘浮中，沈酌慢慢睁开了眼睛。

眼前是一片广袤空茫的世界，没有天地，没有边际，放眼望去是白茫茫的虚无。

他就这么漫无目的地飘浮在虚空中，像变回了生命最初的量子，被一个熟悉炙热的怀抱从身侧拥着。

是白晟。

"你怎么还没走？"沈酌轻声问，声音带着熟睡刚醒的沙哑。

白晟低沉的声音从他头顶传来："我想陪你一起。"

"你看见了？"

"嗯。"

因果律失控后牵连半径三公里，但梦境的世界总共也就这么大，无法再往外扩张了。被疯狂吞噬的白日梦最终只留下这空空的残壳，像被大雾弥漫的世界，随着能量不断消散，一点一滴慢慢变淡。

沈酲没再出声，就那么静静地半卧在白晟臂弯里，像竭尽全力奔跑的人终于能暂时停下来，感受这片刻的静谧与安宁。

"你不该跟进来冒险，"许久他平淡地道，"我有把握能出去。"

"……"

"你昏迷的时候体温一直很高，我就猜到应该是梦见了火场，由此得出荣亓给白日梦设置的场景是入梦者一生中最惨烈的经历。对我来说那范围就很小了，肯定是青海爆炸和私刑拷问，但那也只是挨打比较痛苦，并不值得恐惧。

"当白日梦无法激活入梦者大脑中的恐惧，它就无法造成伤害，自然会被破解。"沈酲悠然道，"这个异能的原理也不过如此。"

白晟静静地听着，半晌才回答："我知道。"顿了顿之后，他又慢慢地说，"但我……我不想让你自己破境，我不想让你再经历一次私刑拷打了……"

沈酲抬头向上望去，对上了白晟温柔的注视。

"我知道那些事对你来说都已经过去了，根本不算什么，但我不想看到你在某个我无法触及的远方受苦，我不想看到他们对你加诸那些莫须有的罪名……对不起，我也曾经……怀疑过你。"

有那么一瞬间，白晟心头陡然升起一股冲动，想要把自己回到申海的目的、想调查他的事情、关于圆桌会的一切都和盘托出，原原本本地告诉沈酲。

这要是在以往，按白晟肆无忌惮的性格可能他就直接说了，但此时此刻他看着怀里这双平静的眼睛，心里却突然蹿起一丝难以描述的、复杂的滋味。

那是犹豫。

一向有恃无恐、无所畏惧的白晟，平生第一次感觉到了忧虑和顾忌。

啊，原来我是带着目的故意接近他的，沈酲知道了会不会生气？即便他表面没有反应，内心会不会对我感觉失望，继而生出隔阂呢？

"你是不是想说什么？"沈酲仰头注视着白晟的瞳孔，平静地问。

白晟喉结上下一攒，别开目光："没什么。"

沈酲并不点破，也不以为意，只收回视线疲倦地一哂。

"没关系，怀疑我是正常的。你知道当我对所有人一口咬定傅琛操作失误引爆进化源的时候，我心里在想什么吗？"

沈酲眼底的嘲讽更深了，说："我在想，这样的鬼话也有人信？"

"……"

"傅琛跟苏寄桥搭档执行过上百次任务，没有一次操作失误，不可能偏偏就在这一次失误了，这一点所有人都知道，我也心知肚明，但除了这么说之外我没有其他选择。人人都知道我不喜欢苏寄桥，即使我说出一切，也会被认为是在污蔑他吧。"

　　连沈酌自己都感觉荒唐，自嘲地摇了摇头："最关键的是，苏寄桥还没死，他还有5%的可能性以后会醒。我怎么能冒险去指控他？"

　　以白晟的智商，几乎瞬间就明白了沈酌的意思。

　　苏寄桥是青海爆炸案唯一的证人，如果他永远醒不过来了那当然最好，但他如果醒了，是绝对不会承认是自己导致傅琛情绪激动，进而引爆了进化源。

　　苏寄桥但凡醒来，只可能有两种说辞：第一种是声称自己大脑受损，记忆不清，不知道进化源是谁引爆的。这是对沈酌最好的情况。

　　第二种则是一口咬定自己"亲眼所见"，进化源就是沈酌引爆的。

　　这种情况虽然很棘手，但苏寄桥指控沈酌就跟沈酌指控傅琛一样，都是单人不成证，谁也无法指证谁。

　　只要苏寄桥不疯，不写万字血书，不上电视开新闻发布会闹得沸沸扬扬，沈酌还是能顺利脱身。

　　所以，沈酌最不能干的事就是跟苏寄桥直接对着干，绝对不能让苏寄桥醒来之后受到刺激疯狂反扑。

　　他唯一的最优解只能是一口咬定傅琛导致了一切，这个答案足以让他在听证会上过测谎仪，还能确保就算以后苏寄桥醒来，也不会因为互相攀咬而发生最混乱的情况。

　　当年沈酌在爆炸中身受重伤，刚刚醒来就要面对高强度审讯，那么虚弱的状态、那么仓促的思考时间，就能迅速理清这个唯一的最优解，不得不说头脑清醒、心理素质强大都到极致了。

　　"但万一呢？"白晟想起梦境中苏寄桥那变态扭曲的状态，还是忍不住道，"万一苏寄桥就是宁死也要攀咬你怎么办，他是个心理扭曲的疯子，完全无法揣测想法……"

　　"你觉得他是疯子吗？"沈酌反问。

　　白晟诚实地点了点头，心说何止是疯，简直是疯出了高度、疯出了新意呀。别说让沈酌做春梦了，因为讨厌沈酌，故意刺激致命的爆炸源，甚至不惜牺牲自己，这是人类能想出来的事吗？

　　沈酌失笑起来。

　　"不，"他说，"那是你作为外人对苏寄桥的误解。其实他是个思路非

常清楚、脑子非常快的人，知道怎么做才能对自己最有利。"

白晟微微一怔。

"那天晚上苏寄桥的行为确实很反常，但如果你摒弃所有烟雾弹，就会发现他的逻辑其实非常清晰——就是要引爆那个进化源。除此之外他的所有反常行为，比如喝酒游戏、对我施加精神异能……这些都只有一个目的，就是在爆炸前让我非常、非常地恶心。"

"引爆进化源才是他那天晚上唯一的正餐，恶心我则是他的餐前开胃菜。如果你顺着这个思路去想，就会发现苏寄桥的进食顺序一道一道非常明确，他的行动是很直接的。"沈酌顿了顿，说，"唯一不明确的其实是傅琛。"

"傅琛？"

"你不觉得奇怪吗？"沈酌一挑眉望向白晟，"他俩那么一唱一和，我一直怀疑傅琛要么有把柄捏在苏寄桥手上，要么就是这两人之间存在某种利益交换，你没感觉吗？"

白晟其实也有所察觉，若有所思地皱起了眉。

"傅琛一个S级进化者，没那么好被精神异能控制，其次如果傅琛真的被控制了，那他被撞破后的第一反应不会是震惊、恐慌，而应该是惊讶、迷惑。"沈酌眼底浮现出一丝冷笑，说，"仿佛就是特地为进化源的爆炸找好了一个诱因。"

这确实是个疑点，白晟想起傅琛被撞破时的瞬间反应，也意识到了不同寻常。

"或许，傅琛不知为何就是没听见我的脚步声。但归根结底，他听没听见不重要，我只想搞清楚最关键的一件事。"沈酌眯起眼睛，一字一句轻声道，"青海爆炸前一晚，为什么傅琛和苏寄桥会一起去泉山县卫生院，探望昏迷中的荣兀。"

荣兀。

青海试验场爆炸是一团迷雾，但迷雾中真正诡谲危险的，却是这个死而复生的人。

一切关键都落他身上，一切答案都藏在他手里。荣兀跟苏寄桥明显早就认识，但偏偏所有线索在爆炸中销声匿迹，再也无迹可寻。

"有没有一种可能，"白晟迟疑道，"苏寄桥故意诱发青海试验场爆炸，目的跟荣兀有关？"

沈酌呼了口气，在他的臂弯里点了点头。

"我也这么觉得。"他说，"苏寄桥与荣兀之间很可能存在一个交易，但我想不出交易的具体内容是什么。通过弄死我来暂停HRG计划？觉得

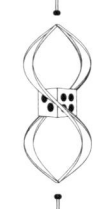

傅琛是 S 级太碍事所以一起弄死？爆炸前苏寄桥是不是已经掌握了某种保命的办法？

"荣亓醒来后那么想得到 HRG，甚至让我一度产生过猜测……也许荣亓才是青海爆炸的幕后主使，而苏寄桥只是执行爆炸的手。"

沈酌短促地笑了一下，不知是觉得荒唐还是疲惫。

"这件事的水太深了，人人都觉得我应该知道真相，但我却是离真相最远的那一个。除非现在有办法把真相从荣亓嘴里逼出来，否则我说什么都不会有人信。"

他眼底映出远方微渺的光点，喃喃道："语言是这世上最没有分量的东西。"

白晟看着他那平静的面容，嗓子像被什么哽住了，半晌沙哑地喃喃道："沈酌……"

他想说我相信你，我愿意保护你。但语言的力量确实是那么苍白虚弱，轻飘飘没有分量。

"不管那场爆炸的目的是什么，傅琛已经死了，苏寄桥再醒来的可能性也很小。"白晟的声音里带着难以掩饰的情绪。

"我发誓不惜一切代价阻止荣亓，哪怕未来再机关算尽，他也得不到 HRG。"

沈酌抬起眼睛，在无边无际的虚空中，与白晟四目相对。

"你已经不是当年孤立无援的情况了，沈酌。你现在有我。我永远站在你这一边。"

白晟低下头，像不可一世的狼王收起利齿与锐爪。

我永远相信你，哪怕有朝一日你被全天下怀疑。

远处茫茫大雾似有松动，那是白日梦最后的空壳也消散殆尽，眼看要彻底灰飞烟灭了。

"不要怕，"白晟右臂揽着他，摊开左手手掌，掌心温暖、干燥而有力，低声问，"我能有幸带你离开这个梦境吗？"

沈酌久久注视着白晟，像要透过眼睛看透那烈焰般炙热的灵魂。

良久他嘴唇弯起一道清淡的弧度，抬手放在白晟掌心："你有。"

白晟紧紧握住沈酌的手。

就在两人十指交扣的一瞬间，广袤空茫的世界分崩离析，向四面八方轰然退去。

声音、画面、记忆、情感……五光十色的一切化作旋涡，归寂于梦中微渺的远方，病床前仪器的嘀嘀声响成一片。

雪亮无影灯下，白晟缓缓睁开了眼睛。

"白先生！"

"白哥！"

"监察官！"

白晟呼地坐起身，对惊喜交加的研究员们笑起来，三下五除二拽掉身上各种颜色的导线，翻身下床一个箭步，紧紧拥抱住了扶手椅上刚刚醒来的沈酌。

沈酌眉目沉静，只是脸色有一点儿疲惫，他伸手拍了拍白晟结实的后背。

"谢谢。"他在白晟耳边轻声道，用只有他们两人能听见的音量。

"真是奇迹……"研究主任拿着一纸报告书，难以置信地望向沈酌那张CT扫描图，"大脑中代表恐惧的神经区域从头到尾未被激活，指数良好，体征平稳，认知思辨功能未在精神攻击下发生任何损伤……"

"嗯，"沈酌随口说，"救援来得比较及时。"

众人都笑了起来，但眼中的感慨十分复杂。

根本不是救援及不及时的问题，没有人能在那么强的精神攻击之下全身而退，因为幻觉本身对大脑就是有伤害的，这种伤害一旦进入梦境就开始了。

但沈酌在这方面几乎无懈可击，那种冷静、强大、绝对坚定的意志力是不可想象的，连白日梦都没法从他压倒性的强势之下找到致命弱点。

研究主任看着手里的记录报告，心头喟然而叹。

哪怕白晟没有出手，沈酌真的在梦中经历循环爆炸和私刑拷问，他那稳如泰山一般的指数也不会掉到危险值以下，最多熬过几次拷打就能顺利渡过并破解第二重梦境。

"不愧是在HRG陷入绝境时，以一己之力布下这弥天棋局的人哪！"研究主任心想，这也许就是他能悬起达摩克利斯之剑的原因吧。

研究主任伸手拿起操作台上那支打空了的A级基因干扰素，一言不发地将它扔进回收炉，然后回头看向人群簇拥中脸色苍白而平静的沈酌，为自己多加了一丝虚无的信心。

呼的一声实验室门打开，受命守门的杨小刀就像归巢的小狼崽，连滚带爬冲进来，颤抖着憋出来一句："爸爸！"

"滚滚滚，"白晟毫不留情地推开自己的便宜儿子，搂着沈酌不松手，"爸爸我忙着呢，没有多余的精力分给你，你自己找本理综练习册玩去，听话。"

杨小刀："……"

他捂着眼睛咬牙切齿地走了,走到一半差点儿撞上从门外快步进来的水溶花。女医生一手拿着电话,脸色却不像在场其他研究员那般放松,疾行上前附在沈酊耳边:"监察官,有个消息不太好。"

沈酊一抬眼。

"褚雁偷偷打电话来,说尼尔森总署长受了重伤,还在抢救,生死未卜。"

沈酊眉心一蹙,连白晟也诧异地站起身。

"您进入梦境之后,尼尔森让褚雁带着他去找荣兀的藏身之处,想借'暴君'彻底干掉他,但两人动手前荣兀突然遭到了白日梦的严重反噬。尼尔森可能认为这是动手杀人的好机会,却没料到荣兀带伤反扑,一度爆发出了极不合理的战斗力——具体数据在监测仪上都有记录,荣兀的最大异能甚至一度超过了S。"

白日梦反噬足以越级杀人,荣兀起码要去掉半条命,但就这样还能濒死反扑尼尔森,简直是匪夷所思了。

沈酊问:"然后呢?"

"两人都受了重伤,战斗造成整座山谷坍塌,山体滑坡严重,牵连范围达到方圆两公里。"水溶花深吸一口气,艰涩道,"荣兀……还是跑了,有人用空间异能救了他。"

"不可能啊?"白晟惊诧且怀疑地摸着下巴,"我把那男的的狗头都拧下来了,他上哪儿又找了个空间进化者不成?"

沈酊皱眉问:"尼尔森现在的情况如何?"

水溶花面色凝重,直接把手机递了过来,通话对面传来褚雁轻而细的声音:"喂?"

少女缩在直升机尾舱一排座椅后,小腿蜷在制服裙摆下,机舱外螺旋桨轰鸣掩盖了她压低的音量。

她身后的机舱里,四名A级医疗进化者穿着国际监察总署制服,半跪在地争分夺秒地实施抢救,透过人群隐约可以看见担架上尼尔森浴血的侧影。

"总署长受的伤很重,他们不让我靠近,看不到抢救情况。"褚雁咽喉一动,低声说,"但我能看到很多血,很多……很多血。"

沈酊的声音不论何时都有着压倒一切的冷静:"你受伤了吗?"

"没有。"褚雁犹豫片刻,迟疑道,"但我感觉荣兀撤退前是有机会杀了我的,他只是……没动手。"

那是荣兀最后与尼尔森两败俱伤的时候,尼尔森身后那头奥丁之狼遍体鳞伤,濒死怒吼,全身不剩半块完整皮毛。

荣亓受伤略轻，尚能站立，但脚下已血流成河，白日梦反噬造成的严重创伤还在剧烈消耗着他。

大地开裂，烟尘蔽日，大片山谷都在两个顶级进化者的厮杀之下坍塌了。少女躲在远处山头的直升机上，眼睁睁看见荣亓身后突然撕开一道黑洞。

那竟然是个空间隧道！

荣亓最后对半跪在地的尼尔森说了句什么，但距离太远无法听清。随后荣亓向后退了两步，进入空间黑洞，在隧道口闭合前他突然回过头，向远处褚雁的方向一瞟。

刹那间少女只有一个念头：他看见我了！

但出乎意料的是荣亓没有杀她，甚至都没有要动手的意思。他浸透鲜血的脸上浮现出一丝笑容，遗憾地摇了摇头，好像在惋惜她选择了错误的一边。

紧接着空间隧道合拢，荣亓消失在了坍塌的山谷中。

"我现在完全感应不到荣亓的方位了。"直升机上，褚雁的声音轻而谨慎，"他应该识破了我的异能，躲到了能完全隔离飞鸟蚊虫的地方。"

事实上这是很简单的，城市里钢筋水泥大厦，几乎杜绝虫蚁，再用异能布置一些隐蔽措施，对荣亓来说易如反掌。

"没关系。"沈酌语调迅疾稳定，"保护自己，注意隐蔽，我会派人接应你，一旦尼尔森确认死亡立刻想办法通知我。"

"好。"少女点点头，挂了手机，像只隐蔽警惕的猫，从座位后探头望向不远处混乱的抢救。

实验室里，沈酌按断通话，水溶花眉头紧皱，问道："怎么样，尼尔森会死吗？"

沈酌只摇了摇头："不好说。"

尼尔森一倒下，整个国际总署局势立刻就要大洗牌，申海辖区首当其冲，沈酌会成为很多人想要招揽或想要暗杀的对象。

风暴酝酿，山雨欲来。权力倾轧的冷酷气息从来没有逼得这么近过。

"立刻派人保护褚雁，防止荣亓对她杀个回马枪，另外，"沈酌站起身，一颗颗系上白衬衣纽扣，又恢复成了那个冷漠精干的大监察官，"准备专机，一旦尼尔森确认死亡我要立刻出发去国际检察总署。"

"是！"

水溶花疾步退出去打电话给监察处，白晟伸手帮沈酌紧了紧领带，近距离看着他的眼睛，低声问："请问这位监察官，需要民间志愿者不领工

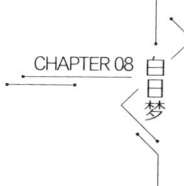

资倒贴路费地陪你去一趟总署吗?"

两人面对面头顶头,沈酌勾起一边唇角,那是个揶揄的弧度:"没让你买票坐我的专机就不错了,别想太多。"

白晟笑起来,刚想顶他一句"买机票算什么,我可以买飞机",突然耳梢轻微地动了动,敏感地望向门外。

"怎么?"

白晟眯起眼睛:"外面有车。"

与此同时,HRG实验室楼上,申海进化专科医院大楼。

几辆挂着外交牌照的黑色车辆风驰电掣,在刺耳的刹车声中停在了医院门外。

紧接着,为首那辆车的车门打开,一个四十来岁,黑色头发、灰绿眼睛,混血特征非常明显的男子钻出车门。

他一边扣上西装外套,一边疾步走进了大门。

"卡梅伦先生,我们安插在尼尔森身边的人刚传回来最新情况。"秘书一路匆匆紧跟着他,低声急道,"尼尔森多处脏器损伤,情况非常不好,目前还生死未卜……"

"盲目炫耀武力的S级雄性必然会招致这种下场。"卡梅伦对宿敌的评价永远都是轻描淡写的,大步流星穿过医院走廊,"虽然我对沈酌有能力导致这一切毫不意外。"

闻讯而来的值班人员拦在前面,但很快被荷枪实弹的保镖推开了。

卡梅伦连多余的眼神都没施舍,带着手下疾步走进电梯,快速下到负一层。

金属门无声无息地打开,面前赫然是一座巨大的实验室。卡梅伦抬起头。

从电梯向外望去,实验室的合金防爆门大敞着,一排进化者警卫队全副武装,枪口无一例外对着电梯,强大的火力眨眼间就能把这帮入侵者绞成肉泥。

申海市监察官沈酌一身制服,清瘦挺拔、姿态文雅,双手裹在黑色皮质手套里,交叠在身前。

他的语调十分礼貌,与这剑拔弩张的局面截然相反:"我能请问一下诸君有何贵干吗?现在声明只是走错了路还来得及。"

隔着一排黑洞洞的冲锋枪口,没有人知道这场时隔二十三年的见面具有怎样的意义,唯有时光于对视中奔流渐远。

卡梅伦注视着十余米外的沈酌,嘴角勾起一道意义不明的笑,从西装

口袋里亮出一张黑色金属加密卡:"联合国安理会,埃尔顿·卡梅伦。我有充分的证据表明申海市监察官沈酌在此地非法运行 HRG 计划,涉嫌危害世界和平与人类安全。请跟我们走一趟,沈监察官。"

隔着短短十余米走廊,两派人马对峙而立,空气中布满了浓浓的火药味。

杨小刀不明所以,但年幼野兽敏感的直觉让他从卡梅伦一行人身上嗅到了不善的气息,本能地向前靠了一步。

紧接着,白晟连头都没回,无声地反手把他按住了,那意思是"待着不准动"。

国际监察总署已经落在进化者手里了,但与之相对的是,安理会一直是人类的阵营。为了准备未来与进化者开战,安理会一直在私下研究 HRG 计划,希望能制造出一支拥有异能的人类军队。

但不知为何,拥有多国顶尖科学家的安理会却对 HRG 毫无进展,甚至无法仿造出与沈酌手上相同的药剂。

没有药剂就无法与进化者抗衡,因此他们一直以来都迫切希望得到沈酌,只是碍于尼尔森的强权而无计可施。现在尼尔森倒下了,对安理会来说无异于天赐良机,他们会立刻赶往申海毫不奇怪,只是没想到他们来得竟然这么快。

"啊,您有证据表明我还在进行 HRG 计划吗?"沈酌似乎有些惊讶,但还是非常礼貌,"请问所谓的证据是指……"

——根本没什么证据,沈酌在申海继续研究 HRG 是公开的秘密,所有人都心照不宣,不然他手里那些用不完的异能药剂是从哪儿来的?

但卡梅伦笑容不变,这个人不论何时都有着外交官一般圆滑而轻蔑的态度:"很抱歉,在安理会问询环节开始前您无权要求我们公开任何证据。"

沈酌为难地蹙起眉:"我是全球十大常任监察官之一,受到国际总署安全条例的保护和限制,如果缺乏确凿的理由,我无法擅自离开辖区,抱歉很难配合诸君哪。"

卡梅伦一言不发地吸了口气,身边秘书立刻会意地接口:"沈监察,请谅解我们,毕竟 HRG 实验室这个活生生的证据就摆在我们眼前……"

沈酌诧异道:"这座实验室吗?"

秘书说:"是呀。"

沈酌向身边的白晟一摊手:"这是白先生为深入研究他的博士论文选题《论先天综合判断与二元对立思想在男性自愿结扎行为中的推动作用》而慷慨捐献给申海市医院的实验室,请问贵方有任何证据表明男性自愿结

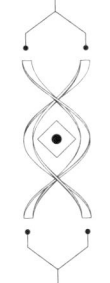

扎跟 HRG 有关吗？"

所有人的面部肌肉都抽动了一下，从四面八方投来难以言喻的目光。

白晟："……"

对别人来说可能很好笑，但对卡梅伦的秘书来说就是另一回事了，一时间他险些连表情都没控制住："沈监察我理解您的心情，但您不要开玩笑了，我们都认得您身后那台设备是异能基因生态模拟箱——"

砰！一声枪响又狠又准，实验设备飞溅暴裂，瞬间众人全部惊呆。

沈酌头也不回地收回枪口，微笑地望着那脸色惨白的秘书："什么模拟箱？"

秘书难以置信："您不能这么做，我们所有人的眼睛都看见了……"

"是吗？"沈酌轻柔打断，一手平举起枪，对准了秘书的右眼球，"谁的眼睛看见了？"

那简直是窒息般的死寂，秘书瞳孔骇然剧张，映出了十余米外沈酌冰冷的枪口。

下一刻，卡梅伦的保镖箭步而上，七手八脚把秘书跟跎拉到后面："沈监察！冷静！"

"沈监察！"

"放下枪！冷静！"

卡梅伦一抬手示意保镖把秘书拖走，一整西装衣襟，举步上前走向沈酌。

他对面前数十把足以将自己射成筛子的冲锋枪视若不见，擦肩而过时，警卫队长条件反射地想开枪，但没有得到身后沈酌的指令，只得忍住了扣扳机的冲动，眼睁睁盯着这个外国人一步步穿过扇形的警卫队火力，孤身一人站在了沈酌面前。

卡梅伦只略高沈酌半英寸，鼻梁略带鹰钩，正对他手里那把枪口，灰绿色的眼睛冰冷傲慢，肆无忌惮地打量着二十三年后再见的申海市大监察官。

"世界不会永远按照你期望的那样运转，沈酌。"

出乎所有人意料，卡梅伦一开口是纯熟的中文，甚至连口音都没有。

"受到几次暗杀就吓得停止了数据模拟，挨一场爆炸就搁浅了整个 HRG，被人绑走打两下就迫不及待逃出研究院跑到了申海。软弱，怯懦，天真，永远期待被保护，以为只要 HRG 裹足不前就可以维持住脆弱的现状，以为只要活在达摩克利斯之剑的阴影里人类跟进化者就能和平共处。

"暴雨冲刷之下，蜜糖构建的庇护所终将融化，人类与进化者这两群

蝼蚁都要死，这么简单的道理还不明白吗？"

沈酌眯起眼睛，注视着面前这双灰绿色的瞳孔。吉光片羽从意识深处闪过，但那只是一瞬间的错觉。

"和平共处是不现实的，沈酌。自古以来生物的繁衍必然遵循一条定律，就是种群内智商最高的成员有责任决定前进方向，因此我们必须为两群蝼蚁做出取舍。"

卡梅伦的鼻尖正对着枪口，他似乎笃定沈酌不敢扣下扳机，语调轻柔而满是嘲讽："别躲在申海当你美丽柔弱的小公主了，跟我回安理会研究所把HRG计划进行下去，也许未来存活下来的那群蝼蚁会为你立个碑放在联合国广场，然后在碑前感恩戴德地放一堆花，如果你会为那种玩意儿而感动到哭出来的话。"

人人脸上表情各异，现场却安静得落针可闻。

如果仔细观察的话，就会发现HRG的研究员们眼底闪烁着竭力掩饰的惊恐，研究主任视线颤抖，不断在沈酌和卡梅伦这两人之间来回转动。

沈酌手中枪口纹丝不动，上下打量着卡梅伦，许久终于开口一字字地、清晰地问："在开枪之前，我能再最后一次请教您的名字吗？"

一瞬间安理会那帮人全部剧震："不！"

"住手！"

"不要！"

卡梅伦却连眼皮都没眨，带着他一贯的高高在上和轻描淡写："埃尔顿·卡梅伦。"

沈酌说："好。"子弹咔嚓上膛，他的食指毫不犹豫地扣下扳机，砰！

"不！"

"杀人了！"

"卡梅伦先生——"

失声尖叫戛然而止，只见卡梅伦站在原地，纹丝未动，侧脸多了一道子弹擦过的灼痕。

那颗子弹与卡梅伦擦脸而过，准确击飞了他身后一个安理会保镖刚掏出的枪！

安理会那些人正拔脚往前扑，目眦欲裂的表情都僵住了，一时间场景变得非常滑稽。

扑通一声闷响，是那保镖双膝一软，跪在了地上。

"卡梅伦先生，"沈酌微笑着收起枪，仔细听的话会发现他语调里那种轻慢跟卡梅伦有着微妙的神似，"我不知道贵安理会为何对自己有着那么大的误解，但请允许我慷慨地向您指出，起码我还有蜜糖，而贵方的HRG研究什么成果都没有，毫无价值，纯属笑话。"

"……"

"你们希望得到我就像饿狗希望得到骨头，正确的做法是跪在地上匍匐而来，期待我心情好的时候施舍你们一点儿肉渣，而不是跑到我面前狂吠什么取舍，什么责任。"

卡梅伦面无表情地冷冷盯着沈酌，而沈酌含着微笑彬彬有礼，做了个"请"的手势："现在，请诸君像败家之犬一样安静礼貌地离开申海，不然我就为您立个碑放在申海市公墓，然后在碑前放一堆花，如果您在天之灵会感动到哭出来的话。"

卡梅伦深吸一口气，从西装裤袋里伸出手。

照理说他应该很想扇沈酌一巴掌，但也有可能只是想克制地捏一下自己的鼻根——不过无论他想干什么都没机会了。因为白晟瞬间用一只手护在了沈酌面前，用"我劝你不要"的眼神遗憾地盯着卡梅伦，另一只手啪地打了个响指。

扑通、扑通、扑通！身后一片重物倒地的闷响，卡梅伦猝然回头，只见他带来的那十几个保镖全跪在了地上，身不由己狼狈不堪。

"身……身体好重！"

"怎么回事？！"

"我的膝盖，我的膝盖……"

"区域重力，一种无伤大雅的小异能。"白晟微笑对卡梅伦解释，竖起一根食指建议，"还是可以用手和膝盖爬回车里去的哦。"

卡梅伦用那玻璃片一般的冰冷眼睛盯着白晟，在心里给他画了个巨大的叉，但没表现出来，只转向沈酌，最后一次加重语气："我为你提供绝对安全的环境完成HRG计划，而你只想待在申海继续当监察官？"

沈酌冷冷道："白晟。"

白晟挡在沈酌身前："嗯哼？"

"这个人再开口说一句话你就让他也跪着爬回车里。"

白晟对卡梅伦抬手作打响指状，眉略微挑起，那意思是"你听见了"。

身后不远处传来副手战栗而含蓄的提醒，劝阻之意非常明显："卡梅伦先生……"

从沈酌这边直接入手应该是不可能了。也许他在申海过得太舒服，也许他被私刑拷打濒死之后就对安理会产生了怨怼，总之从目前来看，让他自愿同意合作的机会非常渺茫。

不过那没关系。

他们可以先回安理会，用其他手段逼迫国际监察总署交出沈酌。虽然会费些力气，会损失更多利益，但失去了奥丁之狼的国际监察总署必然陷入混乱，安理会还是可以达成目标的。

卡梅伦笔直地站着，灰绿瞳孔压紧成了非常危险的形状，映出沈酌平静的脸。

所有人都以为他会就此转身离开，但谁知良久的安静后，卡梅伦还是缓缓地开了口："你的……父母。"

白晟刚要打响指让他也跪下，闻言动作一停。

沈酌几不可察地眯起了眼睛。

"不，确切地说，你的父母和当年研究院第一批骨干，都是为了 HRG 而死的。"卡梅伦已经换成了德语，低沉道，"为了扼杀一个来自遥远地外文明的恶魔。"

因为尼尔森具有 G 国血统，国际监察总署很多人都会说德语，但在这里就几乎没人能听懂，连白晟都不由升起疑惑，下意识地瞟向沈酌。

沈酌寒潭一般的眼底没有流露任何情绪，只用德语反问："你到底是什么人？"

"如果你想知道当年那场事故的经过，在国际监察总署换届选举之前来 N 州找我。"卡梅伦顿了顿，从眼角自上而下地俯视着沈酌，"但如果你没有来的话，我会认为你坚持己见，并企图将 HRG 的成果据为己有……到时我就只能采取更强硬的手段对付你与尼尔森了。"

他退后半步，不再多说，转身向安理会那边的随从走去。

那瞬间，沈酌的眼底似乎掠过了一丝迟疑，但就在这时，他头顶突然传来了狂风逼近的呼啸声，是一架大型直升机迅速降落在了医院楼顶。

白晟扭头看向沈酌，两人都意识到了什么，果然很快走廊尽头的安全通道里响起急促的脚步声，紧接着哐当一声门打开了，赫然是被手下簇拥着的尼尔森！

奥丁之狼满身血气，面容苍白，隔着十余米都能传来清晰的铁锈味。他阴灰的眼瞳里闪烁着寒光，直勾勾地盯着自己的死敌，沙哑而嘲讽地翘起嘴角："手真快呀，卡梅伦。当真以为我已经死了是吗？"

卡梅伦有点儿意外地扬起眉，然后笑了起来。

"见到你还活着真是太好了，我亲爱的老朋友！"他万分诚恳地鼓掌惊叹，满面都是温暖真挚的怀念，"我一直在思考三个月后的国际监察总署换届改选少了你可怎么行，太棒了，问题终于解决了！换届那天我一定

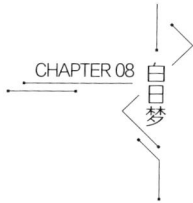

要去找你喝一杯！"

"滚出申海，立刻。"尼尔森冷冷道，"不要让我现在就动手。"

沈酌用两根手指从身后隐蔽地拉了一下白晟的袖子。

以这两人的智商根本不需要言语，只见白晟万分亲切地一合掌，满面都是足以与卡梅伦媲美的温暖真挚的送别之情："太好了，那我与沈监察就不送诸位了，下次见面再请诸位喝一杯，再见喽！"

伴随他双掌相合啪的一声，区域重力异能解除。

地上那十几个被迫跪着的保镖终于压力一松，简直喜出望外，立马狼狈不堪地爬了起来，纷纷赶紧向后退去。

卡梅伦也许真能做出去找尼尔森喝酒的事，但面对白晟这头笑面虎时，他整个人都要绷不住了。

从表情来看，他大概只想狠狠薅住白晟头上那撮嚣张的银毛然后往他嘴里灌一瓶毒药。

卡梅伦从鼻腔里不阴不阳地哼笑了一声，带着手下进了电梯，连头都没回，任凭防爆合金门在自己身后合拢，离开了这座地下实验室。

箭拔弩张的气氛顿时一松，下一刻爆发出一道疾呼："总署长！"

只见尼尔森赶走了卡梅伦，那口气再撑不住，颓然向下倒去。

身后惊慌的手下还没来得及搀扶，白晟已经原地消失，再出现时站在了尼尔森身侧，一伸手准确地扶住了他。

"您怎么了，总署长？"白晟脸上此刻的表情跟刚才卡梅伦一模一样，连充满关怀的眼神都是直接 copy（复制）、paste（粘贴）过来的。

尼尔森此刻的心情跟卡梅伦也是一模一样，但凡他手里有瓶毒药可能就忍不住动手了。不过首先他变不出毒药，其次他现在也打不过这个姓白的王八蛋，只能咬牙咽下一口血，靠那口气强撑着站起来，硬是挣脱了白晟那友善搀扶的手。

"没事。受了点儿伤，还没恢复，难免有点儿晕。"

沈酌快步迎上前，尼尔森顺势不再搭理白晟，转向沈酌第一句话就是："那个叫卡梅伦的人刚才……"

"安理会可能已经私下重启了 HRG 计划，但进展不顺利，想要强迫我拿出当年研究院对 HRG 基因干扰素的研究成果。为了达成这个目的，那个叫卡梅伦的人可能会在换届改选时对您发难。"沈酌态度平静坦诚，仿佛完全没有半点藏私，"我认为安理会的下一个目标是把您踢出总署长的位置，以此削弱国际监察总署。"

尼尔森欲言又止："那……"

"我站在您这一边。"好像之前电话里那番疾言厉色的呵斥完全没存在过似的,沈酌主动伸出手,直视着尼尔森,"卡梅伦的计划不会得逞,您一定还是下一届总署长。"

尼尔森那口吊着的气终于松了,但看着沈酌深秀平静的眼睛,又有一丝复杂不甘的滋味慢慢从心头蔓延出来。他情不自禁地喃喃道:"沈酌,我……"

沈酌打断了他,关切道:"您身体状况不佳,我送您上飞机。"

尼尔森能清晰地感觉到身侧一道存在感强烈又不动声色的视线,是白晟。

尼尔森知道自己已经完全落了下风,只得喉结一动,强行忍下了所有不甘,伸手与沈酌一握:"好。"

尼尔森那架直升机其实是陈淼紧急调派去的,他现在必须立刻赶回S国BA市,所以还是坐这架直升机飞申海机场,然后再换乘他自己的公务机回国际监察总署。

楼顶天台大风呼啸,褚雁可能是通风报信被发现了,一脸无辜怯生生地站在那里绞手指,几个国际总署的监察员正怀疑地盯着她。

沈酌给随行的水溶花一个眼神,女医生立刻会意地伸手把褚雁搂住,退后几步往申海市监察处那边带,国际总署的人有点儿想要阻止但又没敢。

"那个荣亓只是暂时销声匿迹,恐怕很快会卷土重来。"尼尔森站在打开的直升机舱门前,低沉地道,"'暴君'能让进化者的能力抵消,退化成普通人,但抵消上限只到S。那个荣亓有一部分异能已经达到了超S,所以哪怕'暴君'发动到极限,他还是可以保留一部分力量。"

"到目前为止'暴君'对他还是具有削弱作用的,但我不确定他是否还能继续进化。如果他的力量进一步增强,后果会非常可怕,我们必须要尽快找到他。"

沈酌简洁地回答:"我明白。"

尼尔森向白晟礼貌地一点头,转身要上飞机,沈酌却想起了什么:"对了,荣亓临走前有没有留下什么话?"

之前褚雁通风报信时描述得非常细,她说荣亓退入空间隧道前是最后向尼尔森说了一句话的,只是距离太远她听不清。

其实沈酌也只是顺口那么一问,但尼尔森动作却凝固了一瞬。

"没有。"总署长移开目光,掩饰般拉扯了下嘴角,"什么都没说。"

沈酌与白晟视线轻轻一碰,两人都心知肚明,但都不动声色。

"那么,改选投票大会上见了。"尼尔森最后一次颔首告别,不再多作

言语，转身登上了直升机。

螺旋桨开始转动，很快直升机拔地而起，在高空中越来越小，飞向远方的申海机场。

"他到底在隐瞒什么呀。"顶楼天台上，白晟一手搂着沈酌一手摩挲自己的下巴，若有所思，"该不会是荣兀逃跑前把他狠狠羞辱了一顿吧？"

头可断血可流，但来自同性的羞辱绝对不能忍受，S级雄性的思维惯式在这里表现得淋漓尽致，沈酌不由一哂。

"对了，那个卡梅伦用德语跟你说了什么？"白晟陡然想起这件事，道，"那小子人模狗样的，没跟你说什么敏感词吧？他为什么要特地换成德语？"

沈酌嘲道："我以为修哲学的精通德语是基本呢。"

白晟难得表情茫然片刻，为自己辩解道："我其实就是确认一下罢了，我能听懂他说的是什么爸爸……妈妈……研究院事故……"

"他说我父母当年都死于HRG研究中的一起事故，所以HRG并不是我一个人的成果，我不能擅自据为己有。"沈酌淡淡道，"差不多就是威胁的意思，想叫我跟安理会合作。"

白晟表面性格轻佻，但其实是个在人情世故上拿捏极有分寸的人，尤其事涉对方父母。

他从眼梢偷偷打量沈酌喜怒不惊的脸色，少顷才漫不经心地咳了声，若无其事道："那……你当年……"

"我那年才六岁，早不记得了。"沈酌说，"医生说受到的刺激有点儿大。"

白晟点点头无声地"哦"了一下。

他琢磨片刻，想起沈酌之前在病房里第一次陈述HRG计划的时候，说这个计划其实三十年前就开始了，但当时只是为了优化人类基因、延长人类寿命，不由得又皱起眉头："但你父母当年的HRG研究跟进化没关系啊。如今的异能促进药都是你主导研究出来的，姓卡的怎么能说不是你一个人的成果呢，这不道德绑架吗？"

天台大风呼啸，刮起沈酌乌黑的头发，雪白侧颊一时看不清神情。但那只是转瞬即逝的细节。

"是呀。"沈酌笑了一下，别开视线，"所以不用理会那个人。"

天穹晦暗，一望无际。从医院楼顶向下望去，车辆川流不息，卡梅伦等人已经完全消失在了远处车流的长龙中。

"你的父母和当年研究院第一批骨干，都是为了HRG而死的……为了扼杀一个来自遥远地外文明的恶魔。"

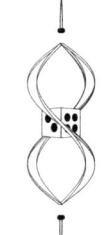

视线穿透广袤虚空，沈酌微微眯起了眼睛。

"喂喂，就是那个孩子吗？"

"真可怜，父母都死在那场事故里了，全家就剩了他一个……"

"听说他有个同母异父的哥哥，不过失踪了，应该也是死了吧……"

"好诡异呀，你们听说了吗？事故发生的时候所有人都跟恶魔附身一样，所有人都自相残杀，那个孩子的母亲临死前最后一口气是要赶去杀了他的！"

"我去，真的吗？"

"不会吧，什么样的母亲临死前还要去杀了自己的孩子呀？"

"你们在这乱说什么！"一道严厉呵斥平地炸响，"不准讨论那孩子的事不知道吗？！统统去抄保密条例！"

窃窃细语一哄而散，遁入风中再无踪迹。

九岁的小沈酌像个白玉雕成的孩子，眼睛如黑玛瑙一般纯净而空洞，映出医院楼顶广袤晦暗的天穹。

"真不容易啊，今天终于可以出院了。以后这孩子的抚养权就归属研究院，希望他能健康平安，好好长大……"

"是呀是呀。不求多有出息，能像个正常孩子一样上学念书就好了……"

小沈酌站在医院大门口，抬头望着研究院头发花白的老院长，多年未曾出声的嗓音还带着一点儿沙哑，但柔嫩而天真："妈妈还会来安全层看我吗？"

老人慈祥的眼底似乎有一点儿悲伤，良久半蹲下身来，看着面前的孩子笑了笑，说："没有安全层啦。"

小沈酌点点头，似乎明白了什么，又问："妈妈她爱我吗？"

长久的静默后，老院长摸摸孩子柔软的黑发，微笑回答："妈妈怎么会不爱她的孩子呢。"

小沈酌抿着嘴唇，低下头，刘海儿挡住了根根分明的眼睫。

老院长看着面前年幼的遗孤，用温暖的掌心轻轻抚摸他的额角，迟疑再三欲言又止，还是忍不住问："小酌，你还记不记得，你在安全层里住的时候，是否曾经看到过家里有别人看不到的黑影？或者你有没有听见过别人听不到的声音，尝试跟你交流？"

小沈酌疑惑地抬起头。

"不一定是人形的影子，它可能是任何形状，出现在镜子、水面、任何可以反射的物体表面上观察地球和人类。它对你特别感兴趣，也许整个

家里只有你能看见……你还记得吗？"

面对着老人急切的目光，小沈酌困惑地摇了摇头。

老院长失望地叹了口气。

"是呀，"他喃喃道，"你受到的刺激太大，已经完全失忆了。"

似乎有点儿歉疚和自责，小沈酌默默垂下了眼睑。不过老院长很快振作起来，把孩子抱起来拍拍背，勉强笑道："不说那些了！还说那没用的做什么？走，伯伯带你去新家，以后就住研究院啦！伯伯亲自教你念书！"

一老一小的身影渐渐远去，老的越来越佝偻蹒跚，小的越来越挺拔修长，终于有一天老人无声地从时光中消失了。

当年的孩子终于长大成人，他的背影挺拔静默，在这世间独自前行，走过万众仰望、腹背受敌的巅峰，也踏过血腥险恶、污名加身的谷底。

他曾经始终只有自己一个人。楼顶天台上，申海市监察官沈酌长长地、无声地呼了口气，尾音一瞬随风而散。

他身后是白晟，那开朗带笑的声音在说什么，身后众人三五成群地簇拥着走向不远处楼梯口。

孤鸟越过远方天际，申海市如一张庞大的画卷，徐徐铺向地平线尽头。

是夜，J市。

别墅地下层是一座巨大的游泳池，里面灌满了幽蓝荧光液体，碧波粼粼荡漾，闪烁着陨石那般深邃神秘的光泽。

哗啦一声水面破开，荣亓抹了把脸上的水，顺着台阶一级级走上地面。

与奥丁之狼对战留下的多处伤口在迅速消失，十余处破裂内脏长好，洞穿的腹腔和大腿痊愈，背部巨大的斫口没留下一丝疤痕。

最后一处伤疤是胸膛正中，白日梦反噬留下的那一道贯穿伤在陨石光芒中渐渐愈合，皮肤肌肉完整如初。

虽然恢复巅峰状态还需要一段时间，但这具躯体本身已经完好如初了。

荣亓对光抬起一只手，眯起眼睛仔细打量。

现在这具身体是完全按照他的审美所培养的，骨骼修长，肌肉分明，强壮也不失流畅，具有极佳的超S级力量适应度，可以说各方面都非常完美。

唯一的缺憾是，很不讨沈酌的喜欢。

那其实一点也不奇怪，毕竟沈酌这个人，这世上能讨他欢心的东西很少，令他讨厌的倒有很多。

如果可以的话，荣亓其实不介意换个能让沈酌喜欢一点儿的身体，但

那得等到一切尘埃落定之后，因为现在这具身体的基因复生异能实在太珍贵了，几乎可以确保他在这个地球上除了因果律之外没有任何天敌，连奥丁之狼那么强大的顶级进化者都不能杀死他。

如果是上一具身体的话，面对"暴君"是绝对没有胜算的，早死透了。

想要完成他的目标，现在这具躯体所具备的基因复生能力必不可少。

眼前仿佛再次浮现出那瘆人强光与漫天烈焰，荣亓微微眯起眼睛，瞳底浮现出一丝寒意。

"多谢了，苏寄桥。"他喃喃地道，"为了表示感谢……有朝一日能杀你的时候，我一定让你死得痛快些。"

他吸了口气，拎起黑色的浴袍穿上，信步走出空旷的大厅。

门廊外数名高阶进化者守卫肃容而立，野田洋子低头守在门边，见他出来时身体已经完全恢复如常，如释重负地松了口气："荣先生！"

荣亓问："你哥哥呢？"

野田洋子眼眶微红，用日语喏嚅道："哥哥他……"

荣亓颔首不语，脚步不停走向前方，在长廊尽头推开了一扇虚掩的门。

只见这是一座被改造了的病房，本该是病床的位置却是一个透明的培养仓。一具人类身体正从幽蓝色的陨石溶液中逐步凝聚，内脏与骨架已经成型，血红的肌肉组织还在缓慢生长，唯有头颅是完整的，五官面容清晰可辨。

是野田俊介。

荣亓站在培养仓边，居高临下地伸出手，指尖一滴血从半空落进陨石溶液里。

强大到恐怖的基因异能与陨石相结合，刹那间就让溶液就发生了剧烈的反应，残躯骤然急剧生长，左胸心脏猛地开始跳动，紧接着头颅睁开了眼睛！

年轻的Ａ级进化者如大梦初醒，痛苦捂胸大口喘息着，在陨石溶液中吐出翻腾的气泡。野田洋子叫了声哥哥，冲上去跪在培养仓边抱住他，颤抖地抚摸他骨骼惨烈扭曲的头颈。

"你还远远没有完成复生，不该强行使用空间异能。"荣亓站在两步以外，自上而下俯视着野田俊介，"在完全恢复前动用异能会使躯体复生的时间大大延长，可能未来一年半载之内，都无法再随心所欲地使用空间隧道了。"

野田俊介低下头，尚未完全长好的声带听起来嘶哑而怪异，满含羞愧："对不起，荣先生……我们实在无法忍受那个尼尔森那么嚣张，所以……"

"没关系。"荣亓温和地回答，扭头望向窗外。

地下层开了一线天窗，窗外是广阔的夜空。远方越过崇山峻岭，天幕尽头是遥远的申海，车水马龙像天边流动的星河。

"'暴君'能抵消S级以下进化，虽然无法完全抵消因果律，但对我们有很大用处……"荣亓顿了顿，轻声道，"我们会得到这个异能。"

翌日上午，申海市监察处。会议室里宽敞安静，沈酌把一叠厚厚的医院报告放在桌上。

然后他向后靠在扶手椅里，双手搭在长桌边缘，修长十指松松交叉，注视着对面的少女。

"这是张宗晓等虐杀团伙成员的伤情鉴定，非常幸运，截至目前没有造成人员死亡，否则即便是未成年进化者保护条例也没法把你继续留在申海了。"

褚雁一身天蓝格子连衣裙，短发整齐贴着雪白的脸颊，非常干净清丽，看上去就像一朵安静柔弱的小蓝花，小心翼翼地伸手去拿桌面上那叠伤情报告。

但下一刻，沈酌两根手指按在报告上，阻止了她的动作："不，图片太血腥了。"

褚雁细声细气说："我可以的。"

"我知道你可以。我还知道你看了以后会非常兴奋，感觉自己受到了不该有的鼓励。"

褚雁那种怯懦柔弱的神态顿时消失了，收回手坐在那里，看着长桌对面的申海市监察官："您想怎么处置我？"

"我不能让你进HRG。"沈酌平静地望着她，说，"你还不够资格。"

褚雁是个聪明至极的孩子，对这个决定并不难接受，只问："为什么，因为我学力还不够吗？"

出乎她意料的是沈酌摇了摇头。

"你已经比陈淼刚开始在我手下洗试管的时候强多了，HRG有相当一部分高级研究员的智商并不出类拔萃，但也有很多聪慧绝伦的学生徘徊多年都进不了HRG的门。当科学探索足以改变种群命运的时候，往往就不看研究员的智商了。"

沈酌沉默片刻，缓缓道："我们其实希望HRG的研究员，不要太聪明，能够笨一点儿。"

"笨到什么地步？"褚雁低声问。

"笨到愿意拿着遗书进项目，愿意不把自己最宝贵的性命当回事，愿意粉身碎骨也要扛着真相往前走。"

少女微微睁大了眼睛。

"HRG是三十年来两代人用性命担负的真相，太重了。"沈酌注视着她，"我知道现在的你不可能承担起那重量，我甚至无法确定现在的白晟能做到这一点。虽然我很希望，将来能等到那么一天。"

会议室里无人出声，唯有通风发出轻微的声响。褚雁坐在长桌对面，纤细的双手搭在身前，茫然若失。

沈酌从扶手椅里站起身，收起那沓伤情报告，在桌面上码整齐。

"褚雁，十六岁，B级进化。综合国际监察总署判决意见，按未成年进化者保护条例判处一年刑期，允许监外服刑。"他突然想起什么，抬头问，"有监护人吗？"

提到这个褚雁迟疑了一下，才说："在外地……"

"那么根据监察官手册第十条第一款，监察官对辖区内的未成年进化者负有监护义务，你的监护权暂时归我了。"沈酌说，"好消息是从此以后监察处管饭，坏消息是监外服刑需接受劳动改造，具体劳动内容由我决定，我叫你做什么你就得做什么。有其他问题吗？"

褚雁不抱什么希望地问："你要送我去上学吗？"

沈酌一哂："想多了，全申海也没哪个学校能教你，除了——"

他话音戛然而止。

褚雁："？"

申海市监察官站在原地，面无表情，动作定住，好似突然被人按了暂停键。良久他才在褚雁惊恐的目光中抬起手来，动作如梦游般恍惚，按住自己的额角："除了我。"

褚雁的第一反应是到处找摄像头证明自己的清白："你……你怎么了？我什么都没做呀！白日梦已经还回去了！"

沈酌慢吞吞地问："你知道XGYE216神经元刺激剂吗？"

褚雁竭力踮脚确保自己整个人暴露在监控镜头下："那不是用来刺激大脑皮质对抗幻觉异能的药吗，用药后七十二小时内有95%可能性会造成下丘脑多肽类神经激素分泌紊乱的副作用？"

"嗯，"沈酌缓缓地道，"我曾以为自己是那5%。"

褚雁如一只炸毛的猫蹲在监控头下的椅子上，满脸紧张地打电话给水溶花，同时眼睁睁看着申海市监察官转身，推门，走出会议室，面无表情地消失在门外的电梯间里。

电梯门合拢前的最后一瞬画面是他猝然一抽气，刹那间褚雁觉得自己眼瞎了，因为那分明是一声哽咽。

十秒钟后，叮一声电梯停在顶楼，门徐徐打开。

沈酌整个人几乎是冲出了电梯，大步流星直奔办公室。正好陈淼拿着文件迎上前："学长您看下个季度预算的财政赤字……"话没说完就被沈酌擦肩而过的飓风刮得哗一声报告漫天，"学……学长？！"

沈酌冲进办公室，头也不回砰地关门。

但还是太迟了。

因为下一秒，杨小刀从走廊拐角转身而至，呼一声把门推开，面无表情地举着一张开学考试成绩单："沈监察，老师叫我家长签字，我到处找不到白晟——"

杨小刀话音消失。

只见沈酌直直站在那儿，盯着面前一片惨红的成绩单，脸上没有丝毫情绪，只有眼圈慢慢地、一点儿一点儿地红了起来。

他身形清瘦，面容雪白，长睫湿润，嘴唇紧紧抿着，像个受了委屈但不说的孩子。

然后在杨小刀惊恐的注视中，他眼睫一扑，啪嗒。

一滴晶莹剔透的泪水掉在了"化学，18分"那一栏上。

杨小刀像只奓毛小狼狗一般死死扒着身后的门："救命！鬼啊！鬼附身了啊啊啊——"

一大束红玫瑰哗啦放在墓碑前，白色大理石墓碑上的夫妇都仿佛被映出了三分喜气，微笑望着墓碑前的爱子。

白晟大马金刀蹲在墓碑前，两条长腿分得开开的，左右手肘搁在膝盖上，平视着遗照上再也不会老去的父母。

别人独自凭吊时会点一根烟，而白晟会在嘴里叼一根棒棒糖。不仔细看的话会觉得这位帅哥也是那么地深沉感伤、忧郁静默。

当然这是忽略别人来墓园送二百块一束的白菊花，他送两千块厄瓜多尔红玫瑰的前提下。

"爸，妈，今天突然来看你们，是想告诉你们我遇见了想追随的人。"白晟叼着那根棒棒糖，含混不清地说，"他特别毒舌，喜欢嘲讽人，仗着自己智商高就搞学科歧视，饮食习惯不好，非常小气不肯给我报销车马费，但无所谓，他救了我一次，所以我们扯平了。"

阳光透过树梢洒在草地上，微风中传来清脆的鸟鸣。白晟微笑起来。

327

黑白照片上的夫妇笑貌宛然，就好像他们生前那样，总是充满了鼓励，不管孩子选择哪条路都会倾尽全力地去支持。

白晟伸手轻轻触碰墓碑上刻的字，眼神温柔充满眷恋。

"如果有一天我长眠于地下，我希望墓碑上会写'这里埋葬的是个叫白晟的好人，他和一个叫沈酌的人类携手并肩在相同的道路上走完了一生'。

"保佑我。"他轻声道，"即便前方惊涛骇浪，我还是愿意做他身前的盾，永远能扛住他肩上的分量。"

白晟站起身，从墓碑前退后两步，咔嚓咔嚓咬碎了那根棒棒糖。

"下次吧，下次一定带他来看你们！"他朗声笑道，"你们也会喜欢他的！"

墓碑上的父母含笑以对。白晟转过身，顺着青石小径往回走，突然裤袋里手机狂振，来电显示水溶花。

白晟愉快地接起电话："喂，才半个下午监察官大人就有新指示了吗？申海市监察处的大家晚餐有安排了没？今晚米其林三星寿司店……"

"白晟同志，"水溶花站在监察官办公室外，对手机凝重道，"请负起责任来。"

白晟："？！"

透过落地玻璃，只见沈酌坐在宽大的扶手椅里，侧颊洁净如雪，眼皮薄而通红，眼睫如鸦羽般水润纤长，拒绝开口，一言不发，像个自闭的漂亮手办。

他脚下那张成绩单已经被泪水打湿了，惨烈的化学 18 分、物理 29 分、数学 43 分糊在一起，另外面前还摊开着一张季度预算报告，3.6 亿的财政赤字看起来并不触目惊心，因为已经被泪水浸透成了朦胧的一团。

陈淼和杨小刀双双蹲在地上，两人手中各自高举着一根从审讯室墙上取下来的马鞭，撕心裂肺地低头忏悔："是我们花钱太大手大脚！"

"数学是真的好难好难！"

"下季度我们所有人出差都骑共享单车！"

"要不您还是把我吊起来打一顿吧！"

"整整两瓶高浓度 XGYE216 神经元刺激剂，目前击中的是Ⅲ型症状，自闭脆弱无安全感人格。"水溶花面无表情地看着手里那张长达一米半的副作用说明书，"具体表现为柔弱、敏感、拒绝说话、抗拒生人，因泪腺失控而极易脱水，需要强烈的安全感及全天候密切监护，症状最长可持续四十八小时。"

足足一分钟的安静后，手机对面传来白晟震惊到茫然的回答："哈？"

"监控显示沈监察在电梯里的最后一个动作是拿出手机打你电话，虽然没打通，但我们有理由相信他曾经考虑过要叫你负责。"水溶花唰的一声扔了那张药物说明书，铿锵有力道，"总之，为了救你才打的药剂，你现在立刻给我回来，在被总署发现之前赶紧把监察官领回家！"

白晟差点儿没被砸蒙，半晌他才难以置信地吐出一个字："哈？"

晴空万里蓝天白云，陵园青翠的草地上，白晟挂了电话，陡然如梦初醒，飓风般直直"刮"了出去。

少顷，山下那辆闪闪发光的拉法轰然发动，利箭般汇入车流，驰向远方繁华的申海市区，银色超跑在太阳下反射出一道嚣张的光弧。

EVOLUTIONARY PEOPLE
[DATA SYSTEM]

▶ **进化者** 数据系统

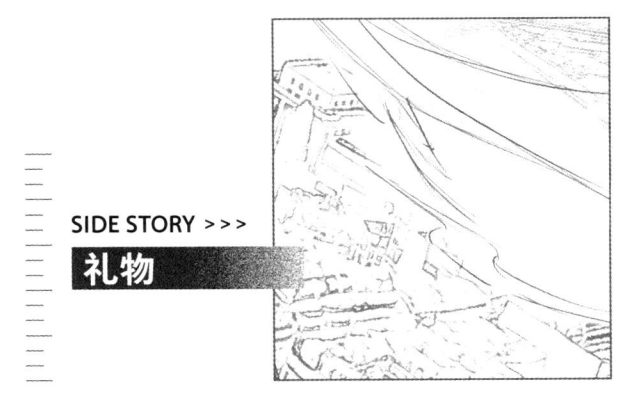

SIDE STORY >>>
礼物

| NAME | 白晟 / 沈酌 |

查询结果
SEARCH RESULT　S级进化者 / 无法进化

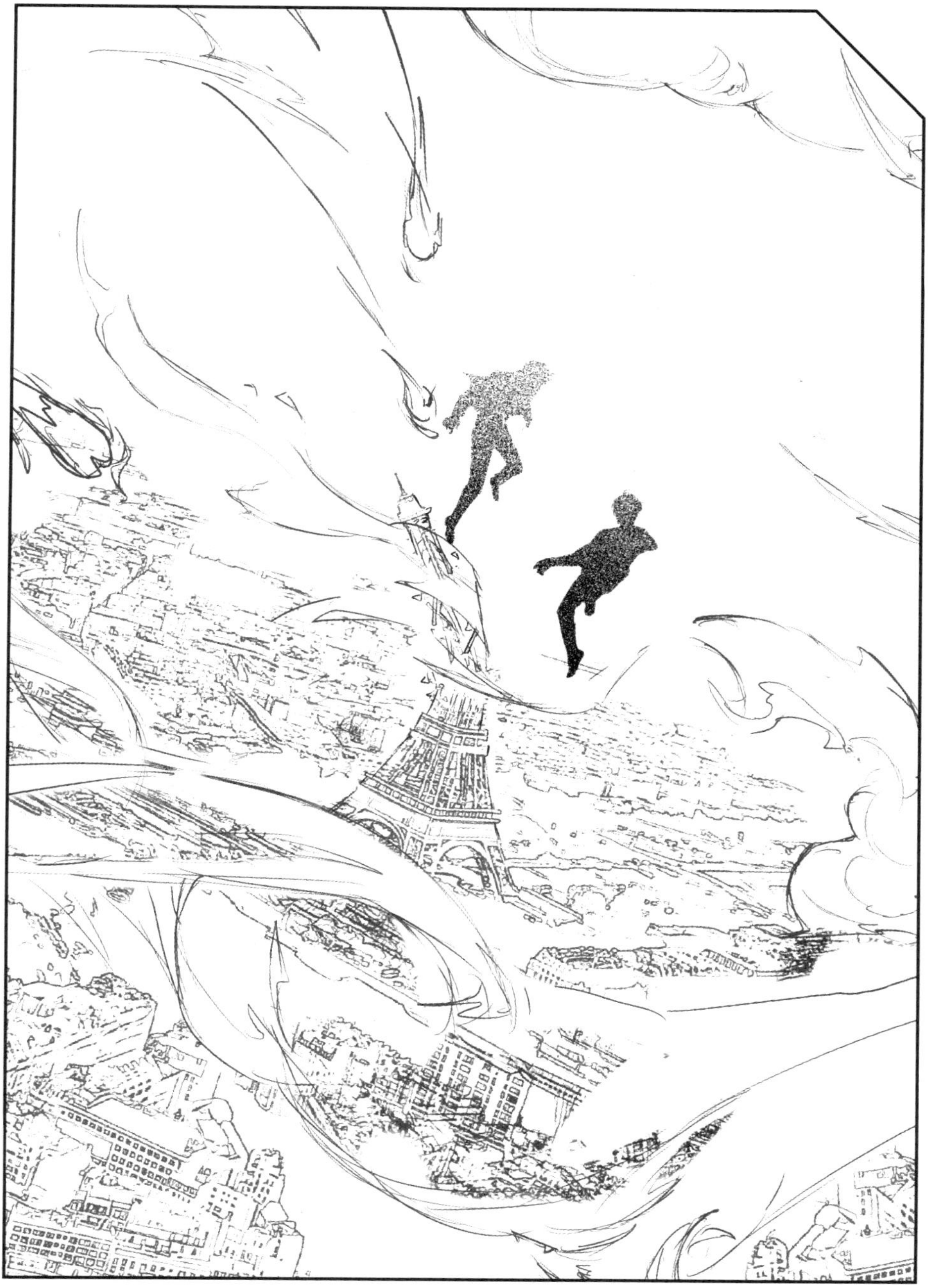

洞天

"国际极端进化组织共四名恐怖分子潜入邻市，确认四人均为Ａ级，正在与警方对峙。目前绑匪发出威胁，声称要炸毁邻市郊化工厂，一旦造成毒气扩散，后果不堪设想。邻市警方向我们发出了紧急求援！"

车厢在风驰电掣中微微摇晃，耳机中传出陈淼的汇报，声音清晰而急促。罗振在迅速打灯转弯的空隙中瞥向后视镜，从余光中看见了后座上沈酌素白的脸。

申海市大监察官垂着眼帘，看不出什么情绪，裹着黑色手套的十指在笔记本键盘上迅速敲打着，少顷才回复了一句："知道了。"

他的语气很淡，陈淼愣了一下，不得不再次提醒："学长，四名Ａ级恐怖分子即便对申海市监察处来说都是个重大威胁，虽然我已经安排了武装进化部队紧急赶往邻市，但要想确保万无一失，恐怕得去找那个白……"

"我知道了。"沈酌打断道。

黑色防弹专车呼啸着转过最后一个路口，提心吊胆的罗振忍不住又偷觑后视镜。足足数秒后，他才看见大监察官合上电脑，声音波澜不惊："这件事我正在处理。"

陈淼："？"

您正在怎么处理？

自从那天您出院后，已经整整半个月没搭理过那个叫白晟的Ｓ级，白先生打电话、发短信、寄邮件，使出十八般武艺，百折不挠地想要引起您的注意，全都被您无视得干干净净。如今突然需要Ｓ级工具人出手帮忙了，这口咱们可怎么开？

陈淼一头雾水，还没来得及追问，通话却已经被沈酌挂断，只留下嘟嘟两声。

沈酌随手把战术耳麦丢到一旁，防弹专车在目的地——Ｓ市最繁华的商业路段上的一家奢侈品店的大门前骤然停下。

奢侈品店的门前通常排着长队，但眼下却已包场谢客，因为里头正在接待一位身份十分特殊的外星VIP顾客。

两名监察员守在华贵堂皇的大门前，见状一个箭步冲上来，拉开车门，异口同声道："监察官！"

沈酌欠身钻出车，抬脚走上台阶。

店内的保安紧张地拉开门，昂贵的香氛气息扑面而至。空气中充满了金钱特有的味道，不远处的立地镜前，一道熟悉的红发背影站在镜子前扭来扭去，半晌不满地问："你们这双鞋为什么没有尖跟的？"

店长明显因为紧张而表情扭曲，之所以还能正常回答，纯属是职业素养过人："女……女……女士，我我我们这双鞋是坡坡坡坡坡跟，它本来就不是高高高高跟的设计……"

伊塔尔多魔女傲然："我不管，我要尖跟的！"

她把脚上的鞋脱下来，血红的指甲削铁如泥，咔咔把鞋底削掉两大块，硬是把松糕鞋底削成了近似尖锥的可怕形状，再徒手握住鞋跟，来回攥了两下，松开掌心时，那鞋底锋利得发亮，随机捅穿十来个天灵盖都易如反掌。

店长："……"

白晟鼓掌盛赞："创意绝伦！"

魔女沾沾自喜地接受了赞美，随手把鞋递给店长，趾高气扬地吩咐道："这双、这双、这双还有这双，外加那边的十八条裙子、三十件上衣全包起来，你们在抖什么？很冷吗？我还要等到什么时候才可以试我的钻石皇冠？"

开出绝世大单的喜悦远抵不过直面魔女的恐惧，整个店里所有的柜哥、柜姐的脸色都跟那双绿色的高跟鞋是一样的。要不是他们确信伊塔尔多魔女能在半秒内把所有人撕成比东坡肉还小的碎块，他们早就连滚带爬逃出店门作鸟兽散了。

"马马马马马上就开开开开始，这就开始！"

魔女今天心情好到甚至没想起来要吃人，勉为其难地道："好吧，去吧。"

店长立马"嘤嘤嘤"着跑了。

沈酌站定脚步，望向歪在沙发上笑眯眯的白晟，言简意赅地道："别太过分。"

白晟的身材比例太逆天了，整个人懒洋洋地往沙发上一瘫，两条腿恨不能跷到宇宙对面去。从马路上找任何一个男的来做这姿势，都是人间油物，但白晟用颜值强行撑住了局面。那张讨人喜欢的脸蛋儿看上去跟大学生一样清澈无辜，甚至还有两分真挚的惊喜："啊，沈监察！这么巧！你也来买东西吗？"

魔女噔噔倒退两步，警惕地捂着刚买的绣着黑色羽毛刺绣小裙子："姓沈的你想干吗？今天是我的法定休假日！休想强迫我回去给你干活！"

白晟笑嘻嘻地插嘴："哎，怎么会？沈监察足足忙了半个多月，这才抽出时间来接见我一次，肯定是因为想见我才来的，怎么可能是来聊干活的，多伤感情啊？"

然后他冲沈酌眨了眨眼，眼底的揶揄一览无余："是吧，沈监察？"

嗡嗡两下手机响声，身后那监察员收到了陈淼发来的紧急催促。

学长人呢？在干什么？找到白先生了吗？！
邻市警方在玩命催我！十万火急！速度！！

监察员："……"

"那个，白先生。"监察员顶着巨大的尴尬咳了一声，"我们这边接到一个突发状况，四名恐怖分子在邻市——"

"是的。"沈酌毫无征兆地回答道。

数道视线同时聚焦在他身上，却见申海市监察官定定地望着白晟，唇角突然拉开一道虽然非常清淡，却从容漂亮的弧度："我恰好从这里路过，就来见见你，没有其他事情。"

他挥退了监察员，绕到沙发前随意坐下，一只手解开西装衣扣，姿态雅致轻松，然后转向伊塔尔多魔女："裙子很好看。你不是要去试珠宝吗？愣着干什么？"

魔女瞪着沈酌，连形状骇人的左半边脸上都清清楚楚写着白日撞鬼一般的惊恐。

沈酌淡淡地道："去吧。"

十秒钟死寂后，魔女震惊地转身走了，一边走一边回头拼命对白晟使眼色，满脸都是"你快帮他看看，他一定是被邪物夺舍了"的慌张。

柜哥战战兢兢地呈上一杯水："这……这位客人，请。"

傻子都能猜出眼前这位来客是谁——年轻、威严、惊人的俊秀，万年不变的西装革履和黑色手套。申海市大监察官就像一发当空降临的重磅炸弹，在给芸芸众生带来巨大的心理阴影的同时，好歹镇住了伊塔尔多魔女，让店员们起码从命丧外星友人之口的恐慌中稍微松缓了一点儿。

沈酌礼貌地一颔首，从托盘上拿起水杯，喝了一口水。

他这个姿态，实在是太闲适了。白晟内心觉得颇有意思，摩挲着下巴打量他，笑问："我记得国际监察总署规定，除非能确保周围的安全，否则大监察官是绝对不允许外食的吧？"

"是啊。"

"那你还……"

"因为有你在这里。"

白晟立刻就哽住了。

沈酌面不改色地放下杯子："难道有你在的场合对我来说不是绝对安全的吗？"

这话简直不像是沈酌能说出来的。

沈监察这个人，全世界都知道他对进化者是多么强硬冷血，甚至连国际监察总署长、全球公认排位第一的S级尼尔森，软硬兼施，费尽手段，都很难从他这儿得到好脸。

而他刚才这句话的声气，何止是亲近，甚至都有点儿不可宣之于口的意味了。

白晟挑起眉，上下打量了一下沈酌，半晌才笑起来："我这是何德何能，才拥有了今天有沈监察陪逛街的荣幸啊？"

沈酌说："你协助监察处击退荣亓的入侵，自掏腰包替监察处安抚伊塔尔多魔女，一向是监察处认可的朋友，怎么就何德何能了？"

白晟立刻问："我能算是沈监察的朋友吗？"

"你觉得不算吗？"

两人彼此对视，沈酌那张已经习惯于被世人仰视的脸上八风不动，看不出丝毫端倪。

自上次深夜医院里分别至今已经半个月了，白晟没想到他们还能坐得这么近。过电般的酥麻从白晟心脏泛上来，细细密密泛上喉咙，爱恨交杂无法言描，紧接着化作了一股难以按捺的、想要恶作剧一下的冲动。

"啊，对了。"那一脸忐忑的柜哥还在边上等着，只见白晟突然想起什么似的，扭头笑问，"你们橱窗里那件我刚才打量了半天的衬衣还有44码的吗？"

"啊？"柜哥精神一振，"哎，有！"

"拿来我看一下。"

"好的好的，您稍等！"

柜哥忙不迭跑去，少顷用双手捧来一件男士黑色衬衫，样式十分板正，剪裁也考究得体，同色丝线在衣领处绣着低调的暗纹。

"我刚才看见它的时候，不知怎么就想起了沈监察你，因为从来没见你穿过制服以外的任何东西。"白晟从柜哥手里接过衣架，一摆手示意对

方退开，再满面春风地转向沈酌，"既然我与沈监察已经是朋友了，朋友之间赠送礼物是再正常不过的事，那么沈监察是否能接受我……"

沈酌连个顿都没打："可以，我接受了。"随即示意手下监察员来拿走衬衫。

"哎，等等，"谁料白晟装模作样地把手一收，"朋友之间赠送礼物，万一要是不合身的话，你拿回去也只能丢在一边，岂不是辜负了我一片真挚的惦念之情？"

沈酌用一种"我就静静看着你表演"的眼神望着他，只见那姓白的混账终于龇出一排闪亮整齐的牙，笑嘻嘻地暴露了狼子野心："大家都是朋友，就别那么见外了，沈监察不如去试衣间上个身，我等你，怎么样？"

沈酌从成年起就没再主动暴露过自己咽喉以下的半寸皮肤，那身黑色的外套就仿佛在他身上焊死了似的，连手腕都终年隐藏在黑色的皮革手套里，冷淡、肃静、一丝不苟。

当年众监察官曾经打赌要怎样才能让沈酌主动脱下外套，金斯顿那一肚子坏水的小崽种就趁开会时把暖气整上了四十度，会议室里所有人都差点儿热没了。最后，在众多望眼欲穿的注视中，沈酌终于站起身，但连领带都没松，衣着整齐，面无表情，当众逮住金斯顿往死里暴揍了一顿——据说场面叫一个血腥，那天金斯顿的号啕大哭整个国际监察总署都能听见。

白晟满眼都是笑意，眼底深处隐藏着一丝捉弄的光，定定注视沈酌。他就是想看沈酌为难，他故意的。

沈酌回视着他，脸上毫无表情。足足半晌，沈酌突然一挑眉，轻松地道："好啊。"

店门外的监察员正一脸苦相地跟陈淼打电话："太远了，我听不清他俩在说什么，白先生笑嘻嘻的，学长的心情看上去也很好……什么，我怎么知道学长的心情为什么很好？难道我敢趁现在推门进去找他申请涨工资不成？！"

陈淼对同事的懦弱恨铁不成钢："你给我听着，这事一定要白先生出手帮忙不可。待会儿白先生不管提出什么条件你都得答应，包吃、包住、包车马费，再算三倍志愿者津贴，哪怕他找你要学长的照片你都得私下合成一张偷偷给他，听明白了吗？"

监察员："你疯了吧！你想让我死吗？学长会把我扒光了灌水泥扔进护城河……河……"

"你怎么了？"

监察员的嘴巴张开又闭上，张开又闭上，眼睛瞪得比铜铃还大，直勾

勾地盯着店内。

透过玻璃大门，只见沈酌站起身，当着白晟的面，旁若无人地脱下黑色西装外套，随手扔在了沙发上，露出里面贴身的制式衬衣。他的腰身很窄，是那种常年高强度训练出来的收束挺拔，皮带束着黑色西裤，勾勒出修长结实的腿。

"他脱了。"监察员麻木地道。

陈淼茫然："什么？"

"他脱衣服了。"

"你说啥？！"

电话那头的陈淼瞬间瞳孔地震，下意识地就去掏耳朵。

沈酌无动于衷，在四面八方的炸裂视线中走进试衣间，悠然关上了门。

白晟一脸震惊地坐在原地，半晌终于艰难地把目光从试衣间的门上收回来，看向沙发上那件西装外套。挣扎良久后，他小心地伸出食指，在外套上戳了一下，片刻后又戳了一下，仿佛是想确认这件外套里有没有绑着一个打算待会儿用来暗杀他的微型炸弹之类的东西。

这时只听嗖的一声，从沙发后传来手机发出的、文件上传成功的提示音。

紧接着魔女满怀激动的声音响起："好的好的，视频已经发给你了，名字是《绝密！独家！某沈姓监察官脱衣诱惑珍贵视频流出！冒死披露，速看即删！》！"

白晟："……"

只见魔女从沙发背后鬼鬼祟祟地钻出来，一边转身往回走一边压低声音对手机讲："跟平台说我们要再加五百万，现金，一手交钱一手交视频。哦，对了，记得找人问问尼尔森想不想截和，他要买的话开价一千万，没关系，那姓尼的不差钱……"

白晟的眼睛一眨，又一眨，少顷若有所思地喃喃道："不对。"

事出反常必有妖，天上绝不会掉下免费的午餐和免费的沈监察。他立马拿出手机开始搜索实时新闻，一行行图文迅速浏览下去，少顷，视线在一则突发报道上蓦然定住。

"四名A级恐怖分子，很好。"白晟收起手机，再次扭头望向试衣间，一时生出满心感慨，"至少他不是要割我的腰子。"

五分钟后，宽敞明亮的试衣间内，沈酌慢条斯理地系上衣扣，一抬头。

白晟已经神不知鬼不觉地出现在镜子里，背抵在紧闭的门上，十指无聊地把玩着一条黑色斜纹细领带。在与镜中沈酌的视线对撞时，他蓦然一

笑，灿烂得简直虚情假意："我刚才发现这根领带很适合你，不试试吗，沈监察？"

沈酌眉角微提，沉默不语，少顷转过身，摊开双手，微微一笑，道："那就麻烦你了。"

白晟走上前来，站定在沈酌身前，伸手把领带绕过那修长的、毫不设防的脖颈。

白晟这人虽然有时比较恶劣，但审美是相当可以的。一身黑衣的沈酌相较平时更有种权威感和冷峻的气势，璀璨的灯光打在他的下颌骨上，仿佛是滴水结成的薄冰，淡青色的血管从侧颈透出来，每一下脉搏都触手可及。白皙、脆弱而致命，有一种不可言描的、触电般刺激的反差。

"实时突发……"白晟垂目为沈酌打上领带，慢悠悠地念出了刚才在手机上搜到的新闻内容。

沈酌微仰着下颌，不动声色。

"四名 A 级恐怖分子潜入我国，在申海市邻市的某化工厂中与警方对峙，申海市监察处已跨省介入事态，将全力阻止社会威胁进一步升级。"

"……"

"真可惜。"白晟打好领带结，仔细紧了紧，伸手拍在沈酌的胸前，遗憾地微笑道，"看到沈监察连喉咙都能放心地交给我时，我还以为自己是真的被你当成朋友了呢。"

两人面对面站着，白晟的个头高到足以让他自上而下审视沈酌每一丝微表情，然而即使在被道破真实目的的一瞬间，沈酌都连半点儿意外也没有，只道："我把你当朋友还是当工具，跟你出手解决这件事有关系吗？"

白晟反问："你说呢？"

出乎意料的是，沈酌仅仅一哂。

"你愿不愿意出手帮忙其实都没关系，白晟。申海辖区成立至今三年，三年中经历过很多比今天更加凶险、更加紧急的情况，事实上也都顺利解决了，我们一直把生活在这片土地上的人们保护得很好。即便你今天束手旁观，申海市监察处也不是不能处理那四个 A 级通缉犯，只是风险大小的区别而已。

"何况，"沈酌顿了顿，眼神中带着一丝戏弄，"就算我把你当成一件工具，平时撇在一边不理不睬，需要时才拿来利用一下，你就真能做到对今天这种危机束手旁观了？"

白晟不自然地别开视线，哼笑一声："怎么就做不到了，凭什么做不到啊？我又不是欠得慌，自掏腰包、鞍前马后地当工具人，我……"

他刚要抽回去拍在沈酌胸前的那只手，腕骨却蓦然一紧，是被大监察官戴着皮革手套的五指攥住了。

紧接着沈酌发力一推，把他推得向后坐在了试衣间的沙发座椅上。白晟条件反射地想要站起来，但眉心被沈酌用二指抵住了，力道不重却不容置疑，又把他一寸寸抵回了沙发靠背里。

"你做不到。"沈酌俯视着他，说，"你就不是那样的人。"

这个角度让白晟必须抬起头，他到底还年轻，年轻人在被一语刺中时的下意识反应通常是嘴硬："哟，瞧你这话说的，咱俩什么关系啊，我到底算是你的什么……"

沈酌俯下身，盯着他的瞳孔："你就这么急于证明你在我眼里的地位不同吗？"

白晟剩下的话突然卡住了。他的两腿不得不岔开，沈酌面对面地站在他眼前，恍惚间，那天深夜病房门后的记忆再次扑面而来，与此刻迅速重叠，合二为一。

"你不需要用那些方法，在我开会时打来骚扰电话，发无聊的冷笑话短信，还有这种类似高中男生恶作剧一般幼稚挑衅的小试探。领带、衬衣更没必要送了，掐断我的喉咙对你来说一直都很轻而易举，我从没对你设防过。"

沈酌站起身，注视着白晟。

"我不是来请你出手帮忙的，我是直接来通知你的，因为你自己根本就忍不住想要出手维持秩序和保护弱小的欲望。"

白晟像头被束缚的雄狮一般悻悻地仰在沙发里，半晌短促地笑了一声："我是不是还要谢谢你？"

"不用谢。"

沈酌的指尖在那张俊美的脸上不轻不重拍了两下，顺手扳住了白晟的下颌骨。那是个高高在上且带着驯服意味的姿势。

"你在我这里本来就是不同的，"他平静地道，"不用去费事证明了。"

明明一个站着，一个坐着，白晟却能从大监察官深不见底的瞳孔中看见自己清晰的身影。

试衣间外被刻意放轻的脚步声和焦急的低语透过门缝传进来，监察员们大概在来回打转，又不敢敲门进来。

这方寸之地仿佛被一层无形的屏障罩住了，私密、安静、暗流涌动，只有他们眼中看着彼此。

"是吗？"白晟沙哑地道，他维持着那个被抬起下颌的姿势，眼睛一

眨不眨地看着沈酌,"我送了你礼物,你是不是也该回赠给我点儿什么?"

沈酌反问:"你想要什么?"

白晟没有回答,眼底浮现出笑意,张口咬住了沈酌的左手套指尖,就着这个姿势偏过头。皮革内衬滑过皮肤,那只黑色的手套被他用牙齿慢慢地脱了下来。

邻市,晚上 8 点整,空旷的化工厂里没有开灯,电视荧幕的光映出一片幽暗,新闻报道还在播放着:"四名恐怖分子与警方的僵持还在继续,目前尚未发现冲突升级的迹象。据悉,申海市监察处已跨省接手管辖权,并派出武装警备队包围了事发化工厂……"

厂房的墙角堆着大箱大箱的高烈度炸药,一名人高马大的光头白人男性站在窗边,肌肉块块隆起,犹如山丘,左手背上的 A 级标识被文身颜料刻意加深成狰狞的黑红色。A 字下方还纹着一个特殊的符号——是某个国际极端进化恐怖组织的标记。

厂房远处,灯火通明,武装部队全神戒备,密密麻麻的装甲车的前灯光从窗板的缝隙中透进来,映出了光头男阴鸷的瞳孔。突然,他眯起眼睛,疑惑地"嗯"了一声。

"怎么?"

"外面有动静了?"

其余三名同伙闻声抬头,只听窗前的光头男皱眉道:"监察处的部队在往后撤。"

"什么?"

同伙们立刻聚集到窗前,透过窗上横七竖八焊死的钢板,只见远处车灯人影攒动,与他们遥相对峙了整整一下午的武装部队果然潮水般向后退去,很快就撤出了一片空地。

"他们这是打算干什么?"

"终于知道妥协了?"

"婊子养的监察处根本就不是我们的对手!"

"拿无线电来跟他们喊话,问他们钱准备好没有,还敢要什么花招?"

……

几个恐怖分子都忍不住亢奋起来,光头男接过同伙递来的无线电通信器,突然动作一顿,似乎察觉到什么,遽然回头:"谁在那里?!"

话音瞬间止住,几人同时骇然望去。

顺着他们的目光向高处而去,厂房上空的阴影中,不知何时竟然出现了一个身着 T 恤牛仔的年轻人，样貌十分俊俏讨喜。他笑嘻嘻地蹲在横梁上，嘴里叼着一根棒棒糖，居高临下地望着他们。

"你……你是谁？"

"不准动！"

"从哪儿进来的？"

四个 A 级既惊且怒，不约而同地举枪上膛，纷纷做好了警惕迎战的准备，却见年轻人漫不经心地站起身，活动了一下肩膀。

在月光的映照下，他的左手背的皮肤光滑，上面没有任何进化等级标识，但周身浮动的分明是不可错认的顶级进化者的气息。

"你……"光头男不由自主向后退了一步，"你是什么人？！"

"我啊，"白晟在脚下几道凶狠的瞪视中想了想，咬碎棒棒糖，愉快地扭头吐出糖棍儿，说，"我是沈监察请来的路人。"

众恐怖分子："……"

十秒钟后，轰隆一声惊天动地的爆炸声，化工厂房的房顶冲上夜空，烟尘滚滚，砂石如瀑，强烈的热气差点儿把刚退到安全地带的武装部队冲倒。

厂房内部满目狼藉，两名恐怖分子已经当场化作肉泥，稀里哗啦地铺洒了一地。第三个满身是血，连滚带爬，紧接着在一声惨叫中凌空飞回，被白晟钢钳般的手一把掐住了脖子。

在喉骨爆成碎片前的一刹那，最后那个光头男跟跄着向外狂奔，同时双手凭空掀起数十发燃烧子弹，闪电破空一般向白晟的后背刺去——

咔嚓一声，骨骼碎响，第三个歹徒瞬间身首分离。同时，白晟向后一瞥。

密密麻麻的燃烧弹从他瞳孔中激射而至，千钧一发之际，一道顶天立地的保护墙从半空中横降，轰然落在了白晟身前！

噼里啪啦的成串暴响，几十发燃烧子弹打在保护墙上，化作了一道道黑色硝烟。

"谁……谁躲在那儿？！"

光头男没想到白晟竟然有帮手，四面一扫，却找不到帮手藏在哪儿。惊恐交加之际，他什么都顾不上了，掉头就拼了命地向外逃窜，谁料刚一转身，差点儿撞上了背后的人——沈酌无声地站在光影的交界处，眉目深冷平静，掌中是一把尺长的锋利军刀。

扑哧！

鲜血如箭迸溅半空，刀锋自光头男的咽喉刺入、后脑穿出，尸体的双眼兀自茫然圆睁着，紧接着扑哧一声重响，倒在了地上。

沈酌唰地一甩刀身，血在地面洒出个弧形，紧接着他一只手收刀回鞘，一只手收起了白晟身前那座无坚不摧的保护墙，左手背上临时的 A 级标识霎时消弭得干干净净。

"唉。"白晟装模作样地叹了口气。

沈酌："……"

一场危机就此平复，厂房上空仍然硝烟袅袅，但月光已然洒落下来，映照出远处平原上攒动的车影和人群。从厂区通向大门的石板路泛着幽幽的青色，头顶的路灯晕黄，飞蛾不知疲倦地发出簌簌的撞击声。

"你准备什么时候把我的手套还给我？"

白晟走路也不好好走，非要把一条胳膊搂在沈酌的肩上，身体的重量压得沈酌步伐踉跄，连带他自己脚步也歪歪扭扭的，闻言立马大惊道："说什么呢，我都送你那么多礼物了，你就回我一只手套,还想着要收回去？！"

沈酌想要挣脱那条手臂，奈何屡次尝试都不成功："别跟我在这儿以小博大，你那衬衣、领带我根本没想收，收了回头还要小心被金斯顿跳脚骂受贿……"

"说什么以小博大呢，我那是 ×× 牌子的，你家学弟亲眼看着我刷的卡！"

沈酌斜瞥白晟，挑起眉，一言不发。某白姓帅哥毫不介意地捋了一把头发："你看我做什么？"

"我这双手套，海外暗网设局竞拍，连尼尔森都匿名下过场，目前已经拍到了这个数。"沈酌比了个可怕的数字，然后手掌来回一翻，吐出两个字，"美金。"

"噗——"白晟差点儿被口水呛着，立马从裤子后兜里掏出那只黑色手套，仔细摊平、折叠起来，在沈酌难以言喻的视线中小心翼翼地揣进外套内袋。

"原来沈监察竟然送了我这么昂贵的礼物，实在太破费了，我一定会好好珍藏起来的。"白晟感动万分，"未来它就是我们老白家的传家宝了，临死前我会把它写进家族信托里的！"

沈酌深吸一口气，似是要开口呵斥，终于忍俊不禁，扑哧一声也笑了起来。

石板路向前方延伸着，通向厂房的大门外，更远的夜色中，监察处正赶来收拾缮后，陈淼像一头癫狂的大金毛挥舞着宽面条泪奔向他的学长，喧杂脚步由远而近。白晟强行搂着沈酌，两人脸上都带着未尽的笑意，迎着硝烟散去的夜风，向前方的灯光与人群大步走去。

图书在版编目（CIP）数据

洄天 / 淮上著 .-- 北京：中信出版社，2024.1
ISBN 978-7-5217-6285-3

Ⅰ.①洄…Ⅱ.①淮…Ⅲ.①长篇小说－中国－当代
Ⅳ.① I247.5

中国国家版本馆 CIP 数据核字 (2023) 第 251387 号

洄天
著者： 淮上
出版发行：中信出版集团股份有限公司
（北京市朝阳区东三环北路 27 号嘉铭中心　邮编　100020）
承印者： 北京盛通印刷股份有限公司

开本：787mm×1092mm　1/16　　印张：21.5
字数：374 千字　　　　　　　　　插页：4
版次：2024 年 1 月第 1 版　　　　印次：2024 年 1 月第 1 次印刷
书号：ISBN 978-7-5217-6285-3
定价：50.00 元

版权所有·侵权必究
如有印刷、装订问题，本公司负责调换。
服务热线：400-600-8099
投稿邮箱：author@citicpub.com